当代
艺术学与美学
论坛 2019

Forum on
Contemporary Art Theory
and Aesthetics
2019

主　编／王瑜瑜
副主编／崔金丽　李卫

文化艺术出版社
Culture and Art Publishing House

图书在版编目（CIP）数据

当代艺术学与美学论坛.2019 / 王瑜瑜主编.
—北京：文化艺术出版社，2020.9
ISBN 978-7-5039-6964-5

Ⅰ.①当… Ⅱ.①王… Ⅲ.①艺术学—文集
②美学—文集 Ⅳ.①J0-53②B83-53

中国版本图书馆CIP数据核字（2020）第165814号

当代艺术学与美学论坛　2019

主　　编	王瑜瑜
副 主 编	崔金丽　李　卫
责任编辑	叶茹飞　贾　茜
责任校对	曲　静
书籍设计	顾咏梅
出版发行	文化藝術出版社
地　　址	北京市东城区东四八条52号（100700）
网　　址	www.caaph.com
电子邮箱	s@caaph.com
电　　话	（010）84057666（总编室）　84057667（办公室） 　　　　84057696—84057699（发行部）
传　　真	（010）84057660（总编室）　84057670（办公室） 　　　　84057690（发行部）
经　　销	新华书店
印　　刷	国英印务有限公司
版　　次	2021年1月第1版
印　　次	2021年1月第1次印刷
开　　本	710毫米×1000毫米　1/16
印　　张	19
字　　数	240千字
书　　号	ISBN 978-7-5039-6964-5
定　　价	78.00元

版权所有，侵权必究。如有印装错误，随时调换。

序　言

　　2019年，对于已延续四年的"当代艺术学与美学论坛"来说，是值得纪念的重要年份。这个充满活力的论坛与一份新创的刊物——《艺术学研究》结缘，开始在艺术学学科建设、艺术学研究的学术天地里求索深耕，凝聚力量，为学界呈现厚积薄发的真知灼见和交流碰撞的思想火花。

　　随着中国艺术学的蓬勃发展，学科中的问题与挑战也不断显现，为持续发扬中国艺术研究院的学科优势和学术传统，构建艺术学研究的专业平台，发挥学术期刊的导向作用，由中华人民共和国文化和旅游部主管、中国艺术研究院主办的学术期刊《艺术学研究》第1期（创刊号）于2019年6月正式出版发行。韩子勇院长在为创刊号撰写的《创刊词》中指出："《艺术学研究》的创办，正是希望搭建一个专业平台，集方家之灼见，汇时贤之高论，扬榷古今，品藻得失，不断充实、完善艺术学基础理论研究与各门类艺术共存互补的学科体系，促进艺术学研究的规范化、科学化，共同承担起新时代艺术学研究、建设与发展的使命。"著名戏剧理论家、中国艺术研究院终身研究员郭汉城为创刊号题词："发扬理论联系实际优良传统，推动中国艺术研究繁荣发展。"

　　《艺术学研究》以艺术学门类下的一级学科架构为主体，聚焦中国艺术学学科建设与发展中的问题与挑战，力图以敏锐的学术视角观照前沿热点问题，以生动的形式展示知名学者的学术风采，以多元的见解探索艺术学和交叉学科建设发展的路径，以开放的理念促进艺术理论与创作实践的良性互动，以丰富的成果呈现各艺术类别的学术景观，为艺术学及相关学科可持续发展提供丰沛的资源。举办好"当代艺术学与美学论坛"是我们工作的重要内容。论坛直面问题，聚焦热点，讲评结合，萃集成果，具有鲜明的学科特征和学术特色。2019年，"艺术学中国学派的学理可能与路径""诗·书·画：古典艺术理论的边界与会通""艺术社会学的潜能与限度""礼乐文明与当代艺术学研究"系列论坛受到学界广泛关注和热议，相关成果的刊发产生了持久的学术影响。

在举办论坛的过程中，我们得到了院里各位领导和学界各位前辈的关心和指导，得到了学界青年才俊和我院兄弟部门的大力支持，并得到了学界同人的关注和富于建设性的意见；媒体朋友的密切跟进和持续报道让我们的论坛被更多的学者了解；出版社编辑老师的工作让论坛的成果得以结集出版，嘉惠学林。在此，向他们表达由衷的感恩和谢意。

在《艺术学研究》编辑部这样一个新的工作团队中，各位老师为一个新生的、充满希望的刊物各尽所能，任劳任怨，倾注了自己的感情和心血。在共同的努力和奋斗中彼此了解、相互信任、凝心聚力，与这份刊物血脉交融，荣辱与共。"当代艺术学与美学论坛"举办时，每个热烈的讨论、忙碌的身影、专注的神情都是最好的记录。使命光荣，任重道远。我们会更加珍惜，更加努力。

中国艺术研究院
《艺术学研究》编辑部
2020年10月

目录

艺术学中国学派的学理可能与路径

"艺术学中国学派"初论　李心峰 / 003

作为问题的"艺术学中国学派"　王一川 / 012

寻求艺术学派与流派建构的"中国艺术语言"　刘悦笛 / 021

中国电影学派价值体系的时代建构　贾磊磊 / 035

中国电影学派的概念内涵与建设路径　刘　军 / 043

沉浸与诗情
　　——VR时代中国电影诗性美学的再思考　黄　今 / 051

建构中国电影的类型化空间
　　——以武侠电影酒馆、茶馆、饭馆等市井空间为例　张晓峰 / 062

诗·书·画：古典艺术理论的边界与会通

在"诗·书·画：古典艺术理论的边界与会通"论坛上的
　致辞　韩子勇 / 075

中国古典艺术理论与艺术学学科体系的建构　潘公凯 / 078

诗、书、画相通与中国艺术传统　蒋　寅 / 083

中国画题跋的失语现象　于　洋 / 090

"高位文化"抑或"低位文化"中的诗、书、画　葛玉君 / 095

诗、书、画的精神会通与审美边界　潘静如 / 102

书法本源问题刍议　李　川 / 110

艺术社会学的潜能与限度

从艺术史论角度看艺术社会学的潜能与限度　陈岸瑛 / 147

艺术社会学的正看、反观与互见　卢文超 / 161

艺术社会学三型及其"本质"疑难　常培杰 / 171

边界与融合
　　——艺术人类学与艺术社会学学科建设与反思　安丽哲 / 181

学科融合视野下的艺术社会学理论发展逻辑　杨一博 / 191

礼乐文明与当代艺术学研究

礼乐文明：中华民族共同的文化创造与标志性存在　项　阳 / 205

系统思维下的礼乐文明认知　郭树群 / 227

略谈清代云南释奠礼乐研究的当下意义与价值　秦　序 / 243

古今雅俗之变：经学视域下的礼乐与演剧　李舜华 / 263

"女娲作簧"：四重证据视域下的一个古史传说及其礼乐意义　范子烨 / 287

艺术学中国学派的学理可能与路径

我国拥有丰厚的历史文化传统、生动的艺术实践和多彩的民族艺术土壤，20世纪以来，几代学者在艺术学研究领域筚路蓝缕，辛勤耕耘，开辟了一条独特的中国艺术学发展之路。2016年，习近平总书记在哲学社会科学工作座谈会上发表重要讲话，提出要加快构建中国特色哲学社会科学的学科体系、学术体系、话语体系。在艺术学界，中国音乐学院提出建立"中国乐派"（又称"中国音乐学派"），北京电影学院成立"中国电影学派研究部"，美术学科则出现了关于绘画的中国学派的理论声音，艺术学中国学派将成为学界关注的焦点。2019年7月，《艺术学研究》编辑部举办第十三期"当代艺术学与美学"论坛，邀请到"中国乐派"和"中国电影学派"及艺术学理论研究方面的专家、学者，围绕艺术学中国学派所要面对的问题以及未来的方向、方法和路径展开对话，并特邀专家撰写论文、直陈己见、讨论争鸣，现作为专题刊发，以促进学界对这一问题的思考和研究。

"艺术学中国学派"初论

李心峰

深圳大学文化产业研究院

中国艺术研究院

【摘要】"艺术学中国学派"是个带有宏观性、全局性的前沿话题。目前，在一些具体艺术种类如电影和音乐等领域已经开始"中国学派"的理论建构并取得一定成绩。为了将这一探讨引向深入，我们仍要区分几种关系：一是区分"艺术的中国学派"与"艺术学的中国学派"；二是要思考一般与特殊的关系；三是要区分有关艺术的一般原理或理论的"中国学派"与作为一门学科的艺术学的"中国学派"，特别要看到中西方在艺术原理和学理上存在着不同层次的显著差别。此外，今日探讨艺术学的中国学派，应注意当下的历史文化语境，我们是在改革开放40年、中外文化艺术及学术充分交流交融语境下，而不是在一个孤立封闭环境下建构艺术学的中国学派。因此，我们不是为了筑墙，而是要以自己的独特面貌为丰富和完善全球的艺术理论做出更大的贡献。

【关键词】艺术的中国学派；艺术学的中国学派；艺术学理的中西差异；一般与特殊

《艺术学研究》作为学科升级之后国内艺术学研究领域首家创刊的重要学术双月刊，被学界寄予厚望。今天，编辑部联合中国艺术研究院马克思主义文艺理论研究所就"艺术学中国学派的学理可能与路径"发起研讨,这是非常有意义的一件事,我把它看作杂志的第一次亮相,或叫"首秀"。而这第一次学术活动,主办方就选择了"艺术学中国学派的学理可能与路径"这样一个前沿性主题来讨论,意义重大。因为,"艺术学中国学派"是我们学科未来发展所要面对的一个极其重要、亟须探讨的学术话题。

一

在我看来,"艺术学中国学派的学理可能与路径"这个主题,首先,具有宏观性、全局性,既涉及艺术学学科整体,也涉及艺术学的各个特殊领域、个别学科;其次,具有前沿性、引领性。近年来,不少艺术门类领域先后提出了"中国学派"的问题,但作为一份广泛覆盖艺术学全部领域的学术杂志来组织这样一次讨论,过去好像还没有人做过,因此这无疑具有引领性、前沿性。它对于已经提出、正在探讨的艺术部门,是一种有力的推动;对于正在酝酿但尚未提出这一命题的艺术部门,将会成为一个引发思考的触媒或"酵母";对于还完全没有这种问题意识或问题自觉的艺术领域,当会产生不小的思想激发与触动。再次,这样的讨论也是我们今天大力倡导在哲学社会科学的各个领域努力建构中国特色的学科体系、学术体系、话语体系迫切需要做的工作。我们在艺术学研究领域,响亮地提出"中国学派"的问题,是非常合乎时宜的,也是非常及时、给力的。

刚才两个艺术门类的"中国学派"课题组的学术报告非常精彩:一个是北京电影学院"中国电影学派"高精尖创新团队的学者代表、中国电影教育研究中心刘军研究员关于该校"中国电影学派"重大课题研究情况的概略介绍,另一个是中国音乐学院"中国乐派"研究团队专家代表、音乐研究所刘嵘教授关于该校"中国乐派"重大课题研究情况的概略介绍。他们的报告让我们看到,目前学界在电影学领域中的"中国学派"和音乐学领域中的"中国学派"的思考、探讨已经相当系统、深入,他们的理念、思考带有显著的前沿意识，具有可贵的思想启迪作用。这让我产生了一点特别的感触，即现在在我们的艺术学界、艺术理论界，包括电影理论研究和音乐理论研究领域等，都有不少非常出色的中青年学者在思考"中国学派"问题。比如，他们对"中国乐派"的思考、对"中国电影学派"的思考已经比较系统化、学理化，已经开始在构造各自的理论体系。这让我多少感到有一点意外。过去，能够产出观念、产出思想、提出话题、引领学术讨论的内容，往往都是产生于美学界、文学理论界，艺术研究领域往往都是跟在美学界、文学理论界的后面进行理论的再言说、再讨论。今天这两位学者的发言，改变了这种态势。这表明，中国的艺术学虽然作为一个学科门类独立才8年多，成为一级学科也没有多少年，即使从1992年算起，也没有多少年。但是最近这几年，中国的艺术学研究、艺术理论研究发展与进步还是非常显著的，学科意识和未来方向也日益清晰。

"艺术学中国学派"这个命题能不能成立？我认为是完全能够成立的。实际上，远的不说，在中华人民共和国成立后的70年里，特别是在新时期这40多年里，在许多不同艺术种类里面，不管是从创作的角度，还是从理论探索与学科建构的角度，都从不同的层面或多或少、或深或浅地讨论到这个问题。比如说，在艺术创作层面，过去在戏曲研究、戏剧研究领域关于世界三大表演艺术体系的探讨，有关梅兰芳表演艺术体系能否代表中国戏剧表演艺术体系的讨论，其实就是关于戏剧艺术中的"中国学派"的探讨。再比如话剧这种舞台表演艺术形式，引入中国已有100多年。现在中国的话剧，尤其是以北京人艺为代表的话剧表演艺术体系的探索，已经具有十分鲜明的民族特色、民族风格了。这些中国人创作与表演的话剧，与外国人的那些话剧肯定是不一样的。这不仅仅体现在我们的表演是用汉语在对话，而且它在整个气氛、意境、结构与人物塑造等各个方面，都具有典型的中国特点、中国风格，体现着中国美学精神、艺术精神。其在话剧艺术的"中国学派"的探索、实践乃至理论总结方面，已经取得巨大的成果和进展，很值得艺术学研究者去关注、去阐释。在其他艺术领域，包括歌剧、芭蕾舞剧、油画、小提琴协奏曲、交响乐这些舶来的艺术形式，在这一个世纪左右的时间内，在中华民族生活的土壤中，由中国的艺术家移植、改造、探索、实践、创新，早已形成了我们鲜明的民族特点、中国特色，创立了各自的"中国学派""中国艺派"，在世界范围内传播并产生影响。至于那些在我们中华民族历史上本来就有着悠久历史、深厚传统的艺术样式，它们各自的"中国学派"属性更是不言自明的。

假如说，我们上文谈及的还都是艺术创作领域的"中国学派"问题，那么，在艺术理论研究方面的"中国学派"命题能否成立？是否存在？我觉得，虽然我们的艺术学作为一个独立的学科，它的形成比较晚，它还比较年轻，但是，过去我们关于艺术的基础理论研究、美学研究还是存在的。在这些有关艺术的基础理论研究、艺术美学研究中，有没有具有鲜明中国特色的话语表述、理论表述、理论成果呢？我认为也是有的，这并不难找。像宗白华先生的艺术理论就具有非常鲜明的中国特色。像叶朗先生以"意象"为核心范畴的美学理论体系，也具有非常鲜明的中国特色。因此，可以说不管是在实践层面还是理论层面，"中国学派"都是能够成立的。

二

为了将有关"中国学派"问题的探讨引向深入，我认为有必要将如下几个关系梳理清楚。

首先，要想清楚"艺术学的中国学派"和"艺术的中国学派"不是一回事。它们一个是指艺术创作领域的"中国派"或"中国风"，或者说是鲜明的民族风格，这指的是"艺术的中国学派"。像刚才刘嵘教授介绍的他们对"中国乐派"的思考，很大程度上指的是创作领域的"中国乐派"；刚才刘军研究员介绍的"中国电影学派"的探索，主要也是指中国的电影创作所体现的中国风格。应该说，在这个意义上的"中国学派"，各个艺术领域都在探索。因此，在艺术的创作领域，我觉得"中国学派"这个命题是完全能够成立的。

可是，除了创作上的"中国学派"，在艺术的理论研究领域，说到某一个具体的艺术门类，比如音乐学、电影学、绘画学、雕塑学、舞蹈学等，深入这些具体学科，这种理论上的"中国学派"是否能够成立？是否存在？有没有一点萌芽性的东西开始生长？或者，有没有人明确地提出这个问题？好像还没有形成理论上的高度自觉。好在刚才刘嵘教授介绍的"中国乐派"的设想，刘军研究员介绍的"中国电影学派"的研究计划中，都包含了理论和学科层面的思考，这是非常好的。我觉得，这种理论研究、学科研究中的"中国学派"的意识和"中国学派"的自觉，还需要进一步加强、进一步深化。所以，今天提出对"艺术学中国学派"这个问题展开讨论，特别合乎时宜。总之，在有关中国学派的探索中，对于创作领域与理论领域的关系，我们恐怕还要做更进一步的区分和思考。因为，不管是它们的构成要素、要素间的结构，还是具体的表达方式，都是不一样的。

其次，要思考一般与特殊的关系。我作为一个艺术理论研究者、一般艺术学研究者，经常会用这样一种思维方式来思考问题，即现在是若干艺术门类分别提出了这个问题，如电影中的"中国电影学派"、音乐上的"中国乐派"等，是由个别艺术门类做出的探索。那么，是否还有一个一般艺术理论或一般艺术学领域的"中国学派"的问题呢？在我看来，"艺术学的中国学派"，可能要有一个从特殊概括、提炼，上升到一般的逻辑过程。在一般艺术学或者艺术学理论层面，要不要提出"中国学派"的问题？这个命题能不能成立？假如能够成立，还有一个路径的问题。就是说，我们将通过怎样的路径，探索以至建立一般艺术学或艺术学理论的"中国学派"？如果这个问题还没有提出来，这其实恰恰是需要我们尽快提出来、抓紧进行思考的课题。

再次，我认为，有关艺术的一般原理或理论的"中国学派"与作为一门学科的艺术学的"中国学派"恐怕也是有区别的，它们并非完全是一个问题。艺术的原理或理论，有无"中国学派"存在的可能？我们常听说，学问不分东西、理论不分中外、学理世界同一。然而，在文化上、艺术上果真如此吗？中国艺术的原理与西方艺术的原理是完全一致的吗？差异仅仅体现在具体的、外在的表现形式上，在艺术的原理这个层次上，中外、东西就完全不存在差异吗？恐怕也不能绝对地这样说，而是需要区分不同的理论层次、不同的文化历史语境去做具体的分析。中西方在艺术上，有些原理、学理，或是一些艺术最本质的东西，可能是一致的。然而，艺术的原理、学理存在着不同的层次、不同的语境，在一些更具体的层次、特殊的语境上，艺术的学理、原理还是存在着显著的差别，而不仅仅体现在外在的表现形式上。比如，中国山水画的"三远法"与西方风景画的"透视法"，难道不是绘画艺术上的学理、原理上的区别吗？中国戏曲艺术虚拟而自由的时空与西方话剧"三一律"的时空规范，不正是各自戏剧艺术原理、学理上差异的体现吗？中国传统音乐的五声音阶与西方音乐的七声音阶的差异，难道不关乎音乐艺术的学理、原理吗？仅从中国艺术研究院音乐研究所"中国音乐学"的研究情况来看，除了杨荫浏、黄翔鹏两位先贤在中国音乐史方面的贡献外，像缪天瑞先生历时60多年四易其稿最终完成的《律学》[①]，以及现仍在音乐研究所工作的李玫研究员的《"中立音"音律现象的研究》[②]《东西方乐律学研究及发展历程》[③]等成果，都是基于中国律学特征来探讨世界各民族的乐学、律学原理的专业性研究成果。这些成果不仅为中国现代律学学科建构了理论框架，也填补了世界律学研究的理论空白，成为世界音乐理论研究的一个重要学术流派，可视为"艺术学中国学派"的典范之作。

再从整个艺术世界的层面来看，中国传统艺术注重传神抒情，高标气

---

① 缪天瑞的《律学》最早出版于1950年，1963年进行第一次修订，1983年进行第二次增补修订，1996年又进行了第三次修订。参见缪天瑞《律学》，人民音乐出版社1996年版。
② 参见李玫《"中立音"音律现象的研究》，上海音乐学院出版社2005年版。
③ 参见李玫《东西方乐律学研究及发展历程》，中央音乐学院出版社2007年版。

韵生动，而西方古典艺术强调艺术模仿自然，这不是艺术原理上巨大而显著的差异吗？中国古代的艺术，讲究书画同源，诗中有画、画中有诗，诗书画印融为一体，等等；而西方艺术讲究诗是诗、画是画，他们对于中国诗书画印融为一体的艺术现象无法理解，这涉及艺术学理、原理区别的问题。再比如，由艺术的基本门类所构成的艺术体系问题，也是一个艺术上重要的、基础的原理、学理的问题，而绝不仅仅是一个外在表现形式的问题。它是一个关乎艺术的存在、艺术世界结构的艺术本体问题。而在这个问题上，中国的艺术体系与西方的艺术体系就是很不一样的。如书法在中国艺术体系中占有举足轻重的地位，沈尹默先生甚至认为书法是中国最高的艺术。[①]宗白华先生也认为："中国书法是一种艺术，能表现人格，创造意境，和其他艺术一样，尤接近于音乐底，舞蹈底，建筑底抽象美（和绘画，雕塑底具象美相对）。中国乐教衰落，建筑单调，书法成了表现各时代精神的中心艺术。中国绘画也是写字，与各时代书法用笔相通，汉以前绘画已不可见，而书法则可上溯商周。我们要想窥探商、周、秦、汉、唐、宋的生活情调与艺术风格，可以从各时代的书法中去体会。"[②]"这个中国书法的艺术，是最值得中国人作为一个特别的课题来发挥的。"[③]"我们中国人对艺术的研究也特别注意到书法的艺术，因为这是中国的一个特有的方面，如像印度的文字，就还不能成为书法的艺术，所以这也是值得世界

---

① 沈尹默先生在《历代名家学书经验谈辑要释义》中说："世人公认中国书法是最高艺术，就是因为它能显出惊人奇迹，无色而具画图的灿烂，无声而有音乐的和谐，引人欣赏，心畅神怡。"参见沈尹默《学书有法——沈尹默讲书法》，中华书局2006年版，第113页。
② 宗白华：《〈中国书学史·绪论〉编辑后语》，载《宗白华全集》卷二，安徽教育出版社1994年版，第203—204页。本文原刊《时事新报·学灯》（渝版）第27期，1938年12月4日。《中国书学史》作者为著名书法家、书法理论家胡小石。胡小石《中国书学史·绪论》也刊载于是期《时事新报·学灯》。宗白华作为《学灯》副刊的编辑，专门为胡小石的这篇《绪论》写下了《编辑后语》。
③ 宗白华：《中国书法艺术的性质》，载《宗白华全集》卷三，安徽教育出版社1994年版，第612页。

好好研究的问题。"①而在西方的艺术体系中,是不存在书法这样一门艺术的。因此,在艺术理论、艺术原理上,我认为"中国学派"也是可能的。

至于作为一门学科的艺术学,有没有可能体现中国特色、中国特性或者是建构"中国学派",现在还不好简单化地回答这个问题,但我们可以去探索、去思考。我倾向于认为是存在这种可能性的。作为一个学科,恐怕要有基本的术语、概念、范畴,要有命题系统,要有理论结构,还要有学科的体制、机制与制度等。这些方面有没有可能产生与西方不一样的概念、范畴、命题、学科结构、理论结构,不一样的学科机制与学科体制、学科制度?作为一个在中国土壤上形成的中国的艺术学科,有没有可能形成"中国学派"?这是一个有待思考的问题。以上对于这三种关系的思考,我表达出来,是想与大家一起思考,以期把这个问题的探索引向更加深入的境界。

三

最后想谈的一点看法是,今天我们提出的不管是艺术创作的风格流派,还是艺术理论、艺术学科的"中国学派"的问题,都是在一个全新的历史语境之下去讨论的。这个历史语境,不像晚清以前那种闭关锁国的封闭时代——那个时候,还不是马克思所说的"世界文学"的时代,不是世界文化、世界经济已经走向充分交流、交融的时代,而是相互隔绝、各自孤立的时代。我们今天所处的时代,整个世界的经济、文化已经融为一体,得到充分的交流、交融。尤其是我们经过新时期改革开放40年的洗礼,在文化、艺术与学术上,与外国、与西方实现了更加充分的交流与对话、学习与再创造。在这种情况下,在许多领域已经无法完全区分哪个是中国的,哪个是西方的,中西各领域已经获得相当充分的交流、交融。在

---

① 宗白华:《中国书法艺术的性质》,载《宗白华全集》卷三,安徽教育出版社1994年版,第611页。

精神生活当中更是这样，哲学、美学包括艺术，已经是中西充分交流、汇合形成的状态。我们在今天这种历史语境下提出并讨论"艺术学的中国学派"问题，不是要画地为牢，不是在"筑墙"，不是要拒绝诚恳而认真地学习国外文化艺术上好的东西，而是要思考怎样更加深入地挖掘自己那种深厚而优秀的传统，总结、概括来自我们自身历史与土壤的艺术经验与艺术原理，把自身悠久而宝贵的传统充分激活。然后，用新的表达方式与世界交流对话，进一步凸显或者建构我们的主体性，呈现我们独有的面貌，从而对世界文化、世界艺术或世界艺术理论，做出我们更加充分、更加巨大的贡献。今天的中国和过去的确大不一样了，确实需要提高文化自觉，增强文化自信，在各个领域更加充分地呈现自己、表达自己。所以，在这种时候，我们提出建立"中国学派"的命题，要像习近平总书记所说的那样，要"不忘本来，吸收外来，面向未来"[①]。在这样一种总的思路之下，把我们的宝贵传统予以创造性转化、创新性发展，将中国当代艺术家、艺术理论家们的创造业绩呈现出来，充分体现中国的立场、中国的态度、中国的主张，对人类的艺术与艺术理论做出我们应有的贡献。

---

① 习近平：《在哲学社会科学工作座谈会上的讲话》，新华社 2016 年 5 月 17 日电。

作为问题的"艺术学中国学派"

王一川
北京大学艺术学院

【摘要】"艺术学中国学派"目前还是一个问题。首先需要区分艺术门类流派与艺术门类学派、艺术流派与艺术学派、艺术门类流派与艺术流派、艺术门类学派与艺术学派、艺术门类流派与艺术学派、艺术门类学派与艺术流派等六组关系,还需要思考当今世界是否确实存在艺术学派、什么是艺术学派、依靠什么力量去指认艺术学派、现在研究"艺术学中国学派"有什么现实意义等四个问题。要建"艺术学中国学派",先练艺术学中国学说,即通过逐步积累和突破的方式去建设,少谈学派先做学说。

【关键词】作为问题的"艺术学中国学派";艺术门类流派;艺术流派;艺术门类学派;艺术学派

《艺术学研究》编辑部组织的"艺术学中国学派的学理可能与路径"研讨会是有意义的。不过,我之前刚看到这题目时,还是心生疑虑:艺术学有"中国学派"吗?坦率地说,我是带着疑问来参加这个会的。听取了中国电影学派、"中国乐派"、中国电影叙事空间、中国电影中的"游观"等主题发言,我感觉发言的学者准备得认真、扎实,体现了年轻学者在这方面的探索和思考。他们虽然没能直接打消我对"艺术学中国学派"已有的疑虑,但对思考这个问题还是有益处,特别是让我的思考有了更加明确的针对性。下面就谈谈我个人对"艺术学中国学派"问题的初步思考。我主要还是想提出问题,请大家讨论,共同思考。

一、六组关系

探讨"艺术学中国学派"问题,我们首先需要做一个区分。区分什么?区分两个系列的关系:一个系列是艺术门类流派和艺术门类学派的关系,另一个系列是艺术流派与艺术门类流派的关系。不过,全面地看,这里实际上涉及至少六组关系:

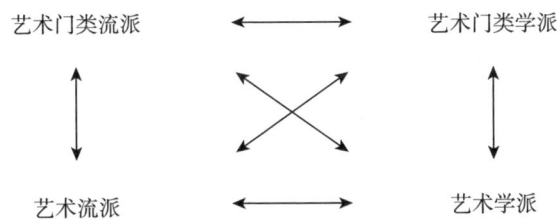

第一,在门类艺术层面或上横轴上,需要区分艺术门类流派与艺术门类学派的关系。前者是指有独特艺术风格的门类艺术家共同体状况,后者是指有独特艺术主张的门类艺术研究共同体状况,也就是门类艺术创作共同体与门类艺术研究共同体的区分。

第二,在艺术或一般艺术层面或下横轴上,需要区分艺术流派与艺术学派的关系。前者是指多个艺术门类之间有共通艺术风格的艺术家共同体状况,后者是指多个艺术门类之间有共通艺术主张的艺术研究家共同体状况,也就是艺术家共同体与艺术研究家共同体的区分。

第三,在流派层面或左边纵轴上,需要区分艺术门类流派与艺术流派的关系。这就是各个艺术门类自己的艺术家共同体与多个艺术门类之间的艺术家共同体的关系,属于特殊流派与一般流派的区分。

第四,在学派层面或右纵轴上,需要区分艺术门类学派与艺术学派的关系。这就是各个艺术门类中的艺术研究家共同体与多个艺术门类之间的艺术研究家共同体之间的关系，属于特殊学派与一般学派的区分。

第五，有时候，各个艺术门类流派与艺术学派之间也会发生斜线上的联系。这意味着区分门类艺术家共同体与艺术研究家共同体之间的关系，前者往往成为后者的研究对象。

第六，同样，艺术门类学派与艺术流派之间也会发生斜线上的联系。这就是艺术门类研究家共同体要考虑一般艺术流派问题本身及其在艺术门类中的存在状况。

这样，两条横线和两条纵线上的关系，再加上两条斜线上的关系，共同构成六组关系，我们都需要做出区分，并且看到它们之间的复杂联系。这里要细说每一组关系的具体情形，可能办不到，因为时间有限。但是，不妨重点说说第一组关系。刚才我听得比较多的，主要还是艺术门类流派，如音乐有乐派、电影有影派、戏剧有戏派、绘画有画派等，这比较容易理解，就是分别指音乐家共同体、电影家共同体、戏剧家共同体和美术家共同体。但是，如果是谈论某某音乐学派、某某电影学派、某某戏剧学派或某某画派，也即艺术门类学派，那就需要追问它们的"学"究竟体现在哪里，也就是分别需要音乐研究家共同体、电影研究家共同体、戏剧研究家共同体或美术研究家共同体能够站出来，才能够回答，这也就是需要这些门类艺术研究家切实顶起这顶"学"帽来。当艺术门类流派更多地由门类艺术家支撑之时，门类艺术学派则更多地需要门类艺术研究家去支撑。他们的分工和贡献各有不同，各得其所。

同时，我想还需指出的是，门类艺术学派除了"学"的支撑以外，同时也需要门类艺术创作及其成果，即作品去支撑，也就是门类艺术作品与门类艺术研究共同支撑起门类艺术学派。门类艺术作品是基础，在它的基础上生成相应的门类艺术史、门类艺术理论、门类艺术批评等学术成果。假如没有门类作品支撑，那门类艺术学派就是空的；而假如没有门类艺术研究成果引领，那门类艺术学派就不成其为"学"乃至"学派"了，很可能只是停留于门类流派的层次上。

二、四个问题

谈论"艺术学中国学派",除了上述六组关系以外,需要考虑的问题还有很多。就艺术门类来说,现行中国艺术学学科门类涉及七大门类艺术,按学科顺序排,就有音乐、舞蹈、戏剧、电影、电视艺术、美术和设计七个门类,更别说还应该把建筑、书法、摄影等纳入进来(它们现在一般被归入美术学)。同时,如果我们要谈论"艺术学中国学派"或"中国艺术学派",就必须同外国或西方艺术学派作比较,这就涉及艺术学派的知识型或者知识范式问题。因为,我们一谈"艺术学中国学派",肯定就有一个参照系,有一个对象,有一个对话的伙伴,也就是要与外国艺术学派作比较,或者是同它们相对而言。

因此,一旦谈到"艺术学中国学派"这样一个知识型或知识范式问题,可能有至少四个问题需要考虑:

(1)当今世界是否确实存在艺术学派?

(2)什么是艺术学派?

(3)依靠什么力量去指认艺术学派?

(4)现在研究"艺术学中国学派"有什么现实意义?

问题之一:当今世界是否确实存在艺术学派?当今世界上总共存在哪些或者多少艺术学派?在其中,"中国艺术学派"有何地位?当前是否是谈论艺术学派的时机?如果从共识来看,世界上真的存在艺术学派吗?在英语世界,艺术学到现在也还没有一个专门词语,这是大家都熟悉的,而只能用"艺术研究"之类词组替代地表达。德国学者玛克斯·德索(Max Dessoir,1867—1947)于1906年正式提出"Kunstwissenschaft",直译为"艺术科学"或"艺术学"。但是这至今没有被英语国家接纳,也没有听说被法语国家接纳。到现在为止,英语国家都还没有"认账",这是否本身就是一种态度？是不是存在着这种研究各个艺术门类之间的普遍规律的艺术学问？如果有，那它的标志有哪些？如果没有，我们现在来谈，是不是时机不对？再说，如果有的话，世界上到底有多少艺术学派？我想还是需要去清理的。我们有没有清理过？再说了，假如要谈所有或多个艺术门类都适用的普遍的艺术流派，现在有没有？后现代？后殖民？大数据？人工智能？然后再来谈谈有没有跨门类的普遍性的艺术学派。我这里只是把问题提出来，因为感觉这就是第一层次的问题。世界上到底有多少个艺术学派？在其中我们的地位和作用何在？这是需要有共识或大致共识的。假如这样的前提都没有，如何去谈"艺术学中国学派"？如果说是谈论世界文明古国的艺术，我们恐怕只能谈艺术思想流派和艺术思想体系，而不好去多谈什么"艺术学"或"艺术学科"，因为古代还没有这种在现代性以来才逐渐兴起的"艺术学"或"艺术学科"。当然也可以谈，但就比较宽泛和不严格了。那是文明古国时候的事，至少只是一种对现在产生影响的传统或遗产，跟现在没有什么直接的共生关系。我觉得这是需要探讨而又悬而未决的第一个问题或难题。

问题之二：什么是艺术学派？也就是艺术学派的内涵、标准及研究方法等是什么？假设有，真的要谈，至少应当有以下几方面的基本指标。第一，是否有属于这个学派的一套基本学术概念或学术范畴？第二，与此相连，是否有属于这个学派的一套独特的方法（论）体系？这里是有没有一套，而不只是一个。有没有一整套学术概念或范畴以及方法，是判断是否为艺术学派的最基本的标尺。且不说艺术学派，单就说它的更基本的成熟的艺术学著述，也需要有其在学术概念及方法等领域的独特建树。当年李泽厚的《美的历程》（1981）就至少贡献了两个独特的概念：第一个是从克莱夫·贝尔（Clive Bell，1881—1964，英国美学家）那里借来的"有意味的形式说"，第二个就是独创的"积淀说"。再有就是在研究方法上形成了艺术观念史研究方法，即以统一的艺术观念去引领各门类艺术史之间的融通。这本著作，其实称得上是艺术通史或艺术观念史。带着这两个观念，即艺术是有意味的形式以及通过社会实践来积淀，那本来是非实用的、非艺术的青铜饕餮、彩陶等，经过漫长的社会实践积淀后，转化成为有意味的形式，即艺术。可见，一个艺术学派至少需要一整套概念、范畴和方法体系。第三，同样需要联系起来考虑的是，是否有代表性艺术理论家？要有人才做得了学派这个事，形成学术共同体。这里面就包括是否有代表性的论文或著作。第四，是否有标志性艺术作品？或者是否有被重点发掘的艺术品传统？艺术学派的背后，一定要有相应的艺术品来支撑，因为光靠艺术理论或艺术研究还不足以支撑艺术学派。黑格尔需要有具体而又丰厚的艺术作品支撑，例如古埃及艺术、古希腊艺术、现代的浪漫主义艺术等，才能创造出由象征型、古典型和浪漫型三大类型观念组成的艺术理论框架或艺术史概念系统。我觉得要有类似这样一些东西来支撑，包括代表性艺术研究著述和代表性艺术作品，至少满足上述四项条件。如今我们有没有，确实应当认真思考。

问题之三：依靠什么力量去指认艺术学派？指认一种艺术学派，同时依赖于两种力量：一种是自我认证，叫自证；还有一种是靠他者来旁证，可称为他证。一个艺术学派的成立，不仅要靠自证，更应靠他证。学派不能仅仅满足于由自我去证明，如公开宣布说"我有学派"或"我们有学派"了。光自己说不够，还得由别人来说。一个艺术家说自己是大师，而不是由旁人来说，他好意思吗？权威吗？还是得靠艺术批评家和观众去说。假如我们说有"艺术学中国学派"，光我们说了还不行，还要旁边的"他者"说才行。为什么人们要照镜子？一定要找一个镜子来对照，就是要靠外在的因素来证明自己。假如我们中国有"艺术学中国学派"，那就肯定是同其他学派相对而言的，是在一面或多面"他者"镜子的映照下才成立的，所以"他者"是一面重要的镜子。只有依靠"他者"的确证即他证，我们的"中国学派"才能成其为学派。假如光靠我们自己说，那就是自说自话，不好，至少不全面。完全是自说自话，就缺乏公信力了。到如今，靠谁来自证和他证"艺术学中国学派"？想必我们还有一段不短的路要走。

问题之四:现在研究"艺术学中国学派"有什么现实意义?也就是现在来谈论"艺术学中国学派",对于今天正在进行中的现实的艺术活动——艺术创作、艺术鉴赏和艺术研究等方面,有何现实意义?这一点可能是大家都很明确的:进入新时代以来,人们都在谈论中华民族伟大复兴需要中华文化艺术的繁荣兴盛,同时也需要建立中国艺术学的学科体系、学术体系和话语体系。今天确实有这么一个迫切的现实需要,有这么一个特定的时代背景,促使人们来提出和思考"艺术学中国学派"问题。也就是说,当中国崛起了,特别是经济上或物质上崛起了,我们需要和希望在文化或精神上也匹配出相应的东西,同样实现崛起。这时提出并探讨"艺术学中国学派"问题,确实具有现实意义。不过,这个问题看起来应当是四个问题中最容易回答的,但同时也是它们中最不容易说清道明的。因为,经济或物质上的崛起容易找到指标,而文化或精神上的崛起却难以建立指标体系。

前面三个问题确实还不容易说清楚,其中的第一个问题我自己就没有研究。就我自己的有限阅历看,在当今英语世界或西方世界,讨论艺术各个门类自身的规律或特性的学术成果很多,但是把各个门类融通起来探讨的较少,即便是组成像中国艺术研究院这样的学术机构的也很少。斯坦福大学艺术与艺术史系把研究录像、绘画、纪录片等领域的教师放在同一个系,并不是出于统一的普遍的"艺术学"概念,而只是出于一种目前需要,一种不便安排的安排。至于将来是否会接受或接纳"艺术学"概念,有待于观察。不妨想一想,这种不便安排的安排本身,也可能就是一种安排。它说明了什么?说明美国领先高校也已经感到,传统的美术史系单纯研究美术门类已经不够了,需要把不同艺术门类的研究组合或拼贴起来,组成一个系统来建构。所以,我们谈论艺术学或艺术学理论学科,中国可能还是走在前面的,也很有可能是"变轨超车"。

说到底,问题之一、之二和之三都需要花较多时间去研究。研究艺术门类流派比艺术流派要容易，研究艺术门类学派也比研究艺术学派要容易，但都需要有所区别。前不久，有做艺术门类批评的学者就不相信有艺术批评存在，认为只存在艺术门类批评，如音乐批评、舞蹈批评、戏剧批评、电影批评、电视艺术批评、美术批评、设计批评，不知道什么是艺术批评。艺术门类专家自有他的道理，艺术专家也有其思维逻辑。由此看，研究"艺术学中国学派"确实是一件很严肃的事，需要相关标准去衡量，依赖于若干证据去支撑，也就是需要回答上面说的这些问题，或者至少在这些问题领域有建树、有推进。这样来思考"艺术学中国学派"，才是扎实、稳妥的。

说到这里，我还有个或许并非多余的担忧：假如世界上其他国家，特别是文化上领先的国家，一律没有谈论艺术学及艺术学派，而我们自己却在这里单独地大谈特谈，这样的状况会说明什么？是说明我们已然走在世界艺术学及艺术学派的最前列，还是说明我们依然身处世界艺术学及艺术学派的最后面、外面或边缘？因为，越是被起劲地谈论的东西，或许越是恰恰缺少的东西。或者，你越想去谈论某种东西，越表明你在那方面缺乏底气。

三、要建艺术学中国学派，先练艺术学中国学说

到这里，我想坦率地说出我的一个观点或建议：要建艺术学中国学派，先练艺术学中国学说。或者更简单：要建中国艺术学派，先练中国艺术学说。"学说"，我在这里把它理解为"学说话"。先不提"学派"而先提"学说话"。先学说情、先学说理、先学说史，还有先学说评，等等，这是不是有可能？先学说话，也就是先把学说（话）做起来，先谈艺术学说。等有朝一日慢慢积累多了，再去说艺术学派。"革命"可以分两步走：先有艺术学说，再有艺术学派。

当然，这两步其实还可以细分成更小更多的步子，都是一步一步地

进行。原来叫大理论、堂皇叙事或大叙事，现在就多做小理论或小叙事。从小理论开始学说，分步走，一步一步地积累。就像建"高峰"，要先建"高原"，而"高峰"这个事不能太急。60年前的1959年，上海音乐学院学生接到创作任务，要创作一个中华人民共和国成立10周年献礼作品，他们面临可以选择的三个题目：第一个是"大炼钢铁"，当时是在"大跃进"的热潮中；第二个是"全民皆兵"，是那会儿最火的题目；第三个才是民间爱情传说"梁祝"（也就是现在的非物质文化遗产），当时还算不上热潮。按照这批年轻学生们的直觉，这三个题目的重要性是依次递减的，因而他们对此的创作兴趣也是递减的。但最后，学院领导拍板做"梁祝"，因为它最适合小提琴协奏曲，学生们当然得服从。没想到一举取得巨大成功，一下子就创作出这么多年来人们还要不断回味和景仰的音乐经典。[①]我问了音乐界的一些专家，如果说中华人民共和国成立以来音乐方面有经典或有"高峰"的话，那么这个肯定算。这样一下子就创作出60年来的音乐经典或音乐"高峰"，当年的年轻音乐人自己是不可能预想到的。起初不起眼的小题目，居然可以做成大经典。

总之，要建艺术学中国学派，先练艺术学中国学说。一步一步地来，或者分多个步骤走，做多了，一点点积累起来，说不定谁就在这方面有突破。当这样的积累和突破多起来，艺术学中国学派的基本条件就逐个地得到满足了。那时，或许就有他人发自内心地出来指认了，而不必等到我们自己来说了。到那时，当我们自己不说"艺术学中国学派"时，或许它就有了，也就是了。至于目前，恐怕还是少谈学派而多做学说为好。

[①] 参见黄旭东《艺术明珠"梁祝"创作过程真相——协奏曲创作的参与者与知情者访谈实录》，《音乐爱好者》2008年第12期；烁渊《"梁祝"策划的最新解读》，《决策与信息》1999年第8期。

寻求艺术学派与流派建构的"中国艺术语言"

刘悦笛

中国社会科学院哲学所

【摘要】 "中国派"要得以成立与形成,既要有底线的规范性标准,也要有高级的境界性标准,前者要求"中国艺术语言"的独立,后者则要求"美学的品格"的成就。中国乐派、中国美术派和中国电影派如果要得以成立,最终有赖于"中国音乐语言""中国视觉艺术语言"和"中国电影语言"的独立发展。"新的中国性"艺术观,要在时代性与本土性的张力间来建构,与此同时,还要反对"民族主义""传统主义"和"自动主义"三种观念。当"中国艺术语言"成熟之时,"中国艺术流派"与"中国艺术学派"也就成立了。

【关键词】 "中国派";"中国艺术语言";生活美学;"新的中国性"艺术观;中国乐派;中国美术派;中国电影派

一、"中国派"成派的内因:形成"中国艺术语言"

究竟何为"中国派"?"中国派"就不是"外国派",在西方,无论学派还是流派,其实都是个"共同体"。无论是以艺术家群体为核心的群落,还是以理论家为核心的群落,流派与学派,实际上都是"想象的共同体",古今中外,皆是如此。

那么,究竟什么是"派"?如果"派"是系统的话,"派"其实就像是一条河流。众所周知,河流发源之始就像一个扇面,不断有水流汇进,有这样的"派"才能流得更长、流得更远。江河是一个扇面,这才是所谓的"派",如果没有形成内部系统,就不能称其为"派"。

所谓"派",包括两种:一个是学派,另一个是流派。问题是究竟流派应该在学派之先?还是学派应该在流派之先?有没有理论先行的情况?也许有,很多艺术宣言会被发布出来,如"未来主义艺术宣言",但同时艺术本身就已经做出来了,这几乎是相辅相成的。一般来说,在有一定的艺术发展积淀基础之上,才可能形成学派,但是有学派,未必就形成流派,反之亦然。

我认为,"中国派"要得以成立与形成,无论是流派还是学派,起码有两个关键词,亦即两个规范性的标准:一个底线的规范性标准;一个高级的境界性标准。底线规范性标准就是"艺术的语言"。什么时候中国化"艺术语言"成熟了,中国性的艺术流派和艺术学派也就形成了。就像在世界上颇有影响力的伊朗电影,如果有自己的叙事风格和纪录风貌,只能说是"伊朗的"电影,不能说是具有"伊朗风格"的电影,中国也是如此。另一个更高的追求,也是更高境界性的追求,那就是流派与学派一定要有"美学的品格"。学派、艺术派别都要达到这个标准,才能真正得以确立自身身份,亦即"成其为派"与"称其为派",从而变得名副其实。

道理其实很简单,如果"中国艺术流派"成为"中国派",要在艺术上得以成立,除了内容和本土意韵呈现中国特色以外,还要逐渐形成"中国性"的艺术语言。有个有趣的、不用争辩的事实便是:任何艺术都植根于本土,彻底的、绝对国际主义的艺术不存在,就像世界语也不能被全世界所有人都听懂一样。当代视觉艺术家徐冰创作《天书》,想用人为约定俗成创生的"符号",创造出一种世界上任何人都懂的语言,其实不如他早期的《英文方块字》那么成功,因为后者恰恰介于中西之间,从而更有艺术力量。

除了内在的意韵之外,中国流派要确立,还在于"中国性"的艺术语言的确立，我认定这才是核心规定。无论是中国电影语言、中国舞蹈语言、中国音乐语言、中国建筑语言还是中国绘画语言，都是如此。举个比较贴切的例证，为什么当年中国的动画电影能够成为独具中国风格的动漫一派？因为它对中国传统水墨语言进行了纳入和创新，也就是把水墨画的静止图像变化为"移动影像"。想一想电影《小蝌蚪找妈妈》和《牧笛》，是不是特别中国化的艺术语言？就连后来的日本动漫也受到中国的影响，到了宫崎骏这一代也是如此。2019年热映的《哪吒之魔童降世》又开始有所拓展，因为这部动漫片不再是模仿西方意象，而是植根于中国本土文化进行创造，当然为了适应时代出现了不少网络文化的因子，这也无可厚非。这其实也是个"接受美学"的问题，每个时代对于艺术都有每个时代新的诉求。

我们还要追问，到底什么是"艺术语言"？答案很简单，先回到什么是语言。语言就是说话的方式。这也就是说，什么时候中国艺术有它自己的"艺术说话"的方式，"艺术言说"独特方式就形成了，这时候才能说成为"中国派"，这是"中国艺术流派"得以形成的标志。

另一方面，"中国艺术学派"真正成立的话，恰恰是要中国艺术学理论真正形成自己独特的"美学用语方式"。如果从分析美学角度来看，要有二阶的美学语言，因为艺术理论不是针对一阶而言的。[①] 当然，这也是一个语用学的问题，艺术语言的确立有赖于这种美学语言的确立。什么时候我们有了自己的话语方式和话语体系，才能说确立了"中国艺术学派"，无论是中国电影学派，还是中国音乐学派，这样才能从世界的电影体系或者音乐体系中独立出来，才能独立于全球学术之林。

当然，我个人主张回到"生活美学"确立艺术流派和学派："生活"是言说内容，"美学"是说明形式。我们的艺术都是言说，讲中国人的生活，美学则是言说的形式，艺术是中国化的表达方式，这也是内外的统

---

① 参见刘悦笛《英美分析美学史论》，台湾秀威资讯科技股份有限公司2017年版，第22—27页。

一。质言之,艺术在中国既是"生活之道",也是"审美之道"。所以"生活美学"是知行合一的美学,也是体用不二的美学,由此可以确立中国艺术流派与学派的基本原则。①

二、"中国乐派"与"中国音乐语言"

"中国乐派"从艺术创作到艺术表演,从音乐创作、音乐表演到音乐理论,要与乐派这个称呼相匹配,其核心在于:中国音乐的"美学品格"到底在哪里?

我们知道,当今"中国乐派"的确立,是被置于纵横的结构当中:纵向结构就是传统的张力,横向结构则是全球化的压力。从纵向来说,一方面要对本土文化加以传承,另一方面还要进行创造性的转化。150年来,西方交响乐被引进来之后,并不是中国人演奏西方音乐,而是演奏具有中国风的交响乐,直到作曲家叶小钢近年来的一系列本土化创作依旧如此,如《喜马拉雅之光》。与此同时,就连歌剧都已经用汉语演唱,被本土化了。如此一来,华夏丝竹音乐的传统在西方的音乐浪潮中已经变异了。然而,中国文化并不是都像明清时候那样保守,起码唐代音乐就已经受到西域文化的影响,那种想象的一种纯粹的、土生土长的封闭音乐,其实并不存在。历史发展也并非如此,就像过去中土的笛子是竖吹的,西域音乐进来就开始横吹一样。音乐也存在多民族、多文化的"交通"现象,在历史上形成了"音乐交通"的过程,这也形成了中国音乐多元共生的特色。

另一方面,尤其在"现代性"介入之后,中外文化接触和交流频繁,使得中国音乐本土化和全球化形成微妙的关联,既有西方音乐传统对本土传统的横向影响,也有本土音乐传统在全球系统中得以"新生"的问题。中国乐派经典之作《梁祝》被小提琴等各种西洋乐器演奏,《炎黄风情》

---

① 参见刘悦笛《以"生活美学"确立艺术流派和学派的新路》,《中国文化报》2019年7月17日。

的二十四首管弦乐曲阐发的就是中国民歌主题,这就是"西体中用"的方式。最基本的工具是西方的,但是演奏的内容却是中国的。与之反向,还有一种是在中西融合当中得以重新塑造的民族管弦乐形式,现在非常流行的各种新潮民乐就是如此。这些都是"中体西用"的方式。"西体中用"是用西方形式说"中国话","中体西用"则是用中国形式说"西方话"。全球的本土化与本土的全球化,无论是哪个方向,都要植根于中国的传统,由此才能成为"中国的"音乐。

中国音乐成为一派,历史积淀一定是源头活水。无论是儒家还是道家都是中国音乐的主流传统,而且在儒道互补的基础上,还要加上佛教音乐,从而形成三分天下的格局。但是另一方面,也需要看到,中国文化的官文化、士文化和民文化三维结构分别对应中国音乐的不同传统,从而构成了不同的音乐文化系统。除了"乐通伦理"的官方音乐传统之外,还有倡导"声无哀乐"的士人音乐传统,当然还有"俗声俗韵"的民间音乐传统,这三种传统在中国传统文化中是相互整合的。很多时候,民间音乐上升到士人音乐层面,曲高和寡的音乐也可以参与到民间创作当中,特别是元代之后这种例证比比皆是,这三个传统在中国其实都是生生不息的。

所以,在倡导"中国乐派"的时候,要知道"中国"这一前缀是怎么来的,其在很大意义上都是有了外来文化的挤压才得以出场的,包括"国学""国画"之类概念,乃至民国时代的大家所讲"国乐"这样的概念,都是在文化相遇当中生发的。发展到 21 世纪,"中国乐派""中国电影学派"得到另一个发展的历史契机,这种契机大致有两种:一个是全球化的语境,另一个则是生活的根基。在全球化挑战当中,我们意识到存留和强化中国音乐的文化身份,向大众生活的回归,使民族身份得以确立,使中国音乐传统在大众中得以普及,这一点才是把音乐"种"回中国人的生活当中的根本要义。

如果把中国音乐作为一种中国人的生活方式的话,那么名词的"音乐"就转化成动词的"音乐"。而这恰恰是华夏"音乐生活美学"的真谛所在，音乐、生活其实是不可分割的。我们的音乐究竟对世界贡献了什么？如果中国乐派的美学理论由此建构而成，就会挑战西方的音乐概念。与西方不同，中国人怎么区分声、音和乐？所谓"声相应，故生变，变成方，谓之音。比音而乐之，及干戚、羽旄，谓之乐"①。其中，声、音、乐是从低向高走的审美化的进阶过程。中国讲音乐绝不囿于最高的乐，这个顺序能不能反过来？一个例子就是所谓的前卫高雅音乐，如谭盾的《水乐》，用的并不是我们交响乐常用的乐器，交响乐在其中只是一个背景性的存在，它的主旋律部分是自然的水声，把"声"上升为"乐"，这关乎道家对"天籁"的追求。另外一个例子则是在通俗音乐当中，摇滚乐在西方是使用噪音的艺术，而从崔健到谢天笑把古筝融到摇滚乐当中，就是把"筝乐"引入流行音乐的一个特殊方式。

西方人讲音乐美学、音乐理论、音乐史的时候，只讲音乐，中国音乐很多时候反倒用的是"声""音"，而"声""音""乐"在中国传统音乐内部并不是割裂存在的，而是混合存在的。当我们挖掘中国乐派美学分析的时候，其实最终是寻求中国音乐的流派与学派的美学的高度。如何概括中国乐派和美学特质，也成为决定中国乐派在何处的一个关键，从表演到理论找到且抽象出独属于中国乐派的美学架构，这是高屋建瓴般地建造出中国音乐的一个美学标识。②

三、"中国美术派"与"中国视觉艺术语言"

中国视觉艺术理论关乎视觉艺术的层面，主要以我们过去讲的"美术"为主，视觉艺术则更适合当代的概念。美国纽约州立大学布法罗分校教授高名潞曾提出中国"意派论"的构想，试图给中国视觉艺术确立一个

---

① （汉）郑玄注，（唐）孔颖达疏：《礼记正义》卷三七《乐记第十九》，北京大学出版社1999年版，第1074页。
② 参见刘悦笛《"中国乐派"亟须美学提升》，《中国文化报》2019年4月1日。

门派，这一构想在美术界提出之后也有诸多争议。我曾经在鲁迅美术学院的学报上对此做过评价①，高名潞说他的《意派论：一个颠覆再现的理论》②修订版要把这篇文章当作附录。

毋庸置疑，近100年来，处在"西方出理论，中国出实践"的定势中，中国理论家也在试图提出自己的想法。高名潞提出了一个以"意"为派的理论图示，它由"图理""图识"和"图形"共同组成，分别由三个圈组成，三者放到一块儿，中间交叉的部分就是"意"。这就是"意派"最基本的理论架构，当然其中的论述乃是非常深入与多面向的。

高名潞讲的是中国意派，就是一种本土化的"像论"，我认为这也是中国式的一种图像理论，我们不禁感叹高名潞进行宏大叙事的努力和胸襟。他所谓的图理、图识和图形，都是建立在本土美学之上的，而且吸纳了视觉转向之后和视觉文化理论的最新成果，并将这三者与西方的"写实""抽象"和"观念"三维系统相对应。更重要的是，意派的出场，不是空穴来风，他是用它来描述中国的当代艺术，这就是一种创造性的转换。当然，无论是对西方也好，还是对自己也罢，其中都存在着种种误读。当他用"意派论"阐释当代中国艺术的时候，会面临很多的问题，很多人会不赞同。其中一个理由，就是他把这个目标设置得特别大，把很多策展人熟悉的艺术家都放进去了。如果仅仅放20个人，这个意派也许就成立了；如果放100个人，这个意派反倒是难以成立的，就像其后来用"极多主义"的概念，还用"阁楼艺术"针对身处公共空间之外的当代中国艺术一样，都有适用性的问题存在。但是，我觉得从理论创造上来说，"意派论"终究还是中国式的创造，不是那种照搬西方的理论模仿。

但还有一个问题，即某种单数的理论到底能不能和复数的艺术相匹配，如果一个艺术理论不能和艺术实际相匹配的话，就会出现非常多的问

---

① 参见刘悦笛《当代需要何种"中国性"视觉理论——以"意派论"的得失为例》，《美苑》2011年第4期。
② 参见高名潞《意派论：一个颠覆再现的理论》，广西师范大学出版社2009年版。

题。我们在讲"中国派"的时候，要言说的是一个"大派"还是一个"小派"？到底要把所有的综合到一起，还是言说其中一个"小"的，然后再让它来代表"中国性"？实际上，"小派"较之试图囊括所有的"大派"，更容易成立，后者往往是"中国的"艺术，前者则可能成为"中国派"。

我们想想英国青年一代艺术家、意大利新前卫究竟是怎样形成的？它们囊括了该国当时流行的所有艺术了吗？在一个"小派"中，一个非常集中的艺术流派当中，它们逐渐形成了一个整体叙事，"以小带大"，代表这个国家并被推到世界上去。蔡国强在国际艺术界非常知名，也非常有个性，在纽约大都会博物馆的"水墨艺术：当代中国的过去作为现在"研讨会后，他曾邀请我们去他位于纽约东村的工作室参观，当时我们大家也在探讨这个问题：为何当代中国视觉艺术没有一个如日本的"物派"的那种"派"？当代中国艺术家在国际上的确没有一个核心的主流形象，也没有一个艺术理论家来对艺术家们进行理论的引导。某国的这个"派"，主要是指"某国"的艺术流派，其实做得越小反倒越容易成立。这确实也是一个艺术史的规律，乃是经过了经验总结之后的结论。

四、"中国电影派"与"中国电影语言"

我曾给《电影艺术》写了一篇关于纪录片和叙事电影边界问题的文章①，这种理论思考在中国可不可以落地？有没有中国艺术家站在当代电影的前沿做拓展工作？

同年我给《文艺报》撰写了另一篇小文，聚焦于艺术家徐冰拍摄的《蜻蜓之眼》。②随着纪录片和叙事电影边界的模糊，很多艺术可以行走在

---

① 参见刘悦笛《电影记录与影片虚构的边界何在？——"分析美学"视阈下的纪录片本体论》，《电影艺术》2019 年第 3 期。
② 参见刘悦笛《边界模糊的纪录片与故事片——〈蜻蜓之眼〉的电影启迪》，《文艺报》2019 年 5 月 31 日。

边界之上，中国艺术家也冲在前面。《蜻蜓之眼》就是行走在边界上的特例，它既在电影界之中，也在电影界之外。其实这部电影试图找到一个边界性的存在，因为它不是一部纯粹的故事片。故事片是分镜头且虚构出来的，当然也不是纯粹的纪录片，尽管这部电影的所有素材都来自现实中的监控录像。

因为作为导演的徐冰没有赋予这部《蜻蜓之眼》以隐喻性的言说形式，只是剪辑出一个故事来，徐冰也说这部电影言说的是一个巨大的现实，现实就是虚拟，也就是说，虚拟和现实之间的界限又被颠覆掉了，那么，这么做有没有理论上的根据？美国纪录片理论家比尔·尼科尔斯（Bill Nichols）1994年出版了《被模糊的边界》，书中指出纪录片和虚构片的边界已经被消磨掉了。我们都知道，1922年第一部纪录片《北方的纳努克》其实就是摆拍出来的，并不是真实的，是虚构的，纪录片本身其实就包含虚实相生的"虚"的一面。

纪录片一般被叫作非虚构类电影，所谓虚构类电影往往就叫故事片，虚构和非虚构两类电影主要对应的是故事片和纪录片，当然这并不是电影美学上更准确的说法。这里面有一个非常有趣的事，其实在纪录片当中也一定有虚构的成分，在理论言说的时候也是有虚构的。在所有的叙事电影当中一定有纪录，有对现实忠实的呈现结构，但这并不是纪录电影的全部。《蜻蜓之眼》站在电影的前沿对艺术理论问题提出很多这样的挑战，这也可促成"中国电影流派"的形成。上面三个例子就是为了具体说明"中国艺术流派"与"中国艺术学派"得以成立的门类艺术的可能性，没有分也就没有合。

五、建构"新的中国性"艺术观与"中国艺术语言"的独立

"新的中国性"的艺术观怎么形成的？我在2009年的《国际美学年刊》和2011年在布里尔出版社主编的英文文集《当代中国艺术激进策略》

当中，提出了从"去中国性"到"再中国性"，由此重建"新的中国性"的问题①，核心还在于艺术和生活之间的关联。

所以，我为什么要回到"生活美学"来言说这个问题，这其实是反对西方美学传统的两个基本预设：第一个是审美是非功利的，第二个则是艺术是自律的。这两条西化的规律如今看来都是不正确的，尽管它们有着历史存在的合理性，但是并不适合当代的现实。②

我曾提出一个观点：人类的艺术是一个沙漏结构。为什么这样加以描述呢？这个沙漏中间部分是文艺复兴，文艺复兴之后才出现"纯艺术"的概念。文艺复兴之前的中世纪也好，古希腊也好，没有"纯艺术"的概念，艺术和技术是混合在一起的。文艺复兴之后一直到当代，其实这个沙漏又逐渐地打开了。所以西方人一方面要在时间上把艺术"往前推"。文艺复兴时期，乔尔齐·瓦萨利的《大艺术家传》（又译《艺苑名人传》）只是把当时的艺术面貌描述出来，后来艺术史家则把西方艺术史勾勒出来，从古埃及到古希腊一直延续至今。另一方面则是在空间上"往外推"。19世纪，西方人才把艺术概念推到非西方艺术，就是毕加索和高更借用非洲艺术的时候，艺术概念被推到西方之外，才有了非西方艺术的存在，由此全球艺术界才变得完整。

现在，到了建构"新的中国性"的艺术观的时候了，这个艺术观的出场有着充分的理由：一方面是我们的艺术观滞后，另外一方面是美术、建筑、音乐、影视、诗歌、小说、舞蹈、工艺等本身都产生了巨大的变化。有三个观念产生了巨变。

第一个，"艺术观"变化，艺术这一概念什么时候出现的？美术的概念是日本人参加万国博览会前的1872年才出现的。"美"加"术"这个

---

① Liu Yuedi, "Chinese Contemporary Art: From De-Chineseness to Re-Chineseness", *International Yearbook of Aesthetics*, Vol.13, 2009, pp.39-55; Mary B.Wiseman and Liu Yuedi eds., *Subversive Strategies in Chinese Contemporary Art*, Leiden: Brill Academic Press, 2011, pp.59-75.

② 参见刘悦笛《以"生活美学"革新当代艺术观》，《中国艺术报》2012年2月20日。

词、"艺"加"术"的概念统称为艺术世界。① 艺术自律论是西方文化封闭的产物，它强调了艺术面对生活的异质性和否定性，但是中国传统的"艺"却不同，"艺"这个词的本义就是在种植，它深深植根于生活当中。我们的卷轴画要面对"架上艺术史"的传统。我们现在看中国卷轴画的时候是什么样的状态？在美术馆里看长卷，画不动人动，真正看卷轴画是人不动而画动。再比如，我们忽视了作为艺术生活化的民艺传统，我们面对非文字化的视觉艺术时候，也挤掉了作为文人生活艺术化的书法传统。书法怎么成为艺术？书法在古代根本就不是艺术，在明代才出现"书家"这个词，王羲之从未在写一个"书法作品"，书写大部分都是在生活当中。当代艺术中实现了一个交融、综合和转换，这使当代艺术进入所谓"后历史阶段"，这就是我们现在身处的艺术现实。

第二个，"审美观"在变。审美作为一个非功利的定论，统治中国人脑海太久了。艺术之所以称之为艺术，仅仅因为审美，这是太过陈旧的观念。我曾描述说这是一个雪山理论，我们过去说下了雪的山是雪山，过去用艺术是再现、艺术是表现、艺术是境界或意境来规定艺术是什么，规定了那个雪是自上而下的。但是当代艺术理论从来不这么问问题，而是追问那个雪线在哪儿，就是有雪和没雪的界线，冬天雪线就应该向下移动，它始终是移动的。雪线在哪儿？艺术和非艺术的边界在哪儿？过去那些定义至少从20世纪50年代起基本上被西方当代艺术主流摒弃掉了，变成了如今的理论态势。

第三个，更重要的是中国人的"生活观"变化。传统中国文化的"生活审美化"和当代中国艺术的"审美生活化"左右了当代中国艺术的变化，生活决定了人们对艺术的创作、欣赏和参与。政治生活主导的年代，曾经倡导过生活美学，但那时其实是遮蔽了食色的基本生活。20世纪80年代，精英生活美学曾倡导过审美乌托邦，也远离了大众、时代、生活。

---

① 参见刘悦笛《近代中国艺术观源流考辨——兼论"日本桥"的历史中介功能》，《文艺研究》2011年第11期。

只有到了日常生活美学时代，人们才有权利去呼吁：有什么样的生活，才有什么样的审美，就有什么样的艺术！这时候艺术才能成为中国大众的审美福利。

在我们倡导这种新的中国艺术观的时候要反对三种观念："民族主义""传统主义"和"自动主义"。

第一点，要反对民族主义。外国人观察我们，他们觉得民族主义是要警惕的。有一位英国艺术批评家叫保尔·格莱斯顿（Paul Gladston），他认为强调中国性就是在中西之间"筑墙"，这种现象在全球艺术史当中其实是不存在的。这种说法正确之处在于强调民族性并不是为了隔断与世界的关联，但是错误在于，当代中国艺术还是需要民族形象的整体建构的。

倡导中国性的确与国家形象工程、国家主义之间有共谋的关系，应该看到，美国人最初推广自己的当代艺术特别是抽象表现主义的时候，背后还是有美国政府推销的方式。10多年前，中国美术界关注当代中国艺术观，《美术》杂志倡导中国画要有中国画的气派，《美术观察》提倡要有中国艺术观，前卫艺术要有当代中国性，其实都是相通的。学院派、主流派、前卫派，其实做的事都是一样的。为什么会产生如此共识的现象？因为现在这个情况下，中国性的登场也是被全球化挤压出来的结果。

第二点，要反对传统主义。新的中国艺术观绝对不是"传统主义"，当中国艺术家看到中国内在本土化诉求的时候，其实我们要知道，说话的方式、创作艺术的方式已经很西化了。中国大面积接受视觉艺术的外来要素，至少从明代已经开始了，甚至更为久远。事实证明，你也回不到100多年前的中国，而且即使回到100多年前，你也未必喜欢那个时代。那过去的时代，不是电影拍的那个"过去"，它也是被现代性塑造、具有当代眼光的古代中国。如果缺乏时代眼光，本土性会丧失当代方向，反过来，摒弃本土性的话，时代性也会走向空洞，从而丧失本土文化的积淀。举个生动的例子，如今巴厘岛的艺术基本上是西化的艺术，为什么呢？巴厘岛人原来不做雕塑，也不画画。最早人类学家和民族学家去了之后，画了巴厘岛的图像，巴厘岛人将之当作民族的艺术来贩卖给世界各地。巴厘岛是一个旅游岛，自身的图绘传统被切割掉了，因为已经被西化了，这就是一种艺术上的"文化驱逐"现象。

第三点，还要反对"自动主义"。很多艺术家跟我讲：我们根本无须中国化，只要我是中国人，我创作的就是中国人创造的东西，所做的就是中国艺术。但是真的会出现所谓的"黄香蕉现象"，人们长的是黄皮肤，内心是一个白瓤，所以中国还是需要文化的自觉意识。无论放在西化标准当中，还是放在本土标准当中，关键在于艺术质量的好坏，在艺术上究竟能不能立得住。

特别在全球化的语境当中，本土化的艺术价值还是要放到一个跨文化的语境当中来加以呈现。哪怕中国艺术是大餐中的"一盘春卷"，也要给出最有特色的中国菜肴，并且要告诉西方人中式色香味在哪里。这是策展人和批评家栗宪庭当年说的话。这也是为何要呼吁：我们当代中国艺术从理论到实践，都应该有这种本土的标准，否则如何成其为或称其为"中国的艺术"？！

六、"中国派"介于时代性与本土性张力之间

如今，中国背后有一个文化自觉动力，的确要建构一种"新的中国性"的艺术和"新的中国性"的艺术观，无论自觉还是不自觉都在做。其中，"新"是创造，"中国性"是传承；"新"是时代性，"中国性"是本土化。其中有两点最重要：一是要有"中国艺术语言"，这既有艺术创作的原因，也有艺术言说的理由；二是要有中国自己的"美学品格"，从而形成独特的美学风格。目前，当代中国大部分艺术门类还很难说已经有了这样一种确定的民族身份。

如果从时代和本土性关系来说，没有时代性，本土性是"盲"的，没有时代性而只强调本土性，则无异一个盲人。反过来说，没有本土性的时

代性是"空"的,若只是西方的追随者,则只是空洞的自己而已。① 相对于"中国派""中国艺术流派"抑或"中国艺术学派",我个人非常赞同建立一个中国性的艺术观,完成一次中国化的艺术实践。更重要的是,在实践和理论之间能有特别健康的自上而下和自下而上的匹配,这样中国艺术学派和流派才是可能的。其实,很多路不是由别人指出来在哪里,路是自己走出来的,路在脚下,路在前方!

---

① 参见刘悦笛《走向"新的中国性"艺术观》,《文艺报》2011年9月5日。

中国电影学派价值体系的时代建构

贾磊磊

中国艺术研究院

【摘要】 中国电影学派所要建构的是一种中国电影的价值体系,而不是单一的电影价值观——无论这种价值观是经济的、社会的,还是娱乐的、审美的。中国电影价值体系所设定的不是对于某一种电影形态的价值诉求,而是立足于推进整个中国电影艺术的繁荣与中国电影业的全面发展。中国电影学派的价值体系建构,必将跨越电影题材论与风格论的一般范畴,超越中国电影代际划分的历史标准,确立中国电影在工业体系、美学体系、文化体系"三位一体"的总体格局。

【关键词】 中国电影;价值体系;时代建构

中国电影在世界电影产业的格局中占据着重要的地位,这已经成为一个毋庸置疑的事实。然而,中国电影是否能够在世界电影的文化格局中占据我们应有的文化地位,使中国电影屹立在世界电影的历史版图上,并且使中国电影的评价体系在世界电影的整个价值体系中卓然而立?包括我们所倡导的中国精神、中国气派、中国风格、中国立场、中国价值如何建立与之相吻合的电影语言的叙事系统,怎样建立与之相同构的电影心理的认同机制,都是需要深入探讨、倾力践行的问题。当然,我们并不是要刻意地创造出一种与世界其他国家的电影评价体系分庭抗礼的中国标准,将我们的评价体系与其他可行的评价系统全部对立起来。我们在中国电影学派的理论框架内所要建构的是一种能够熔古铸今、兼收并蓄的中国电影的评价体系。这种评价体系的建构不仅能够为世界电影的总体评价体系提供新的理论参照系,而且能够为世界电影的艺术创作提供可以借鉴的导向维度。

一、世界电影价值体系的不同分类

目前,世界上主要有三种具有代表性的电影价值的评价标准。它们左右着各自所占据的价值平台,为不同的电影在国际上的传播发挥着导向性的作用。尽管这些评价标准在价值取向上并不一致,可是各自在国际影坛上的影响力不可小觑。

其一,是建立在作者论基础上的以欧洲国家为主体的艺术至上的电影评价体系。其主要的评价与传播平台是意大利威尼斯国际电影节、法国戛纳国际电影节和德国柏林国际电影节,也包括亚洲的日本东京国际电影节。这种评价体系自创立以来就极为强调电影的艺术特质,而鄙视影片的商业取向,甚至确立了与市场票房分庭抗礼的美学主张。尽管许多大师名作都问鼎这些国际 A 级电影节,中国的许多影片都在那里有所斩获,但是,世界上没有任何一个国家和地区以这些国际电影节为宗旨来指导电影的产业发展。中国台湾地区用"辅导金"来资助导演拍那种专门在国际电影节获奖的影片,而对于本土电影的产业发展却弃之不顾,造成了台湾青年一代导演基本丧失了市场的竞争能力。台湾整个电影业在好莱坞电影的冲击下如今已经溃不成军。虽然这些国际电影节对主流电影、包括商业电影也时有青睐,像 2019 年韩国电影《寄生虫》便获得戛纳国际电影节"金棕榈大奖";可是就总体而言,这些电影节依然坚持着他们"艺术至上"的价值理念。现在,我们不能简单地把国际电影节的评价体系说成是文化上的"欧洲中心主义"的电影版,也不能轻易地否定其在电影创作上所秉承的美学传统对世界电影的正面影响。可是，我们现在所提倡的中国电影学派价值体系的建构，必须将我们的价值体系牢固地建立在我们自己电影的历史传统、文化传统和美学传统之上，在汲取其他国家电影的艺术经验的同时，不能完全以国际电影节的价值标准来衡量中国电影、通约中国电影。因为这样不仅不能真正地让中国电影被世界所认可，而且也不可能将中国电影带入繁荣发展的新时代。

其二，是以美国好莱坞电影为参照的电影评价体系。它的价值传播平台是一年一度的奥斯卡评奖活动。奥斯卡不像欧洲国际电影节那样与电影市场相互对立，它从来就不回避对于电影市场的青睐。近百年奥斯卡评奖的历史，并不是堆满鲜花和彩带的历史，金像的熠熠光彩也时常因社会政治风云变幻与金钱的腐蚀而暗淡下来。有人说它已被金钱的铜臭腐蚀殆尽，有人说它充满着种族偏见，有人说它的颁奖仪式与"人肉游行"并无二致……尽管美国电影艺术与科学院的权威们把"奥斯卡"金像奖奉为一种艺术的圣物，赋予了它一副超脱尘世的未来型面孔，但是，它依然不能超越自己生存的商业社会对它的种种掣肘，只是它们对奥斯卡的制约都是以"匿名权威"方式进行的，是通过潜在的、间接的形式存在着。事实上，历届奥斯卡的评选结果，获得最佳影片最多的是音乐歌舞片，其次是喜剧片。在电影诸种不同的类型中，歌舞片与喜剧片是娱乐性最强的，奥斯卡评委们把如此众多的桂冠戴在它们头上，反映出"奥斯卡"大奖高度注重影片娱乐性和商业性的基本取向。客观地讲，"奥斯卡"的评奖标准正越来越趋于一种兼容美学的价值观，包括对于最佳外语片的评奖也关注到多元文化的艺术表达，而且还将"奥斯卡"的小金人颁发给非西方国家的电影艺术家。可是，这些都没有改变奥斯卡评奖在近百年的历史中形成的基本价值定位，即不能摆脱商业文化对它的根本制约。

其三，是拉丁美洲的"第三电影"所标举的民族主义电影价值观。作为一场电影的美学运动，拉美的"第三电影"与世界上其他的新兴电影运动一样在风行了数年之后就偃旗息鼓了。可是，其美学理念却在世界电影史上留下了深深印记。"第三电影"将以好莱坞商业影片为主体的西方类型电影称为"第一电影"。这类电影以传统好莱坞电影中形成的格式化、经典化的电影语言为叙事模式，经过精心制作，表现出一个神话般完美的世界。在美国，"电影仍然是奇观或娱乐的代名词"[①]，它歌颂处于资本主义经济模式当中的个人主义价值观，美化美国现行政体和国家形象，它安抚或抑制任何基于反省所产生的行动和想法。"第二电影"则是指以法国新浪潮为主体的"作者电影"。虽然电影存在作者主观的、个人的意愿，但也能够暴露和表现各种社会问题。但他们已经自己把自己"困在城堡中"，或者正要陷下去。这些电影都不是"第三电影"的美学目标。在电影语言的形式上，"第三电影"采取了完全不同于西方电影模式的修辞策略，他们没有仿照好莱坞的形式，而是将好莱坞电影从形式到内容全部抛开，在完全独立的立场上建构属于拉丁美洲本土文化的银幕世界，甚至完全放弃了个人化的主角，而代之以集体的叙述方式作为影片的重心。由于"第三电影"公开声明是一种颠覆的电影、革命的电影，它的主要观众是针对工人、农民和劳动大众，而这些人又几乎不去电影院，所以这促使"第三电影"寻找一种特殊的发行、放映方式。他们有时带着发电机、放映机和胶片在乡间放给印第安人观看，在放映前先打出主要角色的幻灯片，并且根据印第安人的文化传统，先说出故事的内容，接着与观众讨论故事，然后才放电影。这种反市场的电影传播方式，不仅没有将电影院里的观众拉到"第三电影"的座位上，反而使他们更深地陷入好莱坞电影娱乐化的观影机制之中。

二、"电影学派"与"电影流派"的根本区别

需要阐明的是，世界电影史上的许多电影艺术创作浪潮抑或是电影艺

[①] ［阿根廷］费南多·索拉纳斯、奥克塔维·赫蒂诺：《迈向第三电影：关于第三世界电影解放的发展经历与感悟》，王伟译，《北京电影学院学报》2017 年第 6 期。

术美学运动,都被冠之以"流派"或者是"学派"之名,包括在人文艺术科学领域也是这样。在英语中,"学派"与"流派"都是用"School"这个词来表述的。像古希腊哲学的犬儒学派（Cynic School）、西方经济学界的芝加哥经济学派（Chicago School of Economics）、现代功能语言学的布拉格学派（Prague School）、文化研究的法兰克福学派（Frankfurt School）,在我们的翻译过程中都是将"School"作为"学派"来界定的。

在我们的汉语当中,"流派"与"学派"是两个不尽相同的概念。它们的主要区别在于：其一,一般而言,我们称之为"学派"的主要是指学术流派。比如说,中国的儒学,它的思想传遍中国历朝历代,文化影响远播世界。我们称之为"流派"的往往是指一种具有共同艺术特征的创作群体,就像中国电影史上的第四代、第五代导演,他们各自都形成了自己独特的电影艺术风格。其二,"学派"是指一种相对集中、相对久远的文化历史的存在,它们是对同一宗旨、同一学说的共同认可与一致承传。比如说音乐的中国学派、绘画的中国学派、戏曲的中国学派,它们都不是特指某一个历史时期的艺术现象,而是指一种艺术形态在一个国家、民族意义上的总体特点；而"流派"则通常带有某种民族、地域以及个人的特点。像中国京剧中旦角的四大流派,如庄重深邃的梅派、矫健流畅的尚派、深沉含蓄的程派、自然质朴的荀派,它们共同构成了中国京剧蔚为大观的总体艺术风貌。其三,"学派"在历史上会存在于一个相当长的历史时期内,它的生长、繁衍、发展在历史上通常都是一个"长时段"；而艺术流派,不论是意大利新现实主义电影还是新德国电影、新好莱坞电影,在电影史上都只存在于一个历史的"短时段"内,它们的盛衰周期相对短暂。其四,从某种意义上讲,电影学派的承传类似于爱德华·希尔斯所说的那种"传统的延传变体链"（chain of transmitted variants of a tradition）,作为在时间上不断承传的一种传统,它"围绕着被接受和相传的主题的一系列变体。这些变体间的联系在于它们的共同主题,在于其表现出什么和偏离什么的相近性,在于它们同出一源"①。这就是说,在相同的文化源流之上,"学派"的承传会表现出对同一主题的反复阐释和不同形态的相继呈现。尽管经过了数代的演变,中国电影今天所秉承的文化精神,所恪守的价值取向,所表达的叙事主题,所体现的审美趣味却始终在延续,在传承,在演变。其五,"学派"与"流派"的重要区别在于,一般的艺术流派在美学上都是以艺术的风格作为划界标志,将属于同一种艺术风格的作品命名为一种"流派";而中国电影学派的代表性作品,必须是艺术与经济、思想与产业、文化与商业不同价值取向的综合体,它们相互之间既有差别,又有联系。在此还需要阐明的是,"学派"与"流派"两者之间并不是相互对立或相互分隔的,它们之间的共同性、相似性有时会超过两者之间的差异性、异质性。

总而言之,中国电影学派是指那种能够将电影的创作实践与电影的理论原则相结合,将电影的经济责任与电影的社会使命相结合,将电影的历史传统与电影的现实经验相结合,将电影的民族立场与电影的国际视野相结合,将电影的科技升级与电影的文化提升相结合,将电影的管理模式与电影的时代发展相结合的中国电影叙事形态的共同体、实践的共同体、美学精神的共同体和价值取向的共同体,它是中国电影国家品牌的代名词。

三、中国电影学派的价值取向

中国电影学派的命名不是在给中国电影贴标签,至于中国电影学派所确认的标志性作品,则是指中国电影中那些能够展现中华民族的美学风范,传承中国文化的优秀传统,体现中国艺术的时代精神,引领中国电影未来方向的影片。它们具有开宗立派的历史地位、激浊扬清的艺术品格、昂扬激越的思想气质、浑厚隽永的美学意境。它们是中国优秀电影的集合

---

① [美]爱德华·希尔斯:《论传统》,傅铿、吕乐译,上海人民出版社2014年版,第14页。

体，是中国电影经典作品的统称。具体地讲，它们就是那种在思想导向上具有正确性，在艺术创作上具有时代性，在价值取向上具有通约性，在商业类型上具有兼容性，在文化精神上具有民族性，在表现形式上具有国际性的主流电影。中国电影学派所标榜的不是电影的某种单一价值观——无论这种价值观是经济的、审美的，还是社会的、文化的，中国电影学派的价值体系所设定的不是对于某一种电影形态的价值诉求，无论是武侠功夫、战争历史，还是浪漫喜剧；无论是惊险悬疑、玄奇魔幻，还是爱情传奇，归根结底，中国电影学派的建构是立足于推进整个中国电影业的全面发展的。这种价值体系必将跨越电影艺术题材论与风格论的一般范畴，超越中国电影代际划分的历史标准，完成中国电影的工业体系、美学体系、文化体系"三位一体"的总体目标，形成一种包括电影艺术的创作理念、电影文化的传播策略、电影产业的发展模式在内的中国电影的总体价值体系的战略格局。

基于电影自身的生存境遇，中国电影学派的价值取向不能以单一的价值诉求为终极目标。在中国电影学派的时代建构过程中，我们应当避免的是：在强调电影的思想属性的时候把它当作"教科书"，在谈到电影的商业属性的时候把它当作"摇钱树"，在谈到电影的艺术属性的时候就把它当作"金钥匙"。这种片面与割裂电影总体属性的思维方式，有悖于电影的客观存在本质。在电影的价值体系上，我们主张将电影的经济评价与社会评价、电影的商业原则与艺术原则、电影的大众取向与个性取向这些相互对立的评价维度进行中和，建立一种兼容并包的中国电影评价体系。习近平总书记在谈到艺术作品评价标准的时候，历来强调艺术作品（文化产品）在不同维度上的和谐统一。"一部好的作品，应该是经得起人民评价、专家评价、市场检验的作品，应该是把社会效益放在首位，同时也应该是社会效益和经济效益相统一的作品。"[1] 他还指出："优秀的文艺作品，最好是既能在思想上、艺术上取得成功，又能在市场上受到欢迎。要坚守

---

[1] 习近平：《在文艺工作座谈会上的讲话》（2014年10月15日）（来源：新华网），http://www.xinhuanet.com//politics/2015-10/14/c_1116825558.htm。

文艺的审美理想、保持文艺的独立价值，合理设置反映市场接受程度的发行量、收视率、点击率、票房收入等量化指标，既不能忽视和否定这些指标，又不能把这些指标绝对化，被市场牵着鼻子走。"① 我们要完整地领会理解、贯彻执行习近平总书记的讲话精神。既防止盲目地追随电影的商业价值而放弃对于优秀传统文化精神的传承、放弃对于国家主流意识形态的恪守，又要防止孤立地追求电影的审美价值而放弃对于时代使命与社会责任的担当，还要防止片面地追寻电影的社会意义而忽略电影对于本土市场的坚守、对于民族文化的保护。

中国电影的历史事实已经证明，我们可以拍出那些商业价值与社会价值相互统一、艺术个性表达与大众观赏习惯相互整合的主流电影。这就是说，在产业化的电影制片体制和商业化的发行放映通道中，我们完全可以实现中国电影在商业、艺术、社会三个层面的高度统一。我们很多主流的商业电影在单片的票房收入上屡屡超过好莱坞进口影片。所以，我们不是孤立地讲中国电影价值体系的建构，而是在强调电影价值体系的建构，必须以适应电影生存的方式才能够真正完成。所谓适应电影的生存方式就是指要通过激活电影艺术的创作原动力，推动电影发行的良性竞争，拓宽影片放映的商业渠道，最终使影片取得更多、更广的传播效应，唯此，电影所体现的价值观才能够真正得到兑现。

事实证明，中国电影学派必将成为中国电影理论批评界一个聚焦性的时代话题，一个不断出现的高频词汇。它将汇聚中国电影理论批评、中国电影史、中国电影产业诸多方面的学者参与到中国电影学派的研究历史巨流之中，为中国电影的未来发展出谋划策，击鼓扬帆。与此同时，中国电影学派将汇入提升国家文化软实力的战略进军之中，为当代中国的文化发展扬帆领航，使中国电影实现从国家文化产业的领军行业向国家文化软实力的先锋行业不断迈进。

---

① 习近平：《在文艺工作座谈会上的讲话》(2014年10月15日)(来源：新华网)，http://www.xinhuanet.com//politics/2015-10/14/c_1116825558.htm。

中国电影学派的概念内涵与建设路径

刘 军

北京电影学院

【摘要】 文章首先从中国电影学派的概念内涵入手,阐述了其集作品、人物与研究对象的空间向度等三位一体的核心研究任务。其次,文章分别从美学风格方面的追求、传统文化资源的优势、中国电影的时代性、朝向未来的意识等四个侧面,讨论了中国电影学派建设可以开拓的路径。最后,文章从哲学精神、文艺美学追求、艺术风格与技巧、工业技术与产业模式等四个层次,具体分析了中国电影学派建设路径的研究任务。

【关键词】 中国电影学派;概念内涵;建设路径

在"艺术学中国学派的学理可能与路径"会议主题下,本文主要谈关于中国电影学派的概念内涵与建设路径的三个方面的观点。

第一个方面,从中国电影学派的概念内涵来看中国电影学派建设的可能性。这直接对应会议主题的第一个问题:艺术学中国学派的学理可能。

"中国电影学派"这个概念是我们在2016年正式提出来的,当时有不少质疑的声音:究竟什么是中国电影学派?是指的人,还是作品?可以用一个国家的概念来指称一个学派吗?更进一步的问题是:这个学派在哪儿呢?建成了吗?能在建成之前给自己命名吗?建成的目标是什么呢?北京电影学院北京市未来影像高精尖创新中心成立有两年半了,我们提出的建设目标就是通过艺术创新、科技研发和产业提升，构建和夯实"中国电影学派"。到目前为止，包括对高精尖中心评估的专家在内，还是有质疑的声音：中国电影有学派吗？究竟如何定义？所以我首先就"中国电影学派"的概念内涵，谈谈我的研究和思考。

"中国电影学派"是一个外延宽广的概念，我们不妨从其核心的内涵来廓清其研究的任务。从学派的定义来进行思考的话，学派不是指某一个体艺术家所形成的某一特殊风格。艺术人员要经过大量的实践，因为个人独特的审美价值、艺术理念、创作方法、创作作品，形成别具一格的独特艺术风格样式，得到大家认可，始称"艺术家"。一个艺术家的群体，其相当规模的作品都呈现出典型风格特征，我们把它叫作流派。当然流派也有其地域属性，可以是指发源于一个地域的艺术创作现象。比如说中国历史上发源于钱塘江以南的浙东学派、发源于安徽桐城的桐城派等；在国外，则有在文化研究方面很有名的伯明翰学派，在哲学方面的维也纳学派，也有以国家命名的奥地利经济学派，等等。

"中国电影学派"的概念难点在于涵盖的地域广大，又不仅限于某种特定的艺术风格。实际上，我们所指称的这个概念，不特指某一类型或某一人物，而是一个集合的概念。它既指作品，也指人物，还包括一种空间对象的向度。

中国电影学派首先指的是作品。从中国电影诞生以来，在100多年历史长河中，只有那些有着鲜明中华民族美学风格的作品、那些体现中华传统文化精神的作品、那些同时能够反映每个不同时代精神风貌的作品、那些在当时所处的空间里能够引领未来精神方向的优秀经典作品，我们才能称之为"中国电影学派电影"。

中国电影学派不仅仅指作品，同时指能够创作出上述一大批经典作品的优秀艺术家。有优秀的作品，还要有领军的人物、有创作的人物、有制作的大师、有研究的专家，才可能有"派"，有中国电影学派。

但仅仅这两点的集合还不完整。中国电影学派还要代表着一种创作和研究对象的空间向度。这个空间指向的艺术创作和研究对象是关于中国的电影作品。在当今的全球化背景下，电影可以是合拍的，包括主创、资金和技术都可以合作，只要关注的主体对象是中国的故事即可。因此，外国也可以拍摄表现中国的优秀作品。

什么样的作品和人物才能被纳入中国电影学派的范畴？要讨论和研究这样一个评价体系，也意味着它不会仅仅是由中国人来研究中国的作品得出。这样的概念，也代表着一种邀请，约请全世界的学者，基于全人类电影的经验基础来研究，发表哪些电影是有中国特色的、是可以称为经典流传的观点，探求他们认为什么样的中国电影能够产生情感共振。当然，这样的研究，一定要基于中国百年的发展经验，反映中国的文化逻辑和价值标准。因此，中国电影学派的概念、核心内涵至少应该是三个向度的集合概念，包括作品、人物和空间对象。

基于上述概念内涵的分析，今天完全可以堂堂正正地讲，中国电影学派可以成立。因为中国电影的百多年历史中，有灿若星辰的经典作品，有众多成就斐然的艺术家，这些作品有非常多不同于好莱坞电影、法国电影、苏俄电影，以及其他地域电影的东方的审美意蕴，这样丰富的审美集合称为一派有何不可？

世界电影史上，人们提到的"中国学派"，指的是中国动画电影，或者说动画电影的中国学派。现在是时候放眼整个中国电影，把其中优秀的作品萃取出来，把那些伟大的艺术家彰显出来，我们给它一个指称，给它一个名称，就叫中国电影学派。

中国电影界在20世纪30年代就提出了电影的民族性问题，但中国电影学派名称的提出则是晚近的事情，并无概念和理论的深入分析。2015年10月16日，李岚清同志到北京电影学院举办了一场"知识分子与文化修养"讲座。他说，现在有"美流"（美国大片），有"日流"（日本动画），还有"韩流""泰流"，为什么不能说"华流"呢？期待出现能影响世界的中国电影学派！[①]李岚清同志提出的这样一个呼吁，坚定了我们的研究和建设方向。其实，北京电影学院以前提出过"新学院派"的概念，但美术、音乐都可以有新学院派，有新和旧之分，也没有特定的历史时代属性。所以，在2016年7月成立未来影像高精尖创新中心的时候，我们明确提出中国电影未来发展的终极使命，就是要构建和夯实中国电影学派。

有的人说，在电影领域，目前还没有一个法国学派、英国学派、美国学派，我们能提中国电影学派吗？在分析建设未来影像高精尖创新中心所面临的形势时，我们认识到了一个影像技术革命带来的世界文化中心转移的"历史新机会窗口"。

现代艺术的起源在欧洲，文艺复兴最主要的体现是在影像方面，我们把这一时代称为绘画影像时代。随着绘画技术的发展，包括后续的摄影术、电影、电视发明，欧洲在影像方面的技术引领整个世界，成为世界文化的中心。美国高度重视电子影像技术，从无声电影到有声电影、从黑白电视到彩色电视、宽银幕电影、环绕声电影、3D电影、数字电影等，美国借助好莱坞大片和强大的电视网、互联网，使其成为当下的世界文化中心。我们把这一阶段的转移叫作从绘画影像时代到记录影像时代。当下，我们已经到了一个以数字技术为特征的计算影像时代。计算影像时代包含虚拟影像和互动影像的内容。展望下一个发展阶段，人类将迎来的是一个以智能影像为特点的新时代，我们称之为"影像4.0"，对应"工业4.0"的概念。因为互联网和下一代通信技术领域的进步，中国来到了一个被影像技术所驱动的世界文化中心转移的历史新机会窗口。

习近平总书记提出，要树立文化自信。我们在电影文化领域提出来建设中国电影学派的概念，不能说美国人没有做到的，外国人没有提的学派，中国人就不能够命名。我们的命名和建设也不仅仅是自己研究，我们还借助高精尖创新中心的平台，把国内外的一流学者邀请到这个平台上面

---

① 参见中新网视频，http://www.chinanews.com/shipin/2015/10-17/news603965.shtml。

来，共同研究攻关。我们并不是闭门研究，而是开放的，我们欢迎各国学者和艺术家在这个平台上用中国电影改革开放的经验，融通中国的文化智慧，争取为全球的、全人类的电影发展做出贡献。

在艺术学的体系内，电影如此，中国的音乐、美术等门类更有源远流长的传统，更有丰富的积累。所以对于整个艺术学的学科体系而言，在各大艺术门类进步的情况下，提出中国学派这么一个尚在建设过程当中，但是代表着我们努力方向的目标，一定是有很大的理论可能性的。

第二个方面，关于中国电影学派的建设路径，根据初步的研究，我们可以从四个侧面开拓。

第一个侧面是美学风格方面的追求。在世界各国电影的美学表达中，中国电影有着自我独特的美学风格。中国电影在20世纪二三十年代就曾经达到世界巅峰，出现了《神女》《渔光曲》《风云儿女》等经典作品，后面尽管有战争打断，也依然产生了《小城之春》《一江春水向东流》等名作。中华人民共和国成立之后，有非常辉煌的"十七年电影"。改革开放后，紧接第四代导演"反思电影"和新现实主义电影的，是一飞冲天的"第五代电影"。中国改革开放时期向世界的影像传达，是由陈凯歌、张艺谋等第五代导演用电影来实现的。进入21世纪，中国已经成为世界数字银幕数量最多、票房市场世界第二、影片产量世界第三的电影大国。中国也有《流浪地球》这样的重量级科幻大片，吸引很多外国观众主动观看和推荐。中国电影有自己独特的美学风格。

第二个侧面是一定要重视传统文化资源优势。我们肩负极端重要的活化传统文化的使命。中国有五千年的历史文化传统，但没有很好地被人讲述，外国人也不容易理解。目前的影视作品在传统文化的表现方面，大多局限于宫廷之内，局限于对达官贵族争权夺利的表现。

2019年4月28日，中国北京世界园艺博览会的开幕式整体节目创意和虚拟预演的技术研发工作都是由未来影像高精尖创新中心承担的。开幕式演出总共有八个节目，其中第五个节目《月影的深情》，就是利用最前沿的科技,来展现民族艺术的审美意蕴。这个节目在舞台后方有一个机器人,在机器人的辅助下,中国男女双人舞蹈展现出无以复加之美。机器人帮助舞蹈演员完成了以前不可想象的高难度的舞蹈动作,节目意境得到了完美的呈现。机器人不仅可以支撑两个舞蹈演员完成非常柔美的表达,也能模仿舞蹈演员做出非常柔美的动作。在这一点上,机器人不再只是生产工具,它变成了一个舞蹈演员,成为一个抒情的角色。

即便是外国人也会对这样新颖的中国舞蹈表演饶有兴趣。机器人还是一种生产工具的时候,我们就拿它来进行艺术表达。有这样现代化艺术的表达,中国传统文化没有理由不能像美国的好莱坞文化那样传遍全球。没有现代影像科技,中国五千年文化就无法被传递出去,但是二者一旦融合,中国丰富的传统文化资源就会被活化出来。

第三个侧面是对中国电影时代性的重视。当下火热的生活内容是中国电影的"核燃料"。2003 年底,当时执教于美国伊利诺伊大学东亚系,如今担任耶鲁大学亚洲研究所理事长、高级研究员的贝一明(Emanuel Yi Pastreich)教授专程到中国来,在北京电影学院进行了一次交流活动。他认为:中美文化像根须相连的两棵树,应该互相学习和借鉴。他说当下的中国像"二战"后的美国,而现在的美国像唐朝时的中国。美国跟中国唐朝的时候一样非常强大,但强大了容易不思进取,社会保守而发展缓慢。与之相反,中国处在转型发展时期飞速前进的阶段,如同"二战"后繁荣的美国。在快速发展阶段,改革创新是好事,但容易丢掉传统优势。

的确,中国电影的百年正是中国社会剧变的百年。从鸦片战争到现在,当前正处于中华民族伟大复兴的关键时期,尤其是 21 世纪以来,中国电影创造了"与狼共舞",还即将把狼甩在身后的辉煌奇迹。

这种奇迹和经验,不仅非洲人想知道中国人是怎么做到的,所有的国家都想知道中国电影人的发展经验。中国电影人的经验和美国好莱坞不一样,不是通过媒体帝国和全球营销网络,不是通过低价倾销或者供片技术垄断去摧毁当地电影市场。中国电影发展靠的是本土市场的发展,靠的是自我的技术创新和中国改革创新时代故事的描写，这里面充满了中国时代精神的智慧和奉献，有数不尽感人肺腑的故事。时代性是中国电影发展的文化底气。

第四个侧面是中国电影朝向未来的意识。以史为鉴，是说要从过去的事件中吸取教训。其辩证的另一面，是说电影的发展不能只是活在过去，如果只是看好过去，就容易迷失前进的方向。发展是硬道理。只有坚持朝向未来的意识，中国电影才能把当下与世界电影强国的差距当作发展的动力，才会有更加强烈的愿望拥抱新一轮技术革命、产业革命和文化创新，从而实现影像新时代的引领世界的目标。

第三个方面，中国电影学派建设的实现路径，整体可以从四个层次上划分。

最高层面上，是关于中国电影学派应该体现的中华民族精神以及关于中国当下时代性的哲学思考。这种思考和追问，从来不能一蹴而就或一劳永逸，要循着时代的发展，不断挖掘和总结。这是中国电影学派需要寻找和坚持的思想灵魂，代表着中国电影的政治和思想高度。我们要深度研究中国电影对"中国梦"的时代呈现问题、中国电影对中国民族文化精神的彰显问题、中国电影与主流意识形态的互动问题、中国电影的发展路径与发达国家电影的差异性问题。

接下来的是文艺美学层面，我们要更多定位于对艺术本质属性的研究。我们研究的任务包括对于中国电影的艺术本质属性和内在精神的思考，对于中国电影的创作本体规律与观众接受之间的关系、中国电影与传统文化精神和艺术气韵关系的把握，等等。中国电影必须要了解全球化背景中多元文化影响下观众的需求，要用反映共同价值观的影像形式，做到中国的影像文化被世界所共享。

第三个层面是具体的艺术创作方法和风格技巧方面的问题。我们应该主要研究中国电影的叙事主题、叙事类型、叙事策略等创新问题，研究中国电影艺术语言的表意系统、阐述系统、价值呈现系统等问题。

最后一个层面是电影工业技术和产业发展模式的问题。我们需要主要研究影像技术的创新，探寻中国电影需要哪些学科知识和科学技术的突破引导，需要什么样的工业体系支撑，需要怎样的科技文化形式服务，需要什么方面的政策支持，需要什么样的科技评价体系牵引。文化与科技密切相关，文化因为科技而现代化，文化因为先进的产业发展模式而形成强大的文化软实力。

建设中国电影学派，并不仅限于找到中国电影前进的方向，更重要的是要形成和总结出独特的文化模式——它不仅能够保证中国电影的现代化，而且能够给其他国家和民族以启发。我们要思考作为人类命运共同体文化大花园里的一枝花应该怎样独特地绽放。

中华文化是 5000 年一直没有断裂的文明，它的生命就在于能够充分借鉴和学习其他文明。现在美国市场上只有百分之五左右的外国电影市场份额。我国尽管重视国产片的市场占比，但与外国影片的比例相对平衡。每年除 34 部美国大片配额外，还有相当数量的其他国家影片引进计划，近年来对印度影片的引进就是一例。

2018 年 7 月，"中国电影学派理论体系构建研究"获得国家社科基金艺术学重大项目立项。北京电影学院北京市未来影像高精尖创新中心也专门成立了中国电影学派研究部，集合了一批优秀学者，与校内外、国内外学者一起展开研究。中国电影学派的建设，不仅有学理可能，在大家的共同努力下，发展路径目前也已经清晰可见。

沉浸与诗情

——VR 时代中国电影诗性美学的再思考

黄 今

中国艺术研究院电影电视研究所

【摘要】 VR（虚拟现实）创造了感官体验的沉浸感，对传统电影的本体论造成极大的冲击。从中国电影的诗性美学中寻求人的主体经验表达、探讨中国电影诗性美学建构与 VR 结合的可能性显得尤为必要。中国的"游观"美学以及诗性时空中的意境构造具有融合 VR 技术的可能性，这为中国电影诗性美学的当下发展提供了启示性思路。

【关键词】 VR；沉浸；游观美学；诗性时空

进入 VR 时代以后，新的媒介形式产生了沉浸式、交互式体验，观众亲涉其中甚至可以控制场景与角色的行为后果，这使虚拟现实与真实现实分庭抗礼，观众真正置身于虚实莫辨的主观体验中。随着电影完整复现现实的实现以及观影体验的转变，我们需要重新理解影像与观者之间的关系，"沉浸"提供了一个考察的切入点。在传统电影中，"沉浸"是一种观看主体与影像客体的关系，是进入诗意审美体验的前提。当前"进入一部电影"取代了"看电影"，接近了完美幻觉的终极目标，在此趋势下，VR 是否能使诗意审美体验成为可能？中国电影的诗性美学是否具有与 VR 融合的可能性？

一、"沉浸"与审美距离的消失

VR时代将带来电影的终结还是重生？艺术史的发展总是伴随着各种"艺术终结论"的产生，黑格尔、西奥多·阿多诺、阿瑟·C.丹托等从时代发展造成艺术表现方式转变的角度，都曾得出"艺术终结"的论断。就主客关系而言，基于客观现实世界的发展，主体看世界的方式也随之发生了变化。观看方式的转变，很大程度上依赖技术仪器的发展，并最终导向人类认识结构的改变。乔纳森·克拉里（Jonathan Crary）在《观察者的技术》一书中，认为从"暗箱"到"立体视镜"的转变，标志着19世纪观看模式与传统观看模式的断裂。立体视镜利用两眼的视轴差异，使观看者对其内部的两张平面图画产生了重叠的三维错觉，因此"像差"提供了前后景的视错觉。创造深度的逻辑由此从对外部世界的仿真，从绘画的透视模式（scenography）转移到视觉内部。透视法的"沉浸"形成于它赋予每一个观众一种感觉，即好像他们是从一个具有优越性的独一无二的视角观看形象，能够将世界收入眼中并与之保持得体的距离，由此造成身体、知觉与外在客观经验的分离，从而产生了"纯粹眼睛"的幻象。立体视镜所创造的三维立体效果，动摇了传统看与被看的主客关系，使观者被沉浸式的体验所环绕，仿佛只要我们佩戴立体视镜，手指无法碰触的事物与场景在视觉经验中就变得唾手可及。

从立体视镜、环幕、3D到VR的发展，沉浸感的升级体验究其原因是虚拟系统对"双眼模式"这一更符合人类天然特性的视觉模式的回归，"虚拟现实主要通过视觉进行体验，它将参观者与外界完全隔离，通过三维物体的使用增强感染力，将事物空间扩展到幻觉空间中"①。另一方面则是通过增强身体反应而实现，这无疑与传统艺术通过想象制造身临其境的沉浸感有根本的差异。VR使受众通过界面进入情境控制下的交互式体验

---

① ［德］鲁道夫·弗里林、迪特尔·丹尼尔斯编：《媒体艺术网络》，潘自意、陈韵译，上海人民出版社2014年版，第174页。

空间，在场的身体可以通过操纵仪器来控制行动，进入交互性、操控性、对话性的游戏特征中。身体的在场同时强化了空间感知，"使用者能够感受身体在虚拟空间中的存在，并有所作为"[①]。此外，VR 消解了传统艺术的画面边框，边框消解使媒介转为隐性，观众身处被包围的沉浸感中，难以将观看对象视作一个自发的美学客体。因此，无论是互动性的加入还是画框的消失，最终都导向了物理性的审美距离的消失。德国学者奥利弗·格劳指出沉浸是"一种大脑的刺激过程，在大多数情况下，沉浸是指精神的全神贯注，是从一种精神状态到另一种精神状态的发展、变化和过渡的过程。其特点是减少与被展示物体之间的审视距离，而加以对当前事件的情感投入"[②]。物理性审美距离的消失引发了体验者情感的卷入，VR 引起的情感反应基于视觉、听觉、嗅觉、触觉等感知方式，数字图像在用户的多重感知中直接现身。这导致 VR 极易被利用来激发日常的欲望与快感，人的身体因此成为一种情感投入与宣泄的载体。这是否会导向对身体沉浸快感的"幻术"追求？任何一种视觉模式都是一种认知模式，传统电影需要制造虚假的"真实"，并且掩盖叙述的建构性，赋予观众主体的幻觉。而对于 VR 而言，介入取代了凝视，沉浸是否会制造另一种权力幻觉机制呢？如美国学者费雷所言"技术一直是事实和价值、知识与目的的有效结合的关节点……通过对技术的解析，我们会从中发现一个完整的信奉和信仰世界"[③]。虚拟技术的发展，其最终价值应当在审美意义上敞开人的存在与精神世界，而非世俗经验世界的加强。尽管 VR 以身体的介入造成物理性的审美距离的取消，但是 VR 仍然能够通过创造艺术化的数字形象与时空，在心理层面让体验者与 VR 对象之间建立虚拟的审美意向关系。"从根本上悬置了现实，将语言与现实的所指对象间离开来。从习惯中摆脱出来，才

---

① 施畅：《VR 影像的叙事美学：视点、引导及身体界面》，《北京电影学院学报》2017 年第 6 期。
② ［德］奥利弗·格劳：《虚拟艺术》，陈玲主译，清华大学出版社 2007 年版，第 9 页。
③ ［美］弗里德里克·费雷：《走向后现代科学与技术》，载［美］大卫·雷·格里芬主编《后现代精神》，王成兵译，中央编译出版社 2011 年版，第 193 页。

能使语言获得彻底解放，从而获致诗性品格。"① 我们必须看到，媒介转换造成视觉"此在"与身体"彼在"的分裂困境，对传统电影的本体论造成极大的冲击，因此从中国电影的诗性美学中寻求人的主体经验表达、探讨中国电影诗性美学建构与 VR 融合的可能性显得尤为必要。

二、VR 移动视点与中国电影"游观"美学的融合

VR 电影的语法与传统电影具有极大的差异，从根本上来说是叙事单位从镜头（shot）到全景镜头构成的场景（scene）的转变，这导致传统电影利用景别、景深等创造镜头内空间感的法则失效。一方面全景镜头需要预留给观众更长的观看时间来定位视觉纵深，环顾环境并提取局部细节信息。另一方面场景转换也需要观众视知觉的适应，传统电影的快切、闪回等构造时间的剪辑法会造成人眼不能及时对焦以致产生眩晕感。因此主观视点的长镜头成为解决这些矛盾的较好方案，由此形成体验者进入影像时空主动探索的连续过程。在当前 VR 电影中，"VR 专业摄影机在工作时运动不宜太快，运动速度最快不应超过成人慢跑速度，需接近于一种漫游状态"②，因此相对低速的、平稳移动的主观长镜头成为 VR 重要的视点与美学表达方式之一。有论者将 VR 电影中这类场景视点称为"轨道视点"（Tracked POV），即"全景摄影机以某种特定的移动轨迹进行拍摄"③。VR 的这种视点镜头接近于传统电影的长镜头，但由于其运用的是全景镜头，观众的视野范围是 360 度的，因此更具有自由性与沉浸性。

就 VR 电影中连续性的长镜头的作用而言，可以概括划分为叙事功能与展示功能，前者需要在一定时间内组织情节、构造戏剧冲突，参与者置身其中观看或者通过交互设备介入影响情节走向。而对于展示功能而言，

---

① 马大康：《诗性语言研究》，中国社会科学出版社 2005 年版，第 88 页。
② 胡超峰：《试论 VR 电影语系新特征》，《现代传播》（中国传媒大学学报）2016 年第 12 期。
③ 施畅：《VR 影像的叙事美学：视点、引导及身体界面》，《北京电影学院学报》2017 年第 6 期。

VR连续性长镜头的作用在于使观者的感官全面敞开去感知视觉情境,"经历在场的'游历感'"①。本文在探讨VR移动视点时,主要指向这一类镜头。VR电影的展示性长镜头提供了一种主动发现的游观视角,观众可以自由选择视点聚焦。在VR电影的展示性长镜头内,情节已经不重要,参与者主要通过对环境的动态化、流动化感知获得审美体验。

在中国传统艺术的诗性美学表达中,"游观"既在现实物理空间指向身体的位移、游历,同时也关联着与生命体验有关的、融合心性的审美活动,通过"游"实现审美境界与人生境界的统一,"游心太玄""游目骋怀"等表述都指向了这一审美境界。张法在提到传统审美范畴中"游"的观察视点时认为,"一是人之游,中国人不是固定地站在一点进行欣赏之观,而是可以来回走动地进行欣赏之观……游目的另一意义就是人不动而视觉移动"②。中国古代绘画强调"折高折远自有妙理"的位置经营,画家的目光流动于上下四方,"身所盘桓,目所绸缪。以形写形,以色貌色",以"游观"视点创造了"平远、高远、深远"的结构布局。中国古代文学存在大量游历诗文,诗人认为俯仰观察的游观是体察生命图景,使审美感受臻于极致的方式,王羲之在《兰亭序》中写道:"仰观宇宙之大,俯察品类之盛,所以游目骋怀,足以极视听之娱,信可乐也。"因此,"游"是方法与目的、过程与终极体验的合一。作为中国传统艺术的体验与观察方式,它的最终目标指向运用感性的"形游"达至"心游",实现景情合一的诗性体验。这与现代视觉生产对主体经验的重视具有内在的一致性,即强化主体的接受自由与经验参与。中国传统艺术如绘画、诗文等艺术中的"游观",不仅作为观察视点参与了艺术形式的构造,同时指向美学精神的自由与超越。

首先,我们看到,VR与中国传统游观美学的融合点在于VR展示性

---

① 孙笑非:《游历、盲点、痕迹:寻找VR技术与类型叙事的融合点》,《当代电影》2018年第8期。

② 张法:《中西美学与文化精神》,北京大学出版社1994年版,第289页。

长镜头是基于主观视点的，因此 VR 镜头的出发点是"我"，观众自我等同于游观主体，主观体验变得更为强烈与纯粹，客观上需要主体的高度融入性。这与中国传统诗性美学强调主体"入乎其内"，进入审美对象并通过想象与沉思产生审美情感具有契合性。其次，观众能够佩戴设备并且在 VR 虚拟环境中穿行移动，以自由、流动的视角触发身体体感。这与中国传统美学中"游观"所强调的目光或身体的移动类似，通过扩展视野与身体移动的范围实现视觉与心灵的相互触发与交融。"游观"唤醒了主体，令他们在绵延的时间中反思自身存在，自我的身心世界获得强烈的关注、开掘与表达。最后，VR 在扩展游观的视野以及环境的创造等方面具有强大的潜力。譬如 VR 能够提供空中"飞翔"视点，体验者通过 VR 装置设备控制虚拟现实中"飞行"的视野高度与广度，形成现实中难以实现的空中视点。因此，我们认为 VR 的"游观"视点具有与传统游观美学结合的可能性，通过 VR 自由视点推动发散性审美思维，最大化释放参与者的"自主性"，为实现从"眼观"到"心游"的诗性审美体验提供新的路径。

在中国电影中，"游观"视点是创造诗性美学的重要修辞形式，这为 VR 运用于中国电影叙事并创造诗性审美体验提供了启示。香港学者林年同在重点研究中国电影客观视点的横移镜头的基础上，指出中国电影受传统绘画散点透视影响，观众借助摄影机的横移形成游动的视线，并最终在这种游动的观看中"由实入虚"，从画面的有限空间进入无限的情感体验。因此，游观不仅是叙事视点，更是融合视觉感官与心灵体验实现诗性审美的手段。林年同主要以客观视点的"游观"镜头为研究对象，而在 VR 应用中，游观镜头转变为主观视点介入，因此有必要对中国电影中主观视点的"游观"镜头进行分析。侯孝贤的《恋恋风尘》有这样的开场镜头，这一镜头以人在火车上的视点开启，跟随火车的运动体验空间，火车穿过一个又一个幽冥的隧道，仿佛在历史中徐徐穿行，光影由明渐暗，由暗至明，台湾山地氤氲的雾气与青翠山林的环绕渐次展开并逐渐退去。这个"游观"镜头与片中大多数的"凝滞"长镜头形成了鲜明的对比。白睿文认为这个镜头游离于叙事之外，"不是单纯去看火车，而是从火车的角度去看世界"①。如果这一镜头被运用在 VR 电影中，"从火车的角度去看世界"便转变为从"我"的视点去看世界，这样体验者的身体被强烈地唤醒，人跟随火车移动的体验被进一步强化，充满自然美感的台湾山地环境将创造身临其境的私人化审美体验。毕赣的镜头美学深受侯孝贤影响，在《地球最后的夜晚》中毕赣用航拍镜头设计"游观"视点，男主角罗纮武转动乒乓球拍，带动自己与凯珍在小镇上空飞了起来，这一航拍镜头属于影片 60 分钟长镜头的一部分，将空间从台球厅过渡到荡麦的梦境之中。航拍镜头中男女主人公飘游于空中，凌空视角远远超出了现实的经验，如同置身奇幻梦游。毕赣坦言这一段镜头受到马克·夏加尔超现实主义绘画的影响。视点的自由化带来了感觉的解放，飞行中人的感官与知觉全面敞开，凯珍说"飞的感觉仿佛置身一种甜蜜爱人所布置房间的感觉"，形成情景交融的诗性体验。镜头外迷幻电子音乐与贵州民歌的配乐产生了奇妙的化学反应，并进一步烘托了游观的奇幻感。此处航拍的"游观"视点帮助人与环境建立起一种情感的联系，重要的不再是具体的环境是否真实，而是笼罩于物质之外的意识与情感的光晕。游观创造出一种迷幻的诗境，一种超越现实的现实，使人深入到自我之中，并因此获得更深刻的深入潜意识的认识与体验。这类"游观"镜头在技术、视点与美学特性上都具有运用 VR 技术来实现的可操作性，无论是《恋恋风尘》还是《地球最后的夜晚》中的游观视点，在 VR 中都能够转换为第一人称视点，在此主体的眼睛取代了摄影机，感官体验的真实性与开放性得以强化，最终使"游观"从感性的视觉观照转向心灵情感的抒发。

---

① ［美］白睿文编访，朱天文校订：《煮海时光：侯孝贤的光影记忆》，广西师范大学出版社 2015 年版，第 203 页。

三、VR 时空与中国电影"意境"构造的融合

与传统电影的叙事艺术相比，VR 电影的时空体验更加自由，有论者将其称为"虚拟时间与赛博空间的结合"。赛博空间的基本构成单位是比特，是通过数字化的虚拟技术创造出来的。尼古拉·尼葛洛庞帝指出："比特没有颜色、尺寸或重量，能以光速传播。它就好比人体内的 DNA 一样，是信息的最小单位。"[①] 赛博空间的实际存在形式是数字化的信息 0 和 1，因此与传统电影不同，赛博空间不存在对现实空间的复制。譬如《夜间咖啡馆》将游戏场景直接移植到凡·高的画面空间内，红色与绿色的大色块交织创造出凡·高所言的"可怕的激情"。《Osmose》中半透明的昆虫、发光树等制造了超现实的空间。相比传统电影，VR 电影的时间更加自由，尤其是互动性的加入，使时间具有了可控性、可逆性等特征。而最为明显的体验是 VR 电影中时间的流动性和"拟真"性，因为在 VR 电影中时间的存在不同于真实世界的时间，但是又关联于真实世界的时间。在 VR 的虚拟时间中，"没有光阴荏苒，太阳不需要缓慢升起或落下，迎接夏日温暖的来临，不需要熬过冬日寒冷，非线性状态使我们可以在分秒之间从幼年到暮年"[②]。体验者能够在瞬间经历巨大的位移感受现实时间的"缩水"，也能够体验现实时间的"绵延"，身体的介入使时间的流动性感知十分敏锐。在虚拟时间流动的变化中，"变"本身具有了被知觉的价值和意义。VR 时空是现实实体中不存在而在感知效果上存在的"拟真"时空，一方面数字化技术的应用极大地拓展了"拟真"时空的形式，甚至赋予其超出自然现实的诸多可能；另一方面体验者之所以能够感知并接受"拟真"时空，根本上仍然是以真实的日常生活时空作参照。虚拟时空提供了一个替换现实的感知框架，当我们沉浸于其中并建立起新的审美经验时，

---

① ［美］尼古拉·尼葛洛庞帝：《数字化生存》，胡泳、范海燕译，海南出版社 1997 年版，第 24 页。

② 刘自力：《新媒体带来的美学思考》，《文史哲》2004 年第 5 期。

我们仍然是以现实世界的经验为基础。所以，拟真时空的审美追求仍然要以体现人的生命体验与意义关切为旨归。

VR时空不仅是由抽象的数字计算生成的时空，而且具有表现主体感性体验的能力。例如，体验者通过界面互动将感官知觉传输给计算机，计算机借助数字技术形成虚拟时空，体验者的身体始终保持与虚拟技术的共在关系，并同化为虚拟时空的一部分。虚拟技术不再是单纯的工具，而是通过捕捉用户的"感知—行为"方式使不可见的情感现象显示，此时虚拟时空成为一个人的感性存在方式显现出来的场所。当主体沉浸于360度幻觉空间时，固有的时空方式被破除，他甚至可能忘记"此在"，而向着"此在"最为本质的生存方式跳跃，虚拟时空因此具有向"此在"敞开自身的可能性。因此，我们认为，VR时空能够突破客观时空的限制，通过主体精神的渗透而产生诗意审美体验。夏洛特·戴维斯具有跨时代意义的作品《Osmose》《éphémère》提供了VR创造诗性时空的例证——通过技术手段探索人的丰富的幻觉与感知能力，创造了既介入其中又抽离其外的诗性情感体验。观众戴上头盔显示器，便可身临其境般地体验三维图像与交互式音效。这些作品通过模仿一系列复杂的自然空间并且使体验者的潜意识连接到虚拟空间，使"沉浸者"在虚拟环境中敞开感官全身心感受自然。绝大多数的体验者获得了超出空间形象本身的情感体验，我们将其视为一种诗性审美经验。在奥利弗·格劳看来，这种体验产生于自然原型与内部心理空间的联系，从孤独的沉浸体验中获得主观体验。[①]

夏洛特·戴维斯的作品启示我们，VR时空的诗性体验主要通过主观情感的投入而实现，参与者在空间的变化中感受时间的延展，形成内在精神的心灵化。这与中国电影通过构造"意境"创造诗性的时空体验具有相通之处。在中国传统美学中，意境是由意象组合而成的整体结构，电影意境作为"意向性的客体和具体的精神生命存在"形成时间的绵延性体验。

---

① 参见［德］奥利弗·格劳《虚拟艺术》，陈玲主译，清华大学出版社2007年版，第147页。

VR 运用到电影意境构造中，将极大地拓展电影创造诗性时空的能力。尤其是 VR 摆脱了对物质材料的依赖，运用数字化的生成方式创造出现实生活中不存在的空间图景，将大大扩展电影意象的表现范围。

首先，VR 用于构造电影"意境"需要投入创作者的审美情感。在中国电影美学中，情感的维度在创造诗性审美体验中具有重要作用。因为电影意境由意象构成，意象是一类视觉化的认识模型。"意"是创作者的情思，"象"是外在的物象，"象"最终落实于表意。意象属于意识范畴，本身具有非物质性的、情感性的一面，因此不能等同于具体写实的物象或从视觉经验提取的对象。物象通过激发情感的反应而转换为意象，这体现出电影意象的修辞本质在于意象必须经过情感的认同而作用于大脑。因此，尽管 VR 技术使人能够创造现实不存在的虚拟物象与时空，但是虚拟现实作为情感表达场所，要实现超越虚拟现实而达到具有存在论意义的本真处境，必须以情感投入来克服身体实际不在场的虚无感，从而形成整体性的审美经验。

其次，VR 在创造电影空间意象时，需要将意象置于特定的文化象征系统中。以中国电影中的"废墟"意象为例，从《小城之春》到《三峡好人》，废墟在中国文化象征系统中喻示时间的流逝与情感的消逝，以上影片不仅呈现了废墟的视觉特征——破败、荒芜、待拆除，同时也带有普遍共享的文化意识——数千年的农耕社会使中国人对时间流逝具有极为敏感的体验，并通过将自我融于时间流逝中获得对世界的把握。电影通过残败的城墙、待拆的楼房等物象承载主观记忆、联想与感发，废墟意象与观众的经验相契合，重新进入文化象征系统的循环中。因此，意象之意首先具有象征意义，这意味着从具体物象到抽象的情感表达需要有象征系统的支撑。象征使视觉符号将在场与不在场融合为一体，并且超越在场的当下，通向隐蔽的无限之中。

四、结语

正如邓肯·皮特里指出:"电影是以机械为根本的。在媒体处于初起时期,吸引观众的便是新技术而不是它所展示的内容。"① 皮特里所指出的规律性是,当一种新的技术应用于电影时,总是为电影提供了新的尝试的可能性,尤其是被用于探索感官体验的边界。VR 影像与传统电影相比,最核心的特征在于沉浸与互动,因此 VR 与电影结合催生了提供交互操作、具有临场感特征的 VR 电影。但是正如许多学者所指出,目前 VR 电影的叙事与美学特征更接近数字游戏,而非真正的艺术。然而不可否认的是,技术的最终归宿应是创造审美体验,在媒介融合的潮流下,传统电影利用 VR 拓展美学表现必将成为趋势。中国电影的诗性美学深受中国传统美学的影响,在镜头视点、时空构造等方面创造了具有民族化的表现特征,是中国传统美学诉诸电影叙事的文化实践。VR 时代中国电影诗性美学强烈的主体性表达、对文化想象与生命体验的追求、对存在的诗性敞开的向往,昭示着强烈的人文意义。这种审美追求恰恰弥补了新技术追逐感官沉浸的美学缺失。因此,在当下重新思考 VR 技术与中国电影诗性美学的融合,其意义不仅在于开拓中国电影的叙事能力,而且也为弥补技术迅速发展造成的人文缺失提供美学的前瞻与理论支撑。

---

① [美]邓肯·皮特里:《电影技术美学的历史》,梁国伟、鲍玉珩译,《哈尔滨工业大学学报》(社会科学版)2006 年第 1 期。

建构中国电影的类型化空间
——以武侠电影酒馆、茶馆、饭馆等市井空间为例

张晓峰

中国艺术研究院电影电视研究所

【摘要】空间文化是空间社会生产的重要产品，电影是生产空间文化的重要媒介，视听语言呈现的空间必然带有空间被赋予的社会属性和意义。武侠电影中的酒馆、茶馆、饭馆等市井空间，在电影中既以实用性场所出现并发挥其现实功能产生叙事，同时又能够作为电影的叙事空间催生人物新的行为活动推进叙事。空间的类型化在于相近的空间结构与形态能够给人相似的空间体验，建构中国电影类型化空间则须寻找到中国人对空间的独特认知方式。

【关键词】市井空间；场所；叙事空间；类型化空间

空间生产是电影艺术生产中的重要部分，是社会关系在视听中的再现。"人类会根据自己的身体或者与其他人接触获得的经验来组织空间，以便所组织的空间能够满足自己的生物需要和社会关系需要。"[1] 客观存在的物理空间被人类的感觉器官感知为知觉空间，进而感知空间抽象、划分

---

① ［美］段义孚：《空间与地方：经验的视角》，王志标译，中国人民大学出版社 2017 年版，第 27 页。

出种种空间概念以利于人类生存发展。①"每个社会形态都建构客观的空间与时间概念，以符合物质与社会再生产的需求和目的，并且根据这些概念来组织物质实践。"②在资本运作之下，人们将空间作为生产资料并生产成为具有实用性功能的产品以供大众消费，空间作为大众生产的一部分而成为具有某种社会意义的文化符号。这便是空间从客观物理存在到人类社会文化符号的进化历程。电影中的空间是空间生产的进一步拓展，电影作为大众文化产品甚至能够加速生产、制造、贩卖、再生产空间文化。

空间类型存在诸多分类标准，以客观物理空间存在方式，或以抽象认知空间存在方式，或以某种具体空间形式、风格、结构、功能等标准划分。类型电影研究指出类型三要素之一为"图解式的视觉形象"③，电影创作者"运用类型建立起视觉符码来创造复杂的叙事和主题情境"④。传统意义上更倾向于将视觉形象理解为典型环境或者是场景视觉景观概念，内含"象征意义的图腾、偶像、肖像"⑤。空间是更立体、更本质的概念，其内涵也更为全面深刻。类型化空间存在于类型电影之中，从空间维度理解类型化空间，则是视听语言呈现出具有相近内容、形态、结构与特征的空间，带给观众似曾相识的空间形象体验。近年有学者从某一类型电影的空间设计出发，如悬疑电影的场景空间、封闭空间等，有意识地将空间作为叙事手段，探讨空间对类型叙事的强化功能与方式。但这种讨论仅限于某一类

---

① 如梅洛·庞蒂的客观空间、身体空间、知觉空间，恩斯特·卡西尔的有机体空间、知觉空间、神话空间、抽象空间，诺伯格·舒尔兹的实用空间、知觉空间、实存空间、认识空间、抽象空间，亨利·列斐伏尔分为空间实践、空间表象、表象的空间，全部遵循着"实践—感知—抽象"的过程。参见冯雷《理解空间——20世纪空间观念的激变》，中央编译出版社2017年版，第128—130页。

② [英]大卫·哈维：《时空之间——关于地理学想象的反思》，载包亚明主编《现代性与空间的生产》，上海教育出版社2003年版，第377页。

③ 许南明、富澜、崔君衍：《电影艺术词典》，中国电影出版社2005年版，第65页。

④ [美]托马斯·沙茨：《好莱坞类型电影》，冯欣译，上海人民出版社2009年版，第31页。

⑤ [美]大卫·波德维尔、克里斯汀·汤普森：《电影艺术：形式与风格》，曾伟祯译，世界图书出版公司2008年版，第376页。

型本身，并不具有普遍性。本文关于电影类型化空间研究是在类型电影研究理论下的延伸，旨在丰富类型电影之"类型"的一般性空间叙事意义和文化内涵。

一个场景是一部电影中相对独立完整的空间构成单位，同一场景内镜头从不同的空间方位、角度、距离呈现空间，通过镜头剪辑组合到一起形成整体场景空间，而后不同的场景空间组织构成完整的故事空间。场景空间内含标志性的空间存在物、行为方式、空间关系、空间结构，使得场景空间及其相互之间表现出特定的空间状态，而这种状态折射出当下对特定空间的综合性认知与创造。同时，电影呈现的空间多了一个功能——叙事。所以，在社会生产中形成的符号化空间与叙事功能结合起来，使电影场景空间成为类型化空间，赋予某一类型空间更多文化意义，成为新的空间文化符号。本文以武侠电影中的酒馆、茶馆、饭馆等市井空间作为研究对象，探讨建构中国电影类型化空间的方法与规律。

一、作为实用性场所空间的酒馆、茶馆、饭馆

电影中的场景一般先以场所的含义存在。现实世界中，场所是建立在某个位置上的功能性地方，人类在其中为满足某种功能而进行特定的活动。电影中的场所都有其现实世界最基本的实用性功能，比如酒馆、茶馆、饭馆是供人们喝酒、饮茶、吃饭的场所。电影中所呈现的场所保留了其现实功能，而且快速呈现出为完成实用性功能而产生的行为活动与空间装置，即酒馆、茶馆、饭馆的餐饮人员，售卖柜台，桌椅板凳，叫卖传菜、端茶倒水的行为等成为场所空间被识别的标识，如此的设计能够使观众快速确认场所并获得场所的功能与行为类别。对于非现实存在的空间也是如此，电影创作者必须想方设法尽快完成观众视听上对场所概念及其实用功能的确认。人进入一个空间而不知该空间的实际功能，容易造成空间认知错乱，因无法调动记忆中相类似的空间经验而无法产生代入感。为了

避免这种错乱干扰电影叙事逻辑，电影必须清晰地呈现出一个场景所在场所的实用性功能。

现实中人类基于场所最基础的实用性功能，在有限的场所活动范围内、空间形态允许下开发出其他功能——可满足更多人类行为活动（包括精神活动）的功能。如中国茶馆发展至今的七大社会功能，即交际功能、信息功能、审美功能、展示功能、教化功能、休闲功能、餐饮功能。[①] 每一项功能之后对应着场所范围内的其他人类行为活动，行为活动意味着人与人之间产生情感或利益的关联，意味着人物行为在空间内获得了动机。如"龙门客栈"既是解决人物长途奔波后饥饿、疲劳问题的餐饮、住宿场所，同时又是人际交往、信息交换的场所，作为影片中的地标性建筑容纳了三教九流之辈。电影表现一个场所空间意味着能够将所在场所的某项功能转变成叙事情节，使空间功能成为人物来此场所的动机，从而使场所初步具备了类型化空间中相似的叙事要素。武侠电影中经常出现的酒馆、茶馆、饭馆具有相似的场所空间功能，人物在其中进行相似的行为活动，也因此，这些场所内多发生相类似的情节。

当与场所空间功能并不相关的故事情节介入，如《卧虎藏龙》（2000）的聚星楼（酒楼）里，江湖三教九流不识抬举，玉娇龙持青冥宝剑奚落所谓的名门正派，表达江湖道义外还有令人忍俊不禁的挨打教训，江湖人士挨打的方式像极了被私塾先生教育的学童；《太极张三丰》（1993）中的义士据点佛笑楼（餐馆），上演苦情女子惨遭抛弃、无情郎攀高结贵、富家女无理霸道、两女争一夫的戏码，而这出戏靠着打斗成为饭馆的热闹片段。场所本身及其各项功能全部退让成为背景，成为打斗戏剧性情节的陪衬。场所空间自身建立起来的功能会一直存在于人们的意识中，故事情节使原场所增加了一项非功能范畴之内的行为活动，而这项行为一定与场所原来的行为相叠加、融合，即新的行为参与到原场所内的行为之中，使观

---

① 参见徐传宏、骆芃芃《中国茶馆》，山东科学技术出版社2005年版，第19页。

众主动参与更新对原场所功能的认知并开发场所空间的"新功能"。

电影中这种观众参与方式很大一部分由视听调度引发,场所的建筑空间装置与原有的行为活动起到了重要的空间方位调度作用。武侠电影中的酒馆、茶馆、饭馆具有相似的内在和外在建筑形态,镜头往往借助建筑空间装置:利用层楼结构进行上下调度,利用易碎的桌椅板凳等道具进行前后左右调度,利用连通的木制窗户、门、梁柱进行内外方位转换。场所空间的装置充分调度空间上下、左右、前后、里外位置,呈现出层次丰富的室内空间,使得人物的武术动作看起来饱满而有力度。同时,场所空间本身的功能性空间存在物能够最大程度为视觉造型、调度提供基本的属性。武侠电影的引人入胜除打斗动作精彩之外,很大一部分在于强有力的人物造型。现实意义上酒馆、茶馆、饭馆场所内存在的楼梯、栏杆、窗门、方桌、卷帘、雕花、梁柱、碗碟、酒坛等都可强化人物打斗时的线条、构图、声音、造型,都能够强化人物塑造。多层次的视觉形态给人带来更丰富的视觉刺激与快感,而且利用场所本身所具备的空间属性能够使人物行为变得合情合理。人物在其中的打斗行为变得符合感官和情感逻辑而被理解,因此也就能够理解为什么武侠电影中的人物总得在酒馆、茶馆、饭馆打一场。

总之,电影中的场所既要呈现现实的行为活动功能,也要在故事情节中发挥视觉辅助作用,两种功能合起来才能完成场所空间在电影中的全部功能。

二、作为类型化叙事空间的酒馆、茶馆、饭馆

观众利用现实中已有的空间经验去理解并完成银幕上场所空间发生的行为,为新的行为寻找并建构合理性解释。一旦新的行为逐渐建构起与某个场景空间的惯性联系,则该行为在电影认知思维内成为场所新的空间功能,而场所也就不仅是具备原有内涵的场所,而且成为电影的类型化空

间。"对观众而言，类型则代表着对于惯例被沿袭或创新的检视，划定了观看经验的范围。"① 这种经验惯例延续到电影场景空间之中，在电影中出现某种状态下场景的时候能够使观众产生期待——某些人物、情节或行为活动必然出现在此空间之中。所以，场景空间的类型化是使空间在原有的场所意味之上带有某种类型电影意味，即将类型电影的"类型元素"体现在某个电影的场景空间之中，如密室与谋杀、实验室与危机诞生、书店与爱情邂逅、街头与飙车等。类型化空间既能够调动观众的生活化空间经验、增强空间代入感，又能够调度电影场景空间经验、强化观众对场景空间的认同感。

对于武侠电影来说，可将酒馆、茶馆、饭馆统一为一种类型化空间。首先，这里往往作为休息、碰头、交流的地方，带有"市井"本身所含有的现实意味，而后人物之间定会产生矛盾，而来一场桌椅板凳、锅碗瓢盆横飞的乱斗。观众在经验中建立起场景空间与特定情节的惯性组合，杂耍式乱斗成为市井空间内合理的新行为。为什么武侠电影中的杂耍打斗常在这些市井空间中发生？"类型元素是一个介乎于欲望与类型表象的中间概念，当一个欲望被简单外化，或者说被一次性改造变形之后，便可以成为电影中的类型元素。"② 电影场景空间内的叙事情节可分为两部分：第一部分即是场所本身所带来的行为引发的情节，作为现实空间经验基础而不可抹除；第二部分则是在电影故事情节发展或人物性格、心理驱使下完成非场所功能范围内的行为动作，这部分是为了满足观看欲而被设计、讲述、呈现并成为类型元素的。观看欲包括观众对场景空间的诉求，场景空间之所以能够被类型化，是因为我们希望借助电影实现在现实被规训的空间中无法完成的行为，由此可以理解电影场景空间常被设计出一些违背现实空间"规范"的行为活动。酒馆、茶馆、饭馆中的打斗更多是一种喝酒喝茶吃饭助兴的节目，是一种凑热闹和搞破坏的顽皮心态，所以市井空间内经

---

① 吴琼：《电影类型：作为惯例和经验的系统》，《北京电影学院学报》2004 年第 6 期。
② 聂欣如：《类型电影的观念及其研究方法》，《当代电影》2010 年第 8 期。

常出现非日常的打斗、杂耍场面，更像是看一出好戏。这在胡金铨导演的影片《大醉侠》(1966)中酒馆一场尤为明显，这里的酒馆成为杂耍表演的舞台。如此，杂耍式打斗演出作为类型元素就成为酒馆、茶馆、饭馆空间的新功能。相比之下，"打斗"作为武侠电影的类型元素也常出现于树林、竹海、山野等自然空间。作为外景出现的自然空间常常是决斗或是高手过招的地方，人物能够轻而易举打破自然空间对人们行为的限制，如飞天遁地。自然空间内更注重武术技能展示而非破坏，人物总能够适应、开发、利用自然空间限制获得武艺加持而打败对手，这是人类与大自然抗争而取得的胜利。同样，比较武侠电影中街头巷尾的打斗，巷子的打斗则是类似于"跑酷"一样的运动。若重点呈现打斗本身则需要相对固定的空间，而街头打斗多是跑一跑、打一打，再跑一跑，所以巷子内打斗非破坏或是展示武艺，而是穿梭于复杂的地形展现灵活的武术动作，是对空间秩序、规范的挑战。类似的动作电影中城市街道飙车而警车狂追，带来的便是打破空间规范的快感，一种现实无法完成的非同寻常的空间体验。比较上述三类场景空间的打斗，类型元素在不同场景空间因对空间的诉求不同而表现方式不同，即场景空间改变了类型元素的讲述与呈现方式，说明空间在电影叙事中的重要作用。

  类型化空间不意味着模式化或是创造性的缺失。类型化空间是一个相对宽泛的概念，空间参与到电影叙事的方式包括更具体更细节的工作。电影是时空艺术，其叙事由可感知的空间状态与抽象逻辑的叙事元素共同完成。实际上，空间状态是没有量化分类标准的概念的，更多是人们对空间抽象概括的感觉，如开放空间、密闭空间、惊悚空间、未来空间、凌乱空间、浪漫空间等。好在我们可以分析感觉产生的客观原因，当我们把电影场景空间作为一个容器，场景内的一切都可以看作空间存在物。空间存在物的本身属性，如形状、色彩、材质、重量、数量、硬度、速度、亮度、密度、音量、音色等，空间存在物被呈现的方式，如位置、维度、方位、大小、运动方式、构图等，空间存在物彼此之间的空间关系，如距离、高低、明暗、动静、角度等，它们共同构成场景在某一情节发展中的空间状态，构成空间状态的元素在时间推进中发生变化而参与叙事。观众正是依据空间所具有的这些性质和关系对空间做出感知分类，并根据空间状态的变化预期故事情节发展。那么，创作者的创造力体现在对空间状态构成元素及其变化的选择、加工与应用上，创作者独特的审美观、价值观、空间观使类型化空间呈现出不同的风格与意境，从而使空间内相似的行为活动表现出不同的情感与意义。

三、建构中国电影类型化空间的方法与规律

"弘扬中国精神、传播中国价值、凝聚中国力量，是文艺工作者的神圣职责。"[1] 在此思想指导下，中国电影学派提出"构筑新时代中国电影的国家品牌"[2]，通过电影讲述中国故事、树立中国形象、传播中国精神。树立中国形象首先要创造鲜活的艺术形象。艺术形象是讲述故事的灵魂，是传递精神思想的核心媒介。因此，电影需要创作根植于中国传统文化、时代精神和未来目标的形象，其中包括空间形象。"电影的叙事逻辑延续了社会的现实逻辑，是社会政治与文化精神的再现性表达"[3]，电影创作者不仅利用空间构成元素进行叙事，而且塑造了一个个场景空间形象表征中国社会文化与思想。类型化空间既是场所空间概念，又是场景叙事空间概念。其高辨识度的感知图式和叙事方式能够高效实现电影空间建构，完成故事情节叙述与文化内涵传播，成为一个极具国家电影品牌意味的标识性空间形象。

---

[1] 《中共中央关于繁荣发展社会主义文艺的意见》，《人民日报》2015年10月20日。
[2] 贾磊磊：《中国电影学派：一种基于国家电影品牌建构的战略设想》，《当代电影》2018年第5期。文中提出建构"在思想导向上具有正确性，在艺术创作上具有时代性，在价值取向上具有通约性，在商业类型上具有兼容性，在文化精神上具有民族性，在表现形式上具有国际性的主流电影"。
[3] 贾磊磊：《构筑新时代中国电影的国家品牌》，《人民日报》2018年5月3日。

中外酒馆、茶馆、饭馆的场所空间，虽然实际空间功能一样，但为什么它们给人不同的感觉？中国人对大多数中国餐馆的感觉是大体相似的，也能够建构出对国外餐馆相异的空间感觉。空间作为现实社会的物质生产资料，国家或地区稳定的政治经济发展使之具有普遍性的生产模式和产品形态，比如中国的供销社、菜市场、小卖铺、学区房、人民广场等场所，可以理解为"中国制造"的类型化空间产品，因此场所空间带有鲜明的国家和地区特色。市场和信息的全球化加速了国家类型空间文化的传播，我们获得了对不同国家和地区空间类型文化的基本印象。所以，当我们以类型电影作为生产大众空间文化的机器时，将具有"中国制造"的类型化空间产品——场所空间——投射到电影镜头内，全球观众可获得相对统一的中国式空间经验与空间认同感。武侠世界本就是文学、电影创造出来的虚拟世界，武侠电影中的酒馆、茶馆、饭馆等场所空间[①]，由中国历史中实际的空间形态和结构改造而来，经过文学、电影传播，增强观众对此类型空间的认识而成为印象中的中国电影类型化空间。

　　空间的类型化表现在哪里？类型化空间的国家性、民族性又表现在哪里？如果把空间比作一个容器，容器装载的空间存在物形态与性质是创造性、个人化的，但是可以确定的是我们有方法放置存在物，使之呈现出某种秩序，这种秩序具有规律性，能够让我们识别出来以便更好地认识空间。所以，空间的类型化体现在场所功能空间布局的相似性。设计空间结构首先要为实现场所空间的实用性功能而划分区域，根据实现功能的过程将一个场所划分为多个功能区域，酒馆以卖酒、喝酒、吃饭为实用性功能，为了完成这项功能，酒馆空间大致划分为门头（酒旗招揽）、迎客厅（客人进来）、坐席（吃饭、喝酒）、酒架（摆放酒）、后厨（加工、制作）、柜台（售卖、结账）等。不同国家和地区划分功能分区的方式不同，

---

① 在中国历史上，酒馆、茶馆、饭馆随着政治经济发展在不同朝代都各有特色，形成非常类型化的中国场所空间。以酒馆为例，《东京梦华录》记有"彩楼相对，绣旆相招，掩翳天日"，描述北宋东京数以万计的酒馆盛况。它们为武侠电影中的空间结构与形态提供了现实基础。

导致场所功能分区的数量、空间位置、空间比例都会不同。一般而言，中国酒馆柜台与美国西部片酒馆柜台的位置不同，美国西部片酒馆柜台正对大门，中国酒馆柜台则在厅堂两侧。我们总能够根据功能布局建构起场所空间的形象，相似的空间功能布局能够符合我们从空间经验中获得的稳定感知图式，这就是我们识别不同类型空间的方法和途径。我们以不同的感知图式识别不同类型的空间，其背后隐含着不同国家对于空间的本土化观念，是一个国家的认知世界、思辨世界等思想在空间生产中的独特体现。电影场景空间按照本土化的空间功能布局设计，功能布局之后的空间形态、行为活动契合了我们空间认知经验中的场所与行为组合方式，所以能够快速调动我们的认知经验。因此，建构中国电影的类型化空间首先需要找到中国场所空间独特的功能区域布局方式，并在分区设计上表现中国文化的空间形态，如中美酒馆建筑外面的招牌，一个随风飘逸，一个如同张贴画，充分体现出中西方文化的差异。

　　建构中国电影类型化空间要强化特定人群与空间的关系。"作为人类社会发展到一定阶段的一个社会产物，茶馆是一个小社会、小天地。这里三教九流，无所不有；天地玄黄，共存俱在。它可以折射或直射社会的各个层面。"[①] 饭馆、茶馆、酒馆是中国市井文化的符号，武侠电影中最常见的就是一群武艺参差不齐的武林人士、各阶层市民齐聚客栈、酒馆、茶馆、饭馆等场所。对于侠客来说，这也是最好的确定其身份的方式。空间所带有的草根市井文化意味强化了中国武侠传统中侠客脱离政治的自由身份，增添人物浪迹天涯的浪漫色彩，所以酒馆、茶馆、饭馆空间成为武侠电影中侠客行为活动的空间。同样，日本武士电影中酒馆、茶馆、饭馆逐渐被强化、塑造成为武士文化的空间符号，美国西部片中的酒馆、饭馆成为牛仔的空间符号。场所本身蕴含社会空间生产的文化属性，电影中类型化空间并未脱离空间现实的文化意义，反而是对现实意义的强调与延伸。

---

① 刘修明：《中国古代的饮茶与茶馆》，商务印书馆国际有限公司 1995 年版，第 89 页。

建构中国电影类型化空间应把握住空间的社会文化属性，将这种属性强化到类型电影人物身上，建构起特定人群与特定场景空间的关联，使空间成为特定人群的文化符号，进而成为国家精神、价值、形象的载体。

建构中国电影的类型化空间要表达中国人对于现实空间的欲望。空间欲望实质上是将作为生产资料的空间重新规划、应用与功能延伸，解决空间权利与资源分配不合理问题。电影类型化空间一次次打破现实既有的空间限定，实现空间重新规划与应用，进而以电影的力量助力解决现实空间问题。不同国家和地区对空间的认知、应用方式不同，形成不同的空间规范，进而生成不同的诉求。中国武侠电影中的市井空间多以热闹的打斗为主，侠客打破空间礼仪规范而带来快意，实现人在空间中的自由。日本武士电影中则是武士教训恃强凌弱之辈，武力获得空间的主导权，重建空间秩序。美国西部片则是牛仔教训恶棍，维护个人空间权利，好好喝一杯。可见，类型化空间欲望既是个人现实空间欲望的投射，更是民族化心理的表现。建构中国电影的类型化空间要把握中国人对现实空间的诉求，表现出中国人对空间的合理开发与应用，进而表现出中国人的智慧和力量。正如我们希望能够在宇宙空间中发挥作用，科幻电影《流浪地球》（2019）表现了中国人对宇宙空间的探索。

总之，类型化空间在电影镜头中表现为视觉经验的重复与认同，镜头所呈现的空间能够快速调动观众的空间认知经验，获得对场景空间内叙事的预期。这要比时间维度的叙事更早，能够更快地调动观众观影时的参与感。建构中国电影的类型化空间，意味着建构并形成中国电影特有的空间预期心理机制。空间认知方式是民族化的，各国、各民族所形成的空间文化各有其内涵与意义。这要求我们寻找中国人认识空间的方式，寻找我们在空间中形成、生产的本民族空间文化，更要寻找我们对不同类型空间的民族化诉求。

诗·书·画：古典艺术理论的边界与会通

中国古典艺术中，诗、书、画的创作实践极其丰富，理论积淀至为深厚，既各自独立，又相互借鉴、彼此渗透，形成了具有中国特色的实践话语和理论体系，影响着今日乃至未来艺术学科的发展。各艺术门类自然融汇，内生、沉淀于中国人的艺术创造、审美精神和文化立场之中。在艺术学学科蓬勃发展的今天，如何在各艺术领域分科清晰、理论精进的基础上，回溯中国传统文化完整凝一、博达会通的精神气质，从而实现对古典艺术理论的创造性转化，是我们需要关注和研究的重要课题。

2019年9月，本刊编辑部举办论坛，邀请来自相关学科不同领域的专家、学者，围绕"诗·书·画：古典艺术理论的边界与会通"这一主题展开深入探讨和对话。论坛由中国艺术研究院中国文化研究所谷卿博士任学术主持。现将部分重要观点作为专题刊发，以促进学界对相关问题的深入思考，不断充盈中国艺术学的学科体系。

在"诗·书·画：古典艺术理论的边界与会通"论坛上的致辞

韩子勇

中国艺术研究院院长、党委书记

感谢各位出席《艺术学研究》编辑部举办的"诗·书·画：古典艺术理论的边界与会通"论坛，我对诸位的到来表示热烈欢迎。

中国艺术研究院在近70年的发展历程中，经过几代学者不懈努力，形成了重视艺术实践、重视资料整理、重视史论结合的治学传统，以奠基性的工作开辟出一条独具中国特色的学术之路，以持久的学术生命力和强大的理论辐射力为中国艺术学乃至中国学术事业做出了重要贡献。2016年，习近平总书记主持召开哲学社会科学工作座谈会并发表重要讲话，提出以马克思主义为指导，着力构建中国特色学科体系、学术体系、话语体系。中国艺术研究院的前辈学者在中华民族各艺术门类学科、学术、话语体系建设上，筚路蓝缕，以启山林，做了大量拓荒性、奠基性的工作。我们今天应该接续前辈的工作，承担起新时代艺术学研究、建设与发展的历史使命。

艺术学作为对各艺术门类抽象概括及一般规律的探讨的学科，特别是对中华民族艺术学科、学术、话语体系的建设，有直接而重大的意义。中国艺术研究院创办《艺术学研究》这个刊物，正是希望与我院新设立的艺术学研究所一起，共同搭建起学术平台，不断充实、完善艺术学基础理论研究与各门类艺术共存互补的学科体系，促进艺术学研究的规范化、科学化。《艺术学研究》离不开各位专家学者长期的大力支持和热心指导，今天围绕传统艺术理论的当代转化等重要命题邀请各位专家深入研讨，正是欲体现办刊宗旨。诸位在诗、书、画相关研究领域颇有建树，希望大家畅所欲言。

中国文化的一个突出特点是文史哲不分家、诗书画一体。司马迁的《史记》，不仅是杰出的史学著作，同时有很高的文学价值。鲁迅先生誉之为"史家之绝唱，无韵之《离骚》"。中国传统的诗、书、画领域更是如此。诗歌、书法、绘画是中国传统文化艺术领域代表性的门类。在艺术发展史上，三者既各自独立又相互会通，相互借鉴，彼此渗透，对构建和形成独具中国特色的艺术理论体系、审美精神和文化立场具有重要意义。诗、书、画三者密切的联系，在中国人的审美经验和感受中有直观的表现。从《诗经》的"昔我往矣，杨柳依依。今我来思，雨雪霏霏"，到唐诗的"无边落木萧萧下，不尽长江滚滚来"，再到宋词的"杨柳岸，晓风残月"，乃至元曲的"枯藤老树昏鸦，小桥流水人家，古道西风瘦马"，无一不具有强烈的画面感和生命况味，情景交融，诗意盎然。而每一幅笔墨精妙的中国画作品，最难得的是文人的那种书卷气，需要作者、友人的题跋和印鉴，方才相得益彰、和谐生动。书法史、绘画史上不少经典名作是对诗歌的直接书写和"二度创作"，散发浓郁的诗意。诗在传统中地位很高，诗意是各艺术门类共同的追求，东西方最早的戏剧都是"诗剧"。孔子说"不学诗，无以言"。诗、诗学是东西方文化一个共同的起点。亚里士多德对艺术的讨论也是从诗学入手的。所谓"文学性""艺术性"的核心，其实就是"诗意"。人类的精神发展、文化发展，都有一个诗意的起点。

从古至今，艺术家和理论家们对于艺术门类之间融合跨界的问题都有深入的思考。比如，张彦远《历代名画记》提出了"书画用笔同法"。苏轼评价王维"诗中有画，画中有诗"。刘熙载《艺概》结合绘画探讨诗歌创作："山之精神写不出，以烟霞写之；春之精神写不出，以草树写之。""花鸟缠绵，云雷奋发，弦泉幽咽，雪月空明，诗不出此四境。"他还直接点明，"书与画异形而同品"。沈尹默在《历代名家学书经验谈辑要释义》中说："世人公认中国书法是最高艺术，就是因为它能显出惊人奇迹，无色而具画图的灿烂，无声而有音乐的和谐，引人欣赏，心畅神怡。"[①] 中国传统艺术内蕴精深，血脉相通，姿态万千。

全球化带来复杂升级，突然增多的巨型问题像命运的提问，横亘在当下的每一个出口。目前，各领域的突破、发展，更加体现跨界融合的特点，早已扭转了笛卡尔、启蒙运动之后的分类分科分工格局。人类进入综合时代、整体时代、命运共同体的时代。艺术领域也是这样，条分缕析的专业分科，遮蔽的是日益窄化、工具化、技术化、碎片化、格式化的倾向。今天的时代，特别呼唤百科全书式的、具有整体能力的大家、巨匠。

习近平总书记对艺术工作提出更高要求。我们要特别注意重塑艺术的美育功能。不要把艺术窄化成技术、技巧，要发掘、发挥艺术培根铸魂、立德树人的作用，在人格养成、情感培育、意志信仰等方面去体认艺术的价值。希望今天的探讨能给当下的艺术学学科体系、学术体系、话语体系建构带来启示。

---

① 参见沈尹默《书法论丛》，上海教育出版社 1984 年版。

中国古典艺术理论与艺术学学科体系的建构

潘公凯

中央美术学院

中国艺术研究院是文化和旅游部下属规模最大的研究机构，一直致力于中国艺术的发展，并不断地有新的开拓、新的想法、新的追求，现在创办《艺术学研究》这份杂志，我觉得这对于中国艺术学的学科发展来说，是一件非常好的事情。

艺术学的学科设置及相关研究是近十几年来逐渐兴起的一个重要议题，最早大概始于20世纪90年代末、21世纪之初，教育部在国务院指导要求下重新调整高校的学科目录，要缩减50%的学科名称，需要将400多个缩减成200多个。我当时担任中国美术学院院长，和时任中央美术学院院长的靳尚谊先生都参加了这次学科目录调整的讨论，当时就讨论过艺术学科。从教育部和高校的管理角度考虑，有艺术学这样的一级学科是有好处的，因为音乐、舞蹈、戏剧等艺术类学科比较多，统一起来利于管理。但是，从学科建制和学理层面上，能不能设立艺术学这样一个一级学科，囊括音乐、舞蹈、戏剧、美术、曲艺、相声、杂技等各门类艺术，对于这件事情，我们当时心里有点没把握。

之后，北京大学和北京师范大学想在艺术学的学科建构上有所作为。一次，在评教育部的重大理论项目时，这两所高校都申报了艺术学理论体系建构的课题。不过，两所高校所展开的角度不同。北大是希望建立一个完整的艺术学理论体系，北师大想要先从调研着手，计划把国内100多所设有艺术学科的综合类高校和艺术院校都调研一遍，在此基础上探索建构艺术学理论体系的可行性。我当时是总评委，觉得这两个角度都有可取之处，考虑到两所高校都想做这件事情，都在努力做，与教育部的思路也比较一致，所以就给教育部科学技术司建议，不如都予以通过，批准他们去做。但最后据说只能有一个指标，至于花落谁家、进展如何，我就不知道了。

就这两所高校当时所提交的课题申请书，其中北大的类似于王朝闻先生做的《美学概论》，一块一块并置，美术还是美术，音乐还是音乐，戏剧还是戏剧，电影还是电影，各种艺术形式对应各个章节，比如说八种艺术形式就八个章节。作为艺术概论，作为教材使用可以，但是从学理上来看，这样是不够的。我也意识到这是一个值得深入探究的课题，但做起来恐怕不是太容易。不过，这么一来，倒是把艺术学的学科建制问题摆在了研究者的面前。以前大家可能没有去深入思考这件事，只是觉得教育部归口管理，比如说工科、理科，各自也都囊括很多专业门类，却没有人去建立一个工科，或者理科的学科理论体系。而当时北大和北师大之所以提交艺术学理论体系建构的课题申请，与学科的发展建设也有关系。比如，学校想要成立艺术学院，希望囊括电影、戏剧、舞蹈、音乐、美术、书法等一切艺术门类，但生源有限，老师也有限，有什么办法可以把这些都统起来一块儿教授，让学生什么都会，他们大概有这层考虑。

以上所讲是我经历中两个印象比较深刻的点。

当时的情况跟国内高校学科结构和建制的历史背景有关，我们现在的思考也都是基于这个背景，即中国高校在20世纪50年代进行的院系调整借鉴了苏联模式，而苏联模式其实源于欧洲高校的学科设置模式，即一门一门的并列方式。比如今天我们所讨论的"诗、书、画"，这在50年代以来中国高校的学科结构里是没有的，因为这是中国本土的文化。所以，我们的学科结构，包括要解决的问题都有这样一个国际化的历史背景。西方的学科体系在世界上为大家所公认，无论中东还是南美，世界各国大学里面的学科基本都是这样的分类方式。而至于由此衍生出来的一些问题，比如我国传统中诗、书、画是如何紧密联系在一起的，为什么我们现在把这个传统弄丢了，当前语境下能否重续这个传统，以及如何重续，等等，值得我们深入思考。

对此，我虽然没有系统探究过，但觉得围绕中国传统这样一个角度和立场去展开确实是一条可以试探的路，这跟教育部的学科结构不太有直接的关联性，可以回避学科结构所造成的那些困惑。但是，我们反过来也要认真思考，中国传统文化艺术中的诗、书、画之间那种紧密的相关性，在什么层面上相关？这是我们首先要在思路、逻辑上理清楚、想明白的问题。

从广义的文艺理论来说，20世纪50年代以来，我们把文艺作品分为形式和内容两个部分。这两个部分是我国近百年来最常用的，或者最普及化的一种研究切入方式。比如，在评论中国画或者油画的时候，谈论较多的是画作的内容或形式，表现的内容可以相同，形式却不同，油画用的是油画颜料，国画用的是毛笔和墨。这种分辨在当下西方理论中恐怕过于粗糙，但在我们现在的语境中还是比较有效的，可以把两个基本部分区分清楚。以今天的议题为例，如果讨论其中的相互关联性，我认为主要体现在内容方面，比如说诗所描写的内容，同时也是画所描写的内容，和书法稍有不同，但是书法又和字、词、句这样的文字表达联系在一起。所以，诗、书、画三者之间至少在内容上有比较密切的关联，但关联程度不一样，还可以细分，比如诗和画关联性就很密切，相比之下，诗和书关联性稍微弱一点，但是书和画关联性又很密切。这是一个层面。

第二个层面就是广义文艺理论的形式问题。形式上到底有没有关联？相对而言，形式上的关联也要细化。比如，诗的形式和画的形式显然是两个领域，诗是由词、句、章节组成，语言当然是其最典型的形式；画是由笔墨构成的，属于可视的形象性的语言形式，或者叫视觉形式语言，而且是视觉形式语言中以中国的笔墨工具所形成的一种独特的、在世界上几乎独一无二的形式语言；书法具有实用功能，写出来的字马就是马、牛就是牛，除了实用功能以外，书写过程中笔画抑扬顿挫所留下的痕迹又具有语言性，书写的字本身就是语言，但是这个语言不是书法的本体语言，书法的本体语言具有抑扬顿挫、枯湿浓淡所形成的语言特征。所以，书的语言特征与画的语言特征有密切的关联性，叫作"以书入画"，现在也有艺术家说是"以画入书"。但是，"以诗入画"是语言上的关联性还是内容上的关联性呢？我认为"以诗入画"主要是内容上的关联性，主要体现在我国文艺理论中的审美境界层面，即意境和境界上的关联性，这其中有很多话题可深入展开。诗和画在表达人欢喜、爱慕、悲哀、寂寞的感情以及在感情中所达到的意境和思想境界上，有密切的关联性。相比而言，书法只与其中的一部分有关系，比如评论王羲之的字"龙跳天门、虎卧凤阙"，这就是对书法意境和境界的形容，但这个形容与诗和画的境界、意境又很不一样，其中也有关联，只是比较抽象，王羲之没有画出龙跳天门，也没有画出虎卧在什么地方。所以，我认为我们要仔细分辨不同艺术门类、不同研究对象之间的相关性及它们的区分和界限，这也是学界目前应该做的事。实际上，事物和事物之间的关联经常是三维的、立体的网络状，把这其中的相互关系理清楚是非常重要的。

西方的哲学、美学、文艺理论非常丰富，传入中国 100 多年以来，对我们的文艺影响巨大。我认为这影响绝不是负面的，而是正面的，否则我们不知道其他的文化脉搏、其他地域的文明为人类文明做出了什么贡献。如果我们不了解世界性大范围的发展和历史，我们就不知道我们中华民族的文明成果处于什么位置。在引入、翻译、诠释做到一定程度的时候，我们确实应该回过头来多看看自己的文化传统，有哪些东西是可以再拿出来重新加以研究的，不能像 20 世纪初期那样用比较激进的、简单的方式把传统一棍子打死。在这一点上，我觉得现在的时机较好，国家非常重视传统文化的研究、继承和弘扬，给我们提供了一个非常好的大环境。但这件事情要做好，不能关起门来自说自话，要响应中央的号召，做好中国传统文化研究这项意义重大的工作，同时要把对我国传统文化的研究放在国际化的平台上、国际化的背景中展开，这样才知道我们自己所处的位置。刘勰在《文心雕龙·知音》中说："圆照之象，务先博观。"同样的道理，如果我们不知道世界上有白种人、黑种人，就会偏执一隅，以为全世界都是黄种人，而只有了解到世界上的其他人种，才会知道原来我们只是其中的一种。这样的自我了解和自我设定既不是否定自己的优越性，也不是把自己看得一无是处，而是有助于我们更全面、整体、客观地看待、分析、解决问题。

20世纪80年代中期，我曾在同样由中国艺术研究院召开的一场学术研讨会上，提出以中国传统和西方现代为两端的中国艺术的一个整体格局的构想，当时我所着眼的是中国艺术之后几十年的发展走向。在这样一个可以预测的历史时段中，我认为我们文艺界的一个基本格局应该是枣核形的一个形态，一个尖端是对中国传统的深入研究，另一个尖端是对现代西方的深入研究，中间是一个交融互动的混融区域，这个区域很大，但是两端比较小。所以，我提议要加强两端的深入研究，只有这样，中间的混融区域才能够蓬勃发展，才会混融出各种各样有意义的成果，如果两端研究做不好，中间的混融成果一定是浅薄的。如今距当时的那场学术研讨会，已过去40年了，回头再看，我依然认为这两端研究是一个根本问题，也是我国文艺界最需要研究的重要课题。

现在有一个非常好的优势环境，信息的获得前所未有的便利，便利的程度是我们在几十年前根本无法想象的。环境是新的，任务是新的，但是我们要做好，终归要从脚下做起。

诗、书、画相通与中国艺术传统

蒋　寅

华南师范大学文学院

　　首先感谢《艺术学研究》编辑部邀请我参加这个论坛，印象中这是我第一次来到中国艺术研究院开会，觉得很新鲜很特别。以前我在中国社会科学院文学研究所工作，觉得社科院文学所和艺研院关系很密切，我们的学生在贵院工作的很多，贵院的毕业生到我们那儿工作的也有。但是很有趣的是，虽然我们关系很密切，但界限分明，基本没什么直接的学术交往，也没有在一起开会。这似乎暗示了我们之间存在的鸿沟——文学和艺术间的鸿沟。按现行的学科体制，中国文学里有一个分支学科叫文艺学。文艺两个字，一般的理解就是文学艺术，不是文学和艺术，而是文学这种艺术。我的理解正是如此，文学也是一种艺术。艺术是一个学科门类，在艺术下面有各种各样的艺术门类，文学是艺术的一种。但是不知道从什么时候开始，文学和艺术并列起来，文学成了艺术以外的学科。最典型的现象是，作家协会和文艺家协会是并列的，文艺家协会的成员都是各类艺术家，而作家协会是单独存在的。

　　我们文学理论也是这样，过去经常是很模糊地称作文艺学，现在逐渐不用这个概念了，含义确实很模糊，讲的只是文学理论，却叫文艺理论，里面哪有艺术理论的内容？这就是学科概念没有很好地辨析、学科定位没有清楚地定位的结果。以往文学理论专业招研究生时就叫"文艺学"，好像默认是文学艺术，可实际上中文系招收的通常是文学理论研究生，并不包含艺术理论。这一现实将我们的学科、将文学和艺术做了切割，由此带来很多问题，涉及学科的界限、学科的定位，乃至大学的学科设置。刚才潘公凯先生讲到的问题，如果以文学为艺术的一个分支，以艺术学为一个研究单位的话，这些就不会发生，这是很显然的。一个学科自有一个学科的理论，于是就有艺术学概论或者说艺术学理论。现在将文学排除在外，艺术学无形中就成了只涉及造型艺术、表演艺术、行为艺术的学科门类，把语言艺术这部分去掉了，结果就造成了文学和艺术之间的界限，而学科理论边界的模糊性也由此产生。因此，中国艺术研究院创办《艺术学研究》是很有意义的，寻求诗、书、画的相通也是很好的研究思路。我们确实应该从问题的原点开始思考，所谓艺术到底包含着哪些门类？问题的答案看来并不是现成的知识。知识都是在历史发展过程中形成的，任何知识体系都是由一个时代的共识形成的，很难用一个简单的方式来界定它。"艺术"这个词古代没有，是近代以来才使用的，大概是日语概念，和文学、戏剧等这些概念一样，都是近代传入的日语词汇。现代汉语中涉及文艺的概念，包括诗歌在内都是日语词。中国古代很少把"诗""歌"两个字连起来用，用"歌诗"的场合反而更多。"歌"就是歌行，"歌诗"连用通常指声诗。"诗歌"是日语词，"诗"是汉诗，"歌"是和歌，合称"诗歌"。"艺术"肯定也是日语词，都是近代传入的。

"艺术"一词输入中国后有什么变化，我没有考究过，这个问题可能还需要专门研究。我觉得21世纪的艺术学，可能还要做一些学科史的清理，弄清前人对这个学科是如何加以定位的、今天我们应该怎么看。我的理解，文学应该算是艺术的一个门类，这样我们才能讨论诗、书、画的相通。事实上，我们将各种艺术视为同一类东西，就意味着它们具有共同的本质。虽然今天谈这个问题，学界基本已放弃了本质主义的思维方式，但是在一定的逻辑框架内，还是可以谈的，就是限定于特定的历史时期，或者艺术发展的某个阶段。贯通古今地谈论艺术本质，肯定是有问题的。我们这里谈论的诗、书、画,都属于古典艺术,或者基本上属于古典艺术的范畴。在古典艺术的范畴内,我们可以用本质主义的方式来讨论,认为它们具有共同的本质,都是表达的一种形式,一种表情的形式或者情感表达的行为,与传统艺术学的"写意"有本质上的相通。它们在形式上固然有相通之处——凡形式上、内容上的关联都是某种相通,但更本质的相通是写意或者说情感表达的一种方式。在这一点上它们具有了某种一致性,于是可以作为共同的对象来对待。正是在这样的前提下,我们才能谈诗、书、画的相通。

但如果处在现代艺术的语境中,再谈诗、书、画的相通就会出现问题:油画或其他现代画法,与国画、书法完全是不同的东西,许多地方很难沟通。书法和音乐反而更有相通之处,我个人认为书法是最接近音乐的,都是最直接的一种精神形式,虽然也很抽象,却是最直接的心灵表现的一种形式。

所以,今天谈诗、书、画,包括讲艺术学、定义这个学科,都只能是在一定的前提下,就一定的历史阶段来谈,如果从古到今一以贯之,就必定要出问题。就像行为艺术,它同古典艺术,从本质到形式再到功能,都几乎没什么交叉之处了,再将它们相提并论就会自取其乱。总之,今天要讨论"艺术学"的理论,就必须首先限定其历史的阶段性,然后再谈本质性。或是古典艺术学,或是现代艺术学,先做一个区分,然后才能在同一个平台上对话。

讲到古典艺术学,一定要谈传统,包括诗、书、画各自对于传统的看法,比如刚才提到的对诗、书、画、印"四绝"的崇尚。但这里有个问题值得注意,传统也是需要历史化的。无论什么传统都是构建和解释的结果,因此不能轻易地一说到什么就宣称是我们的传统。刚才讲的诗、书、画相通就是很好的例子。众所周知它是很晚起的观念,印章更晚。文人治印据说始于明代文彭,以印入画而为所谓"四绝",是更晚的事,这些被视为传统又有多久呢?

有鉴于此,前面提到的题跋以及诗、书、画、印"四绝",都不是中国画固有的传统。而崇尚"四绝"的观念，在我看来也不是艺术本身的问题。西洋画至今也没有题跋，除了签名什么字也没有，不照样是完美的艺术吗？从美术的角度讲，造型艺术本身有其自足性，线条和色彩已经为它提供了自足性。中国画也并非只有靠题跋和印章才能达到上乘的完美的境界。常识告诉我们，题跋和印章（尤其是闲章）起初是用来填补过多的空白，以求画面平衡的。刻意追求"四绝"，或许与诗文高、书画卑的传统观念有关。由于诗文关系到科举和仕宦，诗文作家的社会地位远高于书画家，就使得书画家不能不以诗文提升文化品位，刻意标榜自己的诗文才能。吴昌硕、齐白石都曾自许自己诗第一，然后才是书画，这显然是和传统观念密切相关的。在中国古代社会，历来将诗文视为文人最高的才能，画、书法则属于余才末技，没有人甘于以画工画匠自居，而一定力求以诗文才能表见于世。如此看来，"四绝"并不是绘画艺术本身的要求，而是一种社会观念的诱导。画家需要在画幅里展现各方面的才能，就像唐人行卷要用传奇这种体裁，为的是它"文备众体"，足以让作者展示诗文词章、史笔议论的各种能力。用其他的文体行卷，都有局限，不如传奇能同时表现多方面的才能。同样的道理，画家追求诗、书、画、印"四绝"，也是借此表现多方面的才华，将自己与一般的画工区别开来。

这么说又牵涉一个更大的历史问题。人们通常认为，中国古代书画家都有很高的诗文成就，他们都是文人，而不是职业的书画家，丰富的文化蕴涵滋养了他们的艺术。这无疑是正确的，书画成就肯定与文化修养有关，古今都有定论。不过这么说容易给人古代书画都是文人业余兼善，古代书画的成就都是文人的业余成就，职业书画家乏善可陈的印象。在中国历史上，专门从事绘画或书写的专业人士由来甚古。上古时代，《庄子》就提到了画工，应该就是专业的画匠，隶书则为下层小吏所用，也属于一种专业技能。今所谓专业人士，在唐代就是翰林院的待诏，里面有具备各色才艺的能人，书法高手、围棋高手、音乐高手，甚至包括剃头师傅，都是专业人士。因为文化修养薄弱，书手画匠不易取得很高的成就。最早以书法名世的李斯，官做到宰相；现知绘画里比较有成就的画家，也都是文化背景很好、家学很好、拥有优良教育背景的人。这很正常，古代文化原是由上层社会垄断的，下层人民没有受教育的机会，缺乏文化资源。那些专业人士，如果不是因为某种机缘，很难名世，很难流传下作品，作品传世的大多是文人书画家。

唐代著名的书法家，原本并不是以书法为专业的。唐代官吏选拔要考书法，书法是做官必须具备的技能，所以唐人书法普遍都好。不断出土的唐代墓志，随便哪一方，字都是很好的。因此说，唐人书法之好，并不是文人喜爱书法，而只是一般教育的结果，少数取得杰出成就的书法家也只是业余性质。但这只是问题的一个方面，事实上在文人书画保持其业余性的同时，专业书画家也在努力地向文人化靠拢。我们知道，从宋代开始，绘画有所谓"士气""作家"之别，从而文人画、文人艺术的意识日益清晰。的确，人的身份和自我定位开始是不清楚的，随着社会分工的细化，人的才能发展和身份定位逐渐变得明确起来。宋代以后，书画人才日益分流，职业书画家和文人书画家泾渭分明。到明清两代，有很多仅以书法出名的人，比如清代的梁巘。我以前不知道这个人，因为研究《清史稿·列传文苑》才了解，他就没什么学术背景，也没多少文化背景。像徐三庚这样的篆刻家，也没多少文化背景。包括"扬州八怪"，即便郑板桥文才好一点，在清朝也算不上有学问的人。像杨岘、吴昌硕这样能称得上是文字学家的，毕竟是少数。从古到今，确实有这么一批人，成为不同时代的职业艺术家，尤其是绘画方面，一直有宫廷画家这个群体，擅长写生的肖像画家、擅长画建筑的工笔画家，通常被视为有匠气的画家。其实，不光在绘画里，甚至在文学领域也出现了职业的戏文、小说作家，就连诗文也有职业作家，比如南宋的江湖诗派诗人就是靠写作谋生的。这类职业作家的出现意味着职业创作和业余创作的分化及其界限愈益明确。

这样，文人的诗、书、画作为业余创作仍旧自然地发展着，同时在职业艺术家中却出现了文人化的趋向。在前现代社会，艺术家身份卑微，为了提升自己的地位，他们不得不追求诗、书、画、印的多方面成就。像齐白石，本来是画家，却不甘以书画家自居，力图在诗文上有所造诣。所以，我认为"四绝"之崇尚，不完全出于艺术自身的需要，多半还是外在社会观念的驱动。

如此说来，诗、书、画的融通虽是一个现实结果，但我们怎么理解这一现象，却需要回到历史过程中去加以审视。这样讨论艺术理论的边界和会通，可能会更切实际。而且，仅瞩目于诗、书、画还是不够的。讨论艺术学，各种艺术都要放在一起参照，其间一定有共性存在。所谓艺术学，我的理解就是研究这众多艺术门类的共性和一般原理。但问题是，这么一来会不会又和美学重合起来呢？这是不能不考虑的。

对于美学、艺术哲学，对于艺术的理论或艺术一般原理，究竟该怎么区分，恐怕会有不同的看法。我觉得首先要考虑的是艺术学怎么和美学区分开来，或者说艺术学理论怎么建立起自己的理论框架。刚才听到介绍，有一种教材是按每个艺术门类分别来谈的。这当然也可以，问题是这么谈起来，和音乐学、戏剧学概论又有什么区别呢？现在文学理论已经不像过去那种传统的写法，一章一节把文学分成多少要素，如第一章文学的本质，第二章文学的形式，第三章文学的内容，第四章文学的语言，等等。因为当今的文学已不是那么构成了。国内最新的文学理论，都是将当代西方所有的理论汇集在一起的"大杂烩"，将各种学说汇合起来就构成文学理论的系统知识。事实上，文学如今就是被从这么多角度理解的。过去的文学理论认为，文学可以从形式和内容两个角度去理解。现在的文学理论认为那种划分是不科学的，于是基本上放弃了形式和内容二分法。的确，根本不存在抽象的形式，也不存在什么叫内容的东西。学界基本上已不用这种概念，取而代之的是关于文学的各种各样的认识，这些认识合在一起就是我们关于文学的全部理论。

艺术学理论将如何建构，怎么认识艺术学的一般原理，也面临着类似的问题。我们常听到电影语言、舞蹈语言之类的概念，它们的共通性是什么？它们都叫语言，其实讲的不是一个东西。那么，该如何研究这么多门类艺术的一般性才好？只有把这个问题弄清楚，才有可能建立我理解的艺术学理论，也就是以艺术整体为对象，研究诸多艺术门类一般原理、一般问题的系统学说。这才是我理解的艺术学理论，或者艺术学研究。

另外，关于古典绘画的批评术语，它也涉及文学界一个古代文论现代转换的问题。有学者指出，我们没有自己的理论话语，我们使用的概念都是西方的，离开这些概念就没法说话。这个问题同文学领域里讲的问题性质一样，包括怎么看待古代的艺术理论对当今的意义，我觉得这个问题也是很重要的。

我个人的看法，中国画和书法暂时不存在这个问题。这些艺术形式，包括戏曲也是这样，仍延续着古典的形式，在进入现代化社会以后，没有截然的断裂，古典的形式一直传承到今天，因此传统的批评话语对它们是有效的。但是文学很不一样，20世纪的中国文学，肯定更接近西方文学，而不是古典文学。一整套古典文论话语，对它多半是失去解释力的。无论按照现在的小说、诗歌、散文、戏剧四分法文学体系，还是按照现当代文学的写作手法，传统文论可能只有某些局部的概念还可以用一用，整个地将它作为一个知识体系来处理现当代文学，肯定是行不通的。

所以说，文学理论研究也有一个基本定位的问题：为什么要研究文学理论？文学理论对于我们有什么用？我经常会讲这个问题：文学理论说白了就是工具性的一套话语，作家不需要看文学理论去创作，读者也不需要看文学理论去阅读，只有我们这些教文学的人、从事文学批评的人，才需要它，就是说文学理论只有对我们这些讲文学的人才是有意义的。在我看来，中国文学理论界未免抱有太高的理论自负，总是想指导作家，总是想引领文学创作，这是完全错误的想法。能够引领文学的，就像雨果的《〈欧那尼〉序》，只能说它是一个宣言、一种主张，绝不是理论。真正的理论一定是落后于创作实践的，是对创作实践的一种反思和总结。我们研究理论，需要一个清晰的自我定位，否则不可能有什么理论积累，也达不成什么目的。

中国画题跋的失语现象

于 洋

中央美术学院中国画学研究部

关于当下中国画题跋的失语现象,既是一个具有针对性的现实问题,又是艺术学科体系内值得重视和反思的一个理论问题。大约六年前,我曾在《中国文化报》专稿谈过这个现象。今天,结合自己近年来新的思考,旧话重提一番。

在中国书画体系里面历来延续着诗、书、画、印"四全"的传统,这也是传统文人画的一个基本的体系。所以,画面和题跋文字相互附着和依赖,不同的表现形式和媒介之间共同构成了一个相对完整丰富的表意系统。为什么诗、书、画是一个完整的体系,一个相互关联不可分割的文化系统?因为它实现了一个完整、深厚的人文内涵和充实、完满的意境空间。但是,这个文化系统如今已被割裂,在中国画创作与研究中题跋失语的现象较为常见。我们看到的各种展览,或者是艺术家的中国画创作,能够敢于在画面上完整题跋者很少,能题自创诗的更少,这已经不是新问题,各种展览评审会和整个美术界其实一直在呼吁,但我认为这个问题不是一蹴而就的。

中国画的题跋由一种传统的文人遣兴、抒发心性的风雅快事,渐渐沦为一种让很多画家有点抵触、为难,有的时候甚至是感到尴尬的一种负累。有的画家不敢题跋,有的不会起作品题目。这些问题看起来好像是一个画学创作论的理法问题，或者是一个非常具体的技术问题，但实际上却显现了完整的"诗书画"体系在今天的缺失。在当下画坛的创作处于一种很热闹繁荣的局面时，尤其今年又是五年一度的全国美术作品展览年，更多的美术作品越来越引人注目，让人感受到视觉冲击力，内涵韵味却越来越单薄枯索，更有甚者显现为世俗气、烟火气越来越浓，书卷气、文雅气越来越淡。这一现象在当下应该是大家比较认同的困境。在引发诸多讨论的中国画文化"贫血"的现象背后，个中缘由值得我们思考，我认为大概可以归纳为以下三点：

第一，日常文化语境的变迁。随着近代以来西风东渐和文化传统的失落，中国画坛的创作者和面对画作的受众群体，对诗、词、书法的鉴赏力存在普遍的隔膜和不足。传统层面上的书法就是一种日常书写工具，到了今天变成一种独特的、专门的艺术形态。其实近代以后西风东渐和传统文化的失落，造成了今天的画坛创作者和受众群体对于传统诗、词、书、画的普遍隔膜，致使能在画上自主题跋的画家越来越少。中国画作题跋的失语现象不仅根植于美术领域，更关涉到传统文化，特别是诗词文学在当下的接受困境，这实际上是一个更大的综合问题，不仅仅是画家的问题。我们今天早已不是"行人南北尽歌谣""人来人去唱歌行"的诗的时代。而毛笔书写由原来的古代形态的日常传意载道功能，已经蜕变成单纯的艺术表现形式，所以这种题跋所需的基本素养和功夫，在今天已经成为"奢侈的本领"。

第二，受到西方现代美术观念和学科分野细化的影响。今天的学科分化越来越细，本土文化内部机构也在发生着变化。随着学科门类的细分化，以往的传统文化体系当中圆融一体的书画诗文，在美术创作和学院教学体系中却长期相互割裂，本来应该是同根之木、同源之水，但在今天距离似乎越来越远，包括"中国画"这个学科，其实在我们学院体系教学里面也在不断细分。比如，中央美术学院中国画学院因为建立了学院所以要分系，分成人物、山水、花鸟、书法系，各个系又开始分科教学，各画科独立教学之后,又带来了学生综合素养的缺失问题,所以前两年在中国画学院开设了综合班,恢复诗、书、画、印"四全"体系的教学,它的推行和实践难度也可想而知。一面是诗、文、书、画全面研习的文化理想,一面是矛盾性与功利性并存的现实困境,传统文人画对于创作者全面素养的高要求,在当下成为一种近乎"不可能完成的任务"。

第三,图像形式价值标准的影响,在某个角度上也造成了美术界对诗文的忽视甚至抵触。有的观点就认为放弃题跋可能使画面更单纯,从而回归画面的自足性,回归绘画的本体。这当然有可能也是一种借口。还有人针对历来藏家题跋当中的现象,提出了题跋是"一脉相承的坏习惯"。也有当代艺术作品把历代名画中所有的题跋,尤其是乾隆的大量题字都用软件"PS"掉,"还原"了画面的"本来面目"。持类似这些观点的人们,大都认为绘画不是文学作品,最终还得靠画说话,况且西方经典油画也都没有在画面上题写题目的习惯。这些常见的说法更加剧了当下中国画题跋的缺失,也是由现在学科细分化所导致的"只见树木,不见森林"的障目之见。

当我们回顾中国绘画、诗文题跋的历史,画面上的题跋最初是文学画家们兼善丹青、在画中展现诗意和才情的一方阵地,当然也常被认为是表达意见和抒发感情的权利,这也与中国古代文献图文互参、左图右史的传统相关。传统文人画家大都诗、书、画、印"四全",一位画家,即便是他画得最好,而书法一般,诗更差一点,他也一定说自己首先是一个诗人,然后是书法家,第三才是画家。这种自我体认恰恰凸显了文人画家的文人性这种身份的重要性。方薰在《山静居画论》里面说:"款识题画,始自苏、米,至元明人而备。遂以题语位置画境,画由题而妙,盖映带相须者也。题如不称,佳画亦为之减色,此又画后之经营也。"① 实际上最早的题画诗是从魏晋六朝开始的,兴盛于隋唐时期,到了宋元文人画时期开始

---

① (清)方薰著,陈永怡校注:《山静居画论——中国历代书学画论丛书》,西泠印社出版社2009年版。

大量涌现，其间很长一段时间，画上的题跋都是一件非常谨慎和考究的事情。比如说在宋代，我们知道很多宋画是有藏款、隐款的现象，所谓"画之款识，唐人只小字藏树根、石罅"，范宽的《溪山行旅图》、李成的《读碑窠石图》等，都是隐款的经典作品，题款"至宋始有年月记（纪）之，然犹是细楷一线，无书两行者"①。

可见，做到书绘并工非常不容易。但文人画的诗、书、画、印"四全"确实是古人一直以来追求的目标，而且通过文人书法，以诗、文、书法体验和放大这种绘画之美。画面的经营，在长期的创作体验中形成了一整套的程式法则。古代很多文人画体系里面有对题跋的方法与规律总结，如"齐头不齐脚，脚上不妨参差"等，到近现代吴昌硕、齐白石、黄宾虹等大家，尤其是潘天寿笔下，画面非常重视题跋的位置，以此参与图式经营，赋予了传统文人画的现代审美和视觉力度。所以，我觉得这些也恰恰都证明了题跋本身从内容到形式上参与画面的重要性和独特性，也正是因为题跋的存在，使中国画成为中国画。

既然是这样，当我们谈到中国画题跋失语现象，并且想要改变当下这种局面，首先应该进行创作风尚的引导，从一种去追求"格物致知""与物传神"的造型要求，或者来源于当代艺术的观念表达，转移到书画结合、中锋行笔的笔墨意趣；同时也应该在普及诗词格律文艺常识的同时，积极鼓励书画题跋内容的创新和延展。我在给美院学生上课的时候，除了讲一些诗词格律的内容，也讨论一些诗词题跋章法的问题、参与形式创新的问题。新诗也是可以入画的，很多新诗，包括新时期以来的朦胧诗、翻译过来的欧美诗文等也可以进入一些表现都市、表现当代人情感的画面。笔墨当随时代，诗文题跋亦然。在我看来，题跋的原创性更为可贵，如果不具备传统诗词写作能力，题跋内容与其只是摘录市面上形形色色的题跋工具书，还不如"我手写我口"来得真诚，如果你能严格按照格律做很工整的

---

① 钱杜著，赵辉校注：《松壶画忆》，西泠印社出版社 2008 年版，第 74 页。

古诗词当然是最好的。我们到琉璃厂中国书店看满书架的题跋手册时，反过来证明了今天画家整体诗文水平的缺失，这些题跋手册分得非常细，题牡丹的、题竹子的、题荷花的，等等，各种题材，完全是快餐式的、傻瓜式的摘抄工具。诗文本应与画面配合存在的那种自然、贴切、含蓄的"化学反应"，却再难见踪影。

  今天，我们呼唤中国画诗文题跋的回归，也正是呼唤诗、书、画融合的问题，更是召唤着传统文人理想的人格完整性。所以我想，在这个问题上，换一个角度来看，在画作上题跋本身也是一种常驻常新的跨界创作。传统文人画家画中的题跋不也是一种以文入画的跨界行为吗？因此，创作者也只有素养全面，修好内功，在诗、书、画、印的表达手段上才能够圆融相通，有自己独特而贯通的体验，才能更为生动地营造画境。在这个层面上，画上的题跋就像写意达心的另一条通道，也是全面表述创作者性情和才思的契机。而中国书画无论从内容还是形式上正在渐渐失落的诗文传统，在今天也成一条亟待接续的文脉。

"高位文化"抑或"低位文化"中的诗、书、画

葛玉君

中央美术学院研究生院

我们现在谈到"传统",并不意味着就有一个从古至今固定不变的"传统"在那里,其实更应该关注的是"传统"在不同历史时期的变迁,尤其是在近代以降是如何发展变化,以及在当下又是以何种面貌被反映的,进而探究"传统"在今天的文化建构中究竟起到或者可能起到什么样的作用。

一

今天的议题是"诗·书·画:古典艺术理论的边界与会通",其中诗、书、画这三个字,连起来的时候它们是一个整体,表达一种意思或理念,分开来又代表三种创作形态。需要强调的是,当下对于"诗""书""画"三者之间的关系问题,一般是将其放在一个"并列"或"平行"的位置与状态中进行考察的。然而,在古代这三者的关系其实不是这样的,彼此相互影响的程度,以及生成新的可能性的趋向也是有所区别的。因此,顺着这个思路,我想首先谈一下所谓的"高位文化"和"低位文化"的问题。

至少在宋代,"书法"相对于绘画来说其实是一种"高位"的文化,

书法家在某种意义上是瞧不起绘画的。把书法写好，把书法中笔墨的营养与元素注入绘画中，才形成具有"文化性"的绘画创作，才有其价值和意义，也才可能被接受。其实，文人画一直以来就延续这个传统。书法，主要是文人阶层掌握的特有技能，文人则主要强调文化学识修养，强调古典哲学、强调诗学，中国古代的文人既在技术上注重细节又有宇宙宏观理想与思考，他们强调一个人的综合素养，即这次议题的关键词之一"会通"。因而，约定俗成地将"诗、书、画"三者之一的"诗"放在首位，"画"在第三位，"书"正好是诗和画之间的一个转译环节。所谓"画中有诗"，也就是指，一幅画作一定要有诗意。换言之，我国古代的文人画，在意境和观念上是"引诗入画"，在技法及语言上则是"援书入画"。因而，看似一体化的诗书画，实则有一个泾渭分明的、所谓"高位文化"对"低位文化"的影响与传递。

反观书法在当下所处的位置，由于20世纪学科设置及其划分越来越细，书法专业一般设置在美术院校中，而现在的美术教育体系，基本上是学习西方建构起来的以图像、绘画为主流的教学系统，"书法"在这套话语机制中实际上处于一种"低位文化"的状态。这导致了一种颇有意思的现象，即很多书法家试图将自己的书法变成绘画，或者说更强调书法的"视觉化"呈现。因而，今天谈论诗、书、画的融通与边界，其重要意义并不是要回到曾经的历史语境中考察，而是更多关注这三者及其所指涉的文化传统和当下发生怎样的关联，以及在当下文化建构中的"位置"问题。其实，《艺术学研究》编辑部抛出这个话题，投射出一个现状，就是中国古典艺术理论作为一个文化板块，在当下文化氛围中的"位置"和前几年相比发生了一些变化，此前我们可能不会给予这个问题太多关注。先不论这一现象究竟会产生怎样的影响，仅从关注的程度比以往大、"位置"比以往高这个方面来看，就势必会营造出一种新的研究语境，进而使得这种影响得以充分发挥成为可能。

关于"高位文化"与"低位文化"的问题，潘公凯先生在他前几年所做的"中国现代美术之路"课题里已有涉及。他在这个课题中提出的"四大主义",即传统主义、融合主义、西方主义、大众主义,内容非常丰富和复杂。其贡献之一是,将"四个主义"看作"平行的"或"并列的"关系,进而植入我国20世纪的艺术史写作中,或者说在20世纪"共时性"的语境中展开探讨。因为,在此之前的艺术史写作中,关于"传统主义"这一大板块往往是在历时性叙述的位置上被视为"曾经的""前置的"文化状态,几乎难以参与到艺术史的书写与建构当中,换言之,属于一种"低位文化"。而只有进行转化,把它纳入一个平行的、并列的共时性话语体系当中,作为坐标之一,在某种意义上才可能发挥其影响力。

二

除了"高位文化"和"低位文化"的问题,关于考察的视角或者方法论的问题同样不容忽视。清华大学汪晖教授去年到中央美术学院做了一个题为"世纪的诞生"的讲座,其中他谈到,在某种意义上,20世纪并不是18世纪和19世纪的产物,反而18、19世纪恰恰是20世纪的产物。他提示的这一点让我印象深刻。事实上,进入20世纪,我们面临着一个前所未有的境遇,以往谈论一个问题之所以相对来说容易展开,是因为有一个历时性的线性发展脉络,有一个相对稳定的知识学平台。到了20世纪,则是一个多重的时间性线索共时性地植入一个语境当中,而且每条线索又都有着自己的"边界"和可以"会通"的地方,由此引发的问题绝对是前所未有的。历史学界经常引用一个案例,即19世纪末至20世纪初发生在南非的第二次布尔战争。这场发生在边远地区的局部战争,却对整个英国的黄金市场乃至整个欧洲经济都产生了深远的影响。这个例子在某种意义上也说明一个问题,即20世纪以降,历史的叙述已经不再是以往那种单一的、历时性的"时间性"叙述方式了,而是还存在从"这里"到"那里"的所谓共时性的"空间性"叙述方式。一如潘公凯先生在他的课题成果《中国现代美术之路》（北京大学出版社 2012 年版）中研判的那样，包括人类的工具、科技的发明、生产组织、人口增长、信息化程度的加强等一系列因素，在 19 世纪末至 20 世纪初突然发生了一个巨大的拐点，开始呈直线的上升趋势。我们所面临的问题、思考的问题以及解决问题的方式方法也随之发生了巨大的变化。因此，当谈论相关的议题时，都必须将其置于一个限定性范围中，才能展开。这是我们必须面对和无法回避的。

就以本次议题为例，要探讨"诗·书·画：古典艺术理论的边界与会通"，首先应将其放在一个大的语境中进行思考，然后再回到内部和本质的核心问题上展开讨论。所以，我认为这次研讨的议题至少有以下三点含义：

第一，边界。边界是重新确定内核的过程，诗、书、画在当下的内核是什么？它们是一个体系、系统，不是单一的、孤立的。

第二，边界的延伸。如果将"诗、书、画"视作一个主体来看待的话，其向其他主体如何延伸、流动与输出？

第三，会通与生成。在这样的过程当中，一个主体和另外一个主体相互发生关系，互为主体，生成新的可能性的过程是不可避免的。

基于上述这几点，我们讨论古典艺术理论的会通和边界，首先需要寻找一个可以展开的问题切入点。

三

基于本人的研究方向——中国近现代美术，在我看来，发生在 20 世纪 50 年代中后期浙江美术学院（现中国美术学院）中国画系的教学实践，在某种意义上，就可以作为今天议题的一个很好的范例来探讨。这个中国画教学体系在民国时期还没有完全成形，到了 20 世纪 80 年代，又因"文革"及"八五"美术思潮等历史原因被削弱或散掉，现在中国美术学院的中国画教学体系和当时也已经是两个完全不同的概念了。而当时的浙美中国画教学改革，其教学实践在一定意义上可以说是整个 20 世纪中国画教学实践中最为全面地接近文人画传统的一次改革。

1957 年，潘天寿被任命为浙江美术学院院长，关于此事，有学者认为这是一种逆时代潮流的现象，我并不认同此看法。在一个政治意识形态占据话语主导权的时代，把一位具有明确艺术观的学者放在一个重要的岗位上，进而引领这个行业的发展，怎么可能是逆时代潮流？实际上，这恰恰是一种顺应时代潮流的体现。其中一个潜在的背景是，1956 年"双百方针"出台，去苏联化模式和走中国式道路成为整个社会的一种共识，在艺术板块则体现为"民族化思潮"兴起，比如油画民族化就是这个时期的产物。而潘天寿正是作为美术领域民族化的一个代表被委以重任的。当时，在浙美进行了一系列的美术改革，涉及教学的方方面面，如分科教学、课程结构、师资力量、教学资源等，其中就有将古代文学和诗词作为教学中一项重要的学习内容与资源的设定。陆维钊等被聘去主持这项工作后，不仅制定了非常严谨的诗词教学大纲，而且有具体落实的方案，包括讲授的诗词篇目、自学篇目、题画参考目录等，还制定了《中国画理论》的教材（该教材属内部发行，未公开出版）。这个教材的目次是：第一章原理论，澄怀观道、怡性养情；第二章六法形神论；第三章气韵论、造化论，包括意趣、古今、雅俗、虚实、繁简、开合；等等。此外，浙美当时还建立起了近代以来第一个书法篆刻专业，教学重点指向传统文人书法艺术。而这个时候，其他院校中的书法教学还正在将培养目标定位于写标语、广告牌等。对比之下，潘天寿在浙美推进的美术教学体系改革可谓是完整全面地诉诸中国画自身的美学、哲学传统，涉及素描与白描、科学与艺术科学等问题的探讨，从思想、内容到方法一以贯之。

总体来看，浙美的这套教学体系实质上是中国传统的文人画体系在近现代美术领域的延伸和发展。其中涉及很多关键词，如"澄怀观道""心性""气韵"等，属于典型的传统美术创作的批评术语。而在当下，这种批评术语基本上没有了，取而代之的是借助西方艺术理论建构起来的一套批评话语体系。前几年曾有学者提出重建中国传统美术批评术语，其背后实际上是有一种价值观，或一个主动的诉求在支撑。当然，这个问题在何种意义和框架中被提出，也是值得探讨的。我认为首先需要确定边界，进而找到一个可能的参照系，否则光有口号而没有实质性的内容就等于空谈。

谈论古典艺术的边界时，"会通"无疑是一个潜在的参照系，我们需要辩证地看待会通与边界二者之间的关系。这也是我最近一直在思考的。比如傅抱石、关山月、李可染等人创作于20世纪50年代的一系列毛泽东诗意山水、革命圣地山水类作品，现在来看具有很高的艺术价值与市场价值。为什么呢？按照50年代的批评术语，这些作品第一满足了政治需求，政治正确；第二是达到了审美上的提升，而这种审美上的提升主要是向传统汲取养分，就是返回传统文人画的笔墨语言，重新寻求传统资源的注入，这样的结合应该也是一种会通。但在当时却有很多不同的观点，包括围绕中国画、水彩画概念的争论，这些不同的声音恰恰说明传统艺术养分的缺失。此前，我曾和中央美术学院一位较有影响力的中国画教授就此话题进行过简单探讨，他认为从媒介上讲，当下有一些中国画、水墨画太像水彩画，如果画里面没有深厚的笔墨的东西，其实是很难立住脚的。换言之，在创作上从形象的塑造到精神的体现可能都是当代的，但是运用的笔墨语言却须强调对传统的承继。这其中的潜在意义值得我们去深入思考。

2018年，在中国美术馆举办了"第六届全国青年美术作品展览"，其中可发现一个有意思的现象，即油、版、雕、漆画类作品，作者在画面"意境"的表达以及语言层面上，都从中国传统文化里面汲取了相当的养分，比如江南水乡的刻画从技法上的书法入画，到表达上对意境的追求，以及很多立体景观平面化处理等，在此不一一枚举。相比之下，国画展区的一些水墨作品却有一种被传统桎梏了的感觉。这一点是值得反思的。也是在去年，我在上海做了一个题为"内蕴的光芒"的展览，参展的艺术家创作面貌比较多元化。展览分为三个单元：第一个单元是"文章·笔墨"，展品就像一篇文章一样系统地运用传统笔墨语言，更接近中国传统文人画的笔墨语言和思想体系;第二个单元是"段落·重构",这个单元里的展品有很多笔墨语言成分,也有很多描写现实生活的内容,"传统"在其中只占一部分;第三个单元是"词汇·图像",这部分与当下的审美体验密切相关,是对于图像世界、图像景观的观照,虽然语言层面上还是要讲究笔墨,但仅处于一种比较微弱的"词汇"的状态。这场展览给我们的启示是,我们究竟应该以什么立场去思考问题。同理,对于诗、书、画和古典艺术理论,是置于一种"高位文化"状态还是置于"低位文化"状态来展开探讨,所得出的结论以及发挥的影响力亦是完全不一样的。

诗、书、画的精神会通与审美边界

潘静如

中国社会科学院文学研究所

我的观点是,诗、书、画的会通基于文人这个身份;文人的社会地位"强行"赋予这三种艺术形式以会通的地位。这里用"强行"这个词,是指诗、书、画作为三种不同的艺术,在历史的流变中,它们的裂缝和断裂很早就已经呈现了,但士大夫们却没有察觉,或视而不见。客观地讲,这种裂缝在每一个具体的历史情境当中不一定能够被当事人发觉,但我们作为研究者,梳理唐宋以来的脉络,就会发现它们很早就已出现。

具体而言,诗、书、画的"会通"与"边界"有不同的层次。我想从以下三个层面来讲,即规则、审美、精神三个层面。一般来说,会通最大的层面是精神层面,审美层面次之,规则更次之,彼此大不相同。如果我们沿用西方人的说法,规则指向客体,审美是主、客体之间的互动反应,而精神更多地立足于主体方面。诗、书、画的会通性就跟这种主体精神有关系。在这个精神层面上,不光诗、书、画是相通的,如印章、石头、园林、古琴等,莫不皆然。照古人理解,诗、书、画三种艺术中,最本质的乃是诗学,即中国古典诗学精神。但是,如果把诗、书、画、印作为文人艺术整体的话,那么这一整体内部最大的参照,就是画。因为我们过去很少,或者几乎没有文人诗、文人书的说法,但是我们有文人画的说法。这是因为在绘画史上,存在一个宫廷绘画或院体传统,正是以此为参照或对照,才诞生了文人画概念。这一概念,可以追溯到苏轼那里。① 从苏轼开始,这一系列的话语就塑造并规范了后来的印章、石头、园林等美学传统。因此,既然谈诗、书、画的会通与边界,首先就需要对文人画这个概念稍加辨析。

基本上,对文人画的现代省察是从 20 世纪初开始的,陈师曾将文人画的基本特征归结为性灵或者思想,但他还缺少周密的分析。② 大约在 1929 年,郑午昌强调文人画的两个特点:第一是"逸笔草草",第二是"文学化"的特点。③ 实际上,很多书论、画论包括后来的印论都是从诗论那里模拟、引申而来。所以,郑午昌提出"逸笔草草"和"文学化"的两个特点,可以说是对文人画作了令人印象深刻的初步界定。1933 年,滕固则强调了以下三点:第一,创作者的士大夫身份;第二,业余时的表现方式;第三,有别于院体画家的艺术风格。④ 滕固这一概括的长处在于指出了文人画的业余性和表现性。业余性是说画家不是靠这个吃饭,表现性是说文人的精神世界、情感世界外露于绘画作品之中。这两个概括都极其重要。1949 年,日本学者青木正儿在《中国文人画谈》一书中指出文人画是士大夫的业余艺术⑤,实际上并没有超越滕固的这个概括。这些见解很深刻,包括后来很多西方的中国绘画史或艺术史学者们,也大致在这些见解里打转。在文人画研究史上,特别值得提出的是 1936 年那个天才批评家李长之(1910—1978)的贡献——他从士大夫的意识、士大夫的生活、士大夫的教养、士大夫的人格、反写实的精神、中国画中之形而上学六个层面对文人画做了规范。⑥ 其优点是显然的,让读者对文人画的内涵和外延

---

① 参见(宋)苏轼《又跋汉杰画山二首》,载孔凡礼点校《苏轼文集》,中华书局 1986 年版,第 2216 页。
② 参见陈师曾《中国文人画之研究》,天津市古籍书店 1992 年版,第 3 页。
③ 参见郑午昌撰,陈佩秋导读《中国画学全史》,上海古籍出版社 2011 年版,第 8 页。
④ 参见滕固《唐宋绘画史》,上海神州国光社 1933 年版,第 112—132 页。
⑤ 参见[日]青木正儿《中国文人画谈》,李景宋译,浙江人民美术出版社 2019 年版。
⑥ 参见李长之《中国画论体系及其批评》,北京出版社 2017 年版,第 10—13 页。

有更加清晰的把握。回顾了文人画的研究之后，现在可以回到文人画这个概念本身。文人画在北宋被提出来的时候，是士大夫对自身业余创作的期许，但是文人画云云，并不是具有一种明确的风格的流派宣言。正像卜寿珊（Susan Bush）在其相关研究中指出的，文人画的内涵包括其美学标准开始清晰起来，是在元明时期。[①] 这一时期才真正把文人画的风格发挥到极致。

结合针对文人画艺术概念的探讨，可以归纳出下面五个视角：第一个是阶层，创作主体是士大夫阶层和群体；第二个是风格技法，与院画比较注重再现和技法不同，文人画是散淡的、"逸笔草草"的；第三个是性质，也就是说文人画是业余性、生活性的，而非作为商品生产而存在；第四个是理论，这是形而上层面的，就是说文人画有一个超脱于艺术和技术层面的"道"或"理"；第五个是含义的演变，即要注重"文人画"这三个字意义的流变，不能做一种本质主义的理解，应该做历史化的理解，这个概念实际上从一个阶层身份的概念逐渐转化为风格概念，先后大约经历了几百年的时间。

因此，一旦精神性的文人画地位得到了全面确立以后，便足以侵入、熏染或渗透到其他各类艺术之中。文人印就是这样的一个例子，众所周知，官印一直是系统化、制度化的存在，不管是传统的铸也好、凿也好，还是刻也好，印与官制、官职、官僚系统息息相关。一直到元明时期，文人士大夫才发现并推广了包括青田石等在内的便于雕刻的石头。在这个过程当中，印论顺势诞生。文人士大夫在奏刀之余，更在话语上垄断了刻印这门技艺。例如，程远在其名著《印旨》中说："其人俗而不韵，则所流露者亦如之。"[②] 再如，晚明最有名的篆刻家、印论家之一朱简在他的《印

[①] 参见［美］卜寿珊《心画：中国文人画五百年》，皮佳佳译，北京大学出版社2017年版。
[②] （明）程远：《印旨》，载韩天衡编订《历代印学论文选》（上册），西泠印社出版社2005年版，第102页。

经》中说"工人"的印是如何的俗、"文人"的印如何的雅。① 显然，他是用类似文人画的精神来达成印艺话语上的垄断。这种垄断体现了文人情趣对印章艺术的渗透。

有了文人印这个例子作为参照，我们可以继续回到诗、书、画的会通上来。一言以蔽之，诗、书、画、印主要是凸显士大夫的审美、情趣、修养及精神。其中，最核心的则是精神。我仅举一个例子，进一步说明文人性就意味着精神性。众所周知，中国古代除了诗、书、画、印而外，还有很多周边艺术。比如，唐代以来，由于园林、别墅在官僚阶层中的兴起，文人士大夫逐渐发展出了"文人石"这样一个传统。从20世纪90年代起，西方艺术史家对文人石的兴趣就非常浓厚。我们可以考察一下他们对于"文人石"是怎么理解、怎么翻译的。有一派西方研究者翻译为Chinese Scholars' Rocks，这是直译"文人石"三字，意谓中国文人或中国学者的石头；还有一派翻译成Spirit Rocks或Spirit Stones，字面意思是精神石，他们采取的是意译，所指的实际就是文人石。② 可见，文人石与精神石是同一种东西，只是翻译不同。这可以给我们很多启发。也就是说，在"他者"眼中，文人性就是指精神性，这是毫无疑问的。因此，不管谈论文人画还是文人艺术体系，精神性是居于核心层面的。这是它的一个很明显的特质。这样一来，各类艺术包括诗、书、画在内当然都是会通的，因为无一例外，这些艺术都体现了文人的精神性。但，正像我前面论断的，这种会通可能是带有强制性的会通，其间颇有裂缝。

诗、书、画、印作为一体，是很晚近的事，大致从晚明才开始。但诗、书、画的会通，可以从宋代苏轼开始说起。苏轼有一句非常有名的

---

① 参见（明）朱简《印经》，载韩天衡编订《历代印学论文选》（上册），西泠印社出版社2005年版，第141页。
② Paul Moss and Brian Harkins, *When Men and Mountains Meet: Chinese and Japanese Spirit Rocks*, London: Sydney L. Moss Ltd., 1995; Stephen Little, *Spirit Stones of China: The Ian and Susan Wilson Collection of Chinese Stones, Paintings, and Related Scholars' Objects*, Berkeley: University of California Press, 1999.

话:"诗至于杜子美,文至于韩退之,书至于颜鲁公,画至于吴道子,而古今之变,天下之能事毕矣。"① 苏轼列出了心目中诗、文、书、画各自的极诣,这套美学是基于同一种艺术风格,即雄秀的艺术风格。但我们试看后世的书论、画论,则屡有变迁。这种变迁特别能说明问题。

在苏轼之后,周履靖说:"诗至李杜,文至韩柳,书至钟王,画至吴曹,而古今之意趣,天下之能事尽矣。"② 可以看出,周履靖的书法标准是钟王,完全替代了苏轼曾经标举的颜鲁公。他又说"画至吴曹",可见吴道子还保存在这里没有改变。明代晚期,董其昌说:"诗至少陵,书至鲁公,画至二米,古今之变,天下之能事毕矣。"③ 可以看到,"二米"替换掉了"吴道子"。当然,接下来还有更多的变化,比如有人又说"黄子久,画之圣者也"④,用黄公望来作为标准,等等。所以,苏轼这种基于雄秀整饬的艺术风格的会通并没有持续太久。后人暗地里给改了谱,书变成了"钟王",是王羲之而不是颜鲁公代表了"天下之能事尽矣"。文人画经过两次变化,第一次是"二米"为代表,第二次是"黄公望"为代表。"二米"虽然不妨说是早期文人画的代表,但是论及文人画艺术风格的极致境界或典型,在很多士大夫心目中还是黄公望。不出意外,画圣的地位先给了"二米",后来给了黄公望。从"书圣""画圣"的形态上看,越来越接近我们整个文人精神的大传统,即所谓潇洒、飘逸、散淡。

这是不是很有趣?如果仔细考察,我相信书法"能事"的位置不落在颜鲁公身上,而是落在王羲之身上,绝对不是因为王羲之出现得比颜鲁公早,而在于王羲之的书法比较注重韵,最契合文人的整个审美、鉴赏情

---

① (宋)苏轼:《书吴道子画后》,载孔凡礼点校《苏轼文集》,中华书局1986年版,第2210页。
② (明)周履靖:《天形道貌》,载俞剑华编著《中国历代画论大观·第四编·明代画论(一)》,江苏凤凰美术出版社2017年版,第193页。
③ (明)董其昌:《思白论画》,载俞剑华编著《中国历代画论大观·第四编·明代画论(一)》,江苏凤凰美术出版社2017年版,第142页。
④ (明)邹之麟:《题富春山居图》,载朱良志《南画十六观》,北京大学出版社2013年版,第22页。

趣，或者其精神性。同样的道理，"画圣"一说也比较有趣。虽然吴道子还是"画圣"，至少我们今天历史课本都这么写，可是在明清人心目中先是"二米"居之，后来变成黄公望。我认为，这并不是因为吴道子的画迹流传得非常有限，而在于吴道子的画多少带有"工笔""匠气"，与院体传统关联比较紧。像后来的文人画就完全不同了，确立了新的"逸笔草草"的标准。用一种历史主义的态度，我们可以看到诗、书、画内部的差异与边界其实是始终存在的。它们不光在创作规则上有所不同，审美趣味也很不同。半个多世纪前，钱锺书先生有一篇文章叫《中国诗与中国画》，文中他提出了一个很有趣的问题：为什么画以南宗画为正宗，但是诗好像并不是以类似于南宗诗的王维诗为正宗？[①] 这个问题就反映了诗、画并不真的"一律"。

我们可以试着加以分析。按照明清人的见解，在审美标准上，书与画很相近，都更注重韵。以王羲之的书法和黄公望的画为例，美学形态上二者很接近，都注重挥洒的一面。不出意外，他们这才成了明清人心目中最具代表性的"书圣""画圣"。但是，诗和印似乎就更强调"法"的集大成。为什么何震被认为有类似于"印圣"的地位呢？这就与篆法的完备有关。何震之前有文彭，影响也很大，因为文彭差不多是明代青田石篆刻的开创者。可是古人评论说，文彭之于何震，好比陈胜之启汉高，一个是起义的陈胜、吴广，一个是夺得天下的天子刘邦，二者的地位很明显。[②] 换句话说，真正成为"印圣"的还是何震。毕竟文彭作为草创者，技法有限，而何震在篆刻上的技法比文彭更精湛、影响更大。这里的审美标准很明显是有区别的。书和画更注重韵；诗与印不是不注重韵，只是相形之下，没有那么强烈，或者说，韵虽然重要，但并不是最核心的东西。其中，诗和印

---

① 参见钱锺书《中国诗与中国画》，载《钱锺书集·七缀集》，生活·读书·新知三联书店 2002 年版，第 1—32 页。
② 参见（清）周亮工《书黄济叔印谱前》，载（清）周亮工等撰，于良子点校《印人传合集》，浙江人民美术出版社 2014 年版，第 37 页。

又不太一样。印学史之所以强调何震篆刻技法的集大成，除了因为他出现得比较早、比较优秀之外，也因为印的艺术形态有别于其他艺术。从书法、绘画来说，写字和绘画的过程虽然并不相同，但有比较接近的一面。除非你刻意去创作大型巨制，否则画"逸笔草草"的文人画时，就像写字一样，有较为流畅的挥洒写意。一般情况下，绘画、写字的过程，就是个人情感、情绪得到极致抒发的过程。写完的一瞬间、画完的一瞬间，韵也流露在字的表面、画的表面，这是一体的。但是印不一样，印是一种雕刻艺术，你不管怎么样强调印的韵味流转，实际上我们都知道篆刻要注重"法"，特别是怎么刻。毛笔之于书画，刀之于石头，软硬不同，主体感觉也不同；以刀刻石，是不可能很挥洒飘逸的。而且，刻印与赏印之间有一个时间差：写字、绘画（特指"逸笔草草"的文人画）的过程本身就含有韵律，但是印被雕刻完了以后还得印到纸上。一个人刻的印再怎么飘逸，始终跟他的行为不是一体的，所以我们就能想象，为什么古人推崇何震在篆刻上的法度完备。比起后来的人特别是晚清篆刻名家，何震的技法其实没那么完备，但这是另外一个问题，技法的后来居上、愈变愈新差不多是必然的，我们不能胶柱鼓瑟。诗歌的情况跟印又有所不同，虽然看上去同样强调法。我认为，这可能跟古人有"经国之大业，不朽之盛事"或"文以载道"的观念相关：诗要浑厚，担得起教化、肩负起历史、帮衬起国家。因此，"诗圣"地位不会落到王维身上，只能落在忧国忧民而又众体兼备的杜甫身上。可见，即便"文人画"或"南宗画"的艺术能量如此之大，渗透到了如此多的艺术领域，但它也不能改变诗的评价标准。

总结起来，诗、书、画之间的边界，即便在宋元明清时期也是越来越明显的。一方面，明清时期诗、书、画、印一体论得以达成，文人艺术话语显得空前"纯净"而"统一"；另一方面，则是苏轼的"诗至于杜子美，文至于韩退之，书至于颜鲁公，画至于吴道子"之论，在明清时期不断被修正。二者看起来是矛盾的，但我们可以对此进行解释。前者的"纯净""统一"是根植于"精神性"或所谓"道"，后者的断裂与修正则在特定历史、文化传统下的审美层面上发生。

  这就提醒我们要采取历史主义而非本质主义的态度来看待诗、书、画的会通与边界。如果说诗、书、画的会通根植于形而上层面及精神层面，那么其边界在审美那一处已经产生隔阂或断裂得很明显了。至于规则上的不同，更是无须多言。那么，为什么宋以来特别是明清士人有诗、书、画一体之论呢？这就是我说的，他们"强行"赋予这些艺术以规范的文人性特征，而忽略或掩盖了这些艺术的不同点。这可称是文人话语的独断或垄断。

书法本源问题刍议

李 川

中国社会科学院外国文学研究所

【摘要】 书法的本源问题取决于，书写之于人类意味着什么？域外几大文字体系要么受制于书写材料，要么受制于书写观念，都没能催生出书法意识。书法必须是书写意识和特定观念结合的产物。观念与书写的结合对东亚文化身份的确认无疑具有重要意义，从而在打造精神共同体和文化生态共同体上起了决定作用。然除汉字外，诸文字何以未能催生出书法艺术？原因在于，其并没有将"立象以尽意"这一观念推阐发扬，并没有将其提升到宇宙观、价值论的高度，从而导致书写意识的滞后。只有华夏将"立象以尽意"的世界观与书写意识完美结合，才能形成独特的书法传统，此论贯穿于华夏书法史的主轴，至于现代，方始以形式等西方美术理论等取代。

【关键词】 书法；本源；书写意识；象

中国现代书法理论的学术谱系建构是以西方美学理论为参照系的，这个现代书论谱系的建构以传统经学体系的塌陷和西方学术的涌入为背景，赖以维系书法的物质技术手段、思想文化根基和社会结构被"现代化"的理想彻底击溃，在经历了汉字的存废之争、社会剧烈变革之后，书法的古典传统和古典精神几乎沦丧殆尽。在古典书法传统之废墟上建构起来的现代新书论谱系，乃是基于西方认识论——质言之，基于科学主义立场的基础上重构而成。以认识论的立场观照传统书法问题，即以一种主客体的、现象本质二元论的理论模型将书法作为一个客观存在的、可供把握的真理型研究对象，或许加深了对书法传统的理解，却也带来相应的问题，其中最大的问题便是以"逻辑""理性"之名强化了书法人之无处安顿心灵的信仰危机。书法人存在信仰危机这一判断，基于如下事实：现代书法和传统伦理、精神价值的完全脱钩。若将现代书法和古典传统之间的差别凸显出来，那么其所蕴含的古今之争便成为相当严峻的问题。其习焉不察的学术现象是，对传统书法进行分析的理论文章中，处处充斥着来自西方文化语境的术语。表面看来，采择西学术语是当代书法学科建制的必然要求，然而从深层次看，却是植根于西方区域的、经验的理论对本土文化的干预和僭越。这种认识论方式基于一个基本预设，即根源于西方文化的"科学"理论具有解释一切异文化的先天合法性，而不须经过任何批判和反思。然而，这种观念从根本而言是极端错误的。何以植根于西方传统的术语就具有阐释异文化的先天合法性呢？对此，学界已经习惯于接受，即便没有任何可以信服的理由，而依照某种思维惯性或者径谓之学术惰性直接进入书法的探讨。当然并不是说，一切出自异域文化的理论都不能用于阐释本土传统，某种意义上，异文化视角的切入恰恰能够加深对本土文化的认知。问题症结在于，西方观念用于书法批评，在何种角度、何种语境下介入方获得意义。尽管援引西方现代理论在某种程度上恰恰加深了我们对书法特质的理解，然而这并不意味着异域理论可不加批判和反思便能径直用于本土文化的阐释，尤其针对自有特绝传统的诗、书、画而言，在移用他方理论时则更需要谨慎对待。

职是之故，本文试图从书法的本源问题上发表个人浅见，主要集矢于以下几个方面：书法何以成为中国文化中最为特绝的艺术传统？书法的特质何在？书法在传统文化中的价值与意义如何？这些书法理论的宏大问题尽可以归纳为一个根本问题，亦即书法的本源问题，它回答的是书法特质的形成或曰书法的起源问题。本文从外部环境和内在机理两个层次来理解书法之本源问题。前者包括书法与文字的关系、中国文字与域外文字的关系两个层面。后者着重指书法和思维方式之间的关系。本文乃刍议性质，以期抛砖引玉，引起书论界同仁的关注和进一步探讨。

上篇·中外之辨：书法本源问题的外部环境

书法作为华夏文化的特绝传统是在历史发展过程中形成的，书法之特绝特质可从两方面界定：其一，书法与其他艺术不同；其二，中国书法与域外的艺术不同。书法之不同于其他艺术，乃植根于文字传统本身的特异性，这必须回溯到艺术诞生之前的文字起源问题上去。中国书法之不同于域外文字传统，则须以理解中国文字与域外文字的差别为前提。如何厘定书法的本源问题，实际涉及如何看待书写的观念；换言之，书法的本源问题取决于，书写之于人类意味着什么？

书法的特质乃是由文字决定的，考察书法问题首先应当考察文字问题，这理当追溯中国文字的起源。

一、书写与口头、文字与字母的二分

书法为书写的派生物，而书写起源于和口头传统的决裂。口头传统先于书写传统，书写观念产生于和口头传统的分化。书写的出现，以及书写和口头传统的分化乃是人类文化的一大事件，也是当代学术激烈争论的一大焦点问题，被西方学者概括为"口头—书写"（orality-literacy）问题，其关键在于口头传统与书写传统之间是否横亘着人类认知与现代心智的"大分野"。[①]"口头—书写"理论模型的建构，以书写起源问题为之前提。书写体系包括文字和字母两种类型。前者将书写视为独立的、可以产生意义

---

① 参见巴莫曲布嫫《口头传统·书写文化·电子传媒——兼谈文化多样性讨论中的民俗学视界》，《广西民族研究》2004 年第 2 期。

的传统，而后者将书写视为语音的附属之物。当然，这仅是从理论模型上立说，实际情况远较此复杂。我在此着意强调的是，文字与字母抑或口头与书写分野的重要性，并不意味着它们之间乃是截然的、非此即彼的二元对立关系。实际上，口头与书写、物质与非物质、有文字与无文字社会之间的二元对立关系在现实中并不存在。[①] 保留"口头—书写"的理论模型，实出于言说之便。

书法可能诞生于文字体系中，而不会诞生于字母系统中，此理至明。然长久以来，讨论中国传统书法的研究者罕具世界主义的眼光，仅局限于从本土文化传统内部立说，故言说中国书法特质往往隔靴搔痒。唯有对字母系统的特质有较深切的认识，对于文字系统的特质的把握方能体贴，于此方得进一步进入书法特质的问题。现代语言学肇基于所谓语音中心论，该论可溯源于柏拉图，其《斐德若篇》极力贬斥字母的功能，认为文字本身无实际意义，只是为记录语言而设，纯粹为认知符号。柏拉图借用了埃及传说，他所谓"文字"实际上指的是埃及文字。柏拉图的例子并不贴切（他并没有意识到文字和字母的不同），借此也反映了其轻视书写的观念。希腊传统重视口说，史诗、戏剧、演说的传统都是以口头为主，这与"两河流域"、北非和黄河流域的传统截然不同。书于竹帛（中国）、书于泥版（"两河流域"）和书于石壁（埃及）恰恰是这些文明的记忆方式。据公元前2000年左右的苏美尔文献《伊楠娜和恩基》记载，伊楠娜从其父恩基处骗取 me（对应于汉语之"道"），其中就包含"写作之术"。[②] 第一次将文字压印于泥版之上的则是乌鲁克地区的库拉巴之王（《恩美卡与阿拉塔之王》第501—506行），《恩美卡与阿拉塔之王》将文字视为楔形，而表达的是"说出的话"。[③] 这个思想说明了文字独立的交际功能。对于这些文

[①] 参见肖璇《有"字"的对歌传统——壮族族群的唱与书写》，《音乐探索》2014年第1期。
[②] 参见拱玉书《升起来吧！像太阳一样——解析苏美尔史诗〈恩美卡与阿拉塔之王〉》，昆仑出版社2006年版，第281—304页。
[③] 参见拱玉书、颜海英、葛英会《苏美尔、埃及及中国古文字比较研究》，科学出版社2009年版，第13页。

化而言，书写不是第二位的、次要的记录手段，而是主要的表达手段。书写是记忆的外化，又可内化为记忆。这与柏拉图轻视书写的主张背道而驰。不过，在西方世界，从柏拉图到索绪尔，轻书写重口头的思想长期占据主流，直至雅克·德里达的《论文字学》立足于解构主义立场，追溯文字观念的历史，反思了柏拉图以来的逻各斯中心主义和言语中心主义，厘清了言语与思想、言语与文字之间的关系，在批判西方形而上学传统的学术基础上，提出了一种崭新的书写观。

对书写传统的不同态度，在一定程度上制约或影响着文化机制、价值理念和艺术传统的形成。蔑视书写体系、抬高口头传统文化，其价值观的模塑和书写民族有所不同。举例而言，欧洲在文化发轫时期，由于倾向于口头传统，因而歌手在社会上充当了相当重要的文化传播角色。《神谱》中缪斯命令诗人要一直歌唱她们以及过去未来的事情，歌咏先烈；英雄常常和歌手互相比衬（《奥德赛》）。这就是所谓"弓弦与竖琴"问题，也就是英雄与歌手之间的关系，两者缺一不可，英雄的勋烈通过歌唱得以传承，而歌手也因歌颂豪杰而留名。这与主要依赖书写的"君子有道，悬于间"（《晏子春秋》卷五《景公游纪得金壶中书晏子因以讽之第十九》）的传统异趣。

要言之，书写传统模塑的是与字母传统不同的民族特性，其对文化共同体的影响乃是不言而喻的。在说清楚了口头与书写或文字与字母之别后，需要进一步思考的问题就是，书法传统和文字体系之间究竟是怎样的关系？我认为，书法的产生和文字体系的成形存在某种共生关系，书法意识滥觞于文字创制之初。

二、从文字起源探究书法起源

书法的特异性，植根于文字的特殊性。文字的特殊性，与文字何为而起、文字因何而起息息相关。理解书法的特异性，必须以对文字的价值、功能和意义的阐释为前提。学界讨论书法,喜谈所谓艺术自觉论,此说实际于事无补。盖艺术等词语云云,乃直接阑入西方观念的产物,和古典语境并不妥帖;艺术作为一门"学"的兴起,乃西学现代学科分化的产物。在西学学科建制被引入中国古典传统中之前,并无所谓西方观念上的艺术(古所谓"游于艺"并不能直接等同于艺术,以其语境、价值诉求皆相去甚远也),亦无所谓艺术自觉的问题。这样的学术判定乃是一种首尾颠倒、源流混淆的葫芦案,因此讨论书法特性的问题,必须悬置所谓艺术自觉等讨论,而径直切入文字问题。书法必须以文字的产生为之根基,然文字产生之初是否就有了书法艺术的萌芽?解答该问题,必须坚持古人关于书法的基本理解,此一基本理解必然要回归到古典传统即经史传统中,即"书者,如也"(刘熙载:《艺概·书概》)、"书,心画也"(扬雄:《法言·问神》)。尽管经史传统的形成晚于文字体系的成形,然经学传统与华夏文字系统血脉相连,与以西方艺术观切入书学传统的做法不可等量齐观。就起源问题论,文字起源和书法起源虽非同一问题,却是互为依倚的一体两面。厘清文字起源问题,乃得以进一步理解书法起源问题。这种探源并非从考古的、实证的意义上,而是从逻辑的、思想的意义上来进行。这里所说文字起源,不仅仅局限于汉字的起源,而是从广义的、与字母对应的意义上来讲的世界上文字体系的起源。

从文字起源理论上说,威廉·沃伯顿(William Warburton,1688—1779)的图画文字(pictography,pictogram)起源论为最著,该说在20世纪风靡一时,且与传统之"书画同源"论合流。然近年来,随着对西方语言学的反思,该学说逐渐销声匿迹。[1]此论建立在"语言学眼光"或"字母文字优越论"的思想基础之上,为西方中心论传统的产物。[2]上文已讨论过文字与字母系统的二分,此种基于字母中心论的理论根本不适用

---

[1] 参见何丹《论"图画文字说"的原始版》,《浙江大学学报》(人文社会科学版)2004年第5期。
[2] 参见袁广阔、马保春、宋国定《河南早期刻画符号研究》,科学出版社2012年版,第150页。

于对文字系统起源的探讨，因而遭到丹尼丝·施曼特-贝瑟拉（Denise Shmandt Besserat）等人的彻底反驳，后者通过批判沃伯顿而提出了陶筹理论。陶筹论立足于考古证据，勾勒出陶筹由朴素而复杂的变化，指出封球、印泥在由陶筹而文字中起了关键作用，成为时下最能自圆其说的文字起源论。① 它描绘出文字从萌芽、发展到形成体系的一部波澜壮阔的历史画卷。不过，陶筹理论未能尽善尽美。首先，它仅立足于西亚楔形文字系统，对于西亚以外的文字并无涉及。陶筹论主张压印的模式褪尽了象形质素，何以埃及圣书字、殷周甲骨金文系统以及玛雅文字仍有数量众多的象形符号呢？职是之故，陶筹论并非放之四海而皆准。其次，本书做了大量的考据学工作，提出了若干具体字的微观意义上的起源，而我们更感兴趣的是作为系统化的文字体系之起源。整体观念上的文字系统之起源并不等同于具体的每个文字的起源。陶筹论在这个方面的说服力略显薄弱。最后，该理论之所以不能令人完全信服，还在于其持有一种文化传播论的预设，即将西亚文字的起源视为全世界文字的共同起源，而实际上作者并没有提出多少令人信服的证据（中国贾湖遗址、石峁遗址等亦有陶筹出土，却并不能支持汉字系统起源于陶筹的理论）。故是，陶筹说虽能够解释西亚文字的起源，却对中国文字尤其书法起源问题并无裨益。目前，尚未有足够的证据链勾勒陶筹的传播（尽管不无可能），此可存而不论。然而，作为一种符号表达的方式，陶筹—滚印—印章之间的联系却是可能的。从联系的、笼统的意义上说，印章也是书法的一部分，它受到某种域外质素的影响，此种可能性不宜完全排除。陶筹论之于书法起源的价值可能在于，它有助于我们思考印章艺术的起源。②

在陶筹论的基础上，何崝提出更为稳健的文字形成机制之说，从世界

---

① 参见［美］丹尼丝·施曼特-贝瑟拉《文字起源》，王乐洋译，商务印书馆2015年版，第21页。
② 参见李川《"契刻—书写"的观念：华夏文字印窥源》，《诗书画》2018年第1期。

文化摩荡的视野勾勒出汉字与域外文字的关联。[①] 该说将文字的产生分为巫师文字和通行文字阶段，并从经济社会发展水平的角度进行分析。不过，其巫师文字云云仍带有一定程度上的文化进化论色彩。它假定人类社会必然经历一个史前的、神话的、宗教的或者巫术的时代，而这种假设又是基于对西方区域性知识的接纳，即便埃及、苏美尔、玛雅等考古资料能够自证其存在史前神话时代，对于中国的解释却仍然采用的是类推法，这就带有极大的或然性。中国是否存在史前神话时代颇成问题，"天工人其代之""敬鬼神而远之""子不语怪力乱神""人道迩，天道远"等儒家价值观一直是中国社会生活的主流，《山海经》《搜神记》等志怪文献较之《尚书》《诗经》等文献远为后出，甲骨文、金文亦含有语怪的记录。中国人的源头文献和西亚（史诗）、北非（《金字塔铭文》等）、希腊（《荷马史诗》）、印度（"四吠陀"）、希伯来（《圣经》）、波斯（《阿维斯陀》）等其他民族皆有不同，彼等皆以神话文献为其价值、意义之渊源，而独有中国将神圣性奠基于世俗生活之上。此乃一迥异之处。史前巫术期的预设基于一种西方社会演化形态的推论，其实大可存疑。从后世推至史前，史前中国至少有神话时代、世俗时代、亦俗亦圣因势而动的时代三种可能。史前社会的单一理解模式颇可存疑，巫师文字之类的说法也难以得到证实。

诸说之中，我比较赞成王东先生对中华文明论的阐释。王东先生立足于对文字起源的分析，提出了三个"双头论"：（1）起源上的象形和契刻双源论；（2）文字发展动力上的贸易—政治双轮动力论；（3）发展规律上的东西二途说。[②] 这种理论克服了陶筹说和巫师文字说的缺陷，兼顾到东西不同的文化特色，同时又注意到了文字起源的共性，是可以接受的。在王东先生的文字起源说基础上，可进一步观察华夏文字和书法的起源问题。华夏文字的起源既有其普遍的、世界性的一般规律，又有其独特的、

---

① 参见何崝《中国文字起源研究》，四川出版集团巴蜀书社2011年版，第8—34页。
② 参见王东《中华文明论》，黑龙江教育出版社2002年版。转引自袁广阔、马保春、宋国定《河南早期刻画符号研究》，科学出版社2012年版，第150页。

区域性的地域特色。华夏文字的契刻、象形两种符号是后世书法、印章艺术的观念来源。王东先生的东西二途说可视为东西分野的开端，在某种意义上可以被看作华夏书法独特性的逻辑依据。

三、华夏—域外文字体系的关联与分流

东西二途的文字发展学说廓清了诸多迷雾，此说将世界文字的发展视为一个既有整体性却又各自独立的过程，避免了传播论等说法证据不足、以此代彼的弊端。这里我特别强调华夏文字系统与域外文字系统的不同，是为了凸显华夏书法的特色。所谓域外文字系统，又主要是针对西亚的楔形文字、埃及的圣书字以及中美洲的玛雅文字等几种古老的文字体系；恰恰是这种差异性成为中国书法独特性所由起，成为中国书法源远流长的动力，成为中华文明卓异于世界的根由。明了华夏文字体系的独特性，首先应当明确华夏文字与域外文字存在若干隐秘的，甚至在一定意义上相当深刻的关联，这种关联恰恰是我们探究中国书法不能忽略域外因素的原因。从其关联洞悉华夏与域外文字的分野，书法的特质才能得以彰显。从这个角度，我们才能更好地回答中国书法的特质等基本问题。而其中的核心问题是，华夏文字体系是自源的还是他源的。

由于目前殷商文字体系较西亚、北非为晚，学者对华夏文字体系是否自源的争论莫衷一是，这个问题极大地影响到对书法起源问题的判断。如果华夏文字体系起源于域外，那么书法还能否成其为独特的华夏文明的代表？三代考古研究目前倾向于用一种开放的、世界主义的态度来看待华夏文明起源。如通过类比加喜特—巴比伦的情况而提出殷商南下论[①]，中国境

---

① 参见郭静云《夏商周：从神话到史实》，上海古籍出版社2013年版，第225—235页。

内的印欧人种与典籍中的尧舜时代所透露的华夏与西亚文明关系①等，皆揭示了华夏文明起源与世界异域文化之不可分割的关系。凡此证据，都共同指向华夏文明西来说。这个观点近几年又沉滓泛起，其中以民间学者苏三者对此论证不遗余力（其论证多牵强，不赘）。虽然证据不少，言之凿凿，然而微观证据并不能解决宏观上的文明起源问题。中国青铜、马匹、小麦等可能来自西亚或北部游牧民族，这并不能推证华夏文明之整体为西来。因此，文明起源仍旧是桩不能定谳的疑案，姑且悬置不论可也。就文字问题而言，华夏文字体系与域外的关联却是相当清楚的，比如饶宗颐先生对史前陶符的探讨，从东西交流的角度做了详尽而深入的掘发②，最为关键的证据则是著名的安诺石印，与中国汉代的印章存在很多共性，然而却比后者早近两千年。③这不能不使人思考华夏印章的域外渊源。印章乃是一个世界现象，苏美尔人的圆筒滚印、埃及人的圣甲虫形印以及印度河谷文明的青铜印章，都比华夏印章的出现要早，这就在时代序列上给传播论提供了理论上的支持。而且，最为切实的证据来自印度河谷文明符号，通过比较安诺石印所折射的印度河谷与中亚、西亚及华夏之关系，印度河谷所出土 400 多个字符中与中国相似者多达 89 个（包括史前或殷商）④；即便是与华夏文明相距较远的玛雅文明，也存在某种关联。就先商文化与玛雅的关系，不乏关于亚美文明同源的研究者。⑤诸如此类的考古证据，说明必须将华夏文明的起源放置到世界体系中，方能给以真正的有效的解决，中国文字的起源，同样也应当放置到全球体系的背景下予以理解；也充分

---

① 参见余太山《有虞氏的迁徙——兼说陶唐氏的若干问题》，载《炎黄文化研究（炎黄春秋增刊）》第 4 期，炎黄春秋杂志社 1997 年版，第 52—59 页，第 67 页；第 5 期，炎黄春秋杂志社 1998 年版，第 62—66 页，第 75 页。
② 参见饶宗颐《符号·初文与字母——汉字树》，上海书店出版社 2000 年版。
③ 参见李学勤《安诺石印的启发》，《中国书法》2001 年第 10 期。
④ 参见何崝《中国文字起源研究》，四川出版集团巴蜀书社 2011 年版，第 480—512 页、第 556 页。
⑤ 参见王霄冰《玛雅文字之谜》，上海古籍出版社 2006 年版，第 9—13 页；[印度] D.P. 辛加尔《印度与世界文明》（下卷），庄万友译，商务印书馆 2015 年版，第 60 页。

说明中国文字系统的形成与异域文字之间存在可能的互动关系,这种互动状态孕育着共同思维方式成形的可能性。

而从世界体系的角度来理解华夏文明尤其是华夏书法问题,我们必须对目前的理论模式保持警醒和反思。目前主要的模式是文化传播论,尤其是单向文化传播论。就此理论趋向而言,最为典型的便是华夏文化西来说,这种理论耳熟能详,不须赘论。然而,学界在接受这一理论时,大多局限于从局部的、细节的方面寻找支持或反驳的证据,而恰恰忽略了对该理论本身的反思。这种理论基于一种因果论的单线立场,它假设文化传播有其中心或曰起点。但是,这个文化传播的逻辑起点却是根本无法找到的。因为,这个逻辑起点必须是最早的单一的纯粹的自源文化。持传播论的学者多数将文化源头锁定为苏美尔,然苏美尔实际不满足上述条件。就时间而言,苏美尔和埃及文明之间孰早孰晚本身就是一个问题。就自源而言,即有学者比如苏美尔学家S.N.克雷默(S.N. Kramer)主张苏美尔人受到了欧贝德文化的影响。① 若如此,则苏美尔也受到外来文明的影响,其既不单一更不纯粹,根本不能作为文明的"第一推动力"。那么,能否据此而回溯到欧贝德人呢?当然不可,因为欧贝德人是根据语言悬想出来的,就像雅利安人理论一样,除了语言学上的证据之外,再也没有其他的证据。如果将传播点锁定为埃及,那也仍然会面临和苏美尔一样的问题,就是难以确定其为文化的最初发祥地。问题的根本出现在单线传播论范式本身,此范式根据一种单线因果论,完全忽略了文化之间以及人群交往所存在的复杂情形。

因此,尽管华夏文字与域外存在一定关联,但是我们并不能简单地将其归因于文化传播尤其是单向传播的结果。传播论的弊端在于忽略了世界文化作为共存的体系,它们相摩相荡、互为依倚的复杂、多元、交易的关系。只有立足于这种关系,才能够对中西文化之间的相似性和关联给出解

---

① 参见于殿利《巴比伦与亚述文明》,北京师范大学出版社2013年版,第11—12页。

释。在此强调一下，这种关联是基于互相的，而非单线的交流模式，它不是传播的结果，而是循环互动的产物。这种关系就像太极图的阴阳两仪，互根互用、相摩相荡。据此，可对华夏文字体系进行下一步勘察。

西亚、北非和玛雅文字与殷商之间的相同点，比如都不约而同地采用文字体系，都在很大程度上具有象形特征、史前符号的趋同性等，这些现象植根于曾经的文化互动，至于如何互动，我们此处难以给出具体证据（如有可能苏美尔人受双墩文化影响，而反过来影响华夏先民，华夏先民又影响印度河谷文明，印度河谷文明影响商朝人）。破除单线传播理论之弊端，对华夏文字系统与域外文字系统的分野方能理解透彻。殷商文字系统与前殷商书写符号之间存在着历史渊源关系，这种关系不仅表现在该系统对此前符号的大量吸收，同时还表现为理念上的相关性。殷商文字的契刻特质、字势的方纵趋势都有前赋文化的影响，有如下值得注意的特征。

首先，文字作为空间单位的观念。可以断言，独体为文、合体为字这种观念必然出自本土。尽管西亚、埃及文字的使用早于华夏，然从其书写看来，这两种文化并没有发展出合体、独体的观念。虽然彼邦文字单个符号也有形象性，但在书写特定意义单位时仍采取线性排列的方式。换言之，即词语内部数个音符按照流线排列，而词与词之间并无明确界限。楔形文字虽然为苏美尔人所发明，却被借用于书写埃兰语、阿卡德语、巴比伦语、亚述语、赫梯语、乌加里特语、波斯语等诸多民族语言，在不断被借用过程中，逐渐丧失了文字的特征，蜕变成表音的记号（类似于从汉字中发展出假名），从而与字母体系合流。[①] 埃及文字虽然保持了文字的特色，每个符号可视为表意单元，不过也没有明确的独体或合体意识，其排列方式尽管呈现出多样的书写形式，然亦并不以词为单位。独体或合体看似小问题，对于书法而言实则意义重大，它直接对结字成文、谋篇布局等书法形成起限定作用。试想，若汉字与北非、西亚文字一般，也不以表意单元

---

① 关于楔形文字的释读及其传播变迁历史，参见拱玉书《西亚考古史（1842—1939）》，文物出版社 2002 年版，第四章。

为单位书写，何来"馆阁体"抑或"破体"之说？而这些恰恰是书法理论的重要问题之一。质言之，空间单位和意义结合为华夏文字与域外文字的分野之一。

其次，殷商文化与域外文化可能存在一定的关联。从现代考古学证据看来，三代中国和域外存在着非常广泛而密切的交往，这种交往对于殷商文字系统的形成具有重要的借鉴意义，至少可推定之处有如下几项：文字体系的观念可能受到西亚和北非的影响；印章的使用可能与哈拉帕文明、安诺文化有一定的文化联系；甲骨文采取纵向书写与西亚文字有某种相通之处。但是，即便和域外有文化关联，殷商也是一种"洋为中用"的文化态度，殷商的文字体系、印章的使用显示出鲜明的民族特色，这是传播论者所忽略的。这种鲜明的民族特色是由文字本身的特质决定的，比如意义空间的营构，等等。

四、西亚、北非和玛雅何以没有发展出书法传统

何以只有华夏文字具备书法的充分必要条件，西亚、北非和玛雅等皆不具备呢？华夏何以形成书法传统乃本文的核心论题，且留待后文，此节着重分析何以其他文字体系并没有形成书法传统。

苏美尔文字在萌芽期与华夏无别，从乌鲁克二、三期文化和捷姆迭特·那色文化遗址所出土的经济类泥版看来，苏美尔文字多取物象（无论陶筹压印还是直接摹绘），然后逐渐发生形式上的改变，成为楔形文字。这种文字使用的书写载体、书写工具及其所记录的语言阻碍了其形成书法传统。究其书写载体而言，楔形文字基本上是镂于金石或者刻于泥版之上，即便偶尔使用木板，也打上蜡油以模仿泥版的功效。[①] 泥版是其大量使用的书写介质，芦苇笔是其最重要的"书写工具"。由于泥版具有黏

---

① 参见于殿利《巴比伦与亚述文明》，北京师范大学出版社2013年版，第80页。

性，芦苇笔在其上划过时阻力大而滞涩，很难刻写曲线或者勾勒曲折的轮廓，而采用芦苇笔又逐渐呈现出楔形或曰钉头的特征。[①]故两河流域间的文字记录形式，与其谓之"书写"，毋宁谓之压印，其笔锋的角度无论怎么变化，呈现出的线条仍然不免单调，此乃今天所见楔形文字泥版何以笔画单调的原因（其最基本的笔画但横竖斜三笔而已，另有一钩，与汉字笔画之丰富、笔势之多变相距悬殊）。故其书写工具和介质，极大束缚了楔形文字书写意识的发展。就社会功能论而言，楔形文字最早起源于商业贸易中的记账陶筹，侧重于经济效益（印度河谷似与此类似）和信用功能，也就意味着压印的方式而非书写的方式更为本源，这制约着后世对文字的理解。西亚居民喜欢压印而非书写，与其文字起源相关。另外，由于西亚地区民族关系的复杂性，楔形文字被用于记录阿卡德语、巴比伦语、亚述语、赫梯语、胡里语、乌加里特语、波斯语等多种民族的语言（与汉语被境内的契丹、西夏、女真等民族以及越南、朝鲜、日本等仿造相似），在诸民族借用过程中，主要看中其表音特征，故而最后逐渐和拼音文字合流，丧失了意音文字的特征，也就逐渐泯灭了其表意和取象的特点。从这个角度来看，两河流域并没有产生书写意识，也就不可能有书法产生。

在漫长的三千余年的使用中，埃及文字仅仅发展出了圣书体、祭司体和民众体三种形式。埃及的文字被希腊人称作 hieroglyphics，通常将其翻译为"象形文字"，亦译为"圣书文字"[②]；埃及官方文字应用中，象形符号突出，从古王国至希腊罗马时期，符号众多[③]，故二名可并行不悖[④]。这足以构成书法所需要的书写符号系统。埃及文字镂于金石、书于纸草。埃及人

[①] 参见于殿利《巴比伦与亚述文明》，北京师范大学出版社 2013 年版，第 60 页；另参见 Irving Finkel and Jonahan Taylor, *Cuniform*, London: The British Museum Press, 2015, p.78.

[②] 王海利：《古埃及"象形文字"的译名问题》，《世界历史》2003 年第 5 期。

[③] 参见吴宇虹《文字起源及象形文字、楔形文字、中国文字和字母文字之异同》，《上海师范大学学报》（哲学社会科学版）2006 年第 6 期；另参见 Sir Alan Gardiner, *Egyptian Grammar*, Oxford: Griffith Institute, 1957, pp.88-90.

[④] 参见李长林《关于古埃及文字的中文名称问题——兼与王海利同志商榷》，《世界历史》2004 年第 5 期。

对书写相当敏感，纸草文献发达。其圣书、祭司、民众诸体，书写笔法皆呈现不同个性和风格。但是，埃及人仍未产生书法的观念。其一在于书、画不别，文字、绘画是同一个词，写字和绘画无甚区分，书画观念不分影响了书写观念的独立。再则，埃及人以宗教态度看待文字，视文字为有魔力之物，能对书写或刻绘对象施加实际影响，他们用"去除法"或省略替代等表现形式。① 思维方式制约着文字的用途，埃及文献以宗教、文史为大宗，间有科技文献，而思想史类绝少。出于宗教观念和对文字的魔力的信仰，埃及圣书字讲究描摹逼真，而且还通过上色构成文字的面。埃及人以圣书字为首选。祭司体与圣书体的差别，在汉字之楷行之间，至于民众体，则纯然记号。虽然埃及人善用笔墨和纸草，但因其文字观念的束缚，终究未能发展出相对自由的书写精神，不足以称之为书法。

玛雅文字的情况与埃及略同，一言以蔽之，即宗教观念或者说神权政治束缚了其发展。玛雅文字系统由七类书写元素构成，即圆点、直线、棒条、弧线、曲线、圆框和面。② "面"是玛雅文字的特殊组成要素之一。就书写技艺而言，玛雅人也有类似于中国传统中的毛笔和硬笔，前者由动物毛发做成，后者由芦苇制作③，这与中国传统使用的笔应当没有本质上的区别。然而问题在于，玛雅人对文字的理解和华夏不同，他们的文字是通神的工具，服务于宗教礼仪和神权政治，故而其文字的发展走了一条由抽象符而头像符、全身符的路径④。如果将前者比为篆书的话，那后两者就是鸟虫书（全身符取象于人身，颇似《王子午鼎》之类），其取径是装饰性、美术性的，而非抒情的、写意的，一般情况下不能轻易改变文字的整体框架，因而也就没能发展出以抒写性情为特征的书法传统。

---

① 参见 [英] 伊恩（Ian Shaw）《重构古埃及》，颜海英译，外语教学与研究出版社 2007 年版，第 73 页；James P. Allen, *Middle Egyptian: An Introduction to the Language and Culture of Hieroglyphs*, Cambridge: Cambridge University Press, 2014, pp. 378–379.
② 参见王霄冰《玛雅文字之谜》，上海古籍出版社 2006 年版，第 112—116 页。
③ 参见王霄冰《玛雅文字之谜》，上海古籍出版社 2006 年版，第 99—108 页。
④ 参见王霄冰《玛雅文字之谜》，上海古籍出版社 2006 年版，第 89 页。

由此看来，何以苏美尔、埃及、印度和中美洲没有产生书法？这既是一个知识论的问题，又是一个价值论的问题。由于苏美尔和印度河谷文明对文字的态度侧重于经济实用和信用功能（印度河谷文字泰半见诸印章）；埃及人和玛雅人侧重于宗教信仰，他们并没有着重发展文字本身这一面。苏美尔人最后选择了压印的办法，并且将这种方式惯性地传递给了阿卡德人、巴比伦人、亚述人、赫梯人和波斯人。埃及人和玛雅人对文字的崇拜，也导致了其注重与外在之物惟妙惟肖，书画界限含混不清，从而导致书写意识淡薄。故而，域外几大文字体系要么受制于书写材料，要么受制于书写观念，都没能催生出书法意识，探究书法意识的真正起源便只能将目光移向东亚。

下篇·立象以尽意：书法本源问题的内在机理

文字的特殊性体现在：文字是人类存在的方式。如果说语言是存在之家，是理解人与万物的工具，那么文字则是斯文传统存在的方式，从而将中国精神与其他文化区分开来。书法是理解中国人存在的具有本源意义的生存样式。这种本源的存在样式昭示：文字—书法是华夏思想的奠基。理解中国传统，不独要理解其早期的语言，同时也必须理解华夏先民早期的书写方式，正是早期先民对于书写的态度奠定了书法与文字的共生关系，正是这种书法—文字的共生关系影响了中国人的价值观。探究书法的起源，应从文字起源思索以下几个问题：第一，"书写"或"契刻"这两种书写方式对书法的意义；第二，什么样的思维模塑了书法的鲜明特色；第三，早期书法思维之于书法传统的奠基意义。笔者尝试分论如下。

一、书写意识的发达与书法的诞生

在所谓史前刻符的时代，书写意识已经产生了风格的要求。当然，这里所谓风格尚不足以说明中国文化的特殊性，因史前尚没有所谓华夏的认同，在东亚书写中能找到的特色也能移植到域外几大古老文明中。基于本文上篇对中外文字分野的理论，此篇着力探讨的问题是，东亚文字如何逐步形成自己的书写特色？如何一步一步发展为华夏书写意识，并且最终成为独特的书法？

从早期陶符到文字，早期符号资料与后世书写之间并无巨大的鸿沟。无论是乌鲁克文化，还是阿拜多斯遗址，抑或良渚、红山、奥尔梅克文化，都存在可以成为书法作品的刻写材料，这些材料堪称人类书写的瑰宝，然而是否都能称之为书法呢？从广义的范围看，书法若仅限于书写这一层意义，这种称呼不成问题。比如马坚先生翻译的《阿拉伯通史》，便不止一次将阿拉伯的铭文资料或书写资料称为书法。阿拉伯书法的奠基人为赖哈尼，书家地位甚或在画家之上，诞生了像哲耳法尔那样以书名世的文墨人。① 但若从严格意义上讲，这显然仅仅是在书法的泛指意义上使用的。理解书法，尚须从本源上对其进行探究。书法作品至少应当具备以下四项基础条件：表达方式、书写符号、章法和载体。具备如斯几项条件的书写，是否皆可谓之书法？从严格意义上讲，这只是书法之为书法的必要条件，却不是其充分条件。那么，史前书写如何转变为书法呢？这仍须采取溯源的方法。

贾湖刻符有世界上最早的文字之称②，尽管较之两河流域的楔形文字、埃及的圣书字而言，贾湖刻符尚不成体系。就书法论，此堪称中国书法源头。③ 贾湖刻符当然是初创之作，而其中包含书写意识或理念之萌芽，其

---

① 参见［美］菲利浦·希提《阿拉伯通史（第十版）》（上册），马坚译，新世界出版社 2008 年版，第 45、63、269 页及 384—385 页等。考虑到阿拉伯文化的后发性质，以及其与中国唐朝的频繁往来（包括战争，如怛罗斯之战），考察其书法传统的形成应当持一种传播论的思路。
② 参见蔡运章、张居中《中华文明的绚丽曙光——论舞阳贾湖发现的卦象文字》，《中原文物》2003 年第 3 期。
③ 参见张居中《八千年前的书法艺术——河南贾湖原始文字的发现与研究》，《中国书法》2001 年第 1 期；刘正成《关于文字——书法源头的思考——考古学术研讨会札记》，《中国书法》2001 年第 2 期。

高度凝练的"尚象"特征为华夏书法奠定了基础。贾湖文化的走向为北辛文化、大汶口文化、龙山文化和岳石文化，在东夷文字的发展链条之内。① 由贾湖而殷商，一脉相贯。此外，大汶口陶罍文字亦与"制器尚象"② 习俗相关，从而与《周易》阴阳哲学相联系③。周易哲学的要素：卜筮、取象、阴阳等，在从贾湖以来的文化传承中都有相当明显的反映，此点至关重要。书法乃是东亚地域文化观念催生、发酵的产物，只有书写和特定观念的结合才能产生书法。

中国人对书写意识的追求，亦体现于龙山文化。龙山丁公陶文乃中国书法最初巨迹。此陶片真伪有争论，然主张真实者居多，《新中国出土书迹》亦录入④，其草法意识相当鲜明⑤，这种草法意识堪称草篆、章草（对比《散氏盘》《神乌赋》《急就章》等）之先驱。无论龙山文化的去向如何（有主张其与二里头、后岗、藁城台西商文化一脉相承），草书的观念应当对后世存在一定的影响。而且，类似的文字还出现于和龙山文化前后相续的南荡文化，即著名的龙虬庄陶文。在此有必要指出的是，与龙山文化同时期，印度河谷、北非、西亚已经开始大量使用文字，然而域外这些文字或压印，或雕镂，或描画，或范铸，多循规蹈矩，若拓模脱墼，鲜见性灵，与"写"仍有不少距离，而绝没有类似于丁公陶文、龙虬庄陶文这样的草法意识。这也说明，龙山文化时代华夏大地书写意识之自觉、书写趣味之明确与域外绝然不同，从另一角度谓之书法意识亦无不可。

由此说明，中国书法意识起源之早，远超出以往的估计。双墩刻符中出现大量成组符号，允为世界范围内文字的第一次飞跃。⑥ 双墩文化和贾

---

① 参见逄振镐《从图像文字到甲骨文——史前东夷文字史略》，《中原文物》2002 年第 2 期。
② 蔡运章：《大汶口陶罍文字及其相关问题》，《山东师范大学学报（人文社会科学版）》2013 年第 2 期。
③ 参见倪志云《大汶口文化陶尊"文字"的观念内涵与〈周易〉阴阳哲学的思想渊源》，《周易研究》1988 年第 2 期。
④ 参见［日］西林昭一《新中国出土书迹》，陈松长译，文物出版社 2009 年版。
⑤ 参见王宏理《丁公陶文之初步研究》，《浙江大学学报》（社会科学版）1994 年第 3 期。
⑥ 参见何崝《中国文字起源研究》，四川出版集团巴蜀书社 2011 年版，第 248 页。

湖文化存在文化渊源关系，贾湖文化乃是一个高度发达的音乐文化、卜筮文化、农业文化，其刻符为文字毫无疑义。双墩刻符应当承继了贾湖文化的文字观念。双墩刻符出现的刻画方法多样，其内容有诸如象形、会意、指示等手段①，为后来的书法创作提供了观念源泉。这就意味着，华夏文字在早期有对书写手段的特殊追求，这种追求将为表达方式提供源泉。与此同时，双墩、良渚文化中数百个刻符的存在，为书法创作提供了足够的符号。尽管贾湖等文化中仅发现 10 余个刻符，然而就其刻画的数量程度而言，这可能仅仅是很小一部分符号。而从龙虬庄、丁公陶文遗址等地的出土陶片看，它们表现出古代中国人相当浓厚的书写意识。这些足以说明，书法在中国自始以来就和书写相伴而生。

书写意识的早熟乃是书法诞生的前提条件，通过以上的分析，可进一步讨论：何以只有华夏的汉字文化圈产生了书法？这是一个须认真对待的问题。对该问题的提问方式须首先自省，以避免所谓汉字特殊论的指责，这个问题就像欧洲特殊论、西方中心论一样值得警惕。我们之所以敢于将其视为一个值得提出来的问题，实是基于上文对字母和文字体系的剖析，基于对中国—域外文字双向发展的判定，基于对华夏书写意识和域外书写意识的权衡。唯其立足于世界范围内的横向考察，才能进一步掘发汉字的根本特征；唯其植根于华夏文字一脉相承的书写意识传统，才能进一步思考何以书法独独产生于中国。

如上所言，书法意识的起源和文字的起源乃是伴随而生的，书法之为书法，单有书写意识是不够的，它仅为书法诞生之前提。有学者指出，汉字的象形性和表意性是衍生书法的根本原因。②这个看法是否正确呢？首先，书法确实需要大量的象形符号，这是毋庸置疑的；然而有象形符号却不一定能产生书法。关于此，我们已经通过苏美尔、埃及和玛雅的例子作了说明。实际中国境内的纳西族、彝族、水族等民族的文字都有象形性的

---

① 参见徐大立《蚌埠双墩遗址刻画符号简述》，《中原文物》2008 年第 3 期。
② 参见张颢瀚《中国当代书法的几个基本问题》，《艺术百家》2013 年第 1 期。

问题，然而这些民族在历史上并未产生书法，恰恰受汉字书法影响而发展之（谚文、假名书法亦属类似情况）。再则，表意文字确实是书法的文字载体，然表意性并不能直接催生书法艺术，这和上面的道理是一样的；而且书法的派生体系也不尽为表意文字。象形和表意只是书法产生的必要条件，而非其充分条件。书法的产生，必须依赖于书写意识的发达，同时还应当具备一些内在的思想条件。换言之，书法必须是书写意识和特定观念结合的产物。观念与书写的结合对东亚文化身份的确认无疑具有重要的意义，从而在打造精神共同体和文化生态共同体上起了决定作用。这种观念就是华夏思想的奠基观念，它以和域外思想的分野而逐步呈现出来。

二、华夏取象思维的成形与书写意识的结合

雅斯贝尔斯从世界历史的角度，提出人类社会共有同一起源和目标，其"轴心时代"理论成为思想史的一大命题。该理论一度被移用于对中国先秦思想史的阐释，不过，轴心时代理论在解释传统中国时遇到一定的困难，即中国思想并没有西方式的信仰——理性之断裂或二分情形，而是一种杜维明所谓的"存有的连续"的世界观[①]，它即凡即圣，因世俗而昭显神圣。"轴心时代"理论立足于公元前 8 世纪到公元前 2 世纪思想井喷的现象，却全然不曾顾及这些现象背后不同的文化背景，因此近年遭致许多学人的批驳。以中国历史而论，晚周诸子的活跃实为三代之学的思想延续。[②]从文化殊相而非共相的角度论，中国的特殊历史进程、特殊地理环境形成了其特殊的思想文化。有意思的是，雅斯贝尔斯所列举的几大轴心文明中，汉字是唯一产生了记录思想经典的文字体系，其余的思想经典都是通过字母系统记录的。这一现象能带给我们什么信息？它对理解书法的形成

---

① 参见杜维明《试探中国哲学中的三个基调》，《中国哲学史研究》1981 年第 1 期。
② 有学者指出雅斯贝尔斯理论之误，中国本无轴心时代，而与三代之学一脉相承。参见张京华《中国何来"轴心时代"》（上、下），《学术月刊》2007 年第 7、8 期。

又有什么启发？下文从文字或字母与思想的关联入手，拟对此略作探析。

从人类文字的起源而言，苏美尔、埃及和中国等文字体系都能够完整地记录语言（玛雅略逊，然记录大旨亦能胜任），何以其他文明没有产生纯思想性的经典呢？个中因由，值得细思。这当然有地缘政治、历史发展等多种外在因素的影响，例如西亚民族关系复杂，埃及为希腊、罗马所侵灭等，然此绝非合理的解释，西亚、北非所遇到的问题中国也同样遇到了。我认为根本的原因还在于思维方式本身，在所有文字体系中，只有汉字发展出了一套哲学，从而能与字母体系抗衡。为了说明此义，我们仍从汉字和字母系统的分殊入手。康有为较早注意到中外文字分殊问题，他第一次将中国书法置于世界范围内予以系统观照，并分析其异同，康氏认为：

> 中国自有文字以来，皆以形为主，即假借行草，亦形也，惟谐声略有声耳，故中国所重在形。外国文字皆以声为主，即分篆、隶、行、草，亦声也，惟字母略有形耳。中国之字无义不备，故极繁而条理不可及；外国之字无声不备，故极简而意义亦可得。盖中国用目，外国贵耳。然声则地球皆同，义则风俗各异，致远之道，以声为便。然合音为字，其音不备，牵强为多，不如中国文字之美备矣。①

中外文字的差别主要在主形或主声（既云主，当然意味着他没有忽略其他因素，比如意），康氏认为中国文字"用目"亦即重视视觉因素，而"外国贵耳"亦即重视听觉因素，这些意见都给人启迪。不过康氏论述中也有不少笼统含混之处。比如以篆隶行草说外国文字。比如中国文字、外国文字的笼统划分。倒是黄绍箕《广艺舟双楫评语》（崔尔平注引）之说较之义理更为畅达：

---

① （清）康有为著，崔尔平校注：《广艺舟双楫注》，上海书画出版社2006年版，第28页。

> 外国以声为主，而形从之；中国以形为主，而声从之。惟其主形也，故文日繁而声日少。然字母一变，则渺不知为何语。若中国今日上读二千余年前之钟鼎文，尚可得十之六七，此犹可曰古篆隶真迁流迭嬗也。至埃及古文，其流失绝矣，然西人亦尚能推见梗概，非主形何由得此？故行远以声为便，垂久以形为便。其实谐声一例，与字母配合，体异而用同。且古书两字合音者，不可枚举，但积久而不能不偏形耳。①

黄绍箕以埃及文字为例，指出了外国文字也有"主形"的特质。这些学界前辈尽管都强调了中国文字的特殊性，但尚未能从字母和文字两大书写系统的差别这一角度深入剖析汉字的特质。本文上篇对文字、字母之别作了说明，对中国文字与西亚、北非的分流也作了探究，在康、黄等前人论述的基础上可进一步深究汉字的特质。

就汉字与字母系统的分野而言，字母系统遵循音—义结合之任意性的理论，字形除了标示符号之外毫无价值，而汉字系统中的字形和书写形式也产生意义。汉字、汉语互相阐明，互根互用。汉语意义依赖于两条途径，即眼睛—大脑（观形探义）和耳朵—大脑（闻声会意）的双向模式。与此相应，字母书写系统走的是耳朵—大脑的单线路径。要而言之，汉语和西方语言观的差别在于，字母书写系统与语言系统是分离的还是一致的。西方言—文一致使书写系统不必提供意义，书写系统仅仅作为记录工具。而华夏言—文分离的传统，使得书写本身也产生意义。这两种路径对应于两种不同的思维方式，这也在很大程度上制约或影响了其文明形态、历史进程和行为模式。拼音系统最终模塑的二元思维，形成了逻各斯主义或者语音中心主义的传统。而文字系统模塑的思维方式与此不同，它遵循独特的"立象以尽意"的思维传统。② 正是在这种分野的基础上，书写意

---

① （清）康有为著，崔尔平校注：《广艺舟双楫注》，上海书画出版社2006年版，第28页。
② 参见李川《二分与三合：从言—文角度看中西思维方式的分野——兼论陈中梅的秘—逻理论》，《郑州大学学报（哲学社会科学版）》2016年第2期。

识和这一套思维方式紧密结合才得以产生璀璨的书法艺术。

汉字经历"取象""聚象""寓象"三度成熟,遂成为以形为基础、以音为形式,形音一体化的文字系统。① 以形寓意、借形表义乃汉字常用手段,汉字之形对于意义的表达至关重要。汉字以声旁表音,似与形无涉。然按其实际,声旁亦有表意功能,不纯为了表音。黄承吉云:"谐声之字,其右旁之声必兼有义,而义皆起于声,凡字之以某为声者,皆原起于右旁之声义以制字,是为诸字所起之纲。其在左之偏旁部分(或偏旁在右在上之类皆同),则即由纲之声义而分为某事某物之目。"② 这归纳出两大原则:(1)汉字因声部而孳乳,而其声旁必有意义;(2)偏旁起着将汉字分门别类的提示作用。进而言之,声旁也是形之一种,归根结底仍是寓意于形。从这一点而言,汉字意义的表达不能脱离具体的象,所谓"立象以尽意"者是也。它反映的是国人把握世界的方式,乃直观的体道方式。③ 此种方式不同于西方的逻辑推衍,思维方式的分歧体现于书写系统中。拼音系统遵循音(能指)意(所指)任意结合的原则,这个原则成为索绪尔语言学的核心主张。而文字系统则与之异趋,汉字音义皆受制于形,形才是汉字的根本。这套书写系统实际是以取象为根底、以表意为趋向、以表声为辅弼的全息记录系统。汉字(进言之,文字系统)以形声共同承担意义的表达,而拼音系统仅仅依靠声音。由于拼音系统需要通过声音的差异来区别意义,故拼音系统声音趋于繁复,一音表示一词。而文字系统因形声共表,表声的部分功能可由表形部分分担,因此其表声多趋于简略,往往一形多音,文字系统大量存在多音字现象。

这种取象思维方式和成熟的书写意识的完美结合,催生出独特的华夏书法。苏美尔楔形文字、埃及圣书字及玛雅文字,无疑也有取象的底色,

---

① 参见钟如雄《转注系统研究》,商务印书馆2014年版,第13—15页。
② (清)黄生撰,(清)黄承吉合按,包殿淑点校:《字诂义府合按》,中华书局1984年版,第75页。
③ 参见王前《中国传统科学中"取象比类"的实质和意义》,《自然科学史研究》1997年第4期。

且适用于"意符、音符、定符"这套三书理论。①意符表意,音符表音,而定符起归类作用,与汉字的运作机制实质上完全相通。上述几种文字,一形多音多义的现象较为常见,这也正是不专倚声音、而寓意于形的特征(如楔形文字一符多音现象乃多民族借用"音训"的产物;且未闻其有声训别意之法,而是繁复其形,至有一词数符、一符累画,叠床架屋,不耐其烦)。然除汉字外,诸文字何以未能催生出书法艺术?原因在于,其并没有将"立象以尽意"这一因素推阐发扬,并没有将其提升到宇宙观、价值观的高度,从而导致书写意识的滞后。只有华夏将"立象以尽意"的世界观与书写意识完美结合,形成独特的书法传统。

三、"立象以尽意"与古典书法传统

取象思维乃华夏独特的宇宙观,它不同于西方的二元论。这个根本差异对书法之为书法意义重大。以二元认识论的哲学思维进入传统书论难免圆凿方枘。这种思维方式渗透到了华夏文化的骨髓中,本文自然无力面面俱到,仅就书法思想略窥一斑。取象思维最经典的表达就是《易传》的"立象以尽意",象与意如阴阳二仪,相摩相荡、互根互用,书论多由此生发,从"书为心画""书者,如也"到"法古""法自然",乃至"尚法""尚意""尚韵"之争,无非都是对这一根本理论的具体生发或阐释而已,此论贯穿于华夏书法史的主轴,至于现代,方始以形式等西方美术理论代之。为了对取象理论有更深切的理解,下文我们结合该理论对传统书论做一大致鸟瞰,而后进一步反思当下书法的走向。

"立象以尽意"是《易经》的命题,却是华夏先民观察天地万物、把握宇宙大道的基础理论。华夏知识和思想的基本独特理路或基础质素乃因

---

① 参见周有光《比较文字学初探》,语文出版社1998年版,第166—168页。

法象天地推阐而来①，象为天地自然之法象，意为宇宙万物之心理，象与意二字，宇宙万物、人生百态言尽于此。在传统书论中，书法诞生之初即与象有关。许慎《说文解字·叙》："仓颉之初作书，盖依类象形，故谓之文。其后形声相益，即谓之字。文者，物象之本；字者，言孳乳而浸多也。"类，法也，与象义得相通，依类象形犹言归纳物象、总结字形，它绝不是简单地描摹一切物象，而是经过了抽绎和归纳的过程，是以方说"文者，物象之本"。纳西人文字创制"森究鲁究"，意为"见木画木，见石画石"②，乃以图像的方法写成文字。就其大旨而言，仓颉造字与"森究鲁究"有可通之道；就其差别而论，纳西文字相对忽略了对"物象之本"的抽绎。这种差别也恰恰可移用以说明汉字和西亚、北非及玛雅文字的差别。《说文解字》本为辅弼经学而作，其"始一终亥"的编撰框架、"一贯三为王"（《说文解字·王部》）的具体解说，散发出浓厚的思想气息，它绝不仅仅是一本纯然的文字学著作而已（今天的学科建制但视其为语言学史料，而鲜及其价值奠基意义，可谓买椟还珠）。华夏文字有种与生俱来的思想品格，这与单纯作为记录工具的字母体系、重实用的楔形文字体系、重象而轻意的埃及和玛雅文字皆有所不同。是以史前文字虽然吉光片羽，而每每一字千金、意蕴无穷。这也就是何以华夏文字抒情性、写意性特征强于写实的因由，尽管史前没有"立象以尽意"的明确表达，然而却无妨碍此种观念昉自史前。从贾湖、双墩文化等一系列文字符号来看，无论其书写材料、书写目的如何，取象立意的特征始终如一（即便双墩文字中有大量象形符号，然而也仅仅是勾勒轮廓，重神韵而轻形似）。域外文字书写都过于依傍物象，注重形象的逼真（如埃及）或描摹的细腻（如玛雅），这些文化将文字看作外物的化身。换言之，它们更加侧重于文字所代表的外界之物的力量（宗教信仰），而不曾将重心转移到文字本身。而

---

① 参见葛兆光《中国思想史（第一卷）——七世纪前中国的知识、思想与信仰世界》，复旦大学出版社 2001 年版，第 19 页。
② 方国瑜编撰，和志武参订：《纳西象形文字谱·前言》，云南人民出版社 2005 年版，第 37 页。

华夏先民，自始以来就将文字本身看作独立的存在，文字是意与物两端融合的产物。《周易·系辞上》："古者包牺氏之王天下也，仰则观象于天，俯则观法于地，观鸟兽之文与地之宜，近取诸身，远取诸物，于是始作八卦，以通神明之德，以类万物之情。"《说文解字·叙》："黄帝之史仓颉，见鸟兽蹄迒之迹，知分理之可相别异也，初造书契。"八卦之道与文字相通，文字也是象天法地、观鸟文兽迹、取人身与物态的结果，能够上通神明、下达万物，而重要的是其中的"分"（似可比勘于希腊文的 μοῖρα）"理"。

立象尽意的思维模式为传统文化之根脉，象、意为古典文化中的大词。与"象"含义相通的就有法、类、比、师、则（就取法意义而言）、似、如、拟、效、仿、若等，要之着重于物与物之间的关联、相通、相仿，以一种"道通为一""道无往而不在"的态度观看天地万象，从而有效避免了主客、物我、现象本质之类的二元割裂，也就没有诸如"道成肉身"等的纠缠。与"意"相通的词语则有心、志、理、道、性、则（就法则意义而言）、神等，要之侧重于天地宇宙虽然万象纷呈，毕竟有所汇归，而这一汇归并非西方言路中的强使人同（例如基督教的非归上帝即入魔道），而是"攻乎异端斯害也已"又"一以贯之"的"大同"，持此博大的大同，乃有"无法之法""不变之变"等宏通之论。在此，再强调一遍中外思维模式的不同。西方理论中的图画文字（pictography，pictogram）与"图像"有关，然而这里所说的"图像"和古典汉语中的"象"并不存在语义关联渊源，尽管都可能与书法或文字的起源有关。汉语中的"象"以虚灵恍惚为特征，它与"物"互根互用，与"形"相辅相成；西方语言中的"图像"（或图画）以复制为特征，它因倾向于写实性而根本不能脱离实际之物而单独存在。[①]"图象"与"图像"的不同，前者"惟恍惟惚"、若

---

① 参见赵鸿雁《图形图像概念辨析》，《今日印刷》2013 年第 6 期。本文使用了托马斯·米歇尔的"图像转向"理论，但是本文并不仅仅停留在米歇尔意义上讨论"图像"问题，米歇尔在多部作品中对 picture、image、icon 的语用进行了探讨。对于这些含义，读者可参考米歇尔的著作。本处引用侧重于图画的"复制"特征。

有若无，处于似与不似之间，也就孕育着无穷开显的可能性；而"图像"总有一个原型的、前形态的模本，图像仅仅是这个模本的复制和影写，它受这个原型、模本的支配，图像与原型之间乃是一种支配与被支配的、决定论的二元关系。这就决定了埃及、西亚文字不能完全独立。

准此，华夏书论虽然如满天星斗异彩纷呈，庶几会通为一。当然，此处仅仅着眼于会通，而绝非强同。从"立象以尽意"而演为"书者，如也"（并不"书"字定义，视其具体语境而断，或谓书籍，或谓书法，皆无不可），正是贯通象、意两端的判断（《诗》曰："惟其有之，是以似之。"），进而则为"书为心画"，心犹意也，画犹象也。这两端可以说明何以华夏书法将人格修养视为一个关键问题。至于书论发达，则由物象高下之形推书法避让趋就之势，从"象"衍而出"势"（如崔瑗《草书势》、卫恒《四体书势》），丰富了传统书论的思想。天生烝民，有物有则，宇宙万象，皆有一定之规，由立象尽意而推导出作书遵法还是尚意之争，"尚法""尚意"因此成为传统书论两大流别。由取象而推导出"师法自然"，由尽意而推导出"师法古人"，是以书中又有"法古""法造化"之争。唐人张怀瓘合意象为一体，而宋人从意的尽与不尽，又推阐出尚"韵"之说（韵，有余意也）。理学发展，"理"又取代"意"成为书论的关键词。要而言之，"立象以尽意"之所以具有如此大的包容性，乃是因其为华夏文明奠基时期的"元思想"，从而有很强的衍生能力和丰富的阐释角度。

笔者强调此点，并不是以此论取代特定历史阶段的书论，而是基于中外文化的比较，从这一角度掘发华夏书法的特色。从"立象以尽意"的思想角度，庶几对书法常见的理论进行不同的思考。

余论："形式"理论和当代书法的发展

现代书论是以古典书论体系的塌陷和西学体系的引入为其开端的。书法之所以被纳入艺术领域，最关键的一个转折乃是其实用根基被抽掉，与此同时古典文化的瓦解、语言表达的转型进一步削弱了书法生存的环境。书法成为一门现代艺术之后,最重要的成果乃是引入形式理论,这套话语成功地将其纳入世界艺术的领域中让人予以观照考察。以"艺术理论"而不是书斋式的学术研究来作为现代书法理论的立足点成为现代书论的得意之笔,使书法成功地从写字提升为"视觉艺术形式"[①]。学术立场、学术术语的更新确为书学带来了不少新变,然能否体贴地、同情之理解地把握书法艺术,却仍成其为问题。

现代书法理论史的起点何在,如史家言它肇端于清末、发轫于清王朝寿终正寝这一时期,而不以某年某月为具体断限。[②] 形式问题被引入书法研究实乃中国现代学术谱系建构的一环,我所知道较早引入形式论以探究书法问题的是王国维(1877—1927)。他认为:"一切之美,皆形式之美也。就美之自身言之,则一切优美皆存于形式之对称、变化及调和。至宏壮之对象,汗德虽谓之无形式,然以此种无形式之形式能唤起宏壮之情,故谓之形式之一种,无不可也……而一切形式之美,又不可无他形式以表之。唯经过此第二之形式,斯美者愈增其美。而吾人之所谓古雅,即此种第二之形式。即形式之无优美与宏壮之属性者,亦因此第二形式故,而得一种独立之价值。故古雅者,可谓之形式之美之形式之美也……绘画中之布置,属于第一形式,而使笔使墨,则属于第二形式。凡以笔墨见赏于吾人者,实赏其第二之形式也。此以低度之美术(如书法等)为尤甚。"[③] 王国维区分了两种形式,其一是有材质的,不过按照他的说法,这种有材质的艺术品(如雕塑、绘画)之所以美乃在于其形式;其二是无材质的,这也算一种形式,其美感源于形式之形式。书法乃是第二种意义上的。王国维受康德哲学的影响,其谈论形式不免带有某种西方哲学的色彩,他将书

[①] 陈振濂:《中国现代书法史》,人民美术出版社、河南美术出版社 2009 年版,第 140 页。
[②] 参见朱仁夫《中国现代书法史》,北京大学出版社 1996 年版,第 2 页。
[③] 王国维:《古雅之在美学上之位置》,载《王国维遗书》(三),上海古籍书店 1983 年版,据商务印书馆 1940 年版影印。

法之美归于形式之形式,其实是对形式论的进一步推阐,而这种推阐又不完全是西方式的。王国维最终解释,形式之形式所传达的美乃是古雅之美,这是以西学解说中国固有观念的尝试,是其"取外来之观念,以固有之材料互相参证"的学术方法的一次展现。就方法论而言,王国维的形式论无疑具有导夫先路之功,与他同时代的邓以蛰(1892—1973)则直接将形式理论引入书法,而不是像王国维那样顺带涉及。

邓以蛰在《书法之欣赏》中写到中国书法"字之于形式之外,所以致乎美之意境也",这与他对书法的认识有关,首先他认为书法乃"完全出诸性灵之自由表现"的纯粹美术,"所谓书乃心画,盖毫无凭借而纯为性灵之独创"。[1] 邓以蛰受黑格尔、克罗齐等思想影响甚深,他将书法纳入现代学科建制中予以理解。但其形式理论却并非纯粹西方的,而是结合了传统理论予以阐扬,他将传统思想中的"书为心画"的理论和"性灵说"结合,同时又吸纳了西方哲学的"表现说",从中西结合的角度给书法以"形式"的评骘,这种看法无疑具有相当大的启发意义。

中国美学家宗白华、朱光潜等先生则进一步对书法作了探讨,如宗白华所言,书法具有"形线之美","每一个字占据齐一固定的空间",结成有血肉的"生命单位"的同时又构成一个"'八方点画环拱中心'的'空间单位'",而这种空间单位"不由几何形线的静的透视的秩序,而由生动线条的节奏趋势以引起空间感觉",乃是一种"力线律动"的空间艺术。[2] 强调书法的线条特征,正如林语堂对外介绍的那样,"精美的书法只传达它自身的结构与线条美"[3]。

通过几位杰出的学者的阐扬,形式几乎成为现代书论的主要理论资源,不过未能尽善尽美。反观王国维,他的形式之形式难免带有形而上学

---

[1] 甘中流:《中国书法批评史》,人民美术出版社2016年版,第582—584页。
[2] 宗白华:《中西画法所表现的空间意识》,《美学散步》,上海人民出版社1981年版,第136—145页。
[3] 林语堂:《吾国与吾民》,《林语堂文集》,群言出版社2010年版,第264页。

的色彩，当然就当时的历史条件而言，这无疑是一大进步；而今天我们却必须对此加以反省。如果忽略了书法创作者主体的情感因素，忽略了书法内容本身，单纯的形式之形式能否达到其古雅，实在启人疑窦。相较而言，邓以蛰的理论于形式之外拈出性灵，注意到更多的非形式的因素，就要深切体贴得多。至于宗白华从空间的高度解释书法，可谓高屋建瓴之论，不过宗论仍将书法落实到"力线律动"，似乎于书法实际还是未达于一间。其说可视为将书法定义为线条的艺术的开山祖。这个定义显然并不符合传统书法的实际。书法的核心问题并不在线条还是平面，"惟笔软则奇怪生焉"（蔡邕《九势》）的道理众所周知，所谓"奇怪"无非是说书法作品中点线面交相辉映、变幻无方。书法家书写线条的粗细变化往往造成面与线条的对比，比如《兰亭序》《祭侄文稿》中涂抹的部分，显然不能仅仅看作是线或是面；而这牵丝若与普通线条相比，也能构成面与线的对比。从更早期的书作看，传世金文中不乏使用面的例子，如《大盂鼎》中"天"字的第一笔、"王"字的末笔，都刻意加粗，以形成对照。这种例子绝非特例而是大量存在的书写现象，至于草书中书家有意造成泼墨、飞白等效果，则更是面的使用。因此面与线、一维或二维等侧重于外在形式的观察，并不能真正把握书法的实际。这说明中国书法并不能以面的或线条的艺术一言而决，应当深入其精神表达的深处，书法艺术植根于传统世界观。宗先生指出了书法之"生命""空间"的双重因素，却仍然立足于形式论探究形线问题，其论不免白璧微瑕。

中国现代书论背后站着康德、克罗齐以及康定斯基等"形式论"的思想家们，如果说早期创论者尚能体察到中西文化差别，而有意识地实现中西会通（如王国维之古雅论、邓以蛰之性灵说、朱光潜之生命单位与空间单位双元论），那么随着对西方形式论的深入接纳，书法界难免出现食洋不化从而削足适履的流弊，实际以形式论介入书法伊始，这种弊端已然初见端倪。形式的泛滥导致了对书法精神内涵的削弱，现代学人将大量精力耗费在对书法的形式剖析上，而恰恰忽略了其所存在的生命意识和精神意涵，其理论表现则是书法理论上的支离破碎。例如，在"书法是什么样的艺术""书法艺术有什么特征"等问题下，就有各种主张。或主张八特征：以汉字为对象、以笔墨为工具、以线条为基础、以结体为支撑、以节奏为韵律、以技法为手段、以精神为寄托、以自然为追求。[①] 或主张三特征：线的变奏；势能的图式；心、手、眼的妙合与情、意、形的统一。[②] 或主张书法形态的多质性和综合性。或将其特征概括为空间性—时间性的形式、抽象性、抒情性。[③] 各种理论从不同层面提出了相当精辟的见解，然大多限于就事论事，且有支离破碎之嫌。有论者甚至将书法提升到文化自觉和自信的高度，视汉字为民族根基，而为东西文化之基本区别。有学人提出，书法是汉"文字"的书写艺术，遵循一定的书写法度，从而表达作者情感的艺术。[④] 在某种意义上，它被视为中华文化的符号。[⑤] 尽管此种看法具有相当的深刻性，然犹未能说明何以汉文字方为书法，何以书法成其为艺术？

书法不是某种本质论观照下的对象化之物，以二元论切入书法势必圆凿方枘，治丝益棼。莱辛（1729—1781）在决定论的二元观念下展开其理论，将诗歌和绘画看作对立的艺术形式，前者与时间有关，而后者是空间的艺术。[⑥] 现代书论将书法视为空间艺术，显然在深层观念上是莱辛理论的某种移植，这在一定程度上虽然能揭示书法的某些特征，却对书法的整体理解并无裨益。对一幅草书作品的评价往往有所谓行云流水之论，这当然并非侧重于书法的空间特质，而是说其有《清明上河图》《富春山居图》等长卷一般的"移步换景"的时间特质。

我们认为，形式论的根本症结在于其形式—内容的二元论世界观，而

---

① 参见王亚《论书法的六个基本特征》，《中国书法》2012 年第 12 期。
② 参见万书元《论书法艺术的基本特征》，《东南大学学报》（哲学社会科学版）2006 年第 5 期。
③ 参见凌斌《书法艺术本体基本特征刍议》，《书画世界》2010 年第 4 期。
④ 参见张颢瀚《中国当代书法的几个基本问题》，《艺术百家》2013 年第 1 期。
⑤ 参见武晶《中国书法：中华文化的耀眼符号》，《大众文艺》2016 年第 5 期。
⑥ 参见［德］莱辛《拉奥孔》，朱光潜译，商务印书馆 2013 年版，第 55—60 页。

中国书法恰恰是在与此相异的世界观下的产物。当下书法理论的误区是西方艺术论的某种移植和借用，这种移植和借用若不割除其本质主义的成分，便难以达到对书法问题的真正理解。诸如追问"书法的本质是什么""书法究竟是一种什么艺术"，这些判断已经预设了书法有其本质，或者书法就是某种艺术。提问者若非对"本质"抑或"艺术"所赖以生存的思想土壤做彻底批判和反思的话，那么就不可能达成对书法的真正有效的理解。由此理论而衍生出来的诸如"书法是线条的艺术""书法是综合艺术"当然也就不能对书法有任何真正的启迪。在此，我们并不是说"艺术""本质"等术语不能用于书法批评，而只是强调，批评者持有何种思想立场实为关乎书法未来发展的重大问题。立足于现代的、西方的理论立场介入书法，当然完全可以构建一套批评体系，因为西方知识论已经无孔不入，一切社会的、自然的现象都可以纳入某种特定的知识论体系中去。然而物极必反，从反思的、溯源的古典立场，也会得出与此完全不同的认识。其所以启笔者疑窦，根本在于其思考的角度乃是立足于现代书法理论评骘古典传统，而缺乏对现代艺术理论的批判。要而言之，其分析仍然是属于本体—现象论的，是以一种认识论的角度看待书法传统。理解书法问题，必须将其和传承书法的实践者关联起来，即从从事书法活动的共同体加以理解，这个问题方为恳切。书法乃是中国传统人文精神的一个体现，最为重要的问题并不是给定技术的熟练，而是观念和要求的发展历史。这是理解"艺术"的首要问题。[①]一切观念最为基本的有两个，就是物我关系和人类社会之间的关系。前者属于自然哲学范畴，而后者属于政治哲学范畴。西方艺术史上，贯穿始终的一个根本问题便是认识自然和认识你自己，因此所谓希腊短缩法的发现、明暗对照法的使用、科学透视法的进展乃至实验艺术，都是在最简单的"画其所见"这个原则的支配下不断更替

---

① 参见［英］贡布里希《艺术的故事》，范景中译、杨成凯校，广西美术出版社2008年版，第44页。

着。① 这是认识论支配下的艺术观，这种艺术观以希腊哲学的本体—现象的二元世界观为底色，以主体—客体、内容—形式、道—肉身等各种支配性的二元论为皈依。绘画的形式背后，是人体或建筑或自然等"原型"，形式论依照一套先验的规则（要么认识自然，要么支配自然），这种规则可以把握或处理其对象。那么，中国书法的原型在哪里？中国书法要支配或把握何种对象？

故而，形式论虽然能够解决局部问题，却不能解答深层次的问题。古典传统既然不复存在，现代学术体系又方兴未艾，因此书法之未来走向既不能是完全复古的，又不能是完全趋时的。而寻求一种不古不今、不中不西的路径乃是合乎中庸之道。书法如何发展？形式论实则孕育着极大的转机。

形式论因其抽取了书法的一切内容，而具有极大的可塑性和包容性，所以我们可以在此论的基础上思考华夏书法的世界化问题或域外文字的书法化问题。传统书法由于实用根基的丧失，必须思考如何继续发展的问题。既然现代学术谱系将其纳入艺术领域，那么如何和相关艺术门类沟通就是我们必须面对的问题，而在形式理论下，这种会通存在可能性。这一方面表现为观念的转变，另一方面表现为书写领域的扩张。例如现代派书法（如古干、王冬龄等）所做的努力，乃是基于观念的；而纳西书法、彝文书法等少数民族书法（如吴颐人之采用纳西文）的出现，乃是书法领域扩张的结果。由此，突破"汉字是书法的唯一载体"的观念，将书法视为一种纯粹的形式主义的艺术，无疑也是其未来发展的可能趋向；而思考将埃及、苏美尔以及玛雅等古典文字吸纳到书法领域中，无疑具有十分重要的意义。

然而，在倡导形式论的同时，我们必须坚持华夏书法的民族特色，尽管领域扩大了，观念有所调整，却不能将其作为西方艺术论的附庸。这就

---

① 参见［英］贡布里希《艺术的故事》，范景中译、杨成凯校，广西美术出版社 2008 年版，第 561 页。

必须割除形式论背后的本质主义的主张，这种决定论的艺术观阻碍了书法艺术对于性灵自由的创造，它将艺术形象束缚于某种先验的永恒不变的原型之上（如绘画之讲究逼真），很可能落入纯粹强调技法和设计的窠臼之中（如超现实主义绘画），尽管也能达到炫人眼目、动人心魄的效果，却与华夏书法的本源特征背道而驰。

艺术社会学的潜能与限度

对于艺术，不同的视角让我们看到不同的景观。以往我们倾向于从哲学或美学角度看待艺术，由此形成了对艺术的特定认知。而艺术社会学从社会学角度审视艺术，考察诸如艺术品、艺术家、艺术名声、艺术传播等问题，带给我们新的认识，这是艺术社会学视角的潜能所在。但任何特定视角在有所发现的同时，也会有所遮蔽，艺术社会学视角也有其局限性，我们应该对此有所反思。此前，我刊编辑部邀请相关学者围绕"艺术社会学的潜能与限度"展开深入探讨并撰写论文。现将各位学者的观点与学界共享，以期推进相关研究。

从艺术史论角度看艺术社会学的潜能与限度

陈岸瑛

清华大学美术学院

【摘要】 2019 年 12 月 2 日,《艺术学研究》编辑部和马克思主义文艺理论研究所联合主办了第 15 期"当代艺术学与美学论坛"。作者从艺术史论学科视角出发,围绕会议议题做专题发言,并与卢文超、常培杰等参会学者交流观点。本文由上述发言和讨论整理、修订而成,主要涉及如下三个方面的问题:艺术社会学方法的来源及其对艺术史研究的影响;艺术社会史对常规艺术史形成了什么样的挑战,前者能否完全取代后者;艺术社会史、艺术社会学的解释限度是什么,应如何理解和评价艺术。

【关键词】 马克思主义;艺术社会史;新艺术史;艺术社会学;艺术哲学

本文拟从艺术史论角度回应"艺术社会学的潜能与限度"这一议题。在艺术史研究范式的转换过程中,马克思主义研究方法的引入,对艺术社会史的诞生起到了关键性的作用。阿诺尔德·豪泽尔(Arnold Hauser,1892—1978)是其中一个重要代表,他将马克思主义立场与方法融入艺术史研究,开创了艺术社会史的研究范式,对其后兴起的新艺术史和视觉文化研究产生了重要影响。

阿诺尔德·豪泽尔生前完成的最后一部著作是《艺术社会学》,该书深入阐释了艺术与社会之间的关系,全面总结了从社会学和唯物史观角度研究艺术的原理、概念和方法。艺术社会学介于艺术学与社会学之间，可以落脚于社会学也可以落脚于艺术学。阿诺尔德·豪泽尔的艺术社会学研究及其影响主要落在艺术学上。与他同时代的格奥尔格·卢卡奇（Georg Lukács，1885—1971）、瓦尔特·本雅明（Walter Benjamin，1892—1940）、恩斯特·布洛赫（Ernst Bloch，1885—1977），在他之后的迈克尔·巴克森德尔（Michael Baxandall，1933—2008）、斯伟特兰娜·阿尔帕斯（Svetlana Alpers，1936— ）和 T. J. 克拉克（Timothy James Clark，1943— ）的研究都具有类似的性质。他们的开创性研究向世人展现了艺术社会学对于艺术史论研究的潜能与贡献。

如果说艺术社会史、艺术社会学挑战了美学对于艺术的传统界定，那么如何重新定义艺术则是当代艺术哲学的一个重要议题。反本质主义者倾向于消解定义，认为艺术是不可定义的。乔治·迪基和阿瑟·C.丹托则致力于寻求艺术的普世定义，前者从社会关系入手，后者从逻辑关系入手，分别发展出艺术体制论和艺术世界论两种颇具影响力的解释体系。二者看上去都从关系入手定义艺术，也都使用了"艺术世界"（art world）这类概念，但内在理路有所不同。乔治·迪基的艺术体制论与霍华德·S.贝克尔（Howard S. Becker，1928— ）的艺术社会学更为接近。阿瑟·丹托的艺术世界论则指向另一个方向，其非经验性的哲学分析向度构成了对艺术社会学解释的有益补充，在此意义上，也揭示出艺术社会学的解释限度。

一、艺术社会学的起源及其对艺术史研究的影响

艺术社会史及艺术社会学的形成与发展，受到了马克思主义的强烈影响。本人曾对西方马克思主义，特别是恩斯特·布洛赫的乌托邦哲学和文艺理论开展过专题研究。布洛赫有两个好朋友，一个是卢卡奇，一个是本雅明。他们都是从犹太神秘主义和德国古典哲学转向了马克思主义。布洛赫与贝尔托·布莱希特和希奥多·阿多诺也有往来。他们最主要的工作任

务是对资本主义文化进行批判，对现代性进行反省。就我所见，在上述几位马克思主义文艺思想家中，本雅明的研究对于艺术理论、艺术批评和艺术史研究的影响力是最大的。

本雅明一般被认为是一位文艺理论家，但实际上他也是一位艺术史家。他与维也纳艺术史学派有过关联，还撰写过《艺术的严格研究》一文，对维也纳艺术史年会进行评论。本雅明本人收藏过一些版画和摄影作品，对从版画到摄影、电影的发展史有过较为系统的研究，在20世纪30年代撰写了《摄影小史》《绘画与摄影》《机械复制时代的艺术作品》等一系列文章。《机械复制时代的艺术作品》是本雅明引用率最高的一篇论文，在文艺理论界享有盛誉。这篇论文用生产力、生产关系、上层建筑等范畴分析艺术在"晚期资本主义"的新发展、新变化，具有显著的马克思主义思想背景。

在这篇论文中，生产力主要指图像复制或者说图像生成的技术。本雅明从前现代时期的手工复制技术谈起，进而追溯了从摄影到电影的机械复制技术发展史，以及这种发展对"美术"（fine art）的反作用和影响。这篇文章中有一个不太容易理解的概念"aura"，中文翻译各式各样，直到今天还没有统一的译名。"aura"指的是膜拜关系在对象中的体现，如环绕在神像四周的神秘氛围。这种前现代时期形成的天人感应关系或者说"拜物教"（feishism）思想，在社会从传统到现代的演进过程中，遭到了图像机械复制技术和大众文化的挑战。对于传统的消逝，本雅明持一种哀婉的态度，但这不是本篇论文的重点。本雅明对传统消逝的哀悼，在《讲故事的人》一文中表现得更明显。在《机械复制时代的艺术作品》中，本雅明关注更多的是无产阶级文化如何战胜资产阶级文化这个朝向未来的问题。

在这篇论文中，本雅明关注的不是"aura"在传统社会中如何表现，而是它在现代社会中如何演变、转化，并最终成为一种落伍的意识形态。他发现，当艺术生产力和生产关系已发生重大变化时，人们对作品的神秘化理解仍然滞留在艺术的上层建筑中，使得艺术被神秘化，从而对摄影和电影等新媒介形式以及唯美主义、超现实主义等前卫艺术运动造成一种反动作用。马克思早就讨论过意识形态滞后性问题，本雅明将它很好地运用到艺术史研究中，使它变得丰满。

本雅明还有另一项研究，即以19世纪巴黎为个案的现代性研究。在《拱廊街计划》中，本雅明从20世纪30年代穿越到19世纪的巴黎，特别是19世纪中叶前后的巴黎。为什么要穿越回去呢？他翻译过波德莱尔的文学作品，也读过马克思在巴黎时期的文著，由此被引向19世纪的巴黎。更重要的是，巴黎既是资本主义之都也是艺术之都，当本雅明把对资本主义进行剖析、对现代文化进行反省设定成自己的研究任务时，19世纪的巴黎自然而然成了他的首选对象。

本雅明的巴黎研究对后来的艺术史造成了较大影响。加州大学伯克利分校有一个新艺术史阵营，从巴克森德尔到阿尔帕斯和T. J. 克拉克，他们将马克思主义视角融入艺术史研究，取得了一系列有影响力的成果。T. J. 克拉克在《现代生活的绘画》一书中沿着本雅明的思路前进，对19世纪下半叶的巴黎文化艺术进行了一番马克思主义视角的考察，并致力于回答这样一个问题：印象派艺术创作与奥斯曼的巴黎改造之间有一种什么样的关联？

在T. J. 克拉克的艺术社会史研究中，意识形态分析方法得到了进一步推进。如前所述，本雅明留意到意识形态的滞后性，以及粉碎这种滞后性所带来的艺术生产力、生产关系的解放。T. J. 克拉克则关注到一个更有意思的方面：在同一个时间截面上，存在着彼此冲突、相互竞争的社会意识形态及其文艺表征形式。在这本书里，他精辟地分析了与巴黎城市化、现代化进程相关的文学和视觉表征形式。其研究表明，即便是面对同一种社会现实、出自同一个阶层，体现在文学艺术创作中的社会表征形式也是多种多样的——有些是对现实的否定和批判，有些是对现实的肯定和赞美，有些是落伍于时代的，有些是前卫、超前的。

T. J. 克拉克的研究对我们的重要启示是：当我们将文学艺术作品视为

社会表征系统并进行意识形态分析时，不能将它们简单地还原为经济和社会关系。这是因为来自同一个阶层、处于同一个时代的艺术家，当他们面对同一种社会现实时，可以有不同的选择和反应，从而创作出各不相同的作品。例如，当莫奈、雷诺阿和卡耶波特已经将巴黎改造后的新街景入画时，一些学院派画家仍然在采用1848年之前的方式再现巴黎，甚至同一位画家，如雷诺阿，也经常动摇在新旧两种再现方式中。T. J. 克拉克发现，艺术是否与时俱进、是否具有前卫性，在很多情况下并不体现在明面的题材上，而是体现在更为隐秘的描绘、再现方式上。

中国文艺批评界对"庸俗社会学"进行过诸多批判，却较少提出替代性的方案。T. J. 克拉克找到了文艺创作与时代生活之间的中间环节，从而突破了简单的还原论和决定论。在他之后，大卫·哈维在《巴黎城记》一书中对19世纪的巴黎展开了政治经济学研究。这本书和《现代生活的绘画》在内容上有交叠之处，在研究旨趣上却有所不同。T. J. 克拉克用社会学分析来为艺术史研究服务，其分析结果最终落回到艺术史研究上。他对19世纪下半叶巴黎社会经济状况展开的考察，使我们对西方艺术史中的一流艺术家如马奈、莫奈、雷诺阿、凡·高等，有了重新的认识和理解，这就叫作"落回到艺术史"。大卫·哈维在研究19世纪的巴黎时，也分析了很多文学艺术作品，但是他并没有落回到文艺史上，而是落脚到政治经济学或社会史研究上。

艺术社会学究竟落到艺术学上还是社会学上？我知道卢文超对这个问题很关注，这也是本次研讨会的重要议题之一。我的观点是，要判断艺术社会学属于艺术学还是属于社会学，关键不在于在研究过程中用到了什么方法、研究了哪些对象，关键在于研究者最终想落脚到哪个学科领域、想对哪个领域产生贡献。假如落脚到对经典作品和艺术家的重新阐述和理解领域，那么就落到典型的艺术史学科中去了；假如以艺术作品作为一种历史证据还原某个时代的社会生活，那么就落到社会史、生活史方面了。大卫·哈维的《巴黎城记》绝大多数时候是把艺术作品当作生活史的证据来使用的,因此属于后者。

现在有一个流行的提法叫作"图像证史"。以往我们觉得艺术品只是一种欣赏对象,但艺术品同时也是历史留下的证物,因此可以用来还原历史。如果我们抛弃传统美学对艺术所做的狭隘界定,放眼漫长的人类艺术史,会发现艺术品是人类生活和生产留下的痕迹,如日用器、法器、礼器、装饰品和摆件等,从一个角度可以称它们为艺术品;但是从另一个角度来看,这些遗物实际上是社会生活留下的证物,可以帮助我们在史料不全的时候还原某个时代的面貌。

这方面的研究有不少,在此不做赘述。关于艺术社会学的起源以及它对艺术史研究的影响,暂且谈到这里。在此我想提出如下问题:在艺术社会史、艺术社会学研究中,我们能够很清楚地看到社会学对艺术学的贡献,但反过来看,在这些研究中,艺术学对于社会学的贡献体现在什么地方呢?对于一个社会学家来说,当他选择艺术活动作为研究对象时,其特殊意义何在呢?

二、艺术社会史与常规艺术史的关系

阿诺尔德·豪泽尔是艺术社会史研究范式的创建者。他生于奥匈帝国蒂米什瓦拉(今属罗马尼亚)的一个犹太家庭,就学于布达佩斯,与卢卡奇、卡尔·曼海姆等人都是"星期日俱乐部"的活跃分子。阿诺尔德·豪泽尔于1951年出版了《艺术社会史》第一卷,1974年出版了《艺术社会学》,其社会史研究启发了后来兴起的新艺术史和视觉文化研究。

新艺术史研究的代表人物阿尔帕斯在1977年发表《艺术是历史吗?》一文,对常规艺术史的写法提出了批评。在她看来,以往的艺术史虽然自称是一种历史研究,却不是真正的历史研究,而更多的是一种裹上了历史叙事外衣的价值评判体系,它所叙述的都是被它认可的艺术家和作品,这实际上是用"历史"(宏大叙事)为它所选择的艺术家和作品进行背书。这是新艺术史对常规艺术史提出的尖锐批评。

在艺术史的任何一个横切面上，都有风格、取向完全不同的艺术家和创作活动，为什么艺术史叙事却是线性的（如从后印象派到立体主义再到构成主义），好像有一条环环相扣的历史发展逻辑呢？事实上，当你进入任何一个历史的横切面时，你就会发现这样的逻辑是不存在的，因为在任何时刻都会有分歧的艺术理念和相互斗争的艺术创作方向。所以传统的艺术史写作并不是真正严格的历史研究，而是变成了隐含价值判断的宏大叙事，或者说，是为成功者的背书。阿尔帕斯在《艺术是历史吗？》一文中提出了一个基本观点，即我们要想让艺术史成为严格的历史研究，第一步要做的是去除美学对艺术的假定（如天才、灵感、艺术自律等），对艺术进行去神秘化的理解。

不过，新艺术史所批评的常规艺术史，在新艺术史崛起后是否就不存在了呢？实际上，这种艺术史仍然存在，比如说今天仍然在大量使用的中外艺术通史，它们有存在的合理性和现实意义。当我们把艺术史中的美学假定破除以后，艺术史是否都要去研究收藏、赞助制度，都要去研究某个时代的"观看制度"，而不再去研究艺术家生平和创作年表，不再去对作品进行形式和风格分析？

对于这些问题，我的回答是这样的：美学假定（特定时代、地域形成的艺术阐释和评价体系）作为一种过时的、虚假的意识形态是可以去除的，但艺术实践活动却是客观存在的。艺术实践活动，特别是近现代以来的艺术实践活动，有一个非常重要的特征：它立足于一套价值评判和资源分配体系，在逻辑上自成体系。比如说什么作品有资格进入纽约现代艺术博物馆？什么作品有资格进入威尼斯双年展？什么作品有资格进入苏富比拍卖行或佳士得拍卖行？这是一个客观的社会实践活动，它就是要对艺术作品和人工制品、不同的艺术作品进行价值分割，也包括对古代艺术作品（文物、日用品）进行价值重估。

我们再回顾一下艺术史学科在19世纪诞生的历史。艺术史学科诞生于德国、奥地利和瑞士,以当时已成熟的美学或艺术哲学为学科出发点。其时,一种脱离工匠系统的现代艺术实践形态已然成形和成熟,美术学院、美术馆、美术展览、画廊、拍卖行等现代艺术体制也已形成。这样一种艺术实践活动的上层建筑是18世纪正式成为一个学科的美学的,从18世纪到19世纪,美学不仅规定了艺术是什么,也指导人们如何欣赏和评价艺术品。

美学作为一套价值评判系统,它所描述和定义的是理想中的艺术而不是现实生活中的艺术。换言之,美学不是一套客观的描述系统,而是一套价值评判系统。不过,我们虽然可以颠覆与事实不相吻合的美学描述,但是艺术实践活动所牵涉的评价活动却是客观存在的。艺术史写作或艺术史学科在产生的初期实际上是以艺术品收藏、鉴赏、展示、交易等实践活动为基础的,只不过由于某种观念形态的遮蔽,写作者只看到了艺术无关利害的审美属性,没有意识到艺术的社会实践属性,即收藏、展示、交易等实践活动及相关社会体制。

在今天,艺术史学科在社会实践领域的基础仍然是艺术收藏、鉴赏、展示、交易等实践活动,在从事专业化的学术生产之余,艺术史学科仍然要为这些社会需求服务。所以,当我们把"无关利害""审美迷狂""形象的直觉和直觉的形象"等美学假定从艺术史研究中去除以后,以艺术鉴赏为基础的常规艺术史写作仍然是有意义的。在我看来,艺术社会史或新艺术史兴起后,并不会取代常规的艺术史写作,我们仍然需要研究艺术家的生平,分析作品的形式风格,评述作品背后的创作理念,并从"艺术史"(某种宏大叙事或事后总结)角度为艺术家和作品进行定位。

三、艺术社会学的解释限度及其补充

我们研究艺术的时候,到底应该秉持价值中立的立场还是可以带有价值评判?艺术社会学家是否应具有基本的"鉴赏"能力?比如说艺术社学里有一派是带有价值评判的,另一派是刻意保持价值中立的,我想就这类问题谈谈我的看法。

我在《南京社会科学》(2019年第10期)上发表了一篇论文《艺术世界是社会关系还是逻辑关系的总和?——重审丹托与迪基的艺术体制论之争》,这篇论文讨论了丹托和迪基的艺术体制论之争,也涉及贝克尔的"艺术社会学"。丹托于1964年发表了《艺术世界》,受这篇文章启发,迪基提出了艺术体制论。但是丹托极力否认自己属于艺术体制论这一派,而且始终认为迪基误解和曲解了他的理论。我的文章想澄清的是,是否存在着这种误解?是丹托正确?还是迪基正确?最后我发现其实两者都没有错,只是两者的理论出发点是不一样的,因而指向了不同的目标和结果。

争论依赖于争论者的共识。丹托与迪基之争,其共识在于都在寻求艺术的哲学定义,都关注艺术品的隐性属性,即不是看得见、摸得着的属性,而是艺术品背后的某种关系、某个艺术世界。二者的分歧是什么呢?迪基所说的艺术世界是由社会关系组成的,而丹托所说的艺术世界是由逻辑关系组成的,这是他们两人之间的重要区别。在艺术实践活动中,社会关系和逻辑关系都是真实存在的,但是它们发挥了不同的作用。逻辑关系关涉艺术创作的理由,而社会关系关涉艺术创作的因果。

从丹托的"艺术世界"理论出发,研究者可以更好地理解艺术评价活动;而沿着迪基的艺术体制论思路出发,研究者可以问出"这件艺术品由谁委托?准备放置于何处?它的功能是什么?预期受众是谁?"这类艺术社会史问题,在此维度上可以开展艺术社会学或艺术管理学的研究和实践。丹托认为自己的理论更具哲学性、迪基的理论更有经验性,但是引出的结果却是相反的——前者有助于评估艺术品的价值,更适合成为艺术批评活动的理论基础;而后者有助于揭示历史的真相,更适合成为历史学、社会学研究的理论基础。从这个角度来看,迪基的理论更具理论性,而丹托的理论更偏向实践,这和他们自己所宣称的正好相反。

如果我们将艺术实践活动理解为一个相互关联的体系,一个由种种关联构成的艺术世界，那么，在这个世界中起作用的究竟是丹托意义上的逻辑关系还是迪基意义上的社会关系呢？我认为二者兼有。丹托和迪基分别看到了"艺术世界"的逻辑和经验、价值和事实的两面，把握住这两个方面，无论对于从事艺术实践还是开展学术研究都是大有助益的。包括迪基、丹托在内的多数当代艺术哲学家，在研究艺术定义问题时，都注意到"艺术"既是一个描述性概念，也是一个规范性概念，还是一个带有价值评价的概念。对后者即艺术价值的澄清是更难的，而这正是丹托艺术哲学的价值所在。

在我看来，艺术体制论或艺术社会学没有解释清楚的一点是，为什么这件艺术品比那件艺术品价值更高或卖得更贵；它只能解释作品及其价值形成的因果关系，但是不能解释为什么这件比那件价格更贵。这里需要提供的是理由和逻辑，而不仅仅是因果说明。在进行艺术批评时，艺术史发展脉络构成了价值评估的首要参照系，例如格林伯格所概括的现代主义艺术发展逻辑，这种观点认为，假如你处在这个逻辑之中你就是一流的艺术家，假如你不在这个逻辑之中你就是不入流的艺术家，你就没有办法进入主流的艺术展览、收藏和交易体系。批评家采用的是艺术史叙事，所进行的主要是一种价值评估活动，更多涉及"理由"而非"因果"。

从艺术社会学的角度来看，某物成为艺术品，意味着在社会分配过程中获得了超出其材料工艺成本的附加值。假如我们追问这种价值的来源，答案一定是基于某种社会分配机制、基于某些权威机构或专业人群的判断。可是，这些人进行这种价值判断和价值分配的理据是什么呢？这个恰好是迪基的艺术体制论没有回答，而被丹托的"艺术世界"理论所关注的。在丹托看来，这不是一个经验和实证的问题，而是一个逻辑和哲学问题，因此是迪基无法回答的。不过，艺术社会学或艺术社会史依然可以将这些理据——由艺术史、艺术理论构成的创作和评价依据——当作客观的研究对象、当作知识型或观念形态来研究。在此意义上，丹托的哲学分析也不完全是和经验研究相隔绝的，只不过，经验研究常常忽视了哲学研究可能产生的贡献。

对上述这些问题，我的总体看法是，我们不能把学问做成某种伪装的价值评判，但是价值评判活动本身是一个社会事实，当我们进行社会学研究时，这些价值评判活动本身也应该被当作一个事实来研究。但是，要想对这些价值评判活动进行研究，单纯的因果分析是不够的。单凭对社会关系的了解，我们很难说清楚这个东西为什么比那个东西卖得贵。在价格的背后，其实是有一套理由和一套理论的。所以有必要引入哲学方法对这套说理系统进行分析。这套说理系统并不是由时代、阶级或某种社会环境完全决定的，它具有思想自身的属性和独立性。在特定的社会环境下，人们倾向选择某一套理由为自己做辩护。但是，说理系统本身并不局限于特定的时代和特定的社会环境。在这个意义上，静态的、非历史的、带有普遍性的哲学分析是有价值的。

在研讨会上，卢文超针对我的发言进行了评论，他提出社会关系也会在一定程度上影响艺术品价值的生成。我觉得的确是这样的，但需要稍微细分一下。在我看来，艺术品价值的形成是这样的。比如说，当现成品创作的逻辑形成后，马塞尔·杜尚被认为是最具代表性的人物，但其实"现成图像""现成物品"的概念在杜尚之前就已经有艺术家在使用，为什么杜尚成为最典型的代表，甚至被认为是现成品艺术之父？我觉得这里可能存在一定的偶然性，比如说杜尚长得帅，杜尚从法国去了美国，而世界艺术中心恰好从巴黎转移到了纽约，等等。但是，在这些偶然性的背后也存在着某种必然性：一定会有符合某种艺术史逻辑或艺术理论的最典型的代表出现，可能是张三也可能是李四，杜尚恰好获得了满足这些条件的机会。

再比如说波普艺术，波普艺术挪用消费社会的图像和物品，这种创作逻辑被承认以后，所有做波普艺术的人的作品都有机会进入较为重要的展览。与安迪·沃霍尔同时代的好多人都在做波普艺术，为什么在他们死了以后，沃霍尔的作品却一枝独秀，成为高居榜首的天价拍卖品？为什么其他波普艺术家的作品价格远远不及他？我觉得这是一个由偶然决定的必然。波普艺术需要一个最典型的代表，这是必然；安迪·沃霍尔成为其代表，则存在一定的偶然性。他为什么被"艺术史"选中？第一，他把头发染白了，打扮得很像明星；第二，他经常帮明星画肖像，所以占据了大众传播渠道，如此，等等。

从逻辑上来说，一种艺术理论必然需要几个示例，一个艺术流派必然需要几个典型代表。但是这些代表是怎么产生的，则涉及现实的社会关系，涉及艺术家的个性、成长经历和成功机遇。卢文超提出的这个问题，在现实生活中特别有意义。我们在做艺术品经营时免不了要解释为什么这件作品卖得特别贵，一个亿是怎么卖出来的这类问题。大部分流俗的解释都说这是资本炒作出来的，其实并不尽然。天价艺术品一定要符合某种艺术理论、某种艺术史逻辑，只不过选择哪个艺术家、哪件艺术品成为代表就存在一定偶然性了。

在课堂上谈及现成品，我一般都倾向于选择杜尚的《泉》作案例，我相信大多数艺术史教师也会做出这样的选择。与杜尚同时代其他艺术家的现成品创作，都没有这件作品那么干净、透彻、富于冲击力和说服力，为此，人们倾向于选择它作为教学案例，这种选择仍然是在艺术史逻辑内部发生的；至于说杜尚的个人相貌如何，有什么独特气质，结识了哪些重要的藏家和朋友，这是社会学议题，有助于我们把艺术史的课讲得血肉丰满。

除了我刚才谈到的艺术评价问题，有学者认为何为艺术的问题也很重要。在我看来，在"艺术"或今天流行的"非物质文化遗产"概念背后，有一套复杂的解释系统。被称为"艺术"或"非物质文化遗产"的东西，实际上是经过某种解释后人们看到的某种现象。这些经过特殊解释才被识别的对象，与现实生活中实际存在的东西是有差距的；这些解释和命名有时候行得通，有时候行不通，就像阴阳理论或中医理论那样。但是，我想特别强调的一点是，不是说任何一个东西或一种行为经解释后都能变成艺术。以行为艺术为例,我们今天在这里开会,不管怎么解释,我们的所作所为最后都成不了艺术。

再说说艺术自律问题。艺术自律或"自成目的"的艺术世界是怎么形成的?首先需要注意的是,这个世界不是由美学或哲学虚构出来的,它是一个现实中存在的实践领域。这个实践领域,一方面是美学作为一种观念上层建筑产生的前提和基础,另一方面也是美学的阐释对象,受到美学的强烈影响。中国古代文人阶层兴起后,从治理天下到写文章,再到写诗、写书法和画画,形成了一个艺术自律领域。西方文艺复兴以后,也逐渐形成了一个脱离工匠系统的艺术自律领域。二者的形成路径不同,但同属于艺术自律领域。在这个领域中产生了纯艺术的观念和一套识别、评价的标准,在西方叫作美学,在中国叫作文论、画论、书论等。

同样都是手工制品,为什么你做的东西叫艺术,我做的东西不叫艺术?为什么你做的东西叫工艺美术,我做的东西叫美术?这里存在一套模糊的识别标准以帮助我们完成这些分类。但也有一些手工制造活动不太能甚至完全不能被装进这些分类中去,如马车、水密隔舱、弓箭和甲胄制作,一般都被视为科技史而不是艺术史的研究对象。不过,无论我们如何对人类的实践活动进行命名和分类,都不会从根本上改变这些活动原有的社会经济属性和运行方式。

烧制陶瓷、制作家具、唱歌、跳舞、划龙舟、修习武功,这些活动属于不同的行当,属于不同的职业和生活领域,它们是否被划入艺术或非遗领域并不改变其原有的性质。假如哪天从事这些活动的人被艺术界或非遗界除名了,这些人还是该做陶瓷就做陶瓷,该划龙舟就划龙舟,除非换了工作、改变了生活习俗。当然,新的分类和描述方式也会反作用于原有的实践领域。例如,因为有了艺术界或非遗界,原本属于不同行业、不同专业领域的人,现在都能参加同一个展览、出席同一个研讨会了。但这并不表明他们所从事的实践活动变成了同一类型的活动。

总而言之,我对艺术定义问题展开的思考涉及以下三个层面:解释系统、被这套系统解释出来的现象以及被解释的对象本身。区分这三者，是进行艺术或文化研究的开始。这样一种区分方式，其实已蕴含在马克思的历史唯物主义方法论中，也被后来的艺术社会史家运用到具体的艺术研究中。然而时至今日，有关艺术的表述和研究仍然时常混淆这三者。为此，我们需要在理论层面做进一步的梳理和澄清。

艺术社会学的正看、反观与互见

卢文超

东南大学艺术学院

【摘要】 20世纪中后期，在美国兴起了以霍华德·S.贝克尔和理查德·A.彼得森为代表的经验倾向的艺术社会学。他们从社会学视角审视艺术，认为艺术品、艺术家和观众趣味都是一种社会建构，这一观点推进了我们对艺术的认知。与此同时，他们的观点也存在将艺术问题还原为社会问题的风险。从艺术社会学审视艺术哲学，会发现它对经验事实的描述较为贫乏；从艺术哲学审视艺术社会学，会发现它对意义问题关注不多。较为理想的艺术社会学应该兼顾艺术与社会学，实现两者之间的平衡。

【关键词】 艺术社会学；艺术哲学；理论范式

艺术社会学具有不同的理论范式。根据以往的研究，可以简略地分为侧重艺术的传统艺术社会学，侧重社会学的经验艺术社会学和寻求两者之间平衡的新艺术社会学三种。第一种以卢卡奇、西奥多·阿多诺等为代表，第二种以霍华德·S.贝克尔（Howard S. Becker，1928— ）、皮埃尔·布尔迪厄（Pierre Bourdieu，1930—2002）等为代表，第三种以蒂娅·德诺拉（Tia DeNora）和安托万·亨尼恩（Antonie Hennion）等为代表。本文主要谈论的是第二种艺术社会学，特别是以霍华德·S.贝克尔、理查德·A.彼得森（Richard A. Peterson，1932—2010）等为代表的美国艺术社会学。

一、艺术社会学视野下的艺术观念

20世纪中后期以来,在美国兴起的经验倾向的艺术社会学为我们理解艺术做出了很大贡献。他们从社会学视角审视艺术,给我们呈现了不同的艺术景观,革新了不少关于艺术的传统观念。

首先,艺术品。传统美学认为,艺术品具有客观的内在本质,但在艺术社会学看来,艺术品并没有这样的本质,它是一种社会建构。霍华德·S.贝克尔提出了标签理论,认为某物之所以是艺术,是因为我们给它贴上了艺术的标签。贝克尔的标签理论具有深厚的社会学根基。他一开始研究"越轨",提出了"越轨"的标签理论,进而将这种理论推进到对艺术的理解中。在他看来,艺术和越轨尽管相差甚远,但它们却都是一种标签化的产物,两者犹如"镜中影像般,是恰好相反的"[①]。只不过一者是好标签,人们求之不得;一者是坏标签,人们唯恐避之不及。因此,艺术也是一种社会标签过程中的产物。美国新制度主义代表人物保罗·迪马乔(Paul J. Dimaggio)从社会学角度研究艺术的分类,揭示了艺术类别背后的社会根基。大家可能认为艺术分类是根据艺术的内在品质进行的,迪马乔认为并非如此。在他看来,艺术分类是一种复杂的社会过程。他提出了艺术分类系统,认为它有四个维度,即区分性、等级性、普遍性和仪式效力维度。据此,他对艺术分类与社会之间的关系进行了各种论述。[②] 他研究

---

① [美]霍华德·S.贝克尔:《局外人:越轨的社会学研究》,张默雪译,南京大学出版社2011年版,第5页。
② 迪马乔的艺术分类系统非常复杂,他从4个维度提出了25个命题。在此仅列举一例,即从区分性维度,迪马乔提出了5个命题:1.社会系统中社会异质性和地位多样性程度越高,艺术分类系统越分化;2.社会网络范围越大,文体区分程度越高;3.社会系统角色结构越复杂,艺术分类系统越分化;4.结构融合程度越高,艺术分类系统越小;5.接受高等教育程度越高,艺术分类系统越分化。参见 Paul J. DiMaggio, "Classificationin Art", *American Sociological Review*, Vol. 52, No. 4, 1987, pp.440–455.

了美国高雅艺术和通俗艺术的分类史，认为一开始两者混杂在一起，雅俗难辨。后来，波士顿文化精英通过建立交响乐团、美术馆等组织机构，将两者清晰地划分开来。如果没有这些文化组织机构，那么这种雅俗边界就难以划分和维持。美国历史学家劳伦斯·W. 莱文（Lawrence W. Levine）在其《雅，还是俗：论美国文化艺术等级的发端》中也研究了这个问题，揭示了戏剧、交响乐等领域雅俗艺术的等级形成过程。比如莎士比亚的戏剧，在 19 世纪的美国社会是大众文化的一部分，但后来却慢慢转变成高雅艺术。[1]

其次，艺术家。传统美学更关注个体的、单独的艺术家，大家会认为艺术家是天才，在一种不受外界影响的状态下创作。但是，从社会学视角出发，我们却可以看到艺术家具有强烈的集体性。他们的创作离不开社会提供的各种资源和基础。贝克尔从两个角度论证了艺术家的集体性质。一种是外在的社会互动，比如说赞助人委托艺术家创作一幅画，就尺寸、色彩等提出各种具体要求。还有一种是更深的内在心理互动，也就是说虽然观众不在场，但艺术家在创作时已经受到他们的影响。比如艺术家会创作特定尺幅的绘画，正好适合挂在家里的墙壁上。他们不会创作足球场那么大的绘画，那很难展出，也很难卖掉。这时艺术家貌似自己在创作，实际上各种外在力量已悄无声息地进入他的创作过程中。这是一种更深层面的集体性。再如艺术家的名声。大家认为艺术家伟大是因为他的作品伟大，社会学家却通过研究表明，艺术家的名声是在社会中建构出来的。美国艺术社会学家蒂娅·德诺拉研究了贝多芬被视为"天才"背后的社会因素。在她看来，贝多芬能够取得伟大的成就和三个因素密切相关。首先他的赞助人大多为皇室和贵族，非常强大，不断委托他创造一些比较恢宏的作品。其次，贝多芬的名声受到他的导师海顿的影响。当时大家都认为贝多芬是"海顿之手"，是海顿的传人。尽管研究表明他们的关系其实一般，

---

[1] 参见［美］劳伦斯·W. 莱文《雅，还是俗：论美国文化艺术等级的发端》，郭桂堃译，译林出版社 2017 年版，第 7 页。

海顿并不怎么看重贝多芬，但大家都认为贝多芬是海顿之后最伟大的音乐家，这给予了他很多发展的机会和资源。最后是钢琴技术的改进。在贝多芬之前，钢琴并不适合表达很激烈的感情，但在贝多芬时代钢琴技术发生了很大变化，特别适合表达丰富、激烈、变化多端的感情，这也有助于贝多芬获得更大成就。①

最后说一下观众和他们的趣味。我们喜欢什么样的东西，其实不是天生的，也不是自然而然的。布尔迪厄在《区分：判断力的社会批判》一书中提出，我们的趣味更多受出身和阶级的影响。在我们喜欢的艺术和我们喜欢的食物、运动等之间，具有一种深层的一致性和同构性。那就是，对社会上层来说，他们更注重形式，而不是功能；对社会下层来说，则更注重功能，而不是形式。前者是一种自由趣味，后者是一种必然趣味。比如就吃饭来说，前者可能更注重如何吃，讲求用餐的氛围和情调；后者可能更注重吃什么，关注用餐的分量大小。这种趣味并非天生的，而是在社会中习得和形成的。②后来，理查德·A.彼得森提出了"文化杂食"观念，表明甚至我们喜欢吃很多东西这种杂食趣味，也不是天生就有的，而是受到经济、社会、地位、教育水平等各种因素的影响。在彼得森看来，越是社会上层的人，越可能接触到各种不同的文化资源，越可能具有杂食趣味。与之相比，越是社会下层的人，这种机会就可能会越少，他们会倾向于欣赏大众艺术或者民间艺术。③

这就是经验倾向的艺术社会学对我们理解艺术的重要贡献。它把以往对艺术的本质主义理解转变为偏向社会建构的理解，成就卓著。④

---

① Tia DeNora, *Beethoven and the Construction of Genius : Musical Politics in Vienna*, 1792–1803, Berkeley and Los Angeles: University of California Press, 1997.

② 参见［法］皮埃尔·布尔迪厄《区分：判断力的社会批判》，刘晖译，商务印书馆 2015 年版，第 278—288 页。

③ Richard A. Peterson, "Understanding audience segmentation: from elite and mass to omnivore and univore", *Poetics*, Vol. 21, No. 4, 1992, pp. 243-258.

④ 以上亦可参见卢文超、王廷信《美国艺术社会学知识地图（1951—2015）》，《民族艺术》2016 年第 2 期。

二、反观艺术社会学

如果以上是我们对艺术社会学的"正看",那么我们同样需要对其"反观"。换言之,尽管它有不小的功绩,但也存在不少问题。

它最大的问题就是存在把艺术问题还原为社会问题的倾向,忽视了艺术的独特性。贝克尔在其《艺术界》结尾对艺术与社会关系提出了一种新的观点。他批判了卢卡奇、吕西安·戈德曼(Lucien Goldmann,1913—1970)等传统艺术社会学家的观念,认为他们所秉持的艺术反映社会的反映论并不成立。那么,艺术与社会是什么关系呢?他认为,艺术就是社会,研究艺术就是研究社会,"谈论艺术的方式,也是一般地谈论社会和社会进程的方式"①。在贝克尔看来,艺术是一种集体活动,是很多人一起合作完成的事。他研究爵士乐队成员如何合作,就是为了探讨人们集体活动的合作机制。他们可能互相不认识,但因为都懂得惯例,见面后很快就可以一起演出音乐。这样问题就出现了。制造杯子是不是一种集体活动呢?当然是。如果是,制造杯子和制造艺术之间的区别在哪里呢?在社会学家这里,这就成了一个无法回答的问题。两者无法区别,因为它们都是一种集体活动,性质上并无差异。但我们知道,两者肯定存在巨大差别。因此,单纯从社会学角度来理解艺术,就会存在很多问题。尼克·赞格威尔(Nick Zangwill)就指出,在贝克尔的著作中,"所有类型的生产工作有同样的一种解释,这种一般原则是可疑的"②。贝克尔认为,他的艺术社会学是将职业社会学推到艺术领域。那么,我们是否可以用职业生涯来理解艺术家呢?娜塔莉·海因里希(Nathalie Heinich,1955—)就指出,这样的理解可能会出现偏差。我们可以说商业白领有职业生涯,却不能说艺术

---

① [美]霍华德·S.贝克尔:《艺术界》,卢文超译,译林出版社2014年版,第335页。
② Nick Zangwill, "Against the Sociology of Art", *Philosophy of the Social Sciences*, Vol. 32, No. 2, 2002, pp. 206–218.

家也有职业生涯。① 尽管艺术家在某些方面与商业白领类似，却有其独特性。尤其是凡·高这样的艺术家，在世的时候并不成功，甚至穷困潦倒，但后来却成为伟大的艺术家。对商业白领而言，如果职业生涯不成功，赚钱不多，那就失败了；但对艺术家而言，职业生涯不成功，贫困潦倒有时可能会导致巨大的成功，输者可能是最后的赢家，甚至是最大的赢家。因此，如果我们用职业生涯来理解艺术家，可能就会发生偏差，将艺术事业的独特逻辑给抹掉了。

在杰弗里·C. 亚历山大（Jeffrey C. Alexander, 1947— ）看来，这种艺术社会学的缺陷是将艺术看作因变量，而不是自变量。所谓因变量，是指它因为其他社会因素而发生变化。如果这样理解，那么社会学家更多会探求各种各样的社会因素如何引起艺术变化。彼得森提出的文化生产视角，认为六个因素会对艺术产生影响，即科技、法律法规、工业结构、组织结构、职业生涯和市场，就是这种思路的典型。杰弗里·C. 亚历山大认为，这种艺术社会学忽略了艺术作为自变量的那一面。所谓自变量，就是艺术具有自主性和能动性，艺术自身会导致其他因素的变化。

如果艺术是可以影响其他因素的东西，艺术本身就变得重要起来。它自身的形式特征、美学特质也须予以特别关注。因此，最近的新社会学家要把艺术作品重新拉回到艺术社会学中来。蒂娅·德诺拉在《日常生活中的音乐》中举了飞机起飞前播放的音乐的例子。在社会学角度看来，播放音乐 A 和音乐 B 并没有区别，但实际上，播放舒缓的音乐大家会感到安心，播放惊悚的音乐恐怕就没人敢乘坐飞机了。② 尽管它们在社会学角度没有差别，但在艺术和美学角度却迥然不同。如果我们不考虑艺术作品自身的美学和形式因素，那么它所产生的切实社会影响就会被我们忽略掉。

---

① 参见［法］娜塔莉·海因里希《艺术为社会学带来什么》，何蒨译，华东师范大学出版社 2016 年版，第 12 页。
② 参见［美］蒂娅·德诺拉《日常生活中的音乐》，杨晓琴、邢媛媛译，刘小龙校译，中央音乐学院出版社 2016 年版，第 17 页。

就此而言，可以顺便讨论一下柯律格（Craig Clunas，1954— ）的《雅债：文徵明的社交性艺术》。在这本书中，柯律格在盖尔的影响下，避免谈论艺术的外在形式或内在意义。但是，艺术之所以在人际或社会网络中发挥作用，却与此密切相关。可以想象，在人际交往中，赠送一幅真品还是赝品，产生的效果会截然不同。赠送的绘画意义不同，会对人际关系产生重要影响。总而言之，艺术作品本身的审美特质或意义内涵不可被忽视，否则就难以理解它的能动性作用。

与此密切相关的问题，即艺术可以为社会学带来什么。就此，可以从以下三个方面简要说明。首先，艺术会革新和丰富社会学的价值立场。娜塔莉·海因里希就此专门写了一本书《艺术为社会学带来什么》，在她看来，社会学关注的一般事物属于共同性价值体系，而艺术和其他东西不太一样，属于独特性价值领域，"价值问题更加突出，价值观也十分多样"①。因此，通过研究艺术，社会学者可以理解不同的价值立场，这对社会学具有重要意义。其次，艺术会进入我们对社会的理解中。杰弗里·C. 亚历山大提出了"文化的社会学"（cultural sociology），主张在理解社会的时候，应该把社会视为艺术文本来理解。这在日常生活中屡见不鲜，比如我们遭遇不幸时会说生活是一场"悲剧"。在这里，"悲剧"这种文体观念已进入我们对社会生活的理解。当然不限于此。因此，如果将社会视为艺术，那么社会研究就会转换为艺术研究，艺术研究方法也可用到对社会的研究中。这和贝克尔的思路很不一样。贝克尔把艺术视为社会来进行研究，由此将社会学方法推进到艺术领域；杰弗里·C. 亚历山大则把社会视为艺术来进行研究，由此将艺术研究方法引入社会领域。最后，艺术会启发和加深我们对事物意义制造过程的理解。美国文化社会学家一致认为，文化社会学是研究意义制造的学问。我们在社会生活中如何制造意义，这是一个非常重要的问题。就此过程而言，艺术特别具有代表性。它最没有意义，

---

① ［法］娜塔莉·海因里希：《艺术为社会学带来什么》，何蒨译，华东师范大学出版社 2016 年版，第 69 页。

但我们却给它赋予了最多、最丰富的意义。因此，对艺术的研究会为我们研究其他事物的意义赋予过程、提供启发。

三、艺术社会学与艺术哲学的相互审视

最后，谈一谈艺术哲学和艺术社会学之间的相互审视。首先，从艺术社会学看艺术哲学（美学）。贝克尔认为，艺术社会学家不需要做出价值判断，而是要把艺术哲学或艺术批评视为一种社会活动。他认为美学不是一系列教条，而是一种社会活动。在他看来，它有利于解决艺术界资源分配的问题。如果我们可以论证爵士乐和交响乐是同样严肃的音乐，那爵士乐就可以进音乐厅，爵士乐艺术家就可以获得艺术基金，获得各种各样的奖项了。因此，美学不只是一个学术问题，还关乎艺术界成员的切身利益。同时，美学也可以稳定价值，使艺术界活动有序地进行下去。通过艺术批评将艺术品的价值确定以后，人们才会收藏艺术品，艺术市场才可以形成。

从艺术社会学看艺术哲学，可以发现艺术哲学是一种社会活动，它对艺术界具有重要的意义和影响。反过来，从艺术哲学看艺术社会学，也会对后者形成新的认识。丹托提出了"艺术界"理论，认为某物是否可以被看作艺术由艺术史和艺术理论决定。在他看来，艺术的意义并不单纯取决于它自身的审美属性，还取决于它在艺术史中的位置，取决于是不是有可以解释它的艺术理论。他关注艺术意义问题，揭示了这些因素对艺术意义的具体影响。贝克尔的问题意识不太一样，他关注艺术品是怎么制作的，他提出了一种社会学层面的艺术界概念，将更多角色纳入考虑范围，但他没有从意义角度来观察这些角色对艺术产生的影响。所以，如果沿着丹托的思路会发现，制作过程中各种角色的参与都会融入艺术品的意义中。举个例子，前些年王中军曾以1.85亿人民币购买毕加索的《盘发髻女子坐像》，这不仅是因为毕加索的才华，而且还因为这幅画的前藏家是电影业

中的传奇——高文家族。对他而言，这种外在社会关联进入了艺术作品的意义中。大家知道有个成语叫"爱屋及乌"，就是说关联会产生意义。这种关联不是内在的或者逻辑结构的关联，而是外在的、社会的关联。

很多学者认为，贝克尔的"艺术界"观念来自丹托。其实他们非常不一样。贝克尔自己也说，他只是借用了这个词，背后的观念差别非常大。① 他们的"艺术界"一个是哲学的，一个是社会学的。丹托更多探讨逻辑关系，迪基和贝克尔更多探讨社会关系。换言之，丹托更多讨论艺术意义问题，而迪基和贝克尔更多讨论艺术资格问题。所谓意义问题，就是这些东西会影响到我们对艺术的阐述。所谓资格问题，就是它只要进博物馆就有了作为艺术品的资格。所以我觉得丹托是更具哲学性的路径，迪基和贝克尔是更为社会学的路径。虽然同样属于更为社会学的路径，但贝克尔和迪基又有所不同，因为迪基回答的是和丹托一样的问题：为什么杜尚的那些东西是艺术品？他的艺术圈目的在此，因此解决后就不再继续探寻艺术界的具体运作细节了。但贝克尔不一样，他更关心艺术界如何运作，这使他更能呈现艺术界丰富、细致入微的细节。贝克尔曾嘲笑丹托和迪基，说他们的艺术界或者艺术圈这块骨头上没有太多的肉，这话是有其道理的。但汉斯·梵·马恩（Hans Van Maanen）顺着这个逻辑指出贝克尔的问题，认为他的艺术界是太细的骨头上放了太多的肉，这也不无可取之处。② 这两个比喻形象地告诉我们，艺术哲学和艺术社会学都有它的潜能，也都有它的限度。

丹托论述了艺术史、艺术理论这样一些内在关联对艺术作品的影响，贝克尔呈现了非常丰富的外在关联，却没有从意义角度考虑它们对艺术作品产生的影响。如果我们借鉴丹托的思路，将其推广开，就会发现艺术社

---

① 参见卢文超《社会学和艺术——霍华德·贝克尔专访》，载刘东主编《中国学术》（第三十四辑），商务印书馆2015年版。
② Hans van Maanen, *How to Study Art Worlds: On the Societal Functioning of Aesthetic Values*, Amsterdam: Amsterdam University Press, 2009, p.42.

会学给我们提供的各种各样、丰富复杂的关联都会进入艺术作品意义中，都会影响我们对艺术作品的感知，影响我们对艺术作品的阐释。所以，可以援丹托入贝克尔，把资格问题转化成意义问题，由此就能发现所有关联都可能对艺术作品的意义产生重要影响。

最后谈一谈理想的艺术社会学研究。在我看来，本雅明的《机械复制时代的艺术作品》是比较理想的艺术社会学研究。如果说美国艺术社会学更多表明社会变化会对艺术产生影响，那么本雅明则会进入艺术内部告诉你具体产生了什么影响，比如说，"灵韵"的消失、本真性的消失，从膜拜价值到展示价值。我觉得他既考虑了社会因素，而且又进入艺术内部告诉你这些社会因素的具体影响是什么，这非常难得。贝克尔的《艺术界》恰恰局限于前者。他会指出 T. S. 艾略特的《荒原》是埃拉兹·庞德帮其修改的，但这种改动会对这首诗产生什么具体影响，他并没有阐明。我们可以从形式和语言各方面对此进行深入分析。本雅明的研究恰好提供了这样一个范本，即将社会分析和艺术分析比较理想地结合在一起。这同样向我们表明，对艺术形式因素或审美因素的挖掘并不一定局限于艺术是自变量的情况，它是因变量的情况亦可。那就是，在贝克尔的基础上再进一步，深入艺术内部探察社会因素所造成的具体影响。这就是本雅明给我们的启迪。

艺术社会学三型及其"本质"疑难

常培杰
中国人民大学文学院

【摘要】 艺术社会学作为一种研究方法,拓展了艺术学的研究领域,日益得到学界的关注。就艺术社会学研究的侧重点不同,可以将其简要区分出三种范式:"艺术"社会学;艺术"社会学";"艺术—社会"学。不过,该方法也有其局限,即搁置了对"艺术本质"问题的讨论,而这恰是艺术研究的核心命题。艺术社会学不能舍弃"美学",而要积极介入美学讨论,回答艺术本体问题,使得美学和艺术学不仅具有观念论维度,更具有坚实的社会基础。

【关键词】 艺术社会学;艺术本质;丹托

近几年,随着译林出版社"凤凰文库·艺术与社会系列"相关图书的出版,艺术社会学作为一种研究方法,日益得到学界的关注。就艺术社会学研究的侧重点不同,可以将其简要区分出三种范式:"艺术"社会学;艺术"社会学";"艺术—社会"学。不过,这种方法也有其局限,即搁置了对"艺术本质"问题的讨论,而这恰是艺术研究的核心命题。下面,我将先挂一漏万地以代表性理论家和著作为主,从整体上讨论"艺术社会学"的三种研究范式,而后再以丹托的艺术哲学观念为引线,讨论此方法的局限。

一、艺术社会学的三种范式

第一种范式,"艺术"社会学。在研究方法上,它主要采用哲学批判和社会整体批判的方法。其研究重心是"艺术"而非"社会"。它"打开艺术",条分缕析地研究艺术作品的构成要素、形式特征和接收方式等问题。与此同时,它把社会"闭合"起来,只在整体上做好和坏的判断,而不进入社会内部分析其构成要素、运作流程和交往环节等。其代表人物包括本雅明、阿多诺、彼得·比格尔(Peter Burger)等偏重于马克思主义和批判理论传统的理论家。阿多诺是此范式中最典型的一位。他的遗著《美学理论》既是一本哲学美学著作,也是一本艺术社会学著作。就前者而言,可将其美学称为"非同一性美学";就后者而言,则可称之为"否定美学"。所谓"否定美学"的哲学依据是他在《否定辩证法》中发展出的"非同一性哲学",其社会学依据则是阿多诺对其身处的社会环境的否定性判断。阿多诺认为,以"工具理性"为内在价值依据的现代资本主义社会,最终导致以奥斯维辛集中营为代表的极端反人类事件的发生,这是一个需要从整体上予以否定的社会。不过,阿多诺并未详细分析现代资本主义社会的内部构成和程序机制,而只是从哲学高度做出了整体判断。由此,他进一步辨析了艺术的命运。在艺术问题上,阿多诺充分发挥了自己的专长,不仅从艺术本体的角度讨论现代艺术之变,而且从艺术与社会的关系角度详细辨析了现代艺术的社会情境、艺术自律与介入的关系、艺术作品构成的融贯与破碎、艺术的谜语特质与阐释方法问题。阿多诺处理艺术问题的主要着眼点是"美学","社会"只是他展开相关问题的语境或背景,他的《新音乐的哲学》和《音乐社会学导论》亦然。

这种研究方法在本雅明和比格尔那里也有鲜明的体现。本雅明的批评生涯持续了近30年,在1930年之前,他都是一个具有鲜明犹太神学和观念论哲学特征的学者;但是之后,他的研究则具有了鲜明的马克思主义特征,其著述中的社会维度越发突出。在此类研究中,最具代表性的著述包括《摄影小史》《机械复制时代的艺术作品》和《论波德莱尔的几个母题》等。在这些研究中，"社会"一则以"资本主义社会"作为整体背景存在，二则细化为社会的物质生产技术。由此，本雅明深入探讨了"物质生产技术"与"艺术生产技术"之间的关系，并从艺术本体角度探讨了艺术作品的构成方式、审美特征和受众审美接受方式的变迁。例如，本雅明谈到，现代大工业生产条件下，艺术作品原有的"本真性"及由此生成的"灵韵"趋于消散，艺术作品由追求有机整体性转而寻求以蒙太奇、拼贴等手法构造无机的前卫艺术。① 在此，"技术"以及与此相关的"感知媒介"是艺术与社会之间的中介环节，能否找到"中介"并由此展开讨论，是此研究路径的关键。比格尔的研究也可以归入这一范式。比格尔的思想深受批判理论影响，有论者将其归入法兰克福学派第三代。他的《先锋派理论》也是一本精要的"'艺术'社会学"著作。他和阿多诺、本雅明一样，都未深入细致地分析与艺术相关的社会构成，而主要从哲学角度出发，从整体上把握社会变迁，进而从"艺术体制"角度分析艺术从自律的现代主义艺术向反自律的前卫艺术变迁的内在逻辑。"艺术体制"这一核心概念兼具社会学和美学两重维度："既指生产性和分配性的机制，也指流行于一个特定的时期、决定着作品接受的关于艺术的思想。"② 不过，比格尔对待"社会"的态度，是一种哲学批判而非实证分析，因而其研究的美学色彩更为浓厚。

第二种范式，艺术"社会学"。它是研究特定艺术事实的"社会学"，研究重心是"社会"而非"艺术"。它在研究方法上侧重欧美的实证社会学传统。就当代艺术社会学研究而言，比较典型的是贝克尔（Howard S.Becker）的相关研究。贝克尔在《艺术界》③中，把"艺术界"分解为艺

---

① 参见［德］瓦尔特·本雅明《机械复制时代的艺术作品》，载［德］瓦尔特·本雅明《艺术社会学三论》，王涌译，南京大学出版社 2017 年版，第 86—87 页。
② ［德］彼得·比格尔：《先锋派理论》，高建平译，商务印书馆 2002 年版，第 88 页。
③ 参见［美］霍华德·S.贝克尔《艺术界》，卢文超译，译林出版社 2014 年版。

术家、批评家、编辑和机构等要素，视"艺术界"为上述要素互动构成的"集体活动"，进而从经验实证的社会学角度，充分描绘了各个环节的运作方式。诸如，艺术家怎样创作？画廊、博物馆和基金会等机构在艺术生产中扮演了什么样的角色？特定的艺术惯例是如何在社会互动中生成的？在艺术场域内部，艺术家们是如何分化开来的？等等。这种研究方法搁置了"艺术本质""审美特性"等本体问题，而将艺术作为"社会事实"分解为不同的社会环节，进而探析它们的互动方式。对中国学界而言，这种研究方法是特别必要和急需的。一直以来，中国文艺界在讨论艺术和文学问题时，多取观念论路径，重思辨轻实证；即便一些研究有实证倾向，也多是在知识整理、文字材料考订等层面做工作，而轻视了对作为社会交往环节的艺术活动的分析，更缺乏质性研究和量化研究等基本的社会学研究方法。这种研究方法可以为研究者从艺术的内在逻辑和观念推演角度得出的特定结论提供必要的经验、材料和数据支撑，避免主观性。比如，戴安娜·克兰（Diana Crane）的《先锋派的转型》[①]就以实证方法，讨论了艺术家、策展人、经销商、收藏家、评论家、博物馆、画廊、基金会和政府机构等要素在1940年以来美国艺术界出现的抽象表现主义、波普艺术、极简主义、具象绘画、照相写实主义、模式绘画和新表现主义等七种先锋艺术流派的更替中所扮演的角色。不过，和贝克尔的著作一样，这本书也很少讨论艺术流派的风格特征和艺术作品的美学内涵。

第三种范式，"艺术—社会"学。这种研究方法近于卢文超所讲的以蒂娅·德诺拉的研究为代表的"新艺术社会学"方法。它既关注艺术的内部形式要素和美学特征，也探讨艺术周边的社会事实，更为关键的是将前者建立在后者的基础之上，给予形式、风格和审美经验等美学层面的问题以具体而微的社会学解答。就此范式而言，实际上在西方艺术理论界早就出现了相当好的研究范例，如马克斯·韦伯和皮埃尔·布尔迪厄等人的研

[①] 参见［美］戴安娜·克兰《先锋派的转型》，常培杰、卢文超译，译林出版社2019年版。

究。无论韦伯还是布尔迪厄，都是十分专业的社会学家，但是他们在研究艺术问题时，能够充分理解和尊重艺术现象，不仅没有放弃从美学角度分析艺术问题，更试图从社会学角度来解答一些美学上的核心问题。社会学的奠基人之一马克斯·韦伯有几篇经典文章，结集为《新教伦理与资本主义精神》①，主要讨论了作为主观要素的新教伦理如何促生了现代资本主义生产和社会体系，探讨了现代社会的合理化逻辑。他还写过《音乐社会学》②一书，讨论了随着音乐器材合理化的音乐风格的变动。如此，他就从具体的社会生产环节、物质文化的变化等角度，进入艺术的微观层次，讨论艺术的风格和形式问题。可以看到，书中有不少乐谱分析，十分专精。就布尔迪厄的研究而言，艺术是他的一个重要论述对象。他将自己在社会学研究中发展出的场域理论，移入艺术领域，从艺术家、艺术流派和艺术机构的互动角度分析了特定艺术观念、风格和趣味的生成逻辑。这种方法实则辩证综合了艺术研究中偏重形式分析的内在研究方法和偏重社会条件的外在研究方法。例如，他在《区隔》一书中，就以大量的资料和数据讨论了阶层、职业、教育水平等因素对当代法国人审美"趣味"的影响，回应了康德美学中"趣味无功利"的观点。他还在《艺术的法则——文学场的生成和结构》③中，从场域理论出发，大量引用和讨论艺术作品、艺术宣言、艺术家的回忆录和访谈等材料，从社会历史的角度分析了不同艺术要素在艺术场域中既斗争又合作的逻辑，勾勒了"为艺术而艺术"这一现代艺术核心观念的生成逻辑以及尊崇此观念的现代艺术领域的结构特征，批判了康德美学不涉现实、无关利害的"纯粹审美"观念。他的这些研究，既是社会学的，也是美学的，而且无论放在哪个领域，都可资借鉴。

---

① ［德］马克斯·韦伯：《新教伦理与资本主义精神》，黄晓京、彭强译，四川人民出版社1986年版。
② ［德］马克斯·韦伯：《音乐社会学》，李彦频译，刘经树审校，西南师范大学出版社2014年版。
③ ［法］皮埃尔·布迪厄：《艺术的法则——文学场的生成和结构》，刘晖译，中央编译出版社2001年版。

二、艺术社会学的"本质"疑难

不过，在艺术社会学的研究中，始终存在一个问题，就是学科定位。在如火如荼的"双一流"建设中，"学科"问题被提到了新的高度，各院校无不强调自己拥有多少"双一流"学科，进而强调"学科本位"意识。但是，这种观念是一把双刃剑：一方面，有助于各学科整理自己的基本问题域、知识域和方法论，走向系统化和深化；另一方面，会导致学者故步自封，盲目排斥相关学科问题的研究和方法借鉴。总体而言，世界范围内的学术研究正在走向"跨学科"，过分强调"学科本位"是逆势而动，长远看，弊大于利。就艺术社会学研究而言，无论艺术学还是社会学，都有所涉及。但是，不同学科要解决的核心问题是不同的。就艺术学而言，它是要解决艺术和美学层面的问题，而非社会学的问题。但是，它在研究中多从社会学角度研究艺术的外围现象，忽略了或者说无力深入艺术本体问题来帮助我们真正理解艺术作品构建自身的方式，以及特定艺术风格、美学观念的提出及展开逻辑等问题。当然，笔者指出此方法的"局限"，并非要否定它在艺术学研究中的必要性与正当性，否认它在艺术研究领域的拓展和在艺术学知识谱系的构建中的积极意义，而是要指出艺术学在借鉴社会学方法清理周边问题的同时，不能舍弃或一直悬置更为重要的本体问题研究，因为只有从"本体"出发，才能看到各种方法的必要性和局限性。

在艺术研究中，最为本体的问题就是"何谓艺术"，或者"艺术的本质是什么"。然而，大多数艺术社会学的研究都悬置了这一问题，而着力于解释艺术在"事实"层面呈现出的诸多现象。这虽有助于理解"艺术活动"，却无助于艺术家从根本上把握"艺术本质"以及基于此的"艺术创造活动"。事实上，这种方法颇契合于当代美学和艺术界盛行的"反本质主义"艺术观——艺术无本质，无法定义。"新维特根斯坦学派"美学家莫里斯·韦茨（Morris Weitz）认为，前卫艺术的进展使得所有的艺术定义都已失效,而且艺术本就没有本质,甚至没有共同的属性,如此所有定义行为都必然以失败告终。① 韦茨循着维特根斯坦的"家族相似"(family resemblance)理论认为,一件物品之所以可以被归入艺术之列,源于它与其他艺术品有"家族相似"关系。这种"相似"并非普遍属性意义上的相似,而只是"外观"上的相似。② 不过,反本质的韦茨给出的替代方案也有缺陷。莫里斯·H.曼德尔鲍姆(Maurice H.Mandelbaum)认为,韦茨误用了维特根斯坦的"家族相似"理论,真正的"家族相似"绝不仅仅是外观上的偶然相似,而是有赖于某些基础机制,如家族遗传基因。③ 亦即,在艺术定义活动中,真正重要的不是外显的相似要素,而是某种给予特定事物艺术身份的"起源性机制"。此论启发了丹托和迪基,他们二人直面的正是新维特根斯坦学派在识别艺术上的困境。④

丹托在1964年看到沃霍尔创作的《布里洛盒子》后,内心产生了一个疑惑:为何两个看起来相似到感官难以分辨的东西,一个是艺术作品,一个却是寻常物品呢?此问题是丹托艺术哲学的起点。为此,他当年就发表了《艺术世界》(The Artworld)一文。他在文中指出:"要将某种事物视为艺术,需要一些眼睛无法诋毁的东西:一种艺术史氛围,一种艺术史知识,一个艺术世界。"⑤ 在他看来,对于艺术作品而言,真正重要的不是构成艺术作品的物质材料及其外观,而是肉眼不可见的阐释艺术作品的"理

---

① Morris Weitz, "The Role of Theory in Aesthetics", *The Journal of Aesthetics and Art Criticism*, Vol. 15, 1956, pp.27-30. 亦参见[新西兰]斯蒂芬·戴维斯:《艺术诸定义》,韩振华、赵娟译,南京大学出版社2014年版,第12—15页。

② Morris Weitz, "The Role of Theory in Aesthetics", *The Journal of Aesthetics and Art Criticism*, Vol.15, 1956, p. 33.

③ Maurice Mandelbaum, "Family Resemblances and Generalization concerning the Arts", *American Philosophical Quarterly*, Vol. 2, 1965, pp. 219-228.

④ [美]诺埃尔·卡罗尔:《今日艺术理论·导论》,殷曼婷译,载[美]诺埃尔·卡罗尔编著《今日艺术理论》,殷曼婷、郑从容译,南京大学出版社2010年版,第11、13页。亦参见[美]埃诺尔·卡罗尔:《艺术哲学:当代分析美学导论》,王祖哲、曲陆石译,南京大学出版社2015年版,第265页。

⑤ Arthur Danto, "The Artworld", *The Journal of Philosophy*, Vol. 61, 1964, p. 580.

论"。受丹托影响，迪基在1974年出版的著作《艺术与审美》(Art and the Aesthetic)中提出了更为注重围绕艺术作品的"外部关系"的"艺术体制论"(the institutional theory of art)。迪基在文中将丹托从哲学角度提出的"艺术世界"观念具体化为社会层面的"艺术体制"："我将用丹托的术语'艺术世界'来指宽泛的社会制度，在这里，艺术品拥有它们的位置。"[1] 在迪基看来，一物是否是"艺术"，有赖于社会学层面艺术领域的参与者的共同"判定"。

虽然二者的理论存在诸多差异，但迪基依然认为自己与丹托的思路是一致的，且认为"艺术体制论"是丹托"艺术世界"理论的发展。他显然误解了丹托的用意。从《艺术世界》一文看，丹托在处理艺术问题伊始，就是要回答"何谓艺术"这一问题。但是，他的"艺术世界"理论既不直接也不彻底：仍然聚焦于艺术的"外部关系"，而未直指"艺术本质"这一核心问题。正因如此，迪基才会在丹托的思想基础上发展自己的"艺术体制论"。不过，迪基的观点将人们对丹托的认识引向了错误的方向，使得人们认为丹托是在社会学层面探讨围绕艺术作品的外部体制性要素，而非在本体层面探寻艺术本质。对于迪基的"推崇"，丹托不仅不接受，还颇为苦恼，以至于曾多次在书中予以批评。丹托认为，在以迪基为代表的艺术体制论者那里，某物是艺术作品，是因为"艺术体制"裁定它是；此论虽有助于"识别"艺术，却无法"定义"艺术。它遗留的问题显而易见："艺术世界"裁定什么东西是艺术的"依据"并不明确[2]；这种裁定，归根结底仍是个人兴趣使然，难免失之武断[3]。迪基的"艺术体制论"另一个比较大的问题是：只在社会学层面共时地分析了艺术界的构成要素，忽略了形成此艺术体制的历史原因。

---

[1] George Dickie, Art and Aesthetic: An Institutional Analysis, Cornell University Press, 1974, p.29.
[2] [美] 阿瑟·C. 丹托：《何谓艺术》，夏开丰译，樊黎校，商务印书馆2018年版，第120页。
[3] [美] 阿瑟·C. 丹托：《在艺术终结之后：当代艺术与历史藩篱》，林雅琪、郑惠雯译，城邦（麦田）出版社2004年版，第272页。

相对而言，较好地解决了这一问题的是丹托的后期思想。有研究者认为丹托是一个"后现代主义者""反本质主义者"，这实则是种误解。就艺术问题而言，丹托一直高举本质主义的大旗，认为艺术必然有其区别于寻常事物的本质，而且这种本质具有普遍性，亦即所谓"艺术"不仅包括既有、现有的艺术，还要包括将来的艺术。如此，这种本质主义艺术观从根本上讲是开放包容的，不是封闭排他的，若不然就是不彻底的艺术本质观——其典型代表就是克莱门特·格林伯格（Clement Greenberg）以"形式正确性"为核心的现代主义艺术观。就绘画而言，格林伯格循此艺术观念，褒贬既有艺术现象，勾勒艺术发展史。虽然格林伯格否认自己是本质主义者，但在丹托看来，格林伯格的问题并非他是不是本质主义者，而是他的理论"是什么样的"本质主义。换言之，格林伯格可以持本质主义艺术观，但不能持排他性的本质主义艺术观。那么问题来了，如何构造一种开放而包容的本质主义艺术观呢？丹托给出的策略是本质主义与历史相对主义的结合：历史观上的相对主义和艺术观上的本质主义——艺术有其单一、不变而完满的本质，它随历史发展而不断显现自身；当代人之所以无法把握这种本质，是因为它还没有在历史中充分显现自身。在此，丹托实则重返了黑格尔哲学，其定义策略是黑格尔"绝对理念的历史化"的变体。丹托之所以能够给出这一颇具影响力的艺术观念，根源在于他从未放弃追问"艺术本质"的问题。

结　语

艺术社会学在讨论艺术的"体制"问题时很有优势，可以解决很多原本含混不清的环节，有助于理解围绕"艺术"展开的艺术活动，明白特定艺术作品的生产、流通、定价和消费机制等。但是，它的局限性也很明显，即悬置了或无力解决"艺术本质"问题。当然，指出这一"局限"，实则是在"哲学"层面对"社会学"的"求全责备"；反言之，艺术社会学的生命力,或许恰在于它悬置了本体问题,而专注于探讨外围问题,进而廓清了"艺术活动"的轮廓,使得原来诸多被纳入观念领域、归于美学层面的环节,在"社会"维度上,得到清晰呈现,避免了大而化之、游谈无根。最后,艺术社会学不能舍弃"美学",而要如"'艺术—社会'学"那样积极介入美学的讨论,从社会学角度解答诸如天才、本真性、美、趣味、风格等问题的生成逻辑和内涵,使得美学和艺术学不仅具有观念论维度,更具有坚实的社会基础。

边界与融合
——艺术人类学与艺术社会学学科建设与反思

安丽哲
中国艺术研究院艺术学研究所

【摘要】 艺术人类学与艺术社会学是艺术学体系中新兴的分支学科。在当前的时代背景下,在二者的学科建构中,有几个关键问题需要共同探讨。第一,在学科归属问题上,二者都趋向于艺术学范畴。第二,二者的研究对象与研究方法仍然存在较大区别,研究边界是存在的,但不是必要的。第三,二者研究的共同关键词是"艺术",不同语境的艺术也是这两个学科在进行艺术学具体研究时要考虑的。第四,二者在艺术学领域的历史使命并不完全相同,艺术人类学以艺术史与艺术理论为主,而艺术社会学以艺术理论与艺术批评为主。第五,二者都是非常年轻的跨学科研究,艺术人类学的大量实证研究者需要克服由于跨学科所造成的理论单薄及使用不当等问题,而艺术社会学的研究者则需要进行大量实证研究来促进艺术社会学的本土化。

【关键词】 艺术人类学;艺术社会学;艺术学;分支学科;艺术理论;艺术批评

一、学科归属与趋向

艺术人类学与艺术社会学同样属于交叉学科,在学科归属上往往存在争议。就艺术人类学来说,它有两个研究向度,既有从艺术现象或者作品出发去研究人类学关注的内容，也有运用人类学方法解决艺术学或者门类艺术的理论问题，这就使得艺术人类学专业在学科归属上，既可以属于人类学，也可以属于艺术学。20世纪80年代之后，中国的人类学研究进入恢复与发展期，人类学自身的学科建设是人类学家的当务之急，因而他们并没有太多关注到艺术人类学的学科问题，这个时期的艺术学研究者也多关注某领域的审美或者艺术理论，鲜少讨论学科的问题。自英国人类学家罗伯特·莱顿的著作《艺术人类学》在20世纪90年代传入中国后，在相当长的时期内，较为主流的观点是：艺术人类学是人类学的一个分支。此时，中国的艺术人类学还没有发展起来，一个学科只有发展才会有争议，关于艺术人类学到底是属于人类学的分支还是艺术学的分支，当时并没有什么争论。这种情况一直持续到2000年初，随着艺术人类学研究者的增加与研究的深入，争论开始了。如郑元者认为艺术人类学是"一门立足于人类学的立场和方法、从艺术的角度研究人的学科"[1]；王建民认为"艺术人类学是文化人类学的分支学科之一"[2]；而以方李莉为代表的学者则认为艺术人类学是艺术学研究的深化和拓展，因此应该将其视为艺术学研究的分支学科[3]。随着我国艺术学学科的进一步发展，加上2006年中国艺术人类学学会的成立，以及国家非物质文化遗产保护的展开，大量艺术学及门类艺术的研究者主动加入艺术人类学的研究之中，改变了艺术人类学研究的格局。笔者在2016年对中国艺术人类学学会会员所做的统计中，来自艺术学及有着门类艺术学科背景的研究者已经占到了79%以上。[4] 现在，艺术人类学是艺术学的一个重要分支学科的观点已经成为主流。

---

[1] 郑元者：《艺术人类学的生成及其基本含义》，《广西民族学院学报》（哲学社会科学版）2006年第4期。
[2] 王建民：《艺术人类学新论》，民族出版社2008年版，第154页。
[3] 参见方李莉《何谓艺术人类学》，载朱恒夫、聂圣哲主编《中华艺术论丛（第8辑）》，同济大学出版社2008年版，第67页。
[4] 参见安丽哲《2006—2016中国艺术人类学研究范式与特征——以中国艺术人类学学会的数据与文献为例》，《南京艺术学院学报（美术与设计）》2018年第4期。

在我国，艺术社会学的学科归属问题，与艺术人类学所纠结之处不尽相同，艺术社会学学科归属的主流争议在美学与艺术学领域之间。20世纪二三十年代艺术社会学被引进中国后，经过漫长的沉寂，终于在20世纪80年代之后，因受到德国的哲学、英国的心理学、法国的文艺批评影响所产生的近代美学思想在中国形成热潮，艺术社会学的研究随之开始在美学领域升温。艺术社会学的学科归属是美学，成为当时较为主流的看法。如李泽厚曾在《美学的对象与范围》一文中，认为美学的范围包括美的哲学、审美心理学和艺术社会学三部分[①]；滕守尧在《艺术社会学描述——走向过程的艺术与美学》中认为艺术社会学是美学的一个分支。[②] 20世纪90年代，一些学者相继对于将艺术社会学作为美学分支的观点提出异议，如凌继尧倾向于把艺术社会学作为一门独立的学科，也就是说，它不是美学的附庸，不是美学的一部分[③]。进入21世纪后，随着艺术学研究的发展，宋建林的《现代艺术社会学导论》[④]以及李心峰为该书出版所写的序言，都进一步论证了艺术社会学是艺术学学科体系中一门十分重要的分支学科[⑤]，这种观点也逐渐成为主流。

随着艺术学在2011年被国务院学位委员会修订为第13个学科门类，艺术学研究在全国持续升温，艺术人类学和艺术社会学在学科归属问题上，都逐渐向艺术学学科倾斜，走上了相同的道路。

二、研究边界与融合

要弄清楚艺术人类学与艺术社会学的研究边界，首先要对二者的研究对象与研究方法进行比较。解决这些问题，首先需要了解人类学与社会学

---

① 李泽厚：《美学的对象与范围》，《美学》（第3期），上海文艺出版社1981年版，第10—28页。
② 参见滕守尧《艺术社会学描述》，上海人民出版社1987年版，第5页。
③ 凌继尧：《艺术美学的理论构架和研究方法》，《江苏社会科学》1994年第6期。
④ 宋建林：《现代艺术社会学导论》，知识出版社2003年版，第8页。
⑤ 李心峰：《〈现代艺术社会学导论〉序》，《云南艺术学院学报》2003年第4期。

的区别。从词源上来看,人类学的定义为"人的科学"①,而社会学是关于社会的科学。② 早期的西方人类学家对于艺术的关注是源于其对异文化的关注,艺术人类学在中国的当代发展则更依赖于艺术学及门类艺术研究者将艺术放入文化语境进行探讨。我们说艺术人类学脱胎于人类学,更准确地讲,是脱胎于文化人类学,而不是体质人类学或者其他,艺术人类学的产生与发展都与文化的探讨紧密相关。体现在具体的研究对象上,艺术人类学更关注的是对人类文化与艺术之间各种问题的探讨。再来看艺术社会学。西方传统社会学的研究有三大流派:涂尔干的实证社会学、韦伯的诠释社会学、马克思的批判社会学。艺术社会学在此基础上也分化出三个研究方向与流派:实证的艺术社会学研究艺术界的客观层面,而不考虑意义和美学问题;诠释派的艺术社会学则关心艺术意义的创造与维系、艺术的表达与诠释,侧重对文本的阅读与分析;马克思主义艺术社会学侧重于对文化工业所产生的大众文化的批判。③ 体现在具体的研究对象上,脱胎于社会哲学与文艺美学的艺术社会学始终针对社会现象、社会结构、社会行为等与艺术之间的各种联系展开研究。艺术人类学以文化与艺术的关系为研究对象,艺术社会学以社会与艺术的关系为主要研究对象。当然这并不是绝对的,我们总说人类学与社会学是姊妹学科,因为二者在发展过程中是互相影响、互相渗透的,人类学学者经常会用到社会学的理论与方法,社会学也会经常用到人类学的理论与方法,所以还有一个专门研究二者共同关注的对象的专业就叫作"人类社会学"。在艺术社会学的众多流派之中,我们是否可以将对于社会文化与审美进行观照的这一派称为"艺术人类社会学"或者"艺术文化社会学"?这需要根据其发展的情况来做进一步探讨。

---

① 林惠祥:《文化人类学》,商务印书馆1991年版,第3页。
② 参见[法]巴朗德《心理社会学论》,刘宝环译,上海社会科学院出版社2017年版,第1页。
③ 参见[英]维多利亚·D. 亚历山大《艺术社会学》,章浩、沈杨译,江苏美术出版社2013年版,第10页。

艺术人类学与艺术社会学在研究方法上，都是依据与参考人类学和社会学的研究方法。人类学与社会学在研究方法上有着相似的地方，也有着比较明显的区别。相同的地方是，二者的研究都以实证研究为主导，因为田野调查是人类学学科建构的根本途径；而社会学从社会哲学中能够独立出来，就是因为其实证研究的方法。二者的区别则是在实证研究中运用的方法和传统不同。社会研究主要有两种类型：定性研究和定量研究。人类学以通过田野调查做定性分析为主，而社会学则以对研究对象做定量分析为主。二者反映在艺术人类学与艺术社会学的研究上，也会存在这种区别。

以上探讨的是艺术人类学与艺术社会学有哪些边界，还有一个二者该不该有边界的问题，笔者认为不必过于教条。一个学科的研究者可以无所不谈，但是必须要有侧重，才能在本学科内使相对集中的研究得到纵向推进，向前发展。就研究者个人而言，一切以解决问题为主，在具体的研究中，只要能得出有价值的理论，是可以不考虑学科界限的。我们知道很多人类学家又被称为社会学家，是因为研究者在进入实证研究的时候，现实的各种信息扑面而来，应对不同的状况可能有不同的、更合适的研究方法和经验，这时究竟属于人类学还是社会学并不重要，只要具备了这种知识结构的研究者能够灵活运用即可。

三、艺术是什么？

其实这个问题是对上一个问题的继续深入讨论。从词汇的角度来说，艺术人类学与艺术社会学相同的部分是"艺术"这个词，那么艺术人类学中的"艺术"是不是艺术社会学中的"艺术"呢？众所周知，"艺术是什么"一直是个争议很大的问题。对艺术概念或者范畴认识的不统一，在一定程度上造成了艺术人类学和艺术社会学研究的内部分歧。我们在此不纠结艺术的定义，只须将二者传统研究中的"艺术"进行对比，就会发现,这是两个语境中的"艺术",即西方艺术与非西方艺术,或者可以说是前工业文明(农业文明或者渔猎文明)与后工业文明(工业文明)中的艺术。举例来说,英国艺术人类学学者罗伯特·莱顿做的个案研究,是关于澳大利亚土著艺术(代表渔猎文明)的研究以及中国山东省农村民间艺术(代表农业文明)的研究;而英国艺术社会学学者维多利亚·D.亚历山大所说的艺术,包括了美的艺术(fine art)和流行艺术(popular art)两种形式,其外延从伦勃朗到说唱音乐都包含在内[①],这些都是工业文明中的艺术。可以清晰地看到,传统艺术人类学与艺术社会学所提及的"艺术"是不同社会形态下的艺术。究其原因,二者产生的起因和解决的问题完全不同。人类学诞生于欧洲地理大发现之后,源于欧洲人对于人种以及异文化的浓厚兴趣,随后又为殖民者统治异族而服务;而社会学则产生于工业革命之后,生产力的急剧发展使得欧洲的社会结构、社会关系、社会生活都发生了空前的变化。在自然科学、数学以及社会哲学的推动下,社会学应运而生,着手解决急剧变化的工业社会所产生的各种问题,这也使得社会学的研究往往离不开对于社会组织与经济问题的关注。

即使在现在,西方人类学的主流研究仍然聚焦于对异文化的观照上,所以西方的艺术人类学的研究常常聚焦于非洲土著部落的艺术、北美洲印第安人的艺术、大洋洲澳大利亚的艺术以及极少数中国农村的民间艺术。即使在人类学发展到突破异文化的阶段之后,以费孝通对于本土文化的研究为代表的研究仍然带有跨文化视角的特征,也就是人类学研究中常说的"他者的眼光",因为人类学本身的反思性要求研究者必须能够走出去来反观自己的文化。所以,即使在人类学的研究对象回到主流社会,与社会学发生交合的时候,仍然在这一点上与社会学的思辨方式有着明显的区别。反映在艺术人类学与艺术社会学的当代研究上,即使出现相同语境的状况,如同样研究工业或后工业文明语境下的大众艺术问题,研究视角的差

---

① 参见[英]维多利亚·D.亚历山大《艺术社会学》,章浩、沈杨译,江苏美术出版社2013年版,第2页。

异使得二者依然能够有所区分。

四、研究目标与历史使命

在第一部分我们曾谈到当前我国艺术人类学与艺术社会学的学科主流方向是艺术学,在这个大的学科范畴下,二者有什么研究目标与使命呢?

一般来讲,艺术学研究包括对艺术史、艺术理论、艺术批评的研究。就艺术人类学来说,在艺术学领域当前最重要的贡献主要集中在两个方面:构建当代微观艺术史和构建艺术理论。首先,关于构建微观艺术史。这里所说的微观艺术史可以精确到一个地方性的具体艺术形态,如(河北)蔚县剪纸近30年的变迁、(山东)潍坊年画近50年的变化等。这些非常微观的研究,通过田野调查的方式,能够将某一个艺术作品具体的艺术形态、风格的纵向变化,以史的方式还原。只有建立在无数微观艺术史的田野报告基础之上,才能重塑当前我国门类艺术的艺术史,进而建构一般艺术史。纵观中国当代艺术人类学田野民族志的个案研究,具体到一个地方的某项艺术本体形态、风格等具体变迁的考察研究占绝大多数,然后是对于某项艺术本体变迁的研究,这两方面的研究组合起来便构成了针对一个微型研究对象的横向研究与纵向研究。同时,艺术人类学全局的眼光以及对文化的观照也使得这种微型史的研究更加立体,就像威尔弗雷德·范丹姆(Wilfried van Damme)曾经提到的"将这些文化中的艺术作为合适的研究主题,意味着将传统艺术史的'边界推回'到一个相当可观甚至空前的程度(参见基蒂·希曼斯的相关论文)。因此,这就为研究多数艺术传统创造了领地,除了那些西方艺术,至少是一些西方学院艺术史之外,还包括东方和前哥伦布时期的美洲艺术"[①]。其次,关于构建艺术理论。大量关于地方性具体艺术个案的研究能够汇总成为某一个艺术门类不同时

---

① [荷兰]威尔弗雷德·范·丹姆:《艺术人类学的三种类型》,王拥军、张周瑞译,李修建校译,《内蒙古大学艺术学院学报》2013年第4期。

期、不同形态的研究，这些研究为构建门类艺术的生产、功能、阐释等相关理论提供了依据，而各种门类艺术理论的完善与形成可以进一步提升为一般艺术理论。

就艺术社会学来说，根据其研究特点以及研究个案来看，相关学者可以在艺术学范畴下的艺术理论反思以及艺术批评两个方面大有可为。首先是在艺术理论反思方面，李心峰曾经提出"元艺术学"的概念，就是希望在艺术原理的层次之上设立一门专门反思、探索艺术学自身的对象、方法、范围、体系结构等问题的学科。[1]然而在他的《元艺术学》发表后的 20 多年间，学界对这一问题的后续讨论却相对寂寥。究其原因，尽管建立一个反思自身理论的学科非常重要，但后续的研究者却难以找到合适的突破口去实现其进一步的发展。而艺术社会学自诞生就带着哲学思辨的色彩，同时还能结合实证研究，也就是说在天然条件上艺术社会学具备了反思艺术学自身理论的优势。其次是在艺术批评方面，艺术社会学关注社会组织与经济，这些与艺术作品的产生以及欣赏都有着直接的关系。如以卢卡奇、戈德曼、阿多诺等为代表的艺术社会学家从社会学角度评判艺术作品的研究，就为艺术批评提供了很好的参考。艺术社会学在西方有相对成熟的理论与范例，运用田野调查的方法将其理论与范例置于中国情境之中进行验证和对比，必然会促进我国的艺术学理论研究与艺术批评的发展。

总之，艺术人类学与艺术社会学可以互相补充，从实证角度对中国艺术学的艺术史、艺术理论与艺术批评的研究进行发展与完善。第一，艺术学不再被束缚于象牙塔之中，来源于田野调查的艺术理论能够进一步解决现实社会发展中的很多问题，艺术学研究也会因此与社会发展更加紧密地联系起来。例如：近年来门类艺术的田野调查为国家非物质文化遗产的保护和传承工作提供了重要的参考，关于艺术参与乡村建设的考察为我国"美丽乡村"目标的建设提供了许多途径。第二，大量田野实践的调查拓

---

[1] 参见李心峰《艺术学的构想》，《文艺研究》1988 年第 1 期。

展了艺术学的研究范围，更新了艺术学的研究方法。艺术人类学研究采用人类学或者社会学的视角，将艺术置身于整个社会文化之中进行研究，使得艺术学的研究范围获得了前所未有的拓展，同时在研究方法上也实现了艺术学理论与实践相结合的研究路线。

五、问题与当代反思

艺术人类学与艺术社会学在我国都是非常年轻的学科，在发展过程中不可避免地会出现一些问题。就艺术人类学来说，问题的出现与研究者群体的学术背景有很大关系，前面谈艺术人类学的学科向度的时候笔者曾提到过，我国当前的艺术人类学研究者主体以具备艺术学和门类艺术研究的学科背景的学者为主，这些研究者在进行跨学科研究的时候，往往会出现两个问题。首先，研究者在撰写艺术民族志的时候，容易迷失在浩瀚的人类学理论中而忘记了自己初始的目的，所做的研究向度从运用人类学的理论与方法解决本学科的问题，不自觉地变成了从艺术角度出发分析人类学的文化问题。这种学科向度的跨越不是不可以，然而这样的研究常常会由于目标不够明确、人类学理论的基础相对薄弱而造成研究不够深入，使得漫长和艰辛的田野考察失去了应有的价值。所以，笔者还是建议研究者在进行个案研究前先对自己的知识构成进行正确评估，灵活运用人类学的理论与视角去研究自己擅长领域的问题，并在此基础上慢慢拓展，才能为构建当代微观艺术史以及构建本土艺术学理论增砖添瓦，也才能更好地为艺术学与人类学的相互促进提供依据。其次，研究者在进入田野调查的时候常常会迷失在扑面而来的现实信息海洋之中。反映在艺术民族志的撰写上，研究者往往会陷入浅显的记录与分析模式，从内容上看是什么都提到了，但是由于没有问题意识，写出来的调查报告自然也不能解决问题，这些研究经常因为显得单薄而被学术界诟病。其实造成这种情况的根本原因是研究者所受的田野训练不够，这就需要研究者增强田野调查的经验，在开始田野调查之前做好具体的实施步骤与计划安排，对研究目标进行预设并充分搜集相关材料。

反观我国的艺术社会学研究，虽然进行了一些实证意义上的研究，如关于艺术市场与赞助制度、艺术生产与社会制度等方面的研究，但总体而言，艺术社会学的研究方式仍然以对西方艺术社会学的引进、思辨与反思为主。这就产生了一个问题，西方的艺术社会学理论是否适用于中国的情况呢？首先从主体的角度来看，中西方思维方式有着明显的差异，如中国人擅长形象思维、感性思维，而西方人则擅长逻辑思维和理性思维。思维的差异会造成艺术创作者的表达、艺术品消费者的理解乃至艺术评论家的视角等方面的差别。这些主体差异，会不会使得西方艺术社会学理论无法在中国的实证研究中得到全部验证呢？其次是研究客体并不完全相同，经济状况、国家制度、传统文化的差异造成了社会状况的复杂性。这种复杂语境下的艺术，即使是同类艺术，如西方的工业／后工业文明下的艺术与东方的工业／后工业文明下的艺术，仍然有着较大的差异。这些差异会不会让西方艺术社会学理论在解释中国的艺术现象或者研究中国社会与艺术的关系时出现水土不服呢？这些都涉及西方理论在中国的可行性问题。解决这些问题最好的办法，就是有更多的艺术社会学学者去进行实证研究，因为西方的艺术社会学理论就是建构在大量的实地考察之上的。我国当前的艺术社会学研究同样需要大量的个案研究来支撑自己的理论，只有如此，才能为艺术学理论以及艺术批评等方面研究的本土建构提供动力，为社会发展提供参考。

学科融合视野下的艺术社会学理论发展逻辑

杨一博

四川美术学院艺术人文学院

【摘要】艺术社会学理论的发展是基于美学、艺术学、社会学三个学科间的交叉融合。从18世纪中期至20世纪初期,以德国古典美学为代表的美学理论,已经形成诸多关于艺术与社会间关系的理论。进入20世纪50年代,随着经验主义社会学的兴起以及传统美学对艺术阐释的失效,形成了实证主义艺术社会学理论。而自20世纪80年代以来,随着文化社会学的兴起,以及当代美学对艺术的有效阐释,艺术文化社会学对实证主义艺术社会学进行了反思和否定。从学科交叉的视野考察艺术社会学,为艺术社会学理论未来的发展提供了方向:一是艺术社会学应关注美学理论的发展动向,为美学、艺术社会学提供研究的主题;二是艺术社会学应当建立学科界限意识和研究准则;三是艺术社会学应当聚焦不同的文化背景,尝试构建不同民族与文化的艺术社会学理论。

【关键词】实证主义艺术社会学;艺术文化社会学;跨学科研究

"艺术社会学的潜能与限度"这一议题旨在对艺术社会学目前的理论现状予以梳理。实质上,艺术社会学在国内属于引介和起步阶段。这一理论对艺术作品的阐释、对艺术史的研究方法影响巨大,但是其理论亦具有重大的缺陷,我在《艺术社会学"作品向事件还原"方法论缺陷及矫正方案——兼论叙事主义历史哲学中作品与事件的关系》一文中，就艺术社会学对艺术作品进行理论剪裁的方法论进行了批判，认为艺术社会学对艺术作品的阐释都落脚于对社会学理论有效性的论证遮蔽了艺术独有的审美属性与价值。[①] 而在本文中，我将从美学、艺术学和社会学三个学科的交叉视角出发，梳理艺术社会学理论发展的逻辑，从而找出艺术社会学理论缺陷的形成原因，并试图为艺术社会学的发展提供理论支撑。

一、实证主义艺术社会学缘起

艺术社会学理论在当下艺术史研究中具有巨大的影响力，诸多艺术史家都使用社会学方案试图洞悉作品背后的社会关系网络，从而将作品视作反映社会的重要中介。现如今，这种理论已然成为阐释艺术作品生产、流通的基本框架。例如，可以从某件艺术作品市场价格的波动，反映出购买者或潜在购买者的社会地位、审美趣味，甚至整个社会经济运转情况的变动。并且还应关注的是，艺术社会学构筑的这一理论路径，亦推动了"艺术介入"理论与艺术实践的发展，即在艺术社会学理论观照下，大量的实证数据为人们勾勒了这样一幅图景：艺术作品或艺术活动能够敏锐地、有效地与社会形成关联，艺术具有改变社会诸多组织结构的巨大魔力。所以，我们经常看到当下几乎所有艺术介入社会的实践活动都在寻找艺术社会学作为其理论支撑。

毋庸置疑，艺术社会学理论为20世纪50年代以来的艺术实践提供了新的理解范式，也为艺术活动提供了一种积极的、肯定性的理论观照，将艺术置于整个社会活动的重要地位之上。但是应当看到的是，艺术社会学理论的弊端正日益凸显，其对艺术作品社会属性的不断强调将艺术研究解构为对社会的研究，在消解艺术自身特征的同时，也瓦解了艺术理论的价

---

① 参见杨一博《艺术社会学"作品向事件还原"方法论缺陷及矫正方案——兼论叙事主义历史哲学中作品与事件的关系》，《艺术评论》2019年第10期。

值。同时在当前艺术介入社会的实践层面，艺术活动与政治活动、经济活动间的巨大差异和矛盾，以及由此引发的诸多"艺术介入"活动的失效，导致了学界对艺术社会学理论的不断质疑。

实质上，在艺术社会学研究的内部，自20世纪80年代以来，学者们就开始不断反思实证主义社会学方法对艺术阐释的有效性，例如以娜塔利·海因里希、蒂娅·德诺拉与安托万·亨尼恩为代表的学者，认为应当将审美重新纳入艺术社会学的研究视野，他们试图关注艺术作品的内在属性，从而矫正实证主义艺术社会学的弊端，国内学者将此现象称为艺术社会学的"审美转向"[①]。可以认为，艺术社会学研究正处于理论再造的契机，其目的仍然是试图对艺术予以一种理论阐释，但是落脚点却是对社会学理论的更新。因此，面对这一契机，我们需要检视艺术社会学理论发展的脉络，对其理论转向的意义进行评估，并真正形成艺术社会学、艺术理论与美学间的理论融合。

为了厘清艺术社会学目前理论构建的路径，本文试图从艺术社会学跨学科研究的这一特征出发，梳理出该理论的行进逻辑，从而有效地界定艺术社会学理论的适用范围并评估其价值。

在实证主义艺术社会学兴起之前，学界对艺术与社会关系的理解主要以德国古典美学为背景展开，因为在西方美学史中，德国古典美学的核心在于对艺术予以了系统性的阐释，从康德将审美作为连接道德与科学认识的桥梁伊始，到黑格尔将美学直接作为对艺术的哲学反思，无论是费希特将艺术作为评价民族优劣的标准，还是以谢林为代表的前期浪漫主义将艺术作为民族精神建构的通道，时至今日，德国古典美学所构筑的理解艺术的方案都依然有效。

在德国古典美学的理论基础上，关于艺术与社会间的关系问题亦形成了诸多完备的理论体系。例如，席勒对艺术与政治间关系的把握被西方马

[①] 卢文超：《从艺术社会学到新艺术社会学——提亚·德诺拉音乐思想的转变》，《文艺研究》2018年第12期。

克思主义学者不断地重新解释，雅克·朗西埃的"感性分配"具有的艺术社会学研究特征亦是对席勒"审美王国"理论的转译。马克思主义从德国唯心主义理论中所批判、汲取的精神能动性的观念，在法兰克福学派"审美救赎"的宏伟目标中再次焕发理论效力。而19世纪德国宗教学者德·韦特基于浪漫主义美学观念，要求将含有审美符号的宗教精神转入民众生活之中，提倡在复活节、战争纪念日、五旬节、洗礼仪式中规定翔实的审美仪式及艺术活动，以审美的方式建构"新教—民族—国家"精神。① 可以认为，德·韦特的观念亦是艺术介入社会思想的代表。

综上所述，由德国古典美学所建构的艺术的理解路径，已经对艺术与社会的关系予以了论证，并进行了大量的艺术介入社会的实践。因此，我们不能武断地认为是艺术社会学开启了关于艺术与社会间关系的考察。进入20世纪50年代，实证主义艺术社会学兴起，我们熟知的从阶级、经济收入、艺术家交游经历、人际关系出发阐释艺术作品的创作与流转的方法均根植于这一理论思潮之中。但是我们不能简单从社会学内部考察这一理论出现的原因，应当从美学、艺术学两个学科的发展路径出发，理解实证主义艺术社会学被接受的缘由与过程。

在实证主义艺术社会学兴起阶段，以德国古典美学为代表的传统美学体系受到了来自艺术实践、艺术理论界的猛烈攻击。例如，与"美"相对立的"丑"的观念被大量作为艺术的母题，杜尚的《泉》、约翰·凯奇的《4分33秒》等艺术作品，完全逃离出传统美学的阐释框架。而在理论上，艺术史家保罗·奥斯卡·克里斯特勒于1951年在《艺术的现代体系》一文中，明确提出以德国古典美学为代表的理论对艺术类型的划分及对审美原则的建立无法适应现代艺术的发展，美学不能再对艺术予以阐释，艺

---

① Wilhelm Martin Leberecht de Wette, *Ueber Religion und Theologie: Erläuterungen zu seinem Lehrbuche der Dogmatik*, Berlin: Realschulbuchhandlung, 1815, pp.240–247.

术不应再受传统美学的束缚。①克里斯特勒的这一论断,反映了该时期西方艺术实践与理论对传统美学的否定。而阿瑟·C.丹托在《艺术的终结之后:当代艺术与历史的界限》中,将这一过程描述为美学的"熵状态",并认为美学效力的扩散及消失是当代艺术实践的必备理论土壤。②

可以认为,实证主义艺术社会学理论的兴起基于传统美学与现当代艺术理论间的否定关系,传统美学对现代艺术阐释的失效也塑造了实证主义艺术社会学的理论样态,以霍华德·S.贝克尔为代表的艺术界理论和阿诺德·豪泽尔的艺术社会史研究均以社会学视野反观艺术作品及其活动,而以布尔迪厄为代表的艺术社会学则提供了理解艺术的一套社会学研究方案。

二、艺术文化社会学转向及其弊端

从20世纪80年代开始,艺术社会学理论内部出现了一股反经验主义社会学的思潮,中国台湾学者洪仪真将1985年在法国马赛举行的国际艺术社会学研讨会作为这一思潮的节点,她梳理了从此次年会至今艺术社会学理论研究动向中对布尔迪厄、贝克尔理论的反思,而其中一个关键命题即"艺术社会学该如何建立与艺术史、美学及艺术哲学不同的研究路径"③。针对这一命题,艺术社会学已有诸多研究成果,亦提供了多种方案来弥补传统艺术社会学理论对作品审美价值的忽视或否定,艺术社会学试图在将艺术品还原为社会学的研究对象时亦重视作品的美学向度,艺术文化社会学理论是这一思潮最为典型的代表。

需要说明的是,艺术文化社会学这一概念并不具有明晰的定义,但是

---

① Paul Oskar Kristeller, "The Modern System of the Arts: A Study in the History of Aesthetics Part I", *Journal of the History of Ideas*, 1951.
② 参见[美]阿瑟·C.丹托《艺术的终结之后:当代艺术与历史的界限》,王春辰译,江苏人民出版社2007年版,第15页。
③ 洪仪真:《法国艺术社会学的发展脉络与研究特色》,《台湾社会学刊》2012年12月第51期。

其核心内涵在于不是将艺术作为社会学方法论的适用对象，而是要从艺术的角度出发反观社会的组织、运转及其结构。很明显，前一种方案的代表即实证主义社会学，其最大的弊端在于忽视了艺术自有的审美属性。例如，美国社会学家薇拉·佐尔伯格在《一种艺术文化社会学》一文中明确指出，长期以来，以布尔迪厄为代表的传统艺术社会学有着强烈的反美学传统，而艺术文化社会学要从艺术的审美角度出发反观社会的发展，佐尔伯格甚至认为"社会学科最具希望的发展前景，是要认识更多的（艺术）创造性样态及其与审美领域的关联性"[1]。

艺术文化社会学将艺术作为其理论逻辑原点和观察视角，引起了艺术社会学研究中的"审美转向"，与这一理论价值取向相关联的艺术社会学理论都可被归纳进这一思潮之中，其中具有影响力的有：蒂娅·德诺拉提出的"从艺术界向行动中的艺术"转向（from art worlds to arts-in-action），她要求从社会运转中的艺术出发，反向构筑关于社会的理解[2]，在《音乐避难所：在日常生活中通过音乐抵达幸福》一书中，德诺拉亦以此观念为基础，通过"音乐事件"理论分析了音乐的审美特征与社会条件间的相互生成机制。[3] 安托万·亨尼恩则以符号学的方法，论证了艺术趣味来源于作品自身与外部社会地位的互动，将艺术作品的审美属性重新拉回艺术社会学研究视野之中。[4] 澳大利亚社会学家福奈特在《新艺术社会学》一文中，亦提出要重建社会学方法与艺术学理论方法间的关系，他认为"'新艺术社会学'提出一个重要命题，即艺术与艺术作品的审美属性与社会结构主

---

[1] Vera L. Zolberg, "A Cultural Sociology of the Arts", *Current Sociology*, 2015.

[2] Sophia Krzys Acord and Tia DeNora, "Culture and the Arts", *The Annals of the American Academy of Political and Social Science*, 2008.

[3] Tia DeNora, *Music Asylums: Wellbeing Through Music in Everyday Life*, Farnham（Surrey, United Kingdom）: Ashgate Publishing Ltd., 2013.

[4] Antoine Hennion, *The Passion for Music: A Sociology of Mediation*, trans. Margaret Rigaud and Peter Collier, Farnham（Surrey, United Kingdom）: Ashgate Publishing Ltd., 2015.

义之间的匹配关系"①。

由上所述，艺术文化社会学的研究转向的确重新关注艺术的审美价值，但是从美学和艺术学理论学科视角观察这一思潮，其所谓的"审美转向"并不能为美学和艺术学理论带来新的理论和研究观念。

首先，艺术文化社会学始终以社会学理论的更新为目的，如果说传统的实证主义艺术社会学是将艺术作为社会学研究方法的例证，那么艺术文化社会学则是将艺术作为一种更新的社会学研究方法的手段，两者的共同目的都是论证社会学研究方案的普遍性和有效性。例如，德诺拉的"音乐事件"理论，旨在解决的还是社会学中个体与集体间的互动关系问题，音乐只是解释这种关系的例证而已。在《音乐避难所：在日常生活中通过音乐抵达幸福》一书中，其对音乐所做的审美鉴赏机制的社会学分析的最终目的是试图将这种机制应用于社会关系协调、社会控制及对社群人员精神治疗的活动中。洪仪真在总结法国艺术社会学理论这一新动向时，亦认为其本质还是"逐日加强对文艺作品、当代艺术与艺术行动的社会学分析"。简言之，艺术文化社会学对艺术作品审美属性的关怀的目的并非是建构一套关于艺术审美属性的理论体系。

其次，从美学学科角度观察，艺术文化社会学在对艺术作品进行"审美分析"时，并未提供一种全新的关于艺术与社会关系的研究思路。如上所述，艺术文化社会学十分重视艺术与社会的内在关联，甚至将对艺术的分析等同于对社会的分析。实质上在社会学理论内部，这种研究方法最早可追溯至20世纪初期美国社会学家罗伯特·亚历山大·尼斯比特那里，在尼斯比特看来，艺术形式是社会形态的反映，社会学研究与艺术研究具有高度相似性。我们可以看到，尼斯比特所提倡的将艺术研究等同于社会学研究的方案，正是艺术文化社会学方法论的核心。② 同时，我们更需要

---

① Eduardo de la Fuente, "The 'New Sociology of Art': Putting Art Back into Social Science Approaches to the Arts", *Cultural Sociology*, 2007.

② Robert Alexander Nisbet, "Sociology as an Art Form", *The Pacific Sociological Review*, 1962.

注意的是，艺术文化社会学在对艺术进行审美分析时使用的美学理论依然是德国古典美学中所构造的艺术与社会关系理论，并且在蒂娅·德诺拉、福奈特的上述论著里，无一例外地将日常生活审美化作为分析艺术作品的美学资源。在他们看来，日常生活审美化理论完美地展现了社会运转活动中的审美力量，因此，在日常生活审美化阐释框架下的艺术必然能够有效地作为反映社会运转活动的对象。

最后，艺术文化社会学并没有提供一条将社会学、美学与艺术学理论有效融合的方案。艺术文化社会学试图将美学、艺术学理论重新纳入社会学研究视野中，从而为理解艺术提供一套"完美"的理论框架。但是如上所述，艺术文化社会学的根本目的在于更新社会学理论；另外，其所使用的美学理论以及对"审美—社会"关系的理解均来自传统美学资源，根本无法从美学、社会学的共时理论出发来理解艺术。因此，艺术文化社会学对美学的融合只是一种外部的机械性融合，在安托万·亨尼恩的音乐社会学理论中，将这种机械的理论融合表现得一览无余。他认为，艺术作品的独立性来自其理论内部，艺术作品的正当性源自外部，内部规则由美学、艺术学理论来确立和阐释，外部规则由社会学理论确立和阐释。可以看到，安托万·亨尼恩的艺术文化社会学依然将美学与社会学隔离开来，无法达到不同学科间的内在理论融合。

三、艺术社会学理论未来发展的路径

如果说艺术文化社会学理论所谓的"审美转向"只是社会学理论内部的方法论之争，那么其并不能为我们提供一种理解艺术的新方案，这种理论的有效性也只能在社会学学科内部得到认同。但是，艺术文化社会学对美学、艺术学理论学科的重视为其未来发展提供了重要的思路，即从美学、艺术学理论学科之中汲取理论养分，真正促进多个学科的融合。

实质上，美学、艺术学、社会学理论的融合并非只是艺术社会学领域的诉求，20世纪中期以来的美学理论亦在不断寻求与社会学研究方法的融合。例如乔治·迪基艺术体制论的两个版本明显地表现出这种融合的痕迹和失败。在艺术体制论的第一个版本中，迪基认为艺术是为提交给艺术界的公众而创造出来的，艺术之所以是艺术，是被艺术界所授予的，很明显，这种理论的弊端和实证主义艺术社会学相似，忽略了作品的自身属性。因此，在迪基艺术体制论的第二个版本中，他分别授予艺术地位的惯例种类，而他所谓的"次级惯例"，即艺术品自身呈现自身的惯例，可以等同于艺术作品的审美属性，而首要惯例则是第一个版本中的艺术界授予惯例。可以看到，迪基在此又与安托万·亨尼恩相似，分别制定了一个所谓的艺术内部规则与外部规则。唯有从美学、艺术学、社会学三个学科间共时与历时层面考察其共同关注的艺术对象，才能有效地确立艺术社会学理论未来发展路径，因此，我们将上述三个学科间的关系通过表1表现出来：

表1 美学、艺术学、社会学的学科关系

时间	社会学	艺术学	美学	艺术与社会关系代表理论
18世纪至20世纪中期	-	+	+	德国古典美学
20世纪中期至80年代	+	+	-	艺术界理论
20世纪末期至今	+	±	+	艺术文化社会学

通过表1及前文论述可以看到，18世纪至20世纪中期，艺术学与美学学科并无差异，甚至可以说美学即艺术学理论，黑格尔美学理论是其理论代表。而在该阶段中，社会学领域并未与艺术或美学形成学科关联。20世纪中期至80年代，由于传统美学对艺术阐释的失效，实证主义社会学介入艺术研究中，在这一阶段，社会学否定美学学科，并从社会学视角出发建构了现当代艺术学理论，其代表是艺术界、艺术社会史等理论。

我们的关注点应聚焦在 20 世纪末期至今这一阶段，在此阶段，艺术文化社会学表面上将社会学与美学融合在一起，并试图打通与艺术学间统一的道路。但是如上所述，艺术社会学并未关注当代美学与艺术学之间的新关系。如果艺术社会学继续基于传统美学资源，一方面不能为美学、艺术学领域提供新的关于艺术与社会关系的理论资源，另一方面，因为艺术社会学使用这种已经不适用于当代艺术理论的阐释框架，所以无法获得社会学与艺术学间的融合。

本文认为，艺术社会学未来的发展路径应时刻保持学科意识，与艺术学、美学学科形成有效的互动。具体的思路如下：

一是艺术社会学应关注美学、艺术学理论的发展动向，为美学和艺术学提供新的研究主题。一方面，在当下美学与艺术学研究中，美学与艺术间的关系并非阐释与被阐释的关系，巴尼特·纽曼就形象地说过：美学和艺术家的关系就像鸟类学和鸟的关系一样，鸟的飞行是不需要鸟类学存在的。实质上，当代艺术的观念性倾向正不断被质疑，艺术若只是观念的表达，最终将与哲学无异。因此，当代美学正兴起一股"审美回归"的潮流，即强调艺术与人的感性、情感判断的直接关联性，不再将艺术作为美学观念的承载并对其进行阐释。而在艺术学界，由于后现代主义艺术的发展，更因其对传统艺术的无限解构，最终使得自身也丧失了艺术特征与身份。艺术史家弗雷德·S.克雷纳在最新版的《加德纳艺术通史》中认为，当前的后现代艺术为了解决这一困境，正在试图建立其与传统艺术间的历史关系。他判断："很多后现代艺术家对于艺术史的连续性也展现出了他们的自觉意识。他们复兴了艺术传统，对历史风格和特色重新给出了评论和阐释。"[①] 因此，艺术社会学应当关注美学与艺术学的当下理论动向，关注艺术史的发展趋势。另一方面，美学、艺术学应当关注艺术社会学的动向，关注艺术社会学的理论诉求，并尝试为之提供可行的理论支撑。如上

---

① ［美］弗雷德·S.克雷纳、克里斯汀·J.马米亚：《加德纳艺术通史》，李建群等译，湖南美术出版社 2013 年版，第 860 页。

所述，艺术文化社会学的核心在于相信艺术能够有效地反映社会的结构与运转机制，但是目前这一领域的学者几乎都在使用日常生活审美化理论来支撑这一论断。实质上，美学和艺术学理论应当关注艺术社会学的这一理论诉求，聚焦艺术对社会反映的相关美学理论。例如，对现实主义艺术予以考察，梳理艺术反映社会的理论及艺术史机制，也可从图像学理论出发，关注如何能够有效地通过图像获得图像背后的信息。简言之，美学与艺术学理论应关注艺术社会学的母题理论并为其提供理论支撑。

二是艺术社会学应当建立学科界限意识和研究准则。本文认为，跨学科研究的基础在于建立学科界限意识，就艺术社会学理论发展来说，艺术社会学从建立之初至今，始终以社会学理论的更新为宗旨是无可厚非的，但是要让其研究方法和价值判断完全适用于美学、艺术学学科领域的理论企图是不可行的。例如在实证主义艺术社会学中，皮埃尔·布尔迪厄完全将审美趣味解构为社会阶层的符号象征，而在艺术史研究中，亦有很多学者不断地将艺术发展的历史观念与逻辑等同于社会史、思想史研究。尤其需要注意的是，在当前没有学科界限意识的融合之中，艺术社会学与艺术人类学很难区分。实质上，如果从社会学与人类学的学科边界出发，能够清晰地界定两者的研究对象，艺术社会学的研究方法以量化研究为核心，以城市为研究对象的空间载体，以当下为研究对象的时间载体。而艺术人类学的研究方法以质性研究为核心，以农村为研究对象的空间载体，以历史为研究对象的时间载体。简言之，只有在学科边界意识下，艺术社会学才能获得与美学、艺术学学科间的融合。

三是艺术社会学应当聚焦不同的文化背景，构建不同民族与文化的艺术社会学理论。在我国目前的艺术社会学理论研究中，我们还处于对西方艺术社会学理论的学习吸收阶段，但是我们亦应清醒地认识到，艺术社会学始终以社会为落脚点，其理论的普遍性一定寓于不同的社会文化性之中。质言之，西方艺术社会学理论的研究方法、价值判断在不同民族与文化之中不具有典型性。因此，艺术社会学在未来的理论发展中，亟须纳入文化研究维度，而对于中国的艺术社会学研究来说，建构中国艺术社会学是艺术社会学理论发展的必然逻辑。因此，先有西方艺术社会学而后再根据其框架和思路建立中国艺术社会学的观念是错误的。

礼乐文明与当代艺术学研究

中华礼乐文明源远流长，自古以来，从宫廷到各级地方官府乃至民间都有礼乐之类型存在，如此，形成礼乐之体系化、等级化、多样化的意义，形成中国礼乐文明的特色，成为有别于世界上他种人类文明的重要标志。中国艺术发展与礼乐文明有着密切的关联，礼乐文明是当代艺术学研究中不可或缺的重要对象，对相关问题的关注和探讨将为当代艺术学研究的纵深发展提供重要的推动作用。项阳、郭树群、秦序、李舜华、范子烨等学者通过文献考证、模型比较、文物考古等多元路径呈现艺术学视域下礼乐研究的新图景，探讨礼乐文明在当代艺术学理论研究中的作用及价值，具有重要启示意义。

礼乐文明：中华民族共同的文化创造与标志性存在

项 阳

中国艺术研究院

【摘要】 礼乐文明，是中华民族共同的文化创造，在数千年发展过程中，礼乐观念被不断夯实拓展，在国家意义上以礼乐制度规范，以礼乐形态外化，成为文化认同。从形态上把握，"礼乐相须"形成"仪式为用"一脉，具有体系化意义；非仪式为用的俗乐一脉亦应在用乐观念上"合礼乐"，在礼乐制度下两条主脉互为张力，共同架构和承担礼乐文明中"乐"的为用。礼乐文明在中原定型，数千年间周边族群与之时有分合，无论是融入还是受其影响，必在依循的前提下发展，为中华传统文化中社会人群精神诉求与道德规范的标志性存在。

【关键词】 礼乐文明；中华民族；精神诉求；文化认同；共同创造；标志性存在

我们可对一种学说抽象升华，重形而上把握，但理念形成定有具象形态以为支撑，或称精神世界须有具体形态表现和表达。若只从形而上考量，不关注形而下支撑，认知便会偏颇。礼乐文明是中华民族在数千年间共同的文化创造，理念夯实后深入人心，在依循和拓展意义上延续数千载。虽然在不同历史时期人们对此的理解和认知会有差异性，但须明确，经数千载发展礼乐文明已成文化基因，社会民众有文化认同，如此方能连绵不绝，在当下特别是乡间社会中依旧有深厚的群众基础。国家倡导全面复兴传统文化，应该将中华民族传统文化具核心意义的礼乐文明的深层内涵讲清楚。

一、礼乐文明：中华民族共同创造的特色文化

礼乐文明在部落氏族方国阶段滥觞。考古资料表明，在良渚文化、红山文化、石峁文化、陶寺文化等多个新石器时代中晚期文化中，社会群体已经有了敬畏天、地、君、亲、师之理念，聚落中有大型祈福保安祭祀场所的存在，多个祭祀遗址周边出土了相当数量的乐器，证明其具有尊崇性质的仪式礼乐存在的隆重程度。2019 年获得全国十大考古新发现称号的（陕西）神木石峁遗址，出土骨质口簧、石哨、陶响器、骨笛等 30 余件，时段为距今 4300—3700 年；20 世纪 70 年代中后期发掘的（山西）襄汾陶寺遗址，出土乐器 7 种 27 件，分别为特磬、鼍鼓、埙、土鼓、陶铃、铜铃和骨质口簧，年代分布为距今 4300—3900 年。礼乐文明在夏商现雏形。甲骨文中记录大量与祭祀乐舞相关的文字资料，同时段多地的大型遗址，特别是二里头文化、二里岗文化和殷墟出土的乐器组合可将我们带回到那个时代去认知仪式用乐的样态。礼乐文明在周代定型。其标志是承继夏商以来的国家礼乐观念和相关礼乐形态，作为思想家的周公引礼入乐，从国家制度层面将礼乐形态定位、固化，其后分出多种类型和等级，在王室和诸侯国依制实施，呈体系化为用，由是礼的观念渗透、浸润整个宗周社会，礼乐文化上升为礼乐文明在宗周国家中有了整体意义上的逻辑起点。

礼和乐本是人类创造的两种精神形态。中国礼文化是以中原为中心的社会人群逐渐养成的道德观念并依此形成社会群体的行为规范，涵盖文化认同下的仪式仪轨形态和社会生活的方方面面；"乐"是人类社会创造的以音声为主导的表达情感的技艺形态。两者不相交，亦可各自发展，学界亦有礼仪文明论，然而相交定有其合理性。周公敏锐地从社会既有样态中

把握住这种具有时空特性、情感表达之高级形态的"乐"所具有的社会影响力和艺术感染力,首先将其用于国家祭祀的最高端,在"国之大事"中重仪式为用,以此既烘托仪式氛围,又成为表达社会人群仪式性情感的最佳形态。既然首重祭祀仪式为用,对应天、地、山川、四望、先妣、先考之祭,无论其仪式情感还是其仪式中用乐,都应在重艺术性前提下展现敬畏、庄严、和谐、感恩以示尊崇的仪式诉求,开国家礼乐制度先河,这应是周公"引礼入乐"之初衷。礼和乐有机结合,在国家意义上定位后拓展,形成多种礼制仪式,用乐渐有类分或称类归意义,在周代数百年间完成了吉、凶、宾、军、嘉类型(每一类下有多种形态)及道路仪仗为用,显现情感对应的丰富性意义,诸如虔诚、敬畏、崇高、仁爱、威武、欢忭、鼓舞、哀缅等;在类下分出层级或称等级,诸如"国之大事"(大祭祀)和"国之小事"(小祭祀)等,使国家礼乐制度呈体系化。与纯粹视觉艺术不同,由于"乐"的时空特性,须有专业乐人群体应对体系化存在的仪式和非仪式空间,这是王庭和诸侯国必须养专业乐人群体的道理。周代制度规定国家用乐无论是乐悬还是乐舞人数,王、侯、卿大夫、士依制等级化拥有,整体意义上的"乐"为"歌、舞、乐"三位一体,仪式用乐类型其重要特征之一是群体性,等级高的仪式场合参与奏乐人数多。乐器八音分类,所谓金、石、土、革、丝、木、匏、竹者,每一类非仅一人承载,尚有舞师和歌师,群体庞大,在没有现代科技手段的情状下,奏乐均为乐人在场,这是乐的特殊性意义。

"礼"作为中国人的信仰和行为规范,须以外化形态显现,礼有仪,仪成式,式有类,类有级。仪式有不用乐类型,而用乐类型一定是不同层级社会群体认定其至为重要,且有条件实施的规定性行为方式。国家有制度规定性,必有相关保障措施,在社会发展过程中逐步制定不同类型和不同等级的仪式用乐规范,成为完整的体系化国家礼乐样态。仪式与音声为主导的艺术类型的结合,成为群体仪式性情感诉求之最佳形态;依类型性和等级化为用,成为社会不同层级人们的"规定性动作",充分显现"移风易俗，莫善于乐。安上治民，莫善于礼"①"乐与政通"等用乐理念，以培养群体性道德观念。人们感知和践行礼仪和仪式用乐形态，体味丰富的仪式性情感，道德升华，社会趋于和顺、和敬、和亲，所谓"和合"者。若无不同类型、不同情感用乐之仪式性、体系化表达，以具象礼乐形态呈现礼乐氛围，将非仪式用乐也以礼乐观念规范，则无所谓礼乐文明。

所谓"礼云礼云，玉帛云乎哉？乐云乐云，钟鼓云乎哉？"②是讲玉帛与钟鼓虽为礼和乐所用，却不代表礼与乐的全部，不可过于奢靡。夫子云："兴于诗，立于礼，成于乐。"③习学诗礼乐既为学子们踏入文明社会的阶梯，亦引领社会风气，如此，"民可使，由之；不可使，知之"④。让世人明白礼教和乐教是为社会和谐与进步的有效路径，培养道德情操、"成人"之必需，国子必习。即便不以此径走向"成功"，作为社会民众却必须明了，这是理念与形态的有机构成和统一体，社会礼乐文明绝非仅是抽象的概念。⑤

礼乐，是特定人群在特定时间、地点，面对特定仪式对象为用，国家对其尤为重视。作为人们丰富性的非仪式情感、世俗日常为用的"乐"亦应统辖在国家倡导的礼乐观念之下。所谓"礼乐观念"，以社会和谐为目的，凡用乐要合乎国家和社会所倡导的道德规范，以仪式用乐为标识，即便非仪式为用的俗乐类型亦要"合礼"，摒弃与之相悖的内容。因此说，俗乐亦应"和合"，不"和合"则谓"郑卫之音""桑间濮上之乐""靡靡之乐"，这是对其内容与表现形式诸方面而言。总之，既有乐之情，亦有乐之德。

---

① 汪受宽译注：《孝经译注》，上海古籍出版社 2016 年版，第 60 页。
② （宋）朱熹撰：《四书章句集注·论语集注》卷九《阳货第十七》，中华书局 1983 年版，第 178 页。
③ （宋）朱熹撰：《四书章句集注·论语集注》卷四《泰伯第八》，中华书局 1983 年版，第 104 页。
④ （宋）朱熹撰：《四书章句集注·论语集注》卷四《泰伯第八》，中华书局 1983 年版，第 105 页。
⑤ 参见项阳《"兴于诗，立于礼，成于乐"辨析——兼议"民可使，由之；不可使，知之"》，《音乐研究》2016 年第 2 期。

国家用乐倡导以"礼"作为标志性对应各类型和层级的存在，这就为"乐"的发展进行了定位。然而，非仪式一脉的俗乐毕竟是与社会日常为用最为密切者，宫廷和各级官府乃至民间都有需要，毕竟"乐"是表达人们情感诉求的最佳方式。所谓礼乐文明，其本体形态并非仅对仪式用乐一脉而言，俗乐亦要体现礼乐文明内涵，既具审美娱乐欣赏、抒发丰富性情感诉求之功能，亦应符合"礼"的道德观念。须明确，礼乐具仪式丰富性，其形式和形态相对固化，恰恰俗乐发展最能与时俱进，激发社会群体的想象力和创造力，从而裂变出多种音声为主导的技艺形态，诸如歌舞、说唱、戏曲等；亦显现其独立性和个性，诸如纯器乐样态等。此间创作技法以及技巧技能乃至体裁形式会不断创新，以为引领，成为社会多层次群体追逐的对象，其成熟的技法会有选择地反馈于礼乐创作。所谓礼乐文明，重在倡导国家道德规范，俗乐一定要合礼，符合社会公德，如此为国家礼乐文明深层内涵。所以说，俗乐中诸如说唱与戏曲，借景抒情、演绎故事，却见微知著，涵盖民歌，其特色就是表达饮食男女细腻而丰富的内心世界，以"乐"的形式打动人心、引发共鸣，是为表达甚至是宣泄情感的有效方式，起到促进社会和谐的功用。

礼乐观念以国家制度将其固化并不断深化，国家礼乐制度保障礼乐文明诸种形态。《周易》即有"文明"一词，所谓"天下文明，终日乾乾"①。然以礼乐文明表达，却是宋代以降的事情，如此可显现这礼乐文明绝非仅是今人认知，而是先贤既有的把握。多种文献对礼乐文明一词有明确表述，宋晁说之言："学者同尊孔氏，法《诗》《书》，躬仁义，不知俗学之目何自而得哉！建隆以来，礼乐文明焕然大备，皆诸儒之力也。"②

晁说之《答陈秀才书》有言："夫子既没，洙泗之上、并汾之间，孰有如曾子、子思有功于斯文者，世乃略而不道，似古人无曾、孔、荀、孟之语，在本朝则柳仲涂、张晦之、穆伯长、贾公疏诸公，皆尊孔氏，以

---

① （魏）王弼撰，楼宇烈校释：《周易注校释》，中华书局 2012 年版，第 6 页。
② 参见（宋）晁说之《儒言》之《俗学》，载《四库全书·子部》。

振我国家礼乐文明之盛者,奈何后生漫不知其姓名,则目前碌碌尚何为哉!"①

宋易祓撰《周官总义》卷二九引《礼书》曰:"植者为虡,横者为筍,筍之上有崇牙,所以悬之也。虡之上设业以象,业成于上而乐作于下也。业之上植羽,以羽为南方之属,而礼乐文明之象也。"②

这是礼乐文明持续发展数千载之后社会对其的定位与认知。前两条以儒学为尊,但应明确孔子"从周"之论,因此,国家礼乐文明彰显应从进入周代始。第三条将雅乐之代表的"乐"悬以"礼乐文明之象"把握。宋代之后,礼乐文明观念不断夯实与深化。

元胡震《周易衍义》有云:"阳明君子之域,而不入于阴晦小人之党,道其所道、德其所德、发挥于事业者,皆光明正大之学,设施于举措者,皆礼乐文明之教。"③

明叶山亦云:"横政之所出,横民之所止,则伯夷、太公不忍居。三纲绝,人道忘,则逢萌为之挂冠,梅福为之去乱,然则礼乐文明之炳曜,纪纲法度之昭彰。大明在上,圣化光飚,君子岂固为蒙泽之叟、岩壑之弃也耶。"④

清朱鹤龄撰《尚书埤传》卷二谓:"尧舜盛德,天覆礼乐文明,咸服于圣人之化焉。"⑤

胡震所云礼乐文明之教化,属阳明君子,为正大光明之学,非阴晦小人党之所为。叶山所议彰显社会治理的两个重要层面,即社会倡导礼乐文明,以纪纲法度为呼应,两者之间互为张力,都不可或缺,这是中国传统社会倚重的两极。若只取其一,则不会是先哲最佳之选择。朱鹤龄将礼乐

---

① 曾枣庄、刘琳主编:《全宋文》卷二八〇二,上海辞书出版社、安徽教育出版社2006年版,第39—40页。
② (宋)易祓:《周官总义》卷二九,载《四库全书·经部》。
③ (元)胡震:《周易衍义》卷一一,载《四库全书·经部》。
④ (明)叶山:《叶八白易传》卷五,载《四库全书·经部》。
⑤ (清)朱鹤龄:《尚书埤传》卷二,载《四库全书·经部》。

文明之源头直溯尧舜，这是数千年文明之根基意义。礼乐文明重在涵养社会风气，教化民心。中国有礼乐文明之谓，还在于中华文化数千年所成之礼乐观念下用乐——礼、俗两脉呈体系化显现，内涵丰厚，可谓中华民族共同创造之文化的标志性存在。数千年的中华文明史，虽其疆域时有变化，区域民族众多，一旦融入中华民族大家庭，即便周边民族徙入中原，必在因循前提下依国家体制创施礼乐制度，虽在为用过程中出现某些差异，彰显礼乐观念内涵不断丰富，却在类型和乐制上显现同一性，形成一体多元、持续发展的样态，这是中华民族礼乐文明标志性存在的重要特征。

二、礼乐形态：以情感仪式性诉求依不同对象多类型、等级性固化为用

礼乐文明是中华民族的共同创造，是中国传统文化的核心显现，内涵深厚，应把握礼乐文明理念与形态的关系。区域民众创造理念以行为方式显现，提升却是"思想家"所为。当然，提升后要得到区域民众的文化认同，国家以制度规范呈丰富性和体系化显现，在形态引领意义上"礼乐相须以为用，礼非乐不行，乐非礼不举"①。当仪式化为用、国家礼乐一脉呈体系化规范承继延续，其用乐观念为俗乐之创造树立风向标，这是国家用乐首重礼乐一脉的道理所在。

认同这样的礼乐定位，则应看数千年历史进程中是否有一直符合这样特征的形态存在。作为官书正史的二十四史，"礼志"后定有"礼乐志"或"乐志"，用乐重与吉、嘉、军、宾、凶礼之仪程仪轨相须，尚有等级化的卤簿乐存在。国家礼乐乐制分为雅乐类型和非雅乐类型。雅乐类型以中原自产音乐形态为主导，礼乐核心为用。乐器依制作材料按八音分类，

---

① （明）王邦直撰，王守伦、任怀国等校注：《律吕正声校注》卷二七，中华书局2012年版，第245页。

以金石乐悬领衔。周公采用"拿来主义"方式，将黄帝、尧、舜、禹、汤氏族部落方国之乐舞形态集聚，加入周之代表性乐舞以为"六乐"并重新类分，对应天、地、山川、四望、先妣、先考之"国之大事"（周之大祭祀，为周代国家最高礼制仪式中的经典用乐，由是为"乐经"①），"国之小事"用乐不以雅乐形态。接下来从礼乐观念上拓展以成"五礼"类型，从整体意义上使礼制仪式用乐体系化，有《周礼》和《仪礼》等文献可明确。既然雅乐类型不能"包打天下"，由此生发出非雅乐类型。所谓非雅乐类型，在周代即是"六乐"之外的礼乐形态，最为明确的是《仪礼》中的乡饮酒、乡射礼、大射仪和燕礼等。这些同属国家礼制仪式用乐，却不用六乐，需要不同乐制类型和具体形态以应对。

两周时期属于以中原主导的乐队编制，在汉魏以降其乐制越来越明显。随着中原与周边和西域诸国交流日渐频繁，多种以部伎名之的外来乐舞进入，最高形态为大曲，所谓龟兹、疏勒、安国、康国、西凉、高昌、高丽、扶南等，至隋唐达到高峰，为中原既有乐舞形态添加新鲜血液，并逐渐融入中原乐系；金石乐悬不再为四级所拥有，最迟从东汉始乐悬呈小众化存在。如此首先是乐悬自身局限性（钟类一钟双音，磬为单音），周代乐悬身为礼乐重器，却在非仪式性的俗乐中亦可使用，这使得乐悬内部扩充，规模越来越大，典型例证是曾侯乙墓，乐悬竟达97件，在四级拥有意义上数量极度膨胀，引发墨子非议实属必然。汉唐间将金石乐悬领衔的雅乐置于宫廷最高端，以国乐之基因意义而存在②；因西域等多种乐部的进入，促使国人重新界定中原乐舞的形态和地位，隋文帝直称雅乐为国乐，而国乐必以"华夏正声"为标志（律调谱器均为中原自产）。③ 隋唐时期雅乐有逐步拓展的空间，即不仅用于最高端之吉礼，尚可用于高端嘉、军、宾礼，如此将非雅乐类型进一步明晰，最为要者是源于军队以鼓吹乐

---

① 参见项阳《"六代乐舞"为〈乐经〉说》，《中国文化》2010年第1期。
② 参见项阳《由钟律而雅乐，国乐之"基因"意义》，《音乐研究》2019年第2期。
③ 参见（唐）魏徵、令狐德棻撰《隋书》卷一三，中华书局1973年版。

主导的"胡汉杂陈"音声形态，其为用涵盖了最高端吉礼之外所有礼制仪式类型，可谓汉魏以降中国用途最广的礼乐类型。其基本形态先是以觱篥、角、排箫、笙等为主奏，加以打击乐器，其后又拓展出以唢呐为主奏的类型，贯穿两千年，在除国家大祀之外所有礼制仪式中都可为用。在清代中叶之前，其本体形态与平民百姓能够广泛接触者莫过于卤簿或称品官鼓吹以及僧道为用，身份显赫。① 顾炎武对此有述："鼓吹，军中之乐也，非统军之官不用。今则文官用之，士庶人用之，僧道用之。金革之气，遍于国中。"②

由于周公的崇圣情结，他采取拿来主义方式将黄帝、尧、舜、禹、汤部落氏族和国家乐舞集聚以为"六乐"，为雅乐最初定位。然而后世帝王没有周公的胸怀，汉魏以降，谓"王者功成作乐"③，"礼乐不相沿袭"④，刻意打造本朝礼乐核心为用之雅乐，用于国家最高层级的天神、地祇、人鬼之祭，虽然其后将雅乐拓展至嘉、军、宾礼仪式为用，雅乐却依旧是最高端的样态。从南朝梁始，雅乐出现新变化，由太常制定一套12首属于本朝的雅乐，或以"雅""和""平""安"等名之，针对不同承祀对象择其中9首撰写歌章，文、武二舞必在其间，呈歌舞乐三位一体样态，这种样态以定制延续一千又数百年。⑤ 但限于宫廷为用无法让国人对此有印象。国

---

① 参见项阳《重器功能，合礼演化——从金石乐悬到本品鼓吹》，《中国音乐》2011年第3期。
② （清）顾炎武撰，（清）黄汝成集释，秦克诚点校：《日知录集释》卷五"木铎"条，岳麓书社1994年版，第168—169页。
③ （清）朱彬撰，饶钦农点校：《礼记训纂》卷一九《乐记》，中华书局1996年版，第569页。
④ （清）孙星衍撰，骈宇骞点校：《问字堂集、岱南阁集》卷二《拟置辟雍议》，中华书局1996年版，第46页。
⑤ 参见（元）黄镇成《尚书通考》卷四，（清）康熙《通志堂经解》本。"梁武帝自制四器，名之为通，以定雅乐。以武舞为《大壮舞》，文舞为《大观舞》，国乐以雅为称，止乎十二，则天数也。皇帝出入奏《皇雅》，郊庙同用。皇太子出入奏《佾雅》，王公出入奏《寅雅》，上寿酒奏《介雅》，食举奏《需雅》，彻馔奏《雍雅》，三朝用之。牲出入奏《牷雅》，降神迎送奏《诚雅》，饮福酒奏《献雅》，北郊明堂太庙同用。燎埋俱奏《禋雅》，众官出入奏《俊雅》，二郊、太庙、明堂三朝同用。并沈约制辞，是时礼乐制度粲然有序。又去鼓吹充庭十六曲为十二，合四时也。"

人须认汉字，何以不能认知"国乐"呢？隋代国家设置科举制度，其后诸朝因循，国家对孔圣人尊崇无以复加，自唐代中后期，全国县域以上普设文庙，太常创制属雅乐性质专用的《文庙释奠礼乐》，成批制作相关乐器颁至府衙，州、县依府式而制，由此，作为国家礼乐核心为用的雅乐除用于国家最高礼仪外，其一支来到县治，成为国子们必知、必习之国家礼乐形态。①《中国音乐文物大系》多卷本中有唐宋以降文庙祭礼乐所用不同时段的乐器组合，同时段不同区域乐悬显现同一性。明清时期地方志书中多有《文庙释奠礼乐》的乐谱、乐器和相关仪式、仪轨记录，充分佐证其是国家统一颁布为用的。

周代礼乐，是学界研究的一个焦点，但以下几点真是应该深入探讨。一是雅乐是否可为礼乐之指代，或称雅乐与礼乐之关系；二是雅乐与《诗经》大雅、小雅之关系；三是社会上对"乐"所称诸如典雅、精雅、细雅、雅致、高雅之乐与雅乐之关系；四是雅乐与非雅乐之关系；五是雅乐与俗乐之关系。

周代雅乐是礼乐制度定制之时的首先定位者，后世奉礼乐核心为用，以雅乐指代礼乐完全成立，但必须明确雅乐非礼乐全部。凡与国家礼制仪式相须为用的乐都属礼乐，却不能都称之为雅乐，须明确周代之吉、嘉、军、宾、凶乃至道路仪仗诸礼，雅乐（六乐）不可用于其间。雅乐为正乐，所谓"雅者，正也"。中国语言文字之多义性应是造成这种困惑的动因，《诗经》中有雅的一类，下分大雅和小雅。这不是民间所创乐歌，而是王室或称大司乐乃至诸侯国有司乐师所创所辖，内容涉及面广。大雅，多写王室和诸侯国宫中事，非平民百姓能涉，诸如大雅之《公刘》"召康公戒成王也。成王将涖政，戒以民事，美公刘之厚于民而献是诗也"②。至于小雅，亦多为王庭与诸侯之关系以及宫中筵宴等，诸如小雅之《鹿鸣》"燕

---

① 参见（明）李之藻《頖宫礼乐疏》，明万历年间冯时来刻本；项阳《一把解读雅乐本体的钥匙——关于邱之稑的〈丁祭礼乐备考〉》，《中国音乐学》2010 年第 3 期。
② 聂石樵主编，雒三桂、李山注释：《诗经新注》，齐鲁书社 2009 年版，第 491 页。

群臣嘉宾也。既饮食之，又实币帛筐篚，以将其厚意。然后忠臣、嘉宾得尽其心矣"①，应是专业人士所为。因此说，曲词内容乃至曲调应是颇具精雅、典雅、雅致之意，但难以进雅乐。由此引出雅乐与非雅乐之关系。周代规定"国之大事"与"国之小事"用乐不相同，鉴于大祭祀之特定指向性，小祭祀不可动用"六乐"，既然"六乐"为雅乐，那"六乐"之外的"乐"显然不以雅乐论，更何况多类礼制仪式及其用乐是周公为国之大事制定"六乐"之后的拓展，所以说礼乐体系在西周时逐渐完善。既然历史上不同朝代的国家首先制定礼乐中核心为用的雅乐，以此定位为"不相沿袭"者，但国家礼乐制度具体系化、多类型，必有丰富性意义，从乐制类型上把握便是雅乐与非雅乐之分。还应明确，隋唐太常乐所谓雅、胡、俗三分，除雅乐外，胡乐和俗乐都具礼乐和俗乐双重功用，关键是要建立仪式和非仪式用乐类分理念，如此方能把握礼乐和非礼乐——俗乐的意义。

国家用乐不仅限于宫廷，而是从宫廷、京师、王府到地方官府、军镇之地均有之，形成国家用乐庞大的网络体系。以音声主导技艺形态的"乐"具稍纵即逝的时空特性，鉴于礼乐形态与仪式相须定然是群体性承载，且在特定时间、地点、场合分类为用，国家用乐须设专门机构创制，礼乐特征是"乐"与仪程仪轨相须为用，其"乐"必由专业乐人活态承载。不明确这一点，难以真正把握礼乐制度和礼乐文明，定然不可以认为礼乐只在宫廷。恰恰是制度保障了礼乐文明存在和礼乐形态实施，承载者和参与者共同架构礼乐仪式并感知、体验礼乐情感，礼乐文明成为中华民族共有的文化认同。

这种延续数千载的礼乐观念、礼乐制度、礼乐形态的本体意义和功能性为学界探讨的重点。周公制礼作乐，儒学在"从周"意义上前行。礼乐意义如同《礼记》所云："是故乐在宗庙之中，君臣上下同听之，则莫不和敬；在族长乡里之中，长幼同听之，则莫不和顺；在闺门之内，父子

---

① 聂石樵主编，雒三桂、李山注释：《诗经新注》，齐鲁书社2009年版，第279页。

兄弟同听之，则莫不和亲。故乐者审一以定和，比物以饰节，节奏合以成文，所以合和父子君臣附亲万民也。是先王立乐之方也。"① "和敬""和顺""和亲"是举国礼乐的意义，其实施应是群体性仪式诉求中的为用，专业乐人成为"代言"群体。这在先哲文献中早有记述："先王教民使成礼俗之要法也。盖教民必以礼乐，而行礼乐必有其器，然五礼六乐之器繁多，民不能户制而家造也。惟乡吏集合众材以为之，而后比闾族党之间莫不有其器，以为行礼乐之具，使其民于鼎俎之旁、樽罍之下、琴瑟钟鼓之间，无日而不周旋狃习焉。所以人人知礼乐之意，而成粹美之俗也。"②

把握礼乐文明之礼乐具象形态就会看到，这些特征数千年间一以贯之。国家仪式性用乐都属国家礼乐，符合这些特征和规范，应将国家制度下体系化用乐都归入礼乐范畴。东周时期诸侯争霸，破坏了既有社会秩序，导致社会上出现"礼崩乐坏"的哀鸣，当下一些学者由是认定礼乐制度崩坏，其后礼乐文明不再。问题在于，礼乐制度被统治者竭力之维系，亦深入民众心扉，当新朝建立，定要恢复或重建礼乐制度，官书正史记载尤详。后世两千载"礼崩乐坏""礼坏乐崩"不断出现，这意味着社会秩序与反秩序的角力，但礼乐文明延绵不绝。我们不应仅将目光放在两周，而是要从中国传统社会五千年，或从周代国家礼乐文明三千年的宏观视角整体把握。缺失整体感，且不从"礼"和"乐"双重视角进行认知，仅将目光放在某一时段，产生这样的认知可以理解，但明确国家官书正史礼乐制度一以贯之的存在与实施，则会认定国家礼乐文明之于中国社会是标志性存在。

礼乐文明须有"乐"本体形态，无"乐"何以礼仪文明名之，"礼"和"乐"是两个概念合二为一，属并置结构，以偏正结构论，或将"乐"作为语气助词来用，显然是对礼乐文明之曲解。乐者，乐也。作为国家用乐之音声主导的技艺形态，无论礼乐和俗乐都要由人承载，"乐"稍纵即

---

① （清）朱彬撰，饶钦农点校：《礼记训纂》卷一九《乐记》，中华书局1996年版，第602页。
② （清）秦蕙田：《五礼通考》卷六六，载《四库全书·经部》。

逝，以特定对象，在特定时间、地点为用的国家仪式乐舞，依制自宫廷、京师至各级官府和军镇等地都要实施，因此国家必须建立专业乐人团队且遍布全国县治以上官衙，以承载礼乐和俗乐两条主脉。周王室春官所属大司乐领衔乐人团队，诸侯国执掌则在"有司"。两周至秦汉，国家虽有专业乐人团队，却未设专门户籍制度以归。南北朝时期国家为"乐"的承载群体设置户籍——"乐籍"，定位为"专业、贱民、官属乐人"（金元以降雅乐改由非贱民乐人承载[①]）。这个群体一旦入籍，"终身继代，不改其业"，延续一千又数百年，为国家用乐体系从宫廷到各级官府的主导性专业承载群体。

  国家用乐在宫廷当中有专业机构管理，诸如太常属下多种用乐机构（涵盖唐代以降的教坊），地方官府乃至王府、军镇之地也是依等级配置官属乐人的样态，诸如衙前乐、府县教坊、府州散乐等。像府、州这样的高级别官府，官属乐人除承载国家礼乐之外，还有专事俗乐的乐营。专业乐人为具引领意义的创承群体，特别在俗乐领域，新的体裁形式和相关作品被创造，首先在地方官府面向社会为用，继而上达国家用乐机构，经规范后反播，中国传统音乐具有整体一致性下的区域丰富性[②]，这当然涵盖礼乐和俗乐之整体存在。

  鉴于国家用乐有着整体一致性，地方官府中同样是五礼加卤簿用乐俱全（涵盖军镇之地，明代尚有卫所之庞大建制，军礼用乐亦在其列）依等级而为之，用乐须由专业乐人群体活态承载，构成庞大的国家乐人体系。应把握这样的历史节点，遍及全国的官属乐人因雍正皇帝饬禁乐籍（雍正解放贱民，涵盖乐户、丐户、伴当、堕民、疍户等多种贱籍被废除），这个群体被官方从宫廷乃至府、州、县分至乡镇一级（我们在多省市实地考

[①] 参见张咏春《中国礼乐户研究》，上海音乐出版社 2019 年版。
[②] 参见项阳《中国传统音乐整体一致性下的区域特色》，《榆林日报》2006 年 8 月 5 日；之后项阳在多篇文章中对其加以论证。

察中明确①），在依旧为官府服务的同时，转用于民间礼俗，如此同一群体面对不同服务对象，曾经的官属乐人将其所承载的国家用乐（涵盖相关仪式仪轨）转用于民间礼俗之中。民间礼俗主要接衍国家吉、嘉、凶三礼之仪式用乐②，这是 20 世纪 80 年代全国编纂大型集成志书各卷本中都有一批相同的传统礼乐乐曲的道理所在。所以说，当下民间为用的音乐形态有相当比例在历史上为"很不民间"的样态，属"官乐民存"，只有了解历史脉络方能整体把握，切不可仅以当下存在认知。国家礼制仪式用乐因雍正禁除乐籍而"文化下移"，国家礼乐民间为用，之后三百年间渐以"民间态"呈现于众。数千年间国家礼乐制度对社会的浸润，当从地方官府下移，承载者侧重民间态为用，礼乐观念深入人心，且有文化认同，更符合《礼记》礼乐用于"闺门"之论，成为官民共用的礼乐形态。

虽然在国家意义上传统礼乐制度和礼乐形态在 20 世纪渐行渐远，但广袤的乡间社会中礼俗意义依旧相对广泛地存在。21 世纪以来，国家立法保护非物质文化遗产，学界惊奇地发现，中国传统礼乐文明在当下以非遗形态、以小传统方式活态存在于乡间社会之中。何以如此呢？一是中国社会传统文化积淀深厚，乡间社会有着相对完整的亲缘、地缘和血缘关系，传统在文化认同意义上得以延续。二是传统礼乐在社会功能、实用功能和教育功能意义上为礼俗文化之不可或缺，虽被"边缘化"却"艰难"前行。

延续数千载、在国家意义上一直处于主导或称引领地位的礼乐文明大传统，在中华民族文化认同下发展延续。雍正禁除乐籍或称"无心插柳"，既由重官方为用的国家礼乐转而官民共用，如此礼乐文明至少延续两百余载，进一步夯实了礼乐文明的民间基础，却又消解了礼乐的等级化。然而，在 20 世纪社会变革中，由于对传统礼乐文明缺乏整体认知，在国家

---

① 参见秦晓妍《山东莱芜西部鼓吹乐班之"窝铺"辨析》，《中国音乐》2011 年第 4 期。
② 参见王芳芳《当下民间礼俗仪式及用乐对国家礼制的接衍：以河北胜芳和廊坊、京津为例》，硕士学位论文，中国艺术研究院研究生院，2017 年。

意义上缺失礼乐制度体系化的主导延续，这致使传统礼乐文化边缘化。中国礼乐文明传承在于国家与民间互动，好比向一个平静的池塘中心不断投掷石子，会持续向外发散涟漪。由于乡间社会相对稳定的亲缘关系，传统文化积淀深厚，当中心"平静"，这"边缘"地带的礼乐文化不会立马消解，这是与自然现象的不同之处。

礼乐观念渗透于中国传统社会生活方方面面，如此方显礼乐文明整体意义。非所有礼仪都用乐，用乐的礼定与仪式相须，人们从仪式和用乐中体味人生意义，规范行为方式，表达丰富的仪式情感，专业乐人在氛围营造中成为社会大众的"代言人"。礼仪用乐有规定性、非用于所有仪程，诸如丧礼分为殓、殡、葬、祭四大板块，殓的环节少有用乐，后三种仪程中"乐"有在场。披麻戴孝的孝子贤孙们在哀婉凄清的乐声中伴着仪轨向祖辈灵柩或遗像叩首；嫡亲向前来致祭的亲朋好友致意，在过程中感知体味庄严、敬畏、孝道、哀缅，会对其人生观产生决定性影响。在场并非仪式的参与者更是一种公共评价体系，面对丧礼现场去评判这个家庭是重养重葬、轻养重葬，抑或轻养轻葬等，口碑显儒学真正意义。婚姻丧纪之礼涉家族和家庭，至于宗祠、庙会等，更是群体性敬畏先贤、敬畏自然、祈福保安的仪式性诉求，"乐"成为仪式的兴奋剂和黏合剂，直抵在场人们的心灵深处，不可缺席，甚至有将俗乐纳入民间礼俗仪式为用，所谓"献"的意义，这恰恰是与国家礼制仪式用乐之不同者，也就是所谓的"俗化"意义。在多地神庙中我们常见这样的锦旗："弟子还愿，献戏三天。"在山西潞城贾村迎神赛会的现场，则有将上党梆子等唱段器乐化形态奉献于神祇。作为嘉礼的婚姻大事、祝寿、开业、庆典等，礼乐在场彰显庄重、喜庆、祥和，可见礼乐表达情感的丰富性。当下礼俗作为非物质文化遗产而存在，仪式与非仪式用乐俱在，甚至成为专门一类，即涉及音乐的礼俗。如果不允许礼俗中用乐，便失去了音乐礼俗自身的意义，有违礼乐文明之重要形态特征。作为音乐礼俗，在仪式间歇期，艺人们为民众做世俗性展演，同一班社仪式和非仪式用乐各自为用。用乐彰显社会、实用和教育等多种功能，审美功能和娱乐功能亦在其间，毕竟"乐"本体属"技与艺"，祭祀仪式用乐类型谓"事神娱人、人神共享"，对社会和谐功莫大焉。这是中国传统社会创造礼乐文明、民众认同的意义所在。

三、俗乐形态：多种音声体裁创造在礼乐观念下前行

由礼乐观念所成礼乐制度，礼乐形态仪式性情感诉求为用，但仪式用乐非为礼乐文明之用乐形态的全部，中国礼乐文明涵盖俗乐，或称是礼乐观念下的俗乐存在。"乐"原本无所谓礼与俗，就是以音声为主导的技艺形态表达人们的情感诉求，周公制礼作乐或称引礼入乐，从国家意义上将仪式用乐彰显，如此对应的便是不入仪式为用的"世俗之乐"。在庄暴与孟子的对话中，谓"寡人非能好先王之乐也，直好世俗之乐耳"[①]。庄暴将"先王之乐"与"世俗之乐"对应，前者是固化为用的仪式乐舞，所以长期存在，后者是在非仪式场合娱乐为用。世俗之乐为俗乐意义，这是俗乐较早的明确表达。其实，两周有许多与俗乐相关的文献，齐桓赠晋文"女乐二八"，韩娥齐国鬻食，秦青引吭高歌等都属此类。总之，从门类特征讲来，不与仪式相须的"乐"必为俗乐，当然还可进一步辨析，或称礼乐观念彰显则有俗乐与之对应，周公制礼作乐导致礼乐与俗乐类分[②]，我们应回归历史语境把握时人的理念与认知。

国家意义上明确俗乐的身份，应从隋文帝将太常用乐分成雅部乐和俗部乐始，由此引发唐代以降学人对俗乐探讨与追溯，其后对俗乐定位更加明晰。这里有两个问题，一是唐代或此前人们对于俗的认知，二是隋代太常所设俗部乐究竟涵盖了什么。

由《隋书》引发俗乐讨论，人们回溯把握《仪礼》用乐，涉及"乡饮

---

① （宋）朱熹：《四书章句集注·孟子集注》卷二《梁惠王章句下》，中华书局1983年版，第213页。
② 参见项阳《周公制礼作乐与礼乐、俗乐类分》，《中国音乐学》2013年第1期。

酒""乡射礼""大射仪""燕礼",这应属五礼中的嘉礼、军礼以及宾礼范畴,或时人认知的俗乐在礼乐语境下,属非吉、非凶礼制仪式类型。时人认定人际交往之礼仪有俗的一面。应明确,在礼乐观念下人们将礼类分为五,且嘉、军、宾诸礼同属礼制仪式范畴,其中"乐"与仪式相须应属礼乐,只不过人际交往为用有俗的成分。这里"俗"是在礼乐文明整体观念之下。

还应明确,唐代设置教坊,是因为"旧制,雅俗之乐,皆隶太常。上精晓音律,以太常礼乐之司,不应典倡优杂伎;乃更置左右教坊以教俗乐"①。这里的俗乐直指"倡优杂伎",显然不属于仪式为用。由此可知唐代之前太常涵盖了"倡优杂伎"之俗乐,或称此前太常管理仪式和非仪式用乐两条主脉。唐玄宗在国家用乐类分意义上使之更为明晰,将"倡优杂伎"之乐专设教坊管理、创制并实施,从此在国家意义上明确了俗乐一脉的独立存在,使"乐"的归属与职能更加明晰。

国家有了专门的俗乐机构,专业乐人们创作和表演的针对性更强、空间更大,从此国家非仪式用乐品种越来越丰富,充分体现国家用乐的引领意义。我们看到,唐宋以降,从诗乐到词乐,从大曲、中曲、小曲到诸多新的体裁样式,诸如杂剧大曲、诸宫调、杂剧等,及至南宋时期,教坊有十三部色,且杂剧为头牌。所谓"散乐传学教坊十三部,唯以杂剧为正色。旧教坊由筚篥部、大鼓部、拍板色、歌板色、琵琶色、方响色、笙色、龙笛色、头管色、舞旋色、杂剧色、参军色等。但有色长,部有部头,上有教坊使,副钤辖都管掌仪掌范皆是"②。教坊散乐中"杂剧色"上升最快。诸宫调和杂剧,原本就是教坊所辖俗乐类下的一种形态,在其后发展中自立门户,成为独立艺术品类,即说唱与戏曲。沿此下探,乐籍体系下涵盖地方用乐机构诸如乐营属下职业乐人团队,乃至社会文人群体的积极参与,成为俗乐创制的动力。国家在京师和高级别地方官府设置演艺

---

① (宋)司马光编著,(元)胡三省音注:《资治通鉴》,中华书局1956年版,第6694页。
② (宋)吴自牧:《梦粱录》,浙江人民出版社1984年版,第16页。

场所，诸如勾栏和青楼妓馆，使得俗乐创作和表演有了更大空间。既往相关研究难以明了地方官府用乐机构及其相关职能当把握住乐籍制度下地方官府官属乐人之存在及其承载，将教坊乐系属下体裁形式、相关作品、演绎方式与地方官府官属乐人之承载相联系，可较为清晰地认知国家用乐之俗乐地方官府所创、所承及为用，这为我们持续探讨相关问题提供了可靠路径①，应认知宫廷与各级地方官府相应用乐的上下相通性，应把握唐代教坊俗乐属性之散乐——"倡优杂伎"之乐。然而其后教坊用乐的相关理念一直在调整中。中唐乃至晚唐，教坊实际上承载了一定的礼乐职能。宋代则有鼓吹署进教坊，教坊回归太常等系列表现，明代学人谓"太常寺礼乐之司""教坊司亦礼乐之属"②，可见教坊引领"倡优杂伎"之散乐的同时成为礼俗兼具的国家用乐机构。③理解了这些，对于太常属下教坊乐系的认知大有裨益，对其承载的相关体裁类型和功能属性进一步辨析或有深层感悟。

在国家独立俗乐机构引领下，以乐籍制度统辖全国官属乐人成体系化网络，俗乐空间越来越大，从多方面得以淋漓尽致地展现。我们看到，俗乐著述自唐代以降渐成门类，既有专门论述俗乐机构和乐人者，诸如《教坊记》《乐府杂录》《五杂俎》《碧鸡漫志》《说郛》《录鬼簿》等，中间不乏专论地方教坊和俗乐创制者。我们曾对元代夏庭芝《青楼集》涉音声技艺形式进行统计，"这些乐妓所擅长的音声技艺形式包括以下目类：杂剧（旦色、驾头、花旦、软末泥、旦末、回回旦色）、绿林杂剧、院本、南戏、嘌唱、歌舞、谈谑（谈笑）、隐语、慢词、诸宫调、小唱、小令、调话、合唱、弹唱、讴唱、滑稽歌舞、丝竹、琵琶、搊筝、阮等"④，可见当时教坊乐系下俗乐一脉体裁类型的丰富性；俗乐作品越来越多地被刊印，涵

---

① 参见项阳《地方官府用乐机构和在籍官属乐人承载的意义》，《音乐研究》2011年第1期。
② （明）郑纪：《东园文集》卷三，载《四库全书·集部》。
③ 参见张月《由俗及礼，礼俗并用——唐宋教坊职能演化探研》，博士学位论文，中国艺术研究院研究生院，2017年。
④ 项阳：《一本元代乐籍佼佼者的传书：关于夏庭芝的〈青楼集〉》，《音乐研究》2010年第2期。

盖说唱、戏曲乃至诸种体裁的俗乐形态。探讨俗乐创作的专书层出不穷，诸如何良俊的《曲论》、王世贞的《曲藻》、王骥德的《曲律》、沈德符的《顾曲杂言》、徐复祚的《曲论》、凌濛初的《谭曲杂札》、张琦的《衡曲麈谭》、魏良辅的《曲律》、沈宠绥的《弦索辨讹》《度曲须知》、黄周星的《制曲枝语》、毛先舒的《南曲入声客问》等[1]，不一而足，成为一道靓丽的风景线。俗乐作品为珍贵的文化遗产，无论相关文献中的相关作品，还是20世纪80年代国家开展集成志书工程中所辑录的作品，以及当下非物质文化遗产代表作活态存在的作品，都充分说明礼乐文明下俗乐一脉作品何等丰富！相关研究者若不从整体把握，会产生中国传统音乐以审美和欣赏为重的认知。若把握官书正史，则像叶伯和等先生的慨叹，即中国传统音乐与政治有这么密切的关联性。[2]对官书正史和文人笔记等全方位把握，相信我们会对礼乐文明下礼乐和俗乐两脉深层内涵有明确认知。

俗乐重世俗性情感表达。如果说礼乐情感更重群体性，而俗乐最易表现个体细腻的情感，撞击心扉引发共鸣。俗乐最与时俱进，创制出多种艺术类型及体裁形式。俗乐与礼乐属孪生，或称同一棵树之两条主干。从乐德、乐教、乐化等视角把握，国家以礼乐为重心，是德政之需；然而，礼乐观念涵盖了非仪式为用的俗乐，东周时期社会对"郑卫之音""桑间濮上之乐"等以行贬斥，并非俗乐不应存在，而是说其间有不合"礼"的内容和形式应祛除。重审美、娱乐功能的俗乐与雅乐同属中华礼乐文明，亦具教育功能，世俗之乐要"合礼乐"，所谓"和合"是礼乐观念之要义。俗乐形态世俗日常为用重教化功能，国家倡导伦理道德观念贯穿其中，是对礼乐观念和礼乐形态的有效诠释和拓展。说唱、戏曲乃至小调、歌舞和器乐等形态，其创制须合礼乐规范，甚至是对中国礼乐文化细致入微地具象解读，社会中的人们通过俗乐形态亦感知礼乐文化之浸润，认同礼乐文明，这是学界认定戏曲、说唱等多种以音声为主导的技艺类型同属礼乐文

---

[1] 参见中国戏曲研究院编《中国古典戏曲论著集成》，中国戏剧出版社1959年版。
[2] 参见叶伯和《中国音乐史》（上卷），昌福公司1922年版，第1页。

明的意义所在。应明确,俗乐中的确有许多仪式感的存在,但却不能称其为礼乐,因为礼乐须与仪式与仪轨相须为用,否则不应归于礼乐类下。

作为雅乐,由金石乐悬领衔,八音汇聚,其中有乐言、乐语之歌唱,有相应的乐舞,整体为多声形态,一度成为中国乃至世界多声音乐的先导,虽在发展过程中过于守成,未在多声意义上有所突破,但毕竟中国早有这种样态,礼乐亦须创制技巧和技能,且后来的雅乐打破方整性句式结构以成参差样态,可见即便雅乐也会在保持既有创制理念前提下与时俱进。与之相应,俗乐更强调技艺性,由此在技巧上更是展现特色,在同一类体裁和表演形式中,同一作品由于个性化精湛表现形成其独特风格,呈"流派"意义,其内容更是直抒胸臆,既可自我抒发,又使听众如痴如醉。

四、礼乐文明:中华民族文化传统的标志性存在

周代"六艺"之一的"乐",依当下认知属学科门类概念,所有以音声技艺为主导的艺术形态都归"乐"的类下,显现周人从精神层面对"乐"的倚重。作为《礼记》有机构成之《乐记》,以23篇的容量对乐释解,存11篇为《乐本篇》《乐论篇》《乐礼篇》《乐施篇》《乐言篇》《乐象篇》《乐情篇》《魏文侯篇》《宾牟贾篇》《乐化篇》《师乙篇》;佚12篇为《奏乐篇》《乐器篇》《乐作篇》《意始篇》《乐穆篇》《说律篇》《季札篇》《乐道篇》《乐义篇》《昭本篇》《招颂篇》《窦公篇》。这些篇章"共采《周官》及诸子言乐事者"(《汉书·艺文志》),涉及乐本体认知、乐与礼、礼乐与俗乐、乐与社会,乐的创制、演奏、评论、为用等诸多层面,反映时人的乐学观念丰富而深入,呈现整体性意义。周代乐学理念对后世数千年"乐"的发展有决定性影响,甚至可以说是中华礼乐文明的宣言书,为后世乐之发展定了基调。将"乐"置于《礼记》属下,中国传统社会礼乐和俗乐、仪式为用和非仪式为用两种货色齐备,各有其用。国家树立礼乐标杆,将俗乐纳入其规范之中。俗乐与礼乐形成张力,共同架构起中华民族用乐之国家

体系，俗乐亦为礼乐文明有机构成，且不可或缺。

夫子云"从周"，儒学创始人孔子沿袭周公思想而深化拓展，成为后世圭臬。中国所以称礼乐文明在于形成礼乐观念和礼乐制度后，历朝历代从国家意义上都依循并倡导实施，对中国人的文化精神产生实质性影响。中国礼乐文明非抽象概念，有实质性内涵。纵观世界，多地都有礼乐，中国礼乐文明在数千年间呈类型、等级和体系化发展，具丰富性意义，为国人文化精神之存在。礼、俗一体，两脉并行，互为张力发展，礼乐制度保障礼乐观念一以贯之，国人对此有文化认同。

我们不能将延续数千载的国家礼乐观念、礼乐制度、礼乐形态消解归结于社会发展与进步，而应思考当下国家与国人应怎样对待中华民族共同创造、延续数千载的礼乐文明。若认定其为中国人精神文明的标志性存在，国人依此明晰敬畏、促进和谐、彰显伦理道德，为国人情感诉求不可或缺，则应辨析中国传统礼乐文化中究竟哪些层面、哪些类型应予弘扬，哪些应修订或去除。把握文化深层内涵并组织相关领域人员在因循前提下创制新的礼乐制度体系，使中华礼乐文明有效延展，而不是将其视若敝帚，任礼乐文明断裂。礼乐文明数千年前在中原定型，在发展延续过程中，周边族群不断融入中华大家庭，在文化认同中为其不断增添新的内容，使之成为中国传统社会人群精神诉求文明体现的标志性存在。

中华礼乐文明，从敬畏天、地、君、亲、师始，孕育了仁、悌、忠、孝、礼、义、廉、耻等道德规范，为中国传统文化精神的体现，属中华民族共同创造，数千载依循延展，定有其"合理性"与"合礼性"，人无敬畏心方为所欲为，而礼乐文明则是"和合"心境最佳诠释，毕竟这是数千年文明之积淀以成。社会发展过程中发生过的可以成为历史，却不是都能成为传统，就如女人之裹小脚，而能够成为传统且长久存在者定是经历了时空考验和检验，礼乐文明即如此。中国社会只靠法制显有缺失，应思考周公何以在引礼入法①的同时亦"引礼入乐",这两极都不可或缺。应该引导人们敬畏传统,提升信仰和精神,形成鄙视拜物和浮躁的社会氛围,礼乐文明值得大力倡导,当然这绝非停留在口号和抽象概念的层面上。

当下社会节奏加快,形式可以简约,但礼乐观念、礼乐制度、礼乐形态以及与之相辅相成、互为张力"合礼乐"之俗乐都不可或缺,亦不可只重其一而不重整体,国人应有的道德规范不容消解。在国家意义上,应把握中华礼乐文明深层内涵,回归历史语境整体认知,一味追随外来理念,只看当下却不懂得呵护和珍惜传统文化,不明白中国传统用乐的多种功能性意义,不明确"乐"对于人类情感仪式和非仪式诉求的重要性,对既有两脉仅强调俗乐一脉,且对裂变出去的单立门户者置于不顾,缺失礼乐观念下两脉和各自类型与形态体系化,是对礼乐文明的曲解和误读。残缺不全、无形式和无内容,谈何礼乐文明?无"乐"何以谈礼乐文明?不与仪式相须为用又何以谈礼乐一脉?没有类型性和多层级何以谈体系化?社会发展、科技进步不应让社会缺失敬畏与和谐,文化精神不应缺位。礼乐文明中"乐"绝非仅是审美与欣赏之功用,它的社会功能、实用功能和教育功能意义重大,这是必须明确的道理。

---

① 参见马作武《引礼入法奠定中华法系基石》,《光明日报》2017年2月18日。

系统思维下的礼乐文明认知

郭树群

天津音乐学院

【摘要】在当代中国音乐史学研究思维方式的蜕变中,王小盾构建的"以听觉认知维系的礼乐文明滥觞期知识系统"、项阳构建的"以情感诉求维系的国家用乐知识系统",影响深远,二者的论说触到了中华礼乐文明的精髓。历史轨迹承载着的中华礼乐文明本身具有它独特的系统结构。从"礼乐文明滥觞期知识系统"到"国家用乐知识系统"构建起中华礼乐文明系统结构传承、递衍的历史轨迹。

【关键词】系统思维;礼乐文明;礼乐文明滥觞期知识系统;国家用乐知识系统

一、当代音乐史学研究中思维方式的蜕变

思维发展史告诉我们,进入 21 世纪,人类的思维模式已经从西方工业革命以来机械性的实验论证主导的线性分析思维模式走向了系统思维的时代。这是随着 20 世纪后半叶系统论、信息论、控制论的传播导致的时代变革。于是在音乐学界,这种思维方式的蜕变也成为有迹可循的历史现实。

从中国音乐史学的发展来看,我们可以注意到杨荫浏先生那一代人所秉持的学术思维方式应该属于那种"机械性的实验论证主导的线性分析思

维模式"。他在20世纪50年代的研究成果《定县子位村管乐曲集》①，作为一项完整的田野调查报告，格外强调在细节上把握研究对象，清楚地显示出杨先生受到科学实证思维方式的影响。

其后，黄翔鹏提出的"曲调考证"理论已经在触摸系统思维的灵感。他认为：

> 应当开展"曲调考古"的研究工作。把历史研究、民族音乐遗产研究具体化到音乐形态诸种研究上的各个方面：乐律学（兼及古乐器形制与性能的研究）、语言音乐学（兼及音乐文学史有关音韵变迁情况的研究）、古曲式及音乐风格的流传递变等等。相关学者需要对各种研究成果进行综合分析，使之服役于"曲调考古学"的创立。②

黄翔鹏"曲调考证"理论的建立和实践有着自己明晰的理论背景：作为宏观理论背景的是他的"高文化"理念，作为中观层次理论背景的是他所积极倡导并付诸实践且硕果累累的"音乐形态学"，"曲调考证"则是在这一理论系统中微观层次的展现。③这种涵盖了宏观、中观、微观层次的理性思维的系统性是不容置疑的。

笔者还注意到修海林在1993年已经在呼唤"我们现在是到了从整体上把握音乐存在方式的时候了"，此后在1998年的文稿中他再次重申了这一理念。④修海林在2001年的文稿中还提到"'乐'作为文化行为方式的

---

① 参见杨荫浏、曹安和合编《定县子位村管乐曲集》，上海万叶书店1952年版。
② 黄翔鹏：《〈清乐歌曲的踪迹〉提要》，《中国音乐》1983年第3期。
③ 参见郭树群《参加"中国乐律学史课题组"工作感言》，《中国音乐学》2014年第3期。
④ 修海林：《流行音乐问题与音乐美学研究》，《中央音乐学院学报》1993年第3期；修海林：《音乐存在方式"三要素"理论是如何提出的》，《星海音乐学院学报》1998年第1期。

存在"①这一命题。这显然已是系统思维的反映。他真切地感到"中国的音乐学发展到今天,如果不能在学理的层面上有所反思,对反映在不同学科研究领域、不同专题研究中带着普遍意义的学理问题有所反思,就会形成学术上的滞后"。对于"乐"之存在方式,他认为"音乐的存在,并非仅仅是音响形式的存在,而是音乐的行为、形态、意识三要素共构一体的存在"。在修海林的学术思考中,他不仅认为"乐"存在于一个系统之中(文化行为),而且他对这种系统的研究已经有了自己的概念,所谓"行为、形态、意识"的三要素。

进入21世纪,笔者注意到系统思维对于音乐学学者的影响更趋深入。由此产生了更为精彩的研究成果,其间王小盾对于上古礼乐文明滥觞期的研究、项阳以情感诉求维系的国家用乐研究,都更显明地体现出系统思维彰显的魅力。以下简要分析一下这两项学术成果。

二、以听觉认知维系的礼乐文明滥觞期知识系统

首先要讨论的是王小盾的理论成果——他发表于2017年的一篇文稿《上古中国人的用耳之道——兼论若干音乐学概念和哲学概念的起源》②。在这篇文稿中,王小盾从"各种文化都是人类自我驯化的产物"这一观点出发,认为:"上古中国人建立了对耳和听觉能力的认识与崇拜,也建立了与视觉相对的听觉知识系统,亦即由气象学、历律学、诗学、度量衡学、阴阳学说和各种夜晚知识组成的系统。"

笔者将这一知识系统归纳为如表1所示:

---

① 修海林:《"乐"作为文化行为方式的存在——答刘再生〈《声无哀乐论》今译〉"编者按"兼及今译的概念理解问题》,《音乐艺术》(上海音乐学院学报)2001年第2期。
② 王小盾:《上古中国人的用耳之道——兼论若干音乐学概念和哲学概念的起源》,《中国社会科学》2017年第4期。

表1　以听觉认知维系的礼乐文明滥觞期知识系统

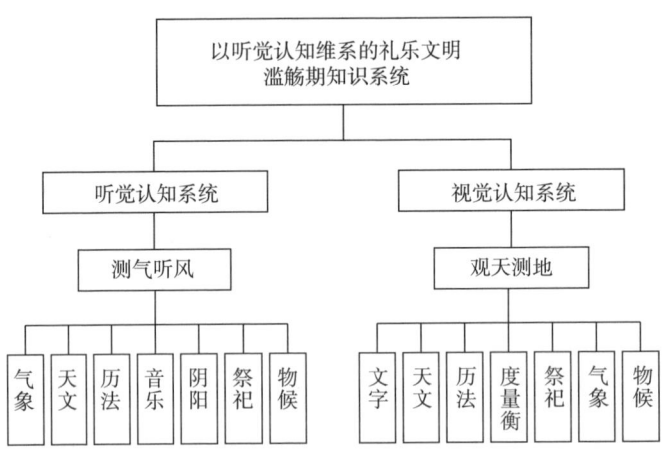

王小盾所阐释的上古中华民族听觉知识系统属于一个大文化系统。他的认识改变了过去音乐起源研究单线进化的思路，实际上是摒弃了生物进化论的窠臼，在系统论层面展开了学术思考。这应该是音乐学学术方法论取得的时代进步。由此，就有了一个从知识体系的构建来探究"乐"之滥觞，从而追寻"礼乐文明"之大文化内涵的新路径。

《吕氏春秋·仲夏纪·大乐》载："音乐之所由来者远矣，生于度量，本于太一。太一出两仪，两仪出阴阳。阴阳变化，一上一下，合而成章。浑浑沌沌，离则复合，合则复离，是谓天常。天地车轮，终则复始，极则复反，莫不咸当。日月星辰，或疾或徐，日月不同，以尽其行。四时代兴，或暑或寒，或短或长，或柔或刚。万物所出，造于太一，化于阴阳。萌芽始震，凝寒以形。形体有处，莫不有声。声出于和，和出于适。和适先王定乐，由此而生。"①这是一则业界普遍关注的"礼乐生成论"的基本史料。从系统方法的层面考虑，这则文献恰到好处地反映出古人关于"礼乐之生成"的大文化内涵。可以看到这则文献所涉及的系统内容有"天、地、日、月"（物化的生活环境）、"阴、阳"（原生的哲学理念）和"声"。

---

① 陈其猷校释：《吕氏春秋校释》（一），学林出版社1984年版，第255页。

按照系统方法的原则可见，维系系统中各子系统重要联系的应该是"声"。因为"万物所出，造于太一，化于阴阳。萌芽始震，凝漈以形。形体有处，莫不有声"。那么，以"声"为联系的子系统包括了哪些内容呢？"声"之所生在于"风""气"，"风""气"所感在于"测气听声"。于是听觉知识系统中与"测气听声"相联系的气象、天文、历法、音乐、祭祀诸子系统便相继呈现。显然，这样的学术认知是建立在系统理论的思考之上的。为什么这样说？因为"测气听声"活动中产生的"声"成为维系上古礼乐文明滥觞期知识系统的重要因素。这一因素的具备，成就了系统理论认知的一个重要条件，即"必须把研究对象放在它所隶属的系统之中，并且找出它在系统中的各种重要联系"①。

王小盾认为，"'气'是同观测天、地之气的仪式相联系的概念""是在'天人合一'思想指导下对大自然运行原理的表达"。他还归纳出观测天地之气的 7 种仪式类型："以耳听风""以音律察气""吹律管听军声""发人声听军声""吹律命名""以声音通神""候气"。这些认知进一步显现系统思维认知方式的魅力，从而演绎出如表 1 所示的礼乐文明滥觞期知识系统的结构。

系统理论认知的第二个重要因素是"要找出与对象本身自然属性不同的系统属性"，这就是说需要把握上古礼乐文明滥觞期知识系统的系统属性。以听觉知识系统为基础的古代文化已涉及天文历法、气象物候、历史神话、日常生活的方方面面。这些知识内容的铺排必然需要一定的秩序规范。为了这些秩序的明确，系统的属性就成为维系该知识系统的重要链条。

王小盾认为如上 7 项与"风""气"相联系的概念所承载的诸事项"都联系于某种典礼秩序，联系于生命节律，在一定的文化共同体中通行"。这就体现为早见于《尚书》时代的"协时月正日，同律度量衡"②的古老

---

① 摘自笔者多年前的电台广播录音文字版——《思维科学讲座笔记》。
② 曾运乾撰，黄曙辉点校：《尚书正读》卷一，华东师范大学出版社 2011 年版，第 21 页。

文化事项。笔者以为"协时月正日，同律度量衡"这一古老命题的出现，正是对上古以听觉认知为主构成礼乐文明滥觞的一个时代总结。很显然，"律"成为"协时月正日，同律度量衡"这一文化活动的核心。因为礼乐文明的滥觞涉及天文历法、气象物候、历史神话、日常生活的方方面面，这些知识内容的铺排必然需要一定的秩序规范。作为维系听觉认知制度性体现的"律"能够较完美地承载"协时月正日，同律度量衡"的秩序性，"律"于是具有了礼乐文明滥觞期知识系统的系统属性。"律"之所以能具备维系该知识系统的属性，就是因为"律是表述历法、音乐、法律在内的通用概念。并且，三者都有计算、规范、原理和秩序的丰富意蕴"[①]。

有学者还认为（法律之）律与历律、音律一样，都是"法天乘气"的结果。这种中国传统的"律"所具有的制度功能使得作为"万事根本"的"律"成为"权衡万事"的"律"，其中所承载的哲理内涵就是宇宙秩序的绝对原则——"道"。由此"律"的内涵又一次得以深刻发现。于是，作为"法天乘气"以规范物候四时、历法岁差等文化现象秩序的听声之标准"黄钟律"获得了先民的神秘认知。所谓"黄钟之宫，律吕之本""天地之气，合而生风，日至则月钟其风，以生十二律""天地之风气正，则十二律定矣"[②]。"黄钟律"作为秩序规范的意义在听觉认知的礼乐文明滥觞期知识系统中有了它定于一尊的理论地位。

上古礼乐文明滥觞期知识体系的理论描述在中古时期以"钟律"理论得以部分承继，但中古时期的"钟律"理论已经失去了早期礼乐文明的面目。礼乐文明滥觞期的知识系统已经纯化、细分为诸多内容和更为专门、精细的人文知识门类。笔者曾这样描述中古时期的"钟律"理论：

> 钟律是中古时期理论律学体系的别称。它渊源于上古观象授时的"推律定历""同律度量衡"理念，以阐扬封建王权统治社会计量的

---

① 徐忠明：《道与器：关于"律"的文化解说》，《吉林大学社会科学学报》2008年第5期。
② 陈其猷校释：《吕氏春秋校释》（一），学林出版社1984年版，第241页。

技术标准为依归，以"三分损益律"的理论律学方法为载体，以"备数、和声、审度、嘉量、权衡"五则为表现形式，以求取"随月用律"的候气活动为实践方式，构成了滥觞于两汉，在整个中古时期获得发展的理论律学体系。①

显然，中古时期的"钟律"理论深嵌着礼乐文明滥觞期知识系统的深刻印记。其实，礼乐文明的滥觞作为一个系统的存在已是一个不争的事实。早在古希腊时期，哲学家德谟克利特就写过《世界大系统》。我国古代医学经典《黄帝内经》用"阴阳五行"学说说明五脏间的相互依存、相互制约的关系，也体现为一种系统的思想。只不过古代人对于系统的认识带有很强的猜测性和神秘色彩。

《吕氏春秋·仲夏纪》所记："仲夏之月，日在东井，昏亢中，旦危中。其日丙丁，其帝炎帝，其神祝融。其虫羽，其音徵。律中蕤宾。其数七。其味苦，其臭焦。其祀灶。祭先肺。小暑至。螳螂生，鵙始鸣。反舌无声。天子居明堂太庙，乘朱辂，驾赤骝，载赤旂，衣朱衣，服赤玉，食菽与鸡。其器高以粗。养壮狡。"② 这是对于音乐史的记载，显然这一时期的音乐已是以"声"为联系纽带，并且为具有一定秩序性的一个文化共同体。这应该是礼乐文明滥觞期朴素的系统知识体系的呈现。从这个意义上说，《吕氏春秋》记载的音乐史应该是具有古代朴素系统意识的音乐史。

三、以情感诉求维系的国家用乐知识系统

近年来，项阳着意于"礼乐文明"研究，他有感于过往人文学科领域，特别是音乐学界对于传统礼乐文明的认知缺失，组织起得力的团队，

---

① 郭树群：《"钟律"辨析——对中国乐律学史上一个基本概念的思考》，《南京艺术学院学报（音乐与表演版）》2012年第4期。
② 陈其猷校释：《吕氏春秋校释》（一），学林出版社1984年版，第285页。

精心探索，建立起他的"礼乐文明"研究系统。

表2 以情感诉求维系的国家用乐知识系统

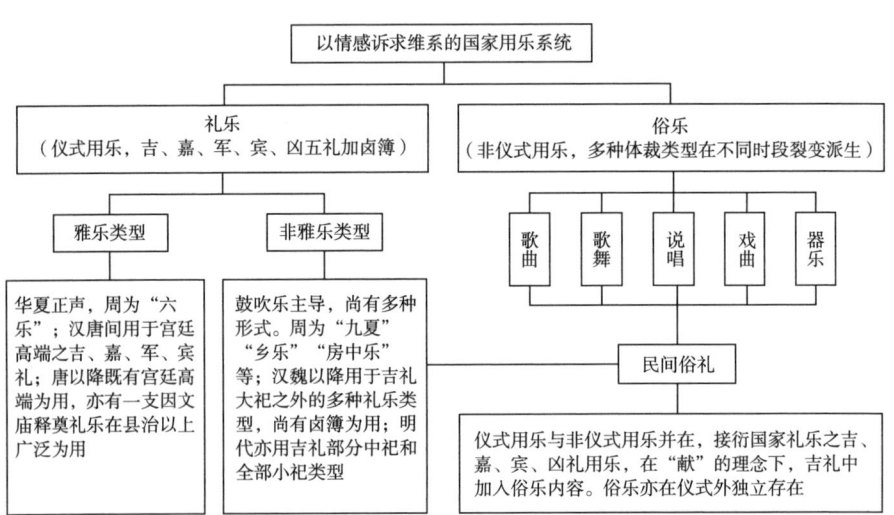

项阳提出的"国家用乐知识系统"的理论原点是上古中华民族蒙昧时期的原始宗教仪式，其确立是以西周礼乐的创始为开端。他以"引礼入乐"的历史现实为背景，针对国内社科人文学界"多谈礼和仪""言礼不言乐"的普遍现实，提出了"以乐观礼"的创新理论切入点。他提出："我们应从中华礼乐文明的逻辑起点有效梳理，讲清楚深层内涵，明确理念、正本清源，使进入新时代的中国社会更加和谐有序。"[1] 这一研究思路指引他在学界产生了令人耳目一新的系列研究成果。近期结集出版的丛书《礼俗之间——中国音乐文化史研究丛书》[2]，便是这一系列研究成果的集中展示。

国家用乐知识系统的构建以礼乐（仪式音乐）、俗乐（非仪式音乐）为主脉；在礼乐（仪式音乐）一项下，又以雅乐类型与非雅乐类型类分。

---

[1] 项阳：《无乐何以称礼乐文明——兼议民间礼俗用乐问题》，《音乐研究》2018年第3期。
[2] 参见项阳总主编《礼俗之间——中国音乐文化史研究丛书》，上海音乐出版社2019年版。

在俗乐项下，他提出了传统音乐类别随着历史进程不断裂变，并逐渐融入民间礼俗的历史现象；而民间礼俗又与非雅乐类型的吉、嘉、宾、凶诸礼接衍、共生。同时，俗乐（非仪式音乐）亦有独立存在的意义。由此形成的"国家用乐知识系统"完成了中华礼乐文明的整体结构，它涵盖了中华历史发展过程中的全部音乐事项。无疑，这与过往以"机械性的、实验论证为主导的线性分析思维模式"所描述的中华礼乐文明有着明显的不同。

这个"国家用乐知识系统"的构建，同样满足了系统构成的两个重要条件。

第一个重要条件是必须把研究对象放在它所隶属的系统之中，并且找出它在系统中的各种重要联系。笔者认为，这一维系系统的"重要联系的纽带"是项阳提到的人的"情感诉求"。从"以乐观礼"的视角来看，项阳认为："人类创造的乐，定有其功能性意义，这便是以音声或称乐来表达人类情感。乐之情感是人类所赋予的，而被人类赋予情感的乐也作用于人类，这应该是古往今来国人看重乐存在的重要理由。""中国人礼乐体系的创造实际上是为了情感的仪式性诉求以礼乐表达。"[①] 可见，"情"之所在成为维系"国家用乐知识系统"的重要理论元素。这一重要纽带——情感诉求，进一步可以概括为"情"。

第二个重要条件是要找出与对象本身自然属性不同的系统属性。这个"国家用乐知识系统"的系统属性应该是"制度"。在以"仪式"和"非仪式"类别构成的礼乐、俗乐知识体系中，"制度"规范成为建立秩序的基本条件。即便在非仪式用乐的俗乐类型，乐的多种秩序规范同样离不开古往今来的"乐学制度"。项阳认为："礼乐的特征是乐与仪式相须固化为用。……这里的关键所在是制度的定位与实施的固化。……礼乐文化的核心内涵，制度规定性不可或缺。中国礼乐文化之所以数千年长盛不衰，就在于国家体制下从宫廷到辖域下各级官府的共同实施与维系，宗教也为此

---

① 项阳：《乐与国学》，载袁行霈主编《国学研究（第四十卷）》，北京大学出版社2018年版，第46—47页。

贡献力量，所谓'推波助澜'，毕竟其乐之为用更具仪式性。"①可见在国家用乐知识系统中，"制度"为用的核心价值于此得到充分的肯定。

满足了这两个重要条件，这个"国家用乐知识系统"实至名归。

有学者认为："系统方法的推广使人们在认识事物时，侧重于研究现象和事物同外在环境、同其他各种事物的联系，从而从整体上、从事物所具有的种种联系和关系出发来认识其局部，从客观所处的特定环境出发来认识客体本身，为考察多维现实提供了有效的手段和方法。"②

项阳将其"国家用乐"之"乐本体"概念描述为"礼乐之学"和"俗乐之学"架构，认为它们可以在社会功能、实用功能、教育功能、审美功能和娱乐功能等多种为用中把握。这是时人从政治、文化、宗教、社会、哲学、审美等多视角认知的意义。从这个意义上看，涵盖后世各自成学的所谓音乐哲学、音乐美学、音乐社会学、音乐教育学、音乐传播学、音乐功能学、音乐形态学、乐律学、音乐旋律学、音乐语言学，乃至戏曲音乐学、曲艺音乐学、舞蹈音乐学等多种学科，形成既有形而下又有形而上，且有多体裁类型的丰富内涵。③

这种"大乐学"观显然具有系统思维的整体性特点。"国家用乐"的这种整体性整合了中国传统音乐学术研究的多项学科内容，关键还在于它不仅实现了不同学科门类的融合，而且这种"国家用乐知识系统"各个子系统的学科内容体现为整体性。在不同的历史节点上，"五礼"用乐都要特别体现"大乐学"理念，体现从整体上、从事物所具有的种种联系和关系出发来认识其局部，从客观所处的特定环境出发来认识客体本身的学术

---

① 项阳：《乐与国学》，载袁行霈主编《国学研究（第四十卷）》，北京大学出版社2018年版，第52—53页。
② 石国强：《系统方法是唯物辩证法的具体化和发展》，转引自徐悦仁、邓俊强《系统科学方法深化了普遍联系原理——当代系统理论研究述评》，《齐齐哈尔师范学院学报》（哲学社会科学版）1994年第1期。
③ 参见项阳《理念回归——历史语境下的中国传统乐学与乐本体学》，《中央音乐学院学报》2018年第4期。

意义。这是项阳"国家用乐知识体系"研究的用心所在，其创新特点不言而喻。为达此目的，他不断地呼吁"回归历史语境"。正像苏联学者勃劳别尔格和萨多夫斯基所言："从系统整体的规律性和各组成部分的相互联系的角度出发去研究客观现实的现象，构成了特殊的认识论'棱镜'，或特殊现实的'尺度'。"① 显然，项阳在自己精研的理论实践中获得了这一"棱镜"和"尺度"。

在项阳的"国家用乐知识系统"中，关于"民间礼俗"的递衍被描述为："仪式用乐与非仪式用乐并在，接衍国家礼乐之吉、嘉、宾、凶礼用乐，以'献'的理念，在吉礼中加入俗乐内容。"② 这里，我们看到了该系统的开放性特征。民间礼俗在非仪式用乐的俗乐类型中沿着历史轨迹，不断递衍，同时又发生着与仪式用乐之吉、嘉、宾、凶的接衍，在"献"的作用下，民间礼俗实现了俗乐与吉礼用乐的融合。这一过程，系统的开放性得以充分彰显。因为可以看到"民间礼俗"这一子系统通过开放体现出"内因与外因发生相互作用，相互转化，引起系统发生质量互变。最初是系统从环境引入某种量的变化，发生某种量的变化，进一步的发展，终于发生了质的变化，量变转变成质变，进而又开始了新的量变"③。这也再次说明了项阳"国家用乐知识系统"的特征清晰、结构严谨，形成了有待学界更为广泛、深入研究的前沿课题。

---

① ［苏］勃劳别尔格等：《系统性的哲学原理和系统方法》，转引自徐悦仁、邓俊强《系统科学方法深化了普遍联系原理——当代系统理论研究述评》，《齐齐哈尔师范学院学报》（哲学社会科学版）1994 年第 1 期。
② 项阳：《乐与国学》，载袁行霈主编《国学研究（第四十卷）》，北京大学出版社 2018 年版，第 50 页。
③ 青甲天下：《系统论的 8 大基本原理》（来源：豆丁网），http://www.360doc.com/content/18/0303/15/29378684_733947713.shtml，2018 年 3 月 3 日。

四、中华礼乐文明的传承与递衍

在"礼乐文明滥觞期知识系统"和"国家用乐知识系统"被简要地理性阐释后,古老的中华礼乐文明传承与递衍的规律性或也可同样得以把握。

美国系统论专家 E.拉兹洛在《用系统论的观点看世界》一文中说:"今天,我们正目睹另一场思维方式的转换:转向谨严精细而又是整体论的理论。这就是说,要构成拥有它们自己的关系和性质集成的集合体,按照同整体联系在一起的事实和事件来思考。用这种集成的关系集合来看世界就形成了系统观点。""用当代科学提供的这种概念和理论武装起来,不管我们朝哪里望去,都能看到有机化复杂事物的系统。人是这样一种系统,人组成的社会以及人所处的环境,也同样是这样的系统。"① 根据这样的理念,可以说王小盾、项阳的论说触到了中华礼乐文明的精髓。历史轨迹承载着的中华礼乐文明,本身具有它独特的系统结构。从"礼乐文明滥觞期知识系统"到"国家用乐知识系统",构建起中华礼乐文明系统结构传承、递衍的历史轨迹。

这里仅从"系统联系的纽带"和"系统属性"这两个要素来探讨这种传承、递衍的轨迹。

表3 两个礼乐文明系统结构的比较

系统类别	系统联系的纽带		系统的属性	
	具体描述	简述	具体描述	简述
以听觉认知维系的礼乐文明滥觞期知识系统	"测气听声"活动中产生的"声"成为维系上古礼乐文明滥觞期知识系统的重要条件	声	"律"成为礼乐文明滥觞期知识系统的系统属性	律

---

① [美] E.拉兹洛:《用系统论的观点看世界》,转引自徐悦仁、邓俊强《系统科学方法深化了普遍联系原理——当代系统理论研究述评》,《齐齐哈尔师范学院学报》(哲学社会科学版)1994年第1期。

续表

系统类别	系统联系的纽带		系统的属性	
	具体描述	简述	具体描述	简述
以情感诉求维系的礼乐文明知识体系	人类需要仪式性诉求。仪式用乐和非仪式用乐同为人类情感的具象显现；仪式性诉求与非仪式性诉求同是人类情感之需①	情	在以"仪式"和"非仪式"类别构成的礼乐、俗乐知识体系中，"制度"规范成为建立秩序的基本条件	制度

如表 3 中"系统联系的纽带"可以理解为从"声"——"情"的递变；"系统属性"则可以理解为：从"律"——"制度"的递变。这一递变过程描绘着古老的中华礼乐文明日趋精细、纯化的历史轨迹。

关于从"声"——"情"的递变，可以注意的是"礼乐文明滥觞期知识系统"和"国家用乐知识系统"都将其文化原点归属到远古时期的祭祀文化。"礼乐文明滥觞期知识系统"从时人对于自然之声的听觉认知获得的气象、天文、物候等诸多知识，使他们获得了对生活资源丰富、生命资源昌盛的情感体验。由是，《毛诗序》所谓"情动于中而形于言，言之不足，故嗟叹之，嗟叹之不足，故永歌之，永歌之不足，不知手之舞之，足之蹈之也"②。这样的文化行为孕育出"声""音""乐"的类分。而《礼记·乐记》所谓："知声而不知音者，禽兽是也；知音而不知乐者，众庶是也；唯君子为能知乐。"③ 或许正是这一文化发展过程的反映。从芸芸众生知"自然之声"的时代到"知音""知乐"的时代，维系礼乐文明滥觞期知识系统的重要纽带"声"逐渐递衍为以情感诉求维系的"国家用乐知识系统"中的系统联系纽带——"情"。这一文化因素的递衍过程还可以从如下经典记载中得以感悟：《尚书·尧典》说的"诗言志，歌永言，声依永，

---

① 项阳：《中国人情感的仪式性诉求与礼乐表达》，《中国音乐》2016 年第 1 期。
② （清）方玉润撰，李先耕点校：《诗经原始》（上），中华书局 1986 年版，第 45 页。
③ （清）孙希旦撰，沈啸寰、王星贤点校：《礼记集解》卷三七《乐记》，中华书局 1989 年版，第 982 页。

律和声"①。其间隐含的一个意思是说咏歌之"声"必以表达情感诉求为归。因为"诗言志"之"言"就是"情动于中而形于言",由"言"而及"歌""咏",则必以情感表达为依归。朱熹曾言:"讽诵歌咏之间,足以和其心气……所以咏歌之际,深足养人情性。"②由此可知,"礼乐文明滥觞期知识系统"和"国家用乐知识系统"中的系统联系纽带从自然之"声"—"情"的递衍至少在《尚书》时代已经完成。

关于系统属性从"律"—"制度"的递变,需要更多关注的是"律"的规范性和它的秩序性特征。"礼乐文明滥觞期知识系统"的系统属性"律"在原始精神崇拜的礼仪中触摸到自然之声的秩序,使原始人在获得自然资源以求生存和繁衍的社会生活中得以生生不息。进而,"律"在"同律度量衡"的时代又发挥出维系社会生活运转的功能,这时它已显现出"制度"概念的某些特征。"引礼入乐"的周代以降,在音、声、乐的类分日渐清晰的时候,"律"的秩序性内涵便融入"乐"与"礼"结合的"国家用乐知识体系",从而在"礼"与"乐"的具体内容上更为明确地体现出"制度"为用的核心特征。礼乐的规范意义和制度意义也就成为上古政治事件中的重要现象。因此有了《周礼·春官·大司乐·小胥》所称"正乐悬之位:王宫悬,诸侯轩悬,卿大夫判悬,士特悬"③的礼乐制式和《论语·八佾》所载"八佾"的礼乐规格。而国家用乐"四阶段论"④的揭示,更清楚地反映出"制度"的核心为用。近年被揭示和深入研究的国家用乐中的"乐籍制度"更被认为承载了"礼乐制度的整体性和上下相通性"⑤。可见系统属性从"律"—"制度"的递变,

---

① 曾运乾撰,黄曙辉点校:《尚书正读》卷一,华东师范大学出版社 2011 年版,第 28 页。
② (宋)黎靖德编,杨绳其、周娴君校点:《朱子语类》卷八四《论修礼书》,岳麓书社 1997 年版,第 1967 页。
③ (清)阮元校刻:《十三经注疏》(上册)之《周礼·春官·大司乐·小胥》,中华书局影印本 1980 年版,第 795 页。
④ 项阳:《中国礼乐制度四阶段论纲》,《音乐艺术》(上海音乐学院学报)2010 年第 1 期。
⑤ 梁枢、袁郁文:《礼乐之间:一个久违的思想空间》,《光明日报》2011 年 5 月 9 日。

维系了"礼乐文明滥觞期知识系统"到"国家用乐知识系统"历史演变进程。

由此,我们感知到原本作为古老文化系统的"礼乐文明"演进到现代系统文化理论的历史过程。由于王、项两位先生的努力开拓,不仅揭示出中华礼乐文明系统演变的历史进程,更为音乐史学界从整体上把握历史现象,探索历史演进规律提供了可资借鉴的经验。

结 语

在对"礼乐文明滥觞期知识系统"和"国家用乐知识系统"进行了初步系统理论分析之后,笔者感到,当今的时代,系统科学方法已经成为科学研究和人类思维最为重要和普遍的方法。其间最为重要的特点是它摒弃了传统分析方法就事论事,对问题进行孤立分析的思维模式,进入从整体高度来把握局部,从系统高度来对研究对象进行分析的境界,这样才能洞悉历史事项的全貌。王小盾和项阳学术研究实践所彰显的系统方法的光彩应当正在于此。希望它能不断发酵,为学界孕育更为精彩的学术成果。

此外,在对于中华礼乐文明历史轨迹的探索中,笔者也深刻地感悟到中华礼乐文明是在有神论背景下形成的文化传统。其文化精神的核心之一是涵养了一种"敬畏精神"。从对蛮古洪荒时代对自然神灵的崇拜,到对"神授人权"的部落首领的崇拜,再到对封建君王的崇拜,在民族文化心理上滋生着一种"敬畏上苍"的心理基因,它作为一种基因形态,世代流淌。因此,在深入关注礼乐文明的研究中,不能忽视对这种"敬畏上苍"心理基因的研究。

"敬畏上苍"作为世代流淌的民族心理基因元素,进一步培养、发扬了中华民族"他律论"的审美认知。于是在作为儒家经典的《礼记·乐记》中我们看到了"乐与政通"的理论。这应当是"敬畏上苍"心理影响下的理论构建。这样的理论之所以得以承续几千年，亦不应忽视民族心理基因的重要影响。正是在"他律论"的主流思想体系中，"礼乐文明"知识系统才有了特别的强势构建和强势发展的历史机遇。

略谈清代云南释奠礼乐研究的当下意义与价值

秦 序

浙江音乐学院

中国艺术研究院

【摘要】 宫廷雅乐,被认为是"反人民的""脱离民间的艺术传统"并与人民思想感情"背道而驰的东西",从而"不是中国音乐传统的主流"。孔庙音乐"多出自末流文人之手",不过是"假古董的再仿制"而"更不足论"。今天研究孔庙音乐(即释奠礼乐)是否还有意义?中国古称"礼仪之邦""礼乐之邦","礼非乐不行,乐非礼不举","礼乐文化"在古代政治社会生活中具有举足轻重的地位,甚至完全可以把中华文化看作礼乐文化。因而,礼乐文化已经成为中华传统文化的核心标志和象征符号,是不能忽视的钱穆所说的中国之"心"。研究清代云南释奠礼乐,可为中国音乐史研究、音乐人类学研究以及非物质文化遗产传承保护等等,提供有价值的参考借鉴,也是具体探索中华音乐文化多元一体格局如何形成、如何发展的生动例证。

【关键词】 释奠礼乐;多元一体;文化符号;中国之"心"

一、什么是"释奠礼乐"?

对中国传统文化有一定了解的读者都知道,清代的释奠礼乐,就是一般所说的"祭孔礼乐""孔庙礼乐"。但为什么《清代云南释奠礼乐研究——以大理、临安及丽江地区为例子》①（以下简称《释奠礼乐》）不直称"祭孔仪式"或"祭孔礼乐"？其实，这是经过一番认真考虑的。

《辞海》这样解释"释奠"：古代学校的一种典礼，陈设酒食以祭奠先圣先师。《礼记·文王世子》："凡学，春官释奠于其先师，秋冬亦如之；凡始立学者，必释奠于先圣先师。"郑玄注："释奠者，设荐馔酌奠而已。"②

显然，"释奠礼乐"是古已有之的名称。另外，我们今天习惯所说的，我们听说或亲见的"祭孔仪式""祭孔礼乐"，与古代的"释奠礼乐"，并不直接、完全等同。

首先，近些年举行的祭孔礼乐，比诸明清时代的释奠礼乐，不仅中间曾发生过中断，并不那么规范，而且还有很多新发展、新变化。例如，2014年中国大陆及海外隆重纪念孔子诞辰2565周年，在山东曲阜孔庙举行的盛大祭典，除乐舞生执干戚、羽龠在仿古的金石乐器的伴奏下表演模拟的"八佾"舞外，还增加了2565名小学生冒雨集体诵读《论语》等新仪式。其他地区举办的祭孔仪典也不尽相同。比如中国台湾台北地区举行的祭孔仪式，表演的就是"六佾"而不是"八佾"舞。因此，古代的释奠礼乐不能简单用今天的祭孔礼乐来替代、比附。

其次，按一般人习惯说法，今天孔庙礼乐只祭孔子，可简称"祭孔仪式""祭孔乐舞"。但古代的释奠礼乐，如上引《辞海》所示，祭祀对象是"先圣先师"，即除孔子外，至少还有"制礼作乐"的周公等"先圣"。

著名新儒家代表学者杜维明曾郑重指出：中国的儒学儒家有明显的不同于基督教、佛教和伊斯兰教的地方。例如，耶稣基督说自己就是上帝的

---

① 本文原为洪江博士的专著《清代云南释奠礼乐研究——以大理、临安及丽江地区为例子》（即出）所写之序。专著以洪江在中央音乐学院撰写的博士论文为基础，通过答辩后，数年间反复修改补充，才将以专著形式出版。我在该序文中论及的几个问题，与当前如何认识、传承和弘扬中华民族优秀礼乐文化，包括传承弘扬儒家文化遗产有一定联系，多少具有某种较普遍的意义，故修改后发表于此，希望各位批评指正。

② 夏征农主编：《辞海·语词分册》（中），上海辞书出版社2003年版，第981页。

儿子，佛祖释迦牟尼则自况天上地下"唯我独尊"，穆罕默德也是唯一的先知（Prophet），并且不可以形象来描述。但儒家不同，它的任何一种观念、任何一个人、任何一个制度都可以被质疑。首先，孔子就不是儒家的创始者。在孔子出现之前几百年，就有儒者存在。其次，孔子"述而不作"，只是祖述尧、舜、禹、文、武等诸多圣人前贤，讲述历史经典。孔子一生的不懈追求就是恢复周公之礼，重现"郁郁乎文哉"的西周礼乐文明。他发现自己不再梦见周公，就喟然叹息来日无多，大限将至。所以，准确地说，孔子"不是儒家的唯一代表"，孔子也"不是儒家最高的人格体现"①。明代大儒王阳明就曾以金子来作比，说尧、舜、禹是万斤黄金，文王、周公是九千斤黄金，孔子则是七千斤黄金。可见，即便在儒学后人眼里，孔子的价值也不是最高。虽然孟子曾说孔子是圣人的最高体现，但因孔子一生没有做王，故汉代人才要推崇孔子为"素王"以提升其地位，还辩解说：不是孔子背弃了时代，是时代背弃了他。②

《释奠礼乐·绪论》引用的清代《阙里文献考》也指出：

> 考释奠之礼，古有行于山川者，有行于庙、社者，有行于学者……至唐、宋而释奠之名，遂专施于学，其礼亦备举焉。③

可见，释奠礼乐原先不只是祭祀先圣先师，也曾用于祭祀山川、祖先、社稷等，祭祀对象非常广泛。唐、宋以后，才专门用于学校及孔庙，但祭祀的也是先圣先师。

再细说，"释奠"还可分为"释菜"（也作"释采"）和"奠礼"，即

---

① 杜维明：《儒家的心性之学》，载杨朝明主编《孔子文化奖学术精粹丛书·杜维明卷》，华夏出版社2015年版，第52页。
② 杜维明：《儒家的心性之学》，载杨朝明主编《孔子文化奖学术精粹丛书·杜维明卷》，华夏出版社2015年版，第52—53页。
③ 参见（清）孔继汾《阙里文献考》卷一九《礼考》第五之一《阙里祭仪》，清乾隆二十七年刻本。

"释"与"奠"略有区别。《辞海》"释菜"云:

> 亦作"舍菜"。古代读书人入学时以苹蘩之属祭祀先圣先师的一种典礼。《礼记·月令》:"〔仲春之月〕上丁,命乐正习舞释菜。"《周礼·春官·大胥》:"春,入学,舍采合舞。"①

苹,本指浮萍。蘩,一指白蒿,菊科草药,中药名茵陈;一指菟蒵,即款冬,多年生菊科,其花蕾可入药,称为款冬花或冬花。因此,"释菜礼"当是用这类植物来祭祀。

"奠"也指向鬼神献祭品,如奠酒,即以酒祭。《礼记·文王世子》说:"凡学,春官释奠于其先师,秋冬亦如之……凡释奠者必有合也,有国故则否。"杨天宇《礼记译注》说:"官,谓学官。释奠,放置祭品于先师之神位前,以行祭祀先师之礼。"又说:"凡释奠者必有合也,有国故则否:合,谓合乐也。春释菜合舞,秋颁学合声,释奠则合之。又国故,谓如君死,或有灾荒、有战争等,则不合乐。"②看来,"释"和"奠",即"释菜"和"奠酒",不尽相同。"释菜",主要用"菜"礼祭祀,合舞;"奠礼"则"设酒酹祭祀,合声"。故"释奠"应是两者皆备,即陈设菜、酒等食品,既合舞,也合声(歌、乐)。

因此,《释奠礼乐》统一沿用明清以来称谓,以"释奠礼乐"作为较明晰准确的学术用语,既尊重历史,从历史实际出发,也希望借此进一步呼吁人们加强实事求是地探索、保存文化遗产原貌的意识。

---

① 夏征农主编:《辞海·语词分册》(中),上海辞书出版社2003年版,第981页。
② 杨天宇:《礼记译注》(上),上海古籍出版社、世纪出版集团2004年版,第251页。

二、研究释奠礼乐，为什么不以曲阜、北京等地孔庙为对象？

如单纯从音乐艺术角度，或单纯从仪式礼乐角度来研究，也许很多人会说，《释奠礼乐》选点，为什么不选曲阜孔庙、北京的国子监及孔庙，而把目光投向遥远的云南边陲的几个地区，包括大理和丽江这样少数民族聚居区？曲阜，是孔子出生和长期活动的地方，孔府、孔林分别是孔子家族集中生活和归葬安埋的儒家"圣地"；曲阜孔庙既是祭孔仪典的起源地，两千多年来这里也一直是释奠礼乐和祭孔仪典的大本营。北京，是明清朝廷所在重地，释奠祭孔以国家最高学府"国子监"（"国学"）为依托，直接在朝廷率领、管辖之下举行。因此，作为儒家文化发达之地的曲阜和北京，自然是释奠礼乐活动的重中之重，不仅历史悠久，祭祀典礼的规模、档次远非僻远边疆的云南可比，而且论及相关历史资料之丰厚、学者们相关研究成果之突出等，学术文化历来滞后的云南边疆又怎能望其项背？

那么，《释奠礼乐》选择僻远的云南边疆，包括大理和丽江少数民族聚居区来研究清代释奠礼乐，能给我们增添释奠礼乐的多少新知识？对云南三地的清代释奠礼乐的研究在音乐、礼仪方面能有多少新突破？

地处西南边陲、少数民族众多的云南，虽历来被视为"化外"的"不毛之地"，中央政府到元代才正式在云南设省治理。不过，中原文化（包括儒家文化等汉文化）其实很早就陆续传播到这里，影响可谓悠久深远。清代的大理和丽江虽是少数民族长期聚居的地区，但历史上曾先后建立延续多年的"南诏国"和"大理国"两个地方政权，并与唐、宋两大王朝相始终，往来密切。中原礼乐文化如儒家文化，在云南地区一直有深远影响。

古代的文化教育机构，有各级官办的"正规"学校（也称官学、学庙），包括国家级的"国学"（国子学、国子监）及各级官府主办的"府学""县学"等，因多设于各地孔庙内，故也称学庙、庙学。此外，还有大量民间或官方、半官方兴办的书院、书屋、私塾等。它们传授的也主要是传统的儒家经典和儒家学说。正如《释奠礼乐》所指出，明代在京城设有国学，各省、府、州、县则设有书院和义学。明清时期中原移民大量迁入云南，中原政治、经济和思想文化等多方面的影响日益扩展、不断深入。清代的庙学继承明代传统，又有所发展。以云南为例，从清初顺治年间起，中央政府先后在昆明、大理府、临安府①等地建立各级庙学，建立府卫教授、州学正、县教谕训导等各级官员在内的教育体系。释奠礼乐作为实施礼乐教化的重要途径，广受重视，因而大有发展。

所以，传入云南地区的释奠礼乐，也是古代雅乐、孔庙礼乐的一部分，不应忽视。

三、前辈学者认为：雅乐（包括孔庙礼乐）不是中国传统音乐的主流和代表

还有一个非常重要的问题，需要正视，不能回避。中国古代音乐史研究的前辈大家，无论是杨荫浏先生，还是黄翔鹏先生，都曾郑重指出历代宫廷雅乐（包括祭孔礼乐）不是中国传统音乐的主流，不代表我国数千年积累的最为重要、最优秀的音乐文化遗产。既然如此，清代释奠礼乐在云南的传播、影响在今天还有研究的价值和意义吗？

杨荫浏在其代表作《中国古代音乐史稿》第五章中指出，历代宫廷制定和演奏雅乐"主要包括祭祀音乐和朝会、宴飨等场合所用带有典礼性的音乐"以及祭孔的释奠礼乐。它虽是统治者非常看重的一件大事，即所谓"王者功成作乐"，但"从创作来源而言，雅乐是出于取媚统治者的官僚之手；从内容看，无非是对当代统治者的歌功颂德；从目的而言，是要巩固统治，强调皇帝的尊严。它是彻头彻尾反人民的，它既是脱离民间的艺术

---

① 书中选取的清代"临安"，当然不是南宋都城临安，也不是今天杭州市下辖的临安县，而是今天红河州的建水县，当时是清"临安府"驻地。建水原是少数民族聚居地，随汉族移民不断迁入，逐渐成为以汉族为主的地区。

传统，又是与人民的思想感情背道而驰的东西"。杨先生说："这就注定了它没有生命，注定了它创作的一天，就是开始僵化的一天！"不但汉代雅乐如此，"后来各朝的雅乐也都是如此"①。所以"雅乐"往往只是礼仪制度的附庸，甚至被古人讥讽为"雅乐虽雅，不成其为乐"，必然僵化衰退。

杨荫浏还说，各时期统治阶级特别重视的雅乐，主要从先秦的《雅》《颂》传统发展而来，它们"更多地继承了《颂》的反现实的思想实质和脱离群众的艺术倾向"，从而"注定了它在每一时期中，在人民面前，因不能起积极作用，而归于失败"②。比如，孔子曾高度赞誉的周公制定的"郁郁乎文哉"的西周雅乐，到东周，便发生严重的"礼崩乐坏"。《礼记·乐记·魏文侯篇》记载魏文侯问于孔子弟子子夏说："吾端冕而听古乐，则唯恐卧。听郑卫之音，则不知倦。"魏文侯老实承认自己头戴冠冕（礼帽），身着礼服，端坐聆听"古乐"（雅乐），就怕打瞌睡，而一听"郑卫之音"等新乐，则丝毫不知疲倦。魏文侯百思不得其解，他问孔子弟子子夏："敢问古乐之如彼，何也？新乐之如此，何也？"③可见，周公大力推行的雅乐，又有孔子身体力行以"正乐"，但到春秋战国，即便在诸侯宫廷中也竞争不过流行新乐"郑卫之音"等。据《孟子·梁惠王章句》记载，齐国统治者齐宣王干脆公然宣称："寡人非能好先王之乐也，直好世俗之乐耳。"④

又如，唐太宗登基举行盛大朝会，表演了气势恢宏、"声振百里，动荡山谷"的《秦王破阵乐》，令听众"凛然震悚"。李世民还高兴地说，没有想到他当秦王率兵出征时的军中歌曲"今日登于雅乐"⑤。《秦王破阵乐》

---

① 杨荫浏：《中国古代音乐史稿》（上册），人民音乐出版社1981年版，第126—127页。
② 杨荫浏：《中国古代音乐史稿》（上册），人民音乐出版社1981年版，第52页。
③ （清）朱彬撰，饶钦农点校：《礼记训纂》卷一九《乐记第十九》，中华书局1996年版，第588页。
④ （清）焦循撰，沈文倬点校：《孟子正义》卷四《梁惠王章句下》，中华书局1987年版，第99页。
⑤ （后晋）刘昫等撰：《旧唐书》卷二八，中华书局1975年版，第1045页。

进一步加工修改后,更名《七德舞》,被列为初唐宫廷著名的"三大舞"之首。太宗去世后,还改编为祭祀他的"庙乐"(标准雅乐)。据记载,当时宫廷上演该乐时,不仅太宗皇帝(以及后来继位的唐高宗)都站起来观看,已经入座的群臣也都赶忙站起来陪同,有如后世重大典礼时的奏国歌,极其庄严肃穆。但时到中唐,如白居易《立部伎——刺雅乐之替也》诗所讽喻,当时出现"坐部贵"而"立部贱","堂上坐奏"的"坐部伎"演奏员如果水平差,则降级到"立部伎",在"堂下立奏";若仍不及格,则要继续淘汰,"立部又退何所任,始就乐悬操雅音",水平实在不行者,居然贬去奏"雅乐"!可见雅乐的地位和演奏水平竟然如此低下,所以白居易大为感叹"雅音替坏一至此"①。不仅让被淘汰的技艺极差者去奏雅乐,曾经无比庄严神圣的大唐第一雅乐《秦王破阵乐》后来还在俗乐性的杂技表演中被当作走绳伴奏之乐使用。②

黄翔鹏则专门撰文《雅乐不是中国音乐传统的主流》,明确指出:"有人以为雅乐是中国传统音乐的主流,并且把近代的孔庙乐当作雅乐的一种规范,以为中国的传统音乐就是如此。这是由于历代乐志偏于宫廷雅乐的记载,在国际、国内学术界造成了错觉。再者,孔庙乐更不是中国传统雅乐的典型。历史上,特别是宋代、清代都曾根据自己心目中一种"古雅"的模式,仿制过古董。艺术品的仿制、摹制,高手也可传神、也可乱真,但毕竟经不起鉴别……至于假古董的再仿制——孔庙乐(多出自末流文人之手,如果出自末流乐工,那倒也许会略好一点的),就更不足论了。"③黄翔鹏还说:"雅乐,仿佛确有经典规格。但从头到尾一查中国音乐史中的历朝雅乐,实则随代而异,流变万端。"他还说雅乐"不大称得起艺术品"。文章最后,他干脆说:"雅乐在封建社会中,名义上颇受统治阶级的重视;实则艺术水平甚低,从来只被当作"礼"的附庸,更谈不上是否可

---

① (唐)白居易撰,谢思炜校注:《白居易诗集校注》(第三册),中华书局2006年版,第291页。
② 参见杨荫浏《中国古代音乐史稿》(上册),人民音乐出版社1981年版。
③ 黄翔鹏:《雅乐不是中国音乐传统的主流》,《人民音乐》1982年第12期。

能成为中国音乐传统中的主流。至于现代残存的孔庙乐，它是脱胎于假古董——拟古的雅乐的再度仿制品，实在不值一谈了。"①

20世纪初，叶伯和、王光祈等学者先后撰写出多种新的《中国音乐史》，被学界公认为开启了近代、科学的中国音乐史研究。一个重要原因，就是叶伯和在其《中国音乐史》中，明确指出过去的音乐史都没有把音乐当成一门艺术。②所以，他们所撰写的《中国音乐史》都是作为一门艺术的中国音乐的历史。杨、黄等前辈之所以不看重古代的雅乐，与此学术思潮的发展及其强调音乐的艺术价值应有密切关系。

既然如此，为什么洪江还要选取清代云南地区的释奠礼乐作为自己博士学位论文的研究对象？为此他不仅要努力收集整理各种相关的古代文献资料，还要反复多次深入云南建水、大理和丽江等地区认真进行实地调查研究。而受聘到中央音乐学院并荣幸担任洪江博士导师的我，为什么不全面考量、认真把关，反而支持他深入开展这一研究，难道不怕误人子弟？

四、研究清代云南边疆地区的释奠礼乐传播发展自有其文化、历史的价值

我支持洪江选择此课题深入研究，其实经过以下多方面的认真考量：

第一，学术研究本来没有禁区，不能简单依据研究对象本身是否重要，或课题是否实用来作为判断相关学术研究意义和价值的主要标准。

第二，前辈学者认为古老的雅乐，包括孔庙礼乐"不是中国传统音乐的主流"——对此，学界今天仍有一些学者持不同意见。前辈学者的看法有其合理性，但也有一定局限，其实可以商榷，这且按下不表。我们认为，即使古老的雅乐、祭孔音乐体现的音乐、文化传统真是"非主流"的传统，艺术性价值真的有限，但存在即合理，它们仍然是一种具有悠久历

---

① 黄翔鹏：《雅乐不是中国音乐传统的主流》，《人民音乐》1982年第12期。
② 参见叶伯和《中国音乐史》（上卷），昌福公司1922年版，第1页。

史的音乐文化遗产，仍是负载和体现着中华礼乐文化深厚文化内涵的重要传统。

退一步说，清代云南传播的释奠礼乐，真是"脱胎于假古董——拟古的雅乐的再度仿制品"，那也不是完全"不值一谈"。因为，历史上做假、造假的器物（比如古代墓葬中的仿真的"明器"）经过数百年数千年岁月沧桑的积淀淘汰，本身也成为一种古老的文化遗物，具有一定的历史、文化厚度和历史价值。例如，上文黄先生文中提到宋代赵彦肃所传《风雅十二诗谱》，认为它们从宫调上"已经露出马脚""实为宋人伪作"①。虽然它们或许没有更多的可考的历史来源或依据，但至少，也是宋代人所编创的作品，至今也有七八百年之久，仍多多少少能从一个侧面反映宋代拟古、仿古的某些思想和历史信息。

第三，不妨再换一个角度来看这个问题。比如，从历史主义的角度，实事求是看待雅乐和孔庙音乐的文化、思想、制度等方面的意义；或者，从文化人类学角度出发，则音乐艺术当然是一种"文化"，一种离不开相关社会文化生态、文化发展大背景的"文化"成分、文化特质，一种在特定历史和文化环境中形成且负载着深厚历史内涵的特殊音乐"文化"。

美国学者梅里亚姆《音乐人类学》一书，清楚明白地提出了民族音乐学（亦即音乐人类学）定义："在我看来，民族音乐学应当被界定为'对文化中的音乐的研究'（Merriam，1960）……这里包含了一种假定，即民族音乐学由音乐学部分和民族学部分共同组成，而音乐的声音是人类行为的产物，人类行为过程又是由创造某一文化的人们的价值观、态度和信仰决定的。音乐的声音只能由人为了他人而创造出来，而且虽然我们在概念上可以分清这两个方面，但是没有任何一方面则另一方面都是不完整的。人类行为产生了音乐，而这是一个连续的过程：行为本身首先被定型然后

---

① 黄翔鹏：《雅乐不是中国音乐传统的主流》，《人民音乐》1982年第12期。

才产生出音乐的声音,因此对于音乐两个方面的研究要相互渗透。"①

梅里亚姆还多次强调,民族音乐学的独特贡献,在于它融合了社会科学和人文学科的视角,使得二者互相补充并让我们更全面地了解这两方面:"它们中的任何一方面都不应当被视为完全的目标;这二者应当结合起来以求得更全面的知识。"②这一看法深为文化人类学、民族音乐学界专家学者们赞赏认同。

其实,无论从广义还是狭义看,任何音乐都是一种"文化",也都是"由创造某一文化的人们的价值观、态度和信仰决定的"。因而,研究任何一种音乐都离不开相应的文化研究。中国音乐史研究应以音乐艺术本体为主要研究对象,但同时也是一种对中国文化中音乐的研究,一种对生存发展于中国文化大环境中的、由创造中国音乐的人们"价值观、态度和信仰决定的"音乐以及相关的音乐文化的研究。

音乐是一种时间艺术,在时间中展开并随即消逝。详尽周密的乐谱及保真的录音技术发明以前,除口耳相传外,音乐艺术作品极难完整保存并长期传留。因此,相关的音乐文化的研究不能不成为音乐史研究,尤其是早期音乐史研究的重要内容、突出内容。孔子曾说过:"礼云礼云,玉帛云乎哉?乐云乐云,钟鼓云乎哉?"(《论语·阳货》)"乐"不只是形而下的钟鼓,形而上的、以声响(音波)为载体的音乐作品很难保存,所以今天从事音乐考古,或研究比较久远的音乐,不能不通过形而下的钟鼓等实物遗存,即相关的物质文化史料,结合有关文献记载等文字史料,运用"多重证据法"来研究当时的音乐。

第四,中国古代的宫廷音乐、舞蹈等,乃至大量的民间乐舞,都是长期从属于且离不开社会的"礼乐"文化整体大背景的,是为"礼"文化

---

① [美]艾伦·帕·梅里亚姆:《音乐人类学》,穆谦译、陈铭道校,人民音乐出版社2010年版,第6—7页。
② [美]艾伦·帕·梅里亚姆:《音乐人类学》,穆谦译、陈铭道校,人民音乐出版社2010年版,第7页。

（与严格的等级制度配套的礼治、礼制、礼仪、礼乐、礼俗等内容）服务的。礼乐文化（包括民间的礼俗文化）是我国古代音乐所生存、依托和长期服务的极其重要的文化背景和文化生存空间。

正如吴小如主编的《中国文化史纲要》所指出：

> 中国古称"礼仪之邦"，而视其他化外民族为"蛮夷"，这固然是自我中心观的一种体现，但同时也反映出"礼"在中国古代政治社会生活中举足轻重的地位。如果从礼仪制度与风俗的悠久历史、丰富内涵和广泛影响考察，我们完全可以把中华文化看作是礼文化。①

"礼"原本是人类原始时代的习俗、信仰系统，当时人们的生产、生活、习惯、信仰、经验、知识的积累，无不混而为一地保留在这个可以称为"礼"的文化系统中，所以"礼文化是任何民族都曾经历过的原始阶段的文化"②。世界上的古老文明，除中华文明以外，都发生过中断，有学者把这种发生过中断的文化称为"次生道路文化单元"。只有古老的中华文明是唯一从第一代文明延续下来未曾中断的"原生道路文化"，构成"原生道路文化单元"③。其他文化单元中第一代文明或灭亡或中断，唯有中华文化保留原有发展方式和根本特征，进而建立起全套的文明制度，中国文化的根本特征就是"礼"，整体上看属于礼文化模式。

还有学者认为，中国有五千年的文明史，但这并不是以文字作为标志的，应是"以成熟的礼仪作为标志"④的。这种看法有一定的道理，具有进一步探索的启发意义。因为不管是考古学界判断"文明"开始的三要素说，还是后来的多要素说，远古祭祀礼仪和礼制的形成发展，以及它们在

---

① 吴小如主编，刘玉才、刘宁、顾永新编著：《中国文化史纲要》，北京大学出版社2001年版，第29、30页。
② 邹昌林：《中国礼文化》，社会科学文献出版社2000年版，第6页。
③ 邹昌林：《中国礼文化》，社会科学文献出版社2000年版，第1页。
④ 邹昌林：《中国礼文化》，社会科学文献出版社2000年版，第18页。

文明形成过程中的深远作用，的确是文明起源研究的一项重要标志。在"礼仪之邦"的中国，更有重要意义。①

相传西周初，周公在"损、益"夏、商二代礼乐的基础上"制礼作乐"，把礼和礼制进一步推至鼎盛，逐渐形成一整套深刻影响中国几千年历史的繁复的礼仪制度。此即孔子所艳羡并作为自己毕生追求的理想目标。孔子认为"周监于二代，郁郁乎文哉"，宣称"吾从周"②，所以他提倡"克己复礼"，以重建西周礼乐制度为毕生志业。

当时的"礼"已经成为"经国家，定社稷，序民人，利后嗣"③的大事，是统领政治、文化和社会一切层面的思想举措和核心制度。高度发达并不断完善的周代礼乐制度正如吴小如所指出："实际是一个囊括了国家政治、经济、军事、文化一切典章制度以及个人的伦理道德修养、行为准则规范的庞大概念。"④

礼、礼仪都离不开"乐"，所谓"礼乐相须以为用，礼非乐不行，乐非礼不举"⑤。所以，"礼文化"也称"礼乐文化"，"礼仪之邦"就是"礼

---

① 文化史和考古学界如何判断"文明"，原有著名的三要素说。最早由英国学者格林·丹尼尔在《最初的文明》一书中提出，将有文字、城市和复杂的礼仪中心作为文明的三要素，若三者得其二，便可判定为"文明"。日本学者贝冢茂树将该书译为日文，并在《中国古代史学的发展》一文中进一步认为文字、宫殿基址和青铜器（冶金术）为判定"文明"的三要素。同时，我国著名考古学家夏鼐也在一次公开演讲中，明确表示赞同贝冢茂树的观点（夏鼐：《中国文明的起源》，文物出版社1985年版，第102页）。今天不少学者进一步发展、丰富相关标准，如李学勤后来提出判断文明的起源有金属的使用、文字的产生、城市的出现、礼制的形成、贫富的分化以及人牲人殉的发端等（李学勤：《失落的文明》，上海文艺出版社1997年版，第78—92页）。
② （清）刘宝楠撰，高流水点校：《论语正义》卷三《八佾第三》，中华书局1990年版，第103页。
③ （清）洪亮吉撰，李解民点校：《春秋左传诂》卷五《隐公十一年》，中华书局1987年版，第206页。
④ 吴小如主编，刘玉才、刘宁、顾永新编著：《中国文化史纲要》，北京大学出版社2001年版，第30—31页。
⑤ （宋）马端临著，上海师范大学古籍研究所、华东师范大学古籍研究所点校：《文献通考》卷一四一，中华书局2011年版，第4278页。

乐之邦"。在中国古代，不仅"王者"上位要"功成作乐"，孔子主张培养人才要"兴于《诗》，立于礼，成于乐"①；《礼记·乐记》强调"礼乐不可斯须去身"②；儒家经典还特别强调"移风易俗，莫善于乐"③。由于当时诗、"乐"分不开，所以孔子之诗教，也就是孔子的"乐教"④。儒家是将礼乐作为完善个人修养和改进世风民俗的最重要的内容和最高的追求。

在这样的大文化框架之中，在"礼乐相须以为用"的生存状态之下，音乐没有独立的艺术身份与地位，也少有纯艺术状态的存在。因此，不论是研究古代的"音乐"，还是研究"音乐文化"，都离不开笼罩一切音乐和艺术的礼乐文化，都离不开音乐所依托的文化总生态和大背景，都离不开中华文化是"礼文化""礼乐文化"这一基本特点。近人钱穆也认为礼乐之道是中国的核心思想，认为要了解中国文化就必须站到更高处探讨这一中国之"心"。⑤

因此，中国古老的礼乐文化、礼仪文化，包括孔庙释奠礼乐，自然有其重要的作为文化遗产和文化传统的价值，有不可或缺的历史意义和研究价值。

第五，借用文化人类学"文化圈"学派的"文化传播主义"理论，还可以从"礼失而求诸野"的角度，合理地进行比较、归纳研究。"文化圈"学派反对文化人类学中"简单进化论"观点，后者认为全人类的精神具有同一性，所以无论哪个民族都要经历相同发展道路，由简单文化向复杂文化逐渐发展进步，并且这种发展是单向度的、直线的。所以，"简单进化论"将各民族之间不同的文化现象解释为先进或落后的代表，并将欧美以

---

① （清）刘宝楠撰，高流水点校：《论语正义》卷九《泰伯第八》，中华书局1990年版，第298页。
② （清）朱彬撰，饶钦农点校：《礼记训纂》卷一九《乐记第十九》，中华书局1996年版，第599页。
③ 胡平生译注：《孝经译注·广要道章第十二》，中华书局2009年版，第29页。
④ 徐复观：《中国艺术精神》，广西师范大学出版社2007年版，第5页。
⑤ 参见［美］邓尔麟《钱穆与七房桥世界》，蓝桦译，社会科学文献出版社1995年版，第7页。

外的各种文化统统视为原始、野蛮、落后的文化，视为"活化石"或"活的博物馆"。如有相类似的文化现象出现，"简单进化论"则认为是文化在平行发展的基础上达到同一水平的征兆。但主张文化传播主义的人类学家则认为文化传播影响深远。文化构成的最小单位是文化特色，若干特色进而构成文化复合，也称为文化要素；文化复合或文化要素能像波纹一样从发源地扩散开来，发生空间性传播。与某种复合的文化要素相联系的特定空间，就叫"文化圈"。"文化圈"学派认为复杂的文化要素很少独立产生，否定重大发明无论在哪个地域、时段都一再重复的观点，认为文化的发明一旦产生，就像石子投入水池中一样，以发源地为中心波纹，向四周扩散开来。[①]文化传播除地理上由中心向四周扩展外，还有时空上传承传播的先后关系，从而构成不同的"文化层"。

其实两种理论各有道理。以传播学派理论为例，即便今天全球化浪潮席卷世界，人类进入信息爆炸时代，但仍然有大量文化成果、文化特质，包括各种高科技成果，由创生之地向四周、向全世界强力辐射，迅速传播开来。可见，文化传播学派和"文化圈"理论并不完全过时。

文化圈学派还认为，文化圈的边缘地区比起源地的中心区域往往更能较完好地甚至原样地保存从起源地传播而来的诸多文化要素、文化特质。中国古人所说的"礼失而求诸野"指的正是这种现象。

如果说，在中原等礼乐文化的起源地、儒家文化圈的中心区域，宫廷礼乐文化，包括宫廷雅乐和孔庙祭祀礼乐，在漫长的历史进程中，必然会有种种发展、变化，甚至可能出现仿制的"假古董"，以及"假古董"的再仿制，那么，影响深远的中原儒家文化以及中原其他重要文化往往比较完整、持久地遗留保存在中华"文化圈"的边缘地区，保存在所谓的"诸野"之地如云南这样的边疆地区。我们从中有可能寻求到长期遗存、积淀的某些古老的，也许更接近历史原貌的中原"礼乐"文化特质，可以

[①] 参见庄锡昌、孙志民编著《文化人类学的理论构架》，浙江人民出版社1988年版，第15—26页。

据之进行有意义的"逆向考察"或"以今证古"的研究。①

综上，无论从研究方法来考虑，还是从选择独特入手点考虑，洪江博士这一探索都有其合理性、必要性，有自身独特的探索价值和文化史的意义。

五、释奠礼乐研究所具有的文化、历史的"符号"意义、标志意义

其实，《释奠礼乐》研究的重中之重，也是尤其值得我们关注的，是释奠礼乐本身具有的文化象征意义和文化符号意义，以及它在云南边疆落地生根和茁壮成长所具有和彰显的某种特殊的文化传播交流的文化、历史的"符号"意义、标志意义。

如上所述，起源于中原地区的古老的释奠礼乐是中华礼乐文化的重要文化符号，也是儒家文化的核心标志。释奠礼乐在明清时期，在云南边疆及少数民族地区逐渐传播、传承的实际状况其实是一种重要的文化标志，标志着中原礼乐文化的不断扩展、影响不断深化，标志中原礼乐文化与边疆地区和各民族文化的交融互动进入了重要的发展新阶段。

云南在清代推行释奠礼乐，如前所述，其实是中原汉文化的核心象征，是负载、表征着中原儒家文化的深层内涵和核心价值，是悠久博大的华夏礼乐文明（思想精神、制度和教育等多方面综合）的重要符号。儒家

---

① 笔者 30 多年前在云南工作时，曾撰写《民族乐器口弦初探》(《音乐艺术》1981 年第 1 期)，考证很多少数民族至今仍广泛运用的"口弦"，就是古代《诗经》中多有描述的乐器"簧"。而簧从先秦一直到秦汉魏晋仍是中原常见乐器，后才失传。后又撰写《试论笙属乐器的起源》(《民族艺术》1982 年第 2 期)，考证先秦到两汉时期云南祥云大波那遗址、江川李家山古墓群和晋宁石寨山滇王墓等地出土的青铜葫芦笙，不仅与楚国、曾侯乙墓和长沙马王堆汉墓等内地出土笙、竽形制机理高度相同，也以葫芦为斗、笙管透底，分前后两排排列，均高度一致，与古老文献记载相符。这说明它们之间虽然远隔数千里仍存在亲密的渊源关系。先秦笙（葫芦笙）的古老形制也一直保留在云南少数民族中，至今变化不大。它们均属"礼失而求诸野"的典型例证。两文均收入笔者论文集《一苇凌波》(上海音乐学院出版社 2004 年版)。

文化以及释奠礼乐，在云南边疆汉族聚居地区"临安"（今建水）以及白族聚居区大理和纳西族聚居区丽江等地，有不同的历史传播传承过程，有不同程度、不同层级的体现。

以儒家文化为核心、为重要代表的中原文化与边疆不同民族文化的交流，会自然而然发生矛盾冲突、对抗排斥，形成新的张力，但也会因交流发生"濡化"（acculturation），不仅导致主体文化发生种种变迁，甚至文化的中心价值也会发生改变。但同时，与不同民族文化、不同地域文化的接触交流也会影响以释奠礼乐为代表的儒家文化和汉文化自身，也会发生某些适应性的文化变迁。

《释奠礼乐》考察释奠礼乐为代表的中原儒家文化和汉文化在云南边疆汉民族为主的聚居区和少数民族聚居区相互交流、融合、互动有何具体体现，释奠礼乐对各地各族传统音乐文化有何影响，以及各地方音乐和少数民族音乐又如何影响、进入当地的释奠礼乐，都是饶有兴味的问题。比如，在《释奠礼乐》中，就有对释奠礼乐与滇南地区彝族海菜腔以及云南洞经音乐的发展演变的关联互动的深入探讨。

不同社会和文化有不同的社会功能与结构，文化交流双方的社会、文化不同，核心价值不同，以及接受客位文化者的不同阶层、身份也都会发生不同的交流"濡化"。不同民族和地区的主体文化及其自身传统也各有不同，因而发生的交流"濡化"有深浅和宽窄的不同。[①]

调查了解清代释奠礼乐，通过在边疆跨民族跨地域的交流、传播与互动融合，还在更高更大的规模层次上和更深入更紧密的文化结构层面上展现出中华音乐文化多元一体大发展格局如何在边疆地区呈现和夯实，如何实现相互交融互动的新格局、新气象。

所以，选取清代儒家礼乐文化在不同民族、不同地区的传播传承，不仅为中华音乐文化多元一体如何在边疆地区具体发展不断深化提供了生动

---

① 参见殷海光《中国文化的展望》第三章"文化的重要概念"，商务印书馆2011年版。

鲜活的例证，也为以释奠礼乐为表征的文化学、传播学的互动传承研究提供了多姿多彩的生动实例。

六、释奠礼乐研究为中华民族多元一体格局的形成提供了例证

中华民族多元一体格局是费孝通晚年提出的重要思想之一。1988年他在香港中文大学发表题为《中华民族的多元一体格局》重要演讲，次年，专著《中华民族多元一体格局》①出版，被认为是他在民族研究领域中最具影响力的集大成之作。

费孝通指出，中华民族作为一个自觉的民族实体，是近百年来在中国和西方列强对抗中出现的，但作为一个自在的民族实体则是在几千年的历史过程中形成的。中国50多个民族单位是"多元"，而"中华民族是一体"，虽然它们都称"民族"，但层次不同。费孝通还指出："纵观中国几千年的历史，分分合合，纷争不断，但是从'多元'走向'一体'的大趋势是整个历史发展的主线。"而且即使是在"统一"的时期，统治者在政治制度、宗教信仰、经济形态等方面，仍然允许在某些地区、某一阶层、某种行业中保持它的特殊性。费孝通还从科学的角度上阐明中华民族在多元一体的大格局里各展所长，既创造了本民族的历史，又共同创造了中华民族的历史。他强调这一格局的最大特点，即一体中包含着多元，多元中拥戴着一体。中华民族在漫长的"分分合合"的历程中，终于由许许多多分散孤立存在的族群，形成"你来我去，我去你来，我中有你，你中有我，而又各具个性的多元一体"②。

人类学家林耀华高度评论费孝通这一重要思想。他说费孝通运用丰富的资料，特别是考古学、语言学、人类学、民族学和历史学方面的资料，在几万年的宏大坐标系统里纵横驰骋，举重若轻地娓娓而谈，深刻追溯了

---

① 参见费孝通主编《中华民族多元一体格局》，中央民族大学出版社1999年版。
② 费孝通主编：《中华民族多元一体格局》，中央民族大学出版社1999年版，第1页。

中华民族格局的成因。他指出,费孝通提出并加以论证的"多元一体"这个核心概念在中华民族构成格局中的重要地位,"为我们认识中华民族和文化的总特点,提供了一件有力的认识工具和理解全局的钥匙"①,相信它必能对我们今后开展的民族和文化研究产生巨大启迪作用。所以,在中华文明中,在中华文化发展的多元一体格局中,我们处处能够体会到那种多样和统一的辩证关系。

费孝通关于中华民族多元一体的发展格局的重要思想,不仅为观察和分析民族发展的历史规律和为了解中国文化发展的总体特点和发展轨迹提供了有力的认识工具和理解钥匙,也为我们观察和分析中国音乐文化发展的总特点、大格局和研究边疆地区与中原礼乐文化的交融互动提供了一个有力的认识工具和一把理解全局的钥匙。

回顾中国数千年的文明史,由于古代华夏族群率先进入农耕生活,很早就定居于中原,文化比较发达,从而成为当时文明、文化的中心与热地,并逐渐形成了以华夏文化礼仪为标准,产生了"华夷之辨",或称"夷夏之辨""夷夏之防",进行族群分辨、区分。"华夷之辨"的衡量标准大致经历血缘衡量标准阶段、地缘衡量标准阶段以及衣饰、礼仪等文化衡量标准阶段三阶段演变。②

但秦汉以后,在"华夷之辨"上占据主流的是文化因素,强调文化认同而不是以血缘及地域来进行衡量。尤其华夏或称后来的汉民族在强盛时期对异族群或不同文化能持比较宽容的态度。韩愈《原道》指出,孔子作《春秋》,强调"诸侯用夷礼则夷之,进于中国则中国之"③,即孔子以文化的认同来裁决、判断族群之归属。

所以,在漫长的历史进程中,中华各民族是以文化的特色和文化的认

---

① 林耀华:《认识中华民族结构全局的钥匙》,载林祥主编《世纪老人的话:费孝通卷》,辽宁教育出版社 2003 年版,第 166 页。
② 参见王宗礼主编《华夏文明:传承创新在甘肃》,甘肃文化出版社 2013 年版,第 27 页。
③ (唐)韩愈著,刘真伦、岳珍校注:《韩愈文集汇校笺注》卷一,中华书局 2010 年版,第 3 页。

同作为判断族群归属的非常重要的标准。在某种意义上甚至可以说，对文化的认同、重视甚至超越了血统、体质等方面的认同。换言之，中华文化的多元一体认同是中华民族多元一体格局形成和发展的重要推动力。

洪江博士的论文从中原礼乐文化和儒家文化象征、代表符号角度，剖析清代释奠礼乐在云南临安（建水）和大理、丽江地区如何互动接受中原儒家释奠礼乐，如何实现中华音乐文化在边疆地区推进多元一体新格局，是一个独特的历史侧面与文化视角。这一研究课题，为我们进一步深入理解中华民族音乐文化多元一体整体格局如何形成、中华文化的多元一体总体格局如何形成，以及更重要的中华民族多元一体格局如何形成，提供了若干非常有价值的重要而生动的例证。

《释奠礼乐》不仅对研究音乐史学、民族音乐学的推进扩展有深远意义，而且对研究儒家文化的发展传播，研究中华文化多元一体的发展历程和格局的形成，研究中国传统非物质文化遗产保护传承的丰富内涵的多样性和相互统一关系等也有积极意义。

古今雅俗之变：经学视域下的礼乐与演剧

李舜华

华东师范大学中文系

【摘要】"今之乐犹古之乐"说源于孟子，复兴于宋，大行于明清，在上直接影响了复古乐思潮下宫廷的礼乐制作，在下则直接促使了文人士大夫对今乐的关注，从雅化今乐的复古姿态，到以今乐自娱的从今姿态，最终是一代今乐/文学的大兴。可以说，文学领域的复古思潮与经学领域的复古乐思潮始终关联，其关联之始正在于《乐记》"乐本人心"说的重张，而贯串始终的则是文人士大夫以礼乐自任的师道精神。同时，当明人标举诗乐相合时，实际上已将历代文体的雅俗嬗变置于礼乐视域下，也即，这一诗乐观最终重构了一部文学史；相应地，整理一代目录，也正是甄别风雅、考镜源流的过程。如果说，王圻将《琵琶记》等著录乐类标志着诗（曲）学尚覆荫于经学之下，而突出了宋明文人士大夫的礼乐精神，那么，清馆臣严分经乐类、词曲类与子艺类，不过以官方名义宣告了这一礼乐精神所引发的晚明以来学术大裂变的最终完成——曲学逐渐脱离经学与诗学而独立，成为文学之一门，进而发展出艺术之一门，正是这一裂变的必然。

【关键词】经学与文学；乐学与诗（曲）学；礼乐与演剧；乐本人心；复古乐思潮

2006年，笔者所著《礼乐与明前中期演剧》版行，明确提出："近代以来，传统演剧主要是在文学史、政治史和社会史等西学东渐之后的学科分类体系下作为研究对象而受到关注的。相关研究尽管都取得了一系列可喜成绩，但在总体把握中国传统以礼乐为核心的文化建制方面，尚未能尽如人意。"①而笔者力倡重返演剧于传统以礼乐为核心的文化建制及文化精神中加以考察，重新发现近世曲学的兴衰异变。近年来笔者更进一步将对明代曲（学）史的研究拓展至对明代诗（词）学的思考，将传统诗（曲）学与传统乐学关联起来，试图由此来全方位观照礼乐视域下明代文学的革新。②历来对传统乐学与诗学的研究多集中于礼乐制度与歌诗的研究，又多集中于先秦，近10年来，随着对礼乐关注的日益升温，关于礼乐与文学的探讨也日益拓至先秦以下——自汉魏六朝至唐宋之歌诗（词），以及对元明清演剧的探讨渐次增多。不过，究其重心，有关礼乐研究仍以探讨制度层面与（礼）乐本身为重，如（礼）乐署、（礼）乐户、（礼）乐器，以及乐仪、乐律、乐歌等，实际又偏重官方（宫廷）雅乐。由此而及于文学艺术，往往也与官方关联，如演剧，则主要是宫廷演剧，并集中于清代，间及明代宫廷演剧，以及当前田野考察中仪式剧的遗存；至于历代歌诗，则偏重于从音乐与文学的角度来加以探讨，其间所涉及往往也是官方音乐机构的建置与人事的变革。当前对礼乐的探讨主要在制度层面，以及与制度密切相关的雅乐层面，由雅乐而及于俗乐。因此，对礼乐与演剧的研究往往止于宫廷演剧，而对用"礼乐"二字来进一步诠释明中叶以来戏曲的兴变颇有疑虑，更遑论诗学与词学暨整个明代文学的兴变。

其实不然。所谓"礼乐"这一概念，其特点有二：第一是丰富，从横向来看，"礼乐"有着从制度到精神不同的内涵层次，若只侧重于制度，则更聚焦于雅乐，或受西方理论影响只聚焦于仪式剧，未免过隘；第二是

---

① 参见李舜华《礼乐与明前中期演剧》，上海古籍出版社2006年版。
② 参见李舜华《礼乐与明前中期演剧》之《演剧史第二》第四章"雅颂亡而变风兴：明中期士大夫的戏曲创作"，上海古籍出版社2006年版，文章在有关李梦阳等的内容中已将诗学与曲学关联论述。

变化，从纵向来看，"礼乐"则始终处于古今雅俗之变中，而支配这一变迁的根本在于精神。譬如说，明中叶戏曲的复兴，最重要的标志便是以张扬文人精神的文人传奇的兴起。可以说，从礼乐到演剧这一变化，大抵因精神（"经"）而制度（"史"）而演剧（偏重文学则属"集"，偏重艺术则属"子"）。换言之，礼乐首先是经学的概念，从礼乐到演剧便是曲（剧）学自经学渐次独立的过程，最终独立为文学进而艺术学之一门，也即渐次脱离经学、脱离诗（词）学而渐次独立的过程，遂成为明代文学革新最突出的现象。① 如果不能厘清这一逻辑，则无论是单考制度，还是单考演剧，对文献的理解都难免因为拘于现实而产生不同层次的误解，于制度史与演剧史的发展也便失之毫厘，谬以千里。

一、"礼乐"发微：人心与治道
　　——从《乐记》音声论说起

"郁郁乎文哉"，我们经常说礼乐文明，一旦提及，似乎泱泱中国，洋洋弦诵，遂熠熠然彰显于眼前。那么，礼乐究竟是怎样的存在？关于礼乐的存在，实质指向三个层次：礼乐制度、礼乐思想与礼乐风尚。需要指出的是，这三者分别对应了官方、文人与民间，彼此之间相互推动，从而自上而下、又自下而上地维系了整个社会的运转。其中，礼乐思想实居于最核心的位置，礼乐制度、礼乐风尚皆由此衍出，反过来又影响了礼乐思想的存在与发展。需要强调的是，这一礼乐思想，原本泛指一应与礼乐相关的思想观念，社会各阶层自官方、文人而民间皆应涵括在内，但文人无疑是其主体，因此，这里的礼乐思想特指文人所持，其核心则为礼乐精神。

---

① 参见李舜华《"传统曲学研究"专题主持人语》，《文艺理论研究》2014年第2期；李舜华《"乐学与诗（曲）学"专题主持人语》，《文艺理论研究》2017年第4期；另有李舜华《从诗学到曲学：陈铎与明中期文学复古思潮的滥觞》，《文学遗产》2013年第1期，该文最早集中讨论明成弘时期江南复古（乐）思潮下诗词曲的变迁。

可以说，礼乐，首先是"人"构建世界——自个体而国家的一种方式（思想），最终也成为世界存在与呈现的一种方式（制度与风尚），其核心仍然是一代知识人的性命思考与出处意识，这才是礼乐精神的根本所在。以礼乐自持，更以礼乐期人，终以礼乐化世，遂成为文人精神的核心所在。也正是从这一意义上讲，礼乐首先是一个经学的概念，是义理之学。

那么，如何理解这一礼乐的义理内涵及其意义所在？一般最为世人所熟知的、作为乐学的纲领性文献是《礼记·乐记》，我们不妨从这篇文章说起。

（一）人心与治道——声音之道与政通

首先，《乐记》开篇，论"声""音""乐"的形成，直指"人心"，这一音声发生论，也即文学发生论，其核心实为性（命）情论，并由个体而及家国，由人心而及治道——治人心之道，即将教化人心视为治道的根本。

> 凡音之起，由人心生也。人心之动，物使之然也，感于物而动，故形于声。声相应，故生变，变成方，谓之音。比音而乐之，及干戚、羽旄，谓之乐。乐者，音之所由生也，其本在人心之感于物也。是故其哀心感者，其声噍以杀；其乐心感者，其声啴以缓；其喜心感者，其声发以散；其怒心感者，其声粗以厉；其敬心感者，其声直以廉；其爱心感者，其声和以柔。六者非性也，感于物而后动。是故先王慎所以感之者。故礼以道其志，乐以和其声，政以一其行，刑以防其奸。礼、乐、刑、政，其极一也，所以同民心而出治道也。①

人心，因感于物而动，是谓情动，有哀心、乐心、喜心、怒心、敬

---

① （清）孙希旦撰，沈啸寰、王星贤点校：《礼记集解》（下），中华书局1989年版，第976—978页。

心、爱心种种，形于音声，情异而声异；然而，"六者非性也"，情也。情也，欲也。《乐记》又道："人生而静，天之性也。感于物而动，性之欲也"，好恶无节，"此大乱之道。"① 这是第一层，论人心，自性而情/欲。先王"慎所以感之者"，遂兴"礼、乐、刑、政"加以引导、节制，甚至惩戒，"故礼以道其志，乐以和其声，政以一其行，刑以防其奸"，礼乐刑政是谓治道，虽形式不同，根本却都在于同（统）民心，"礼、乐、刑、政，四达而不悖，则王道备矣"。② 而礼乐意义又大于"刑政"，《乐记》一篇反复强调礼乐教化的意义："乐也者，圣人之所乐也，而可以善民心。其感人深，其移风易俗，故先王著其教焉。""是故先王之制礼乐也……将以教民平好恶而反人道之正也。"③ 治世之道，在于以教化人心、涵养性情为根本，最终因此移风易俗。这也是历代史家所说"百制之中，礼乐为先"的根本原因所在。用今天的话来说，就是教育为先。礼乐的根本在于教化。这是第二层，论治道以礼乐教化为先。

其次，治道以教化人心为先，反之，人心感发，音声正变，也正是治道盛衰的反映，这一音声/文学反映论直接赋予了文学批评政治的意义。

> 凡音者，生人心者也。情动于中，故形于声，声成文，谓之音。是故治世之音安以乐，其政和；乱世之音怨以怒，其政乖；亡国之音哀以思，其民困。声音之道，与政通矣。④

《乐记》这一段又以简洁的文字概括"音声之起"，实喻指在上者制乐随人情而动，而人情又因世道治乱而动。因此，音声各异，若音声安乐，则知其政和，是治世之音；若音声怨怒，则知其政乖，是乱世之音；若音

---

① （清）孙希旦撰，沈啸寰、王星贤点校：《礼记集解》（下），中华书局1989年版，第984页。
② （清）孙希旦撰，沈啸寰、王星贤点校：《礼记集解》（下），中华书局1989年版，第986页。
③ （清）孙希旦撰，沈啸寰、王星贤点校：《礼记集解》（下），中华书局1989年版，第983页。
④ （清）孙希旦撰，沈啸寰、王星贤点校：《礼记集解》（下），中华书局1989年版，第978页。

声哀思，则知其民困，是亡国之音。一代音声如何，或者说一代文学如何，直接反映了一代政治如何。"声音之道与政通"，一方面体现了音声/文学反映论；另一方面则已隐喻了假音声/文学以审治道，也即察省一代政治这一舆论空间的存在。

综上，《乐记》对音乐生成的讨论，实际已指向三个层面：性情论、教化论、治道论。这三者又以性情（人心）为核，以教化为演，以治道为返，层层推进，更往复循环。可以说，在儒者眼中，将音声的生成直指人心，从声到音再到乐，最终成为治道的核心所在，这一治道的根本在于施仁政以涵养人心，使人人各遂其性，各得其情，最终达到社会和谐的境界，这一和谐的境界便是"乐"，是真"乐"，是大"乐"。

（二）"君子"与"先王"——复古乐思潮

更为重要的是，"人心"与"治道"的音声反映论直接标举了"君子"与"先王"的意义，其实质是赋予了"儒"作为审乐者、以"法先王"来批评今代礼乐的权力，这一"法先王"正是复古乐思潮的滥觞。《乐记》又道：

> 凡音者，生于人心者也。乐者，通伦理者也。是故知声而不知音者，禽兽是也。知音而不知乐者，众庶是也。唯君子为能知乐。是故审声以知音，审音以知乐，审乐以知政，而治道备矣。是故不知声者不可与言音，不知音者不可与言乐，知乐则几于礼矣。礼乐皆得，谓之有德。德者，得也。是故乐之隆，非极音也；食飨之礼，非致味也。清庙之瑟，朱弦而疏越，壹倡而三叹，有遗音者矣。大飨之礼，尚玄酒而俎腥鱼，大羹不和，有遗味者矣。是故先王之制礼乐也，非以极口腹耳目之欲也，将以教民平好恶而反人道之正也。①

---

① （清）孙希旦撰，沈啸寰、王星贤点校：《礼记集解》（下），中华书局1989年版，第982—983页。

这段文字进一步明确"声""音""乐"的不同，并明确将"人"与"禽兽""君子"与"众庶"区分开来："唯君子为能知乐。是故审声以知音，审音以知乐，审乐以知政，而治道备矣。"明确强调乐不在于形式："乐之隆，非极音也；食飨之礼，非致味也。"并明确提出："是故先王之制礼乐也，非以极口腹耳目之欲也，将以教民平好恶而反人道之正也。"最终将礼乐归结到人心教化，移风易俗。可以说，音声论的提出使礼乐遗形去貌，直指人心，从性情开始（音声之起），也以性情结束（反人道之正）。也正是这一音声论的提出，自"人心"至"治道"，从根本上将"审一代音声"与"审一代政治"紧密关联起来。

《乐记》反复辨析"乐"的真义，人心之外，皆是形貌。"乐者，非谓黄钟、大吕、弦、歌、干、扬也，乐之末节也，故童者舞之。铺筵、席，陈尊、俎、列笾、豆，以升降为礼者，礼之末节也，故有司掌之。"①"干戚之舞，非备乐也；孰亨而祀，非达礼也。五帝殊时，不相沿乐；三王异世，不相袭礼。"②乐并非具体的乐律、乐器、乐歌、乐舞、乐仪等，所有种种只不过是形式，乐可以由有司职掌，由普通民众（包括专业的乐人、伶人）来扮演，童子小儿也懂得如何扮演；正因如此，即使是五帝三王时期，礼乐在形式上也不相袭，可以随时改易，无他，关键在于这一礼乐是否真正能承担起教化人心的责任，并有"仁政"与之相表里，唯有"人心"与"教化"才是礼乐的根本内核。

更值得指出的是，儒者于治道之中，最重人心，遂以礼乐（教化）为治道之首，并将"人心"的教化最终指向"仁政"。这一对"礼乐"内涵的界定，其意义已远远超越了礼乐（教化）本身，它实质上赋予了儒者作为"审乐（政）"者的身份存在，从而为儒者开辟了一个舆论、进而实践的空间。议复古乐，以礼乐自任，实际已成为历代儒者最重要的性命

---

① （清）孙希旦撰，沈啸寰、王星贤点校：《礼记集解》（下），中华书局1989年版，第1011页。
② （清）孙希旦撰，沈啸寰、王星贤点校：《礼记集解》（下），中华书局1989年版，第991页。

担当，也正因如此，儒者积极标举"（先王）古乐"为典范，来审正"今乐"，这一复古乐思想便有着积极革变的意义，其核心正是师道精神的崛兴。礼乐征伐自天子出，其实质是政教合一，当此之时，儒者往往首先是一个积极的参与者与监督者，是谓治世；一旦在上者放弃或不能制礼作乐，礼乐不自天子出，此谓之"礼崩乐坏"，是为乱世，其结果是政教分离，当此之时，朝野儒者往往慨然以礼乐教化自任，兴革图变，而期待着新治世——新的政教合一的到来。从治世到乱世再到治世，一代复古乐思潮的消长，始终与一代礼乐制作的盛衰相表里，一代政治与一代文学的古今推移也由此而徐徐展开。

说到文学，还应指出的是，一代礼乐与一代文学有密切关联，《乐记》所提出的音声发生论，实际也是文学发生论。当我们说"礼""乐"时，始终潜隐着"诗"的存在。于儒者而言，礼乐相须以为用，礼非乐不行，乐非礼不举；同时，乐以诗为本，诗以声为用，"礼""乐""诗"三者合一，其中，"诗"与"乐"关系尤为密切，往往合称"诗乐"或"声辞"，传统声辞学也由此衍生。因此，乐教也即诗教，推而广之，不入乐之诗、之文，仍注重涵泳其音声，也意在教化，所谓"诗教""文教"也因此而来。也就是说，一代礼乐也因此与一代文宣（教）密切关联起来，礼乐天下，即文治天下。也是在这一意义上，一代礼乐的变迁始终与一代文学的变迁互为表里，其间，突出的便是文人士大夫礼乐／文章自任的精神。重文治（教）便是重弘文宣化[①]。文宣出于天子，是天子代天宣化于民（俗），百官则代天子宣化。譬如，汉时主张罢黜百家、独尊儒术的董仲舒，在论"兴教化、养天下之士"时，便道："今之郡守、县令，民之师帅，所使承流

[①] "宣化"一词，较早见于班固《汉书》卷八《宣帝本纪》："盖闻上古之治，君臣同心，举措曲直，各得其所。是以上下和洽，海内康平，其德弗可及已。……今吏……奉诏宣化如此，岂不谬哉。"不过，"文宣"一词，旧时多用于谥号，如北齐文宣王等，唐以来又谥孔子为文宣王；宋以来才有"崇儒兴学、右文宣化"（如《宋大诏令集》卷五《帝统五》）"弘文宣化"之句，将"宣化"与"文"联系起来，已与今日所说"文宣"的意思相近，而宋明也正是儒者积极以文章宣化自任的时期。

而宣化也。"① 当文宣不自天子出，所谓礼失而求诸野，在野士大夫慨然以文宣——从撰文到治学——自任，正是师道所在。宋以后，此意最是明显，譬如明代，自明正德年间康海撰《武功县志》(1519)以来，方志大兴。② 在野文人纷纷以修史自任，明万历年间王在晋序高氏《澧纪》便道："以备一方典故之遗，为昭代弘文宣化之助，得是纪而存之，庶几礼失而求诸野之意乎？"③ 明末清初贺贻孙也道："所望缙绅先生、文学君子，继往开来、弘文宣化，薪虽尽而火仍传，流已逝而川不息……"④

　　简言之，一代音声，或者说一代文学，上宣下化，首先是一代政治化成最重要的途径；同时，也是反观一代政治最直接、最重要的喉舌。这才是礼乐生成论的核心与意义所在。从在上的制礼作乐到在下的移风易俗，其间最突出的是儒者对个体与社会秩序的思考。儒者以礼乐为重，其实质是儒者以人（仁）为本，试图由此构建个体（心灵）与社会（家国）的秩序，礼乐也因此成为社会存在与呈现的一种方式，其核心仍然是一代知识人的性命思考与出处意识，这才是礼乐精神的根本所在。也正因如此，我们说礼乐首先是经学的概念，从制度到思想再到风尚，彰显的是礼乐思想的意义，这一礼乐思想主要指文人所持；礼乐思想外，又有礼乐精神，后者为前者之精粹，都是从这一礼乐生成论开始的。一代文士以礼乐自任，最终推动了一代文学的兴变，所谓古与今、雅与俗，不断地随时推移。

---

① （汉）班固撰，（唐）颜师古注：《汉书》卷五六《董仲舒传》，中华书局1962年版，第2512页。此为董仲舒被举荐后，向汉武帝的进言。
② 明正德五年（1510），"前七子"之一的康海被列为刘瑾一党，削籍永不复用；同年，康海为《邠州志》作序；正德十一年（1516），康海校刊《史记》，《史记》一种在明代广为流传，实始于此；正德十四年（1519），康海撰《武功县志》，遂为天下志乘之典范。关于明代方志的兴起及康海撰写《武功县志》的意义，参见李舜华《礼乐与明前中期演剧》，上海古籍出版社2006年版，第247—256页。
③ 参见（明）王在晋《越镌》卷四《澧纪序》，明万历三十九年（1611）刻本。
④ 参见（清）贺贻孙《水田居文集》卷四《劝刻刘孝则先生诗文全集启》，清咸丰三年（1853）刻本。

二、经学视域下的礼乐与演剧
——《琵琶记》著录的一段公案

"礼乐"意义已明,那么礼乐与演剧又是怎样的存在?需要强调的是,在本文中,这一演剧特指近世兴起的戏曲,之所以称作"演剧",是强调将"剧(曲)"置入搬演环境中,始能折射出社会结构变动下不同因素的交织,由此发明传统戏曲的兴衰异变;而搬演之剧,一旦与环境相连,便绝非单纯歌弹唱演之娱戏,而是彰显了礼乐的意义——可以说,演剧首先是作为礼乐制度的一环而存在的;其次,方才从礼乐(制度)的覆荫下渐次独立出来,或趋于市场(商业化),或趋于私宅(自娱化),而日渐繁盛。① 相应地,近世曲(剧)学也日益繁盛。其间,不同阶层的礼乐需求与礼乐关怀在文人士大夫的主导下,更是不绝如缕,并直接构建了曲学的理论基础。因此,我们关注礼乐与演剧,特别强调"经学视域下的礼乐与演剧",根本在于,关注从礼乐到演剧的演进过程,从而将曲学的兴起也置入乐学的视域下。

从礼乐到演剧、从乐学到诗(曲)学,此事关联甚大,这里只从一段关于《琵琶记》著录的公案说起。清代四库馆臣整理一代文献,严格经部乐类、子部艺术类与集部词曲类的划分。汉以前,唯钟律雅乐之书著录于经部,不与艺术同科;然而,自汉代以来,乐部兼陈雅俗,以至于后来史书著录,亦不分雅俗,"虽细至筝琶,亦附于经末","悖理伤教,于斯为甚",遂严分雅俗,以定目录。"今区别诸书,惟以辨律吕、明雅乐者仍列于经,其讴歌末技,弦管繁声,均退列《杂艺》《词曲》两类中。用以见大乐元音,道侔天地,非郑声所得而奸也。"② 其中,"词曲"类收录也极严,馆臣首先认为"词、曲二体在文章、技艺之间。厥品颇卑,作者弗

---

① 这里只是说有一部分演剧独立出来,逐渐商业化或个人化,即使在商业演剧极其发达的现在,仍然有为礼乐制度所规范的演剧存在。
② (清)纪昀总纂:《四库全书总目提要》(二),河北人民出版社2000年版,第1009页。

贵";其次认为词曲为乐府之余音,所以设"词曲"类附于集部之末;再次,于词、曲两家,又详词而略曲:"曲则惟录品题论断之词,及《中原音韵》,而曲文则不录焉。"① 也就是说,"词曲"附于集部之末,曲又附于词类之末,且只收音韵品论之词,于戏曲作品概不收录。这一态度,对戏曲来说,可谓极为严苛。换言之,清人严分雅俗,尊雅而黜俗,体现在目录上,遂自雅至俗,严格区分经部乐类、集部词曲类与子部艺术类。值得提出的是,四库馆臣在序中明确自家词曲类的设目与收录后,却于文章最末,特地拈出明代史书对曲作的著录加以严斥:"王圻《续文献通考》以《西厢记》《琵琶记》俱入经籍类中,全失论撰之体裁,不可训也。"② 这便饶有意味了。

《续文献通考》成于明万历十四年(1586),编者王圻,字元翰,乃嘉靖四十四年(1565)进士,官至御史、陕西布政司参议。该书《经籍考》设"乐律"项③,收录宋元明著作25种。其中,有乐律乐论类,如《乐论》(阮逸)、《钟律制议并图》(阮逸)、《乐论》《乐器图》《乐律》(沈括)、《黄钟律说》(彭丝)、《胡氏律论》(有熊朋来序)、《乐律考》(陆正)等;有歌(乐)谱类,《九歌谱》(吾衍)、《十二月乐辞谱》(吾衍);有文赋,如《太平雅颂》(葛宫)、《楚汉正声》(吴莱)、《丽则遗音》(杨维桢);有乐府(诗)类,如《古乐府》(潘昉)、《宋铙歌鼓吹曲》(谢翱)、《拟古乐府》(杨维桢)、《李东阳乐府》《乐府类编》(吴莱)等;也有词曲类,如《柳耆卿乐府》(柳永)、《西溪乐府》(姚宽)、《和稼轩词》(陈汝玉)、《乐府补题》(仇远、王沂孙等)、《草堂诗余》(作者未详)、《雍熙乐府》(郭勋)、《明农

---

① (清)纪昀总纂:《四库全书总目提要》(四),河北人民出版社2000年版,第5445页。
② (清)纪昀总纂:《四库全书总目提要》(四),河北人民出版社2000年版,第5445页。
③ (明)王圻《续文献通考》卷172—183为《经籍考》,其中卷172卷末有《内府书》一目,为《经籍考》之始,其他各卷《经籍考》下有:卷173《易书诗春秋》,卷174《礼记》,卷175《论语学庸孟子孝经经解》,卷176《乐律仪注小学史》,可见"乐律"类在经部。其余,卷177—179为史部与子部,"艺术类"在子部最末。卷180—183为集部。参见(明)王圻《续文献通考》,现代出版社1986年版。

轩乐府》(殷士儋)等,最后一部赫然为《琵琶记典》①(即高明所撰《琵琶记》)。《续文献通考》为绍续宋元间马端临《文献通考》而作,意在考一代文献,为一代史录。清代官修《钦定续文献通考》便是在王圻《续文献通考》的基础上重修而来。由此看来,四库馆臣一笔抹倒汉以来史书乐部雅俗不分,而力倡严分雅俗,由此严分经乐类、词曲类与子艺类诸目,其实直接源于对明代史志著录的反动。

然而,王圻《续文献通考》的乐类分目,其实也不是不辨雅俗,不务精当。观王圻所录乐律、乐论、乐谱以外,文赋、(古)乐府、词曲等都可为一代音声之正,或是为时人或为后人推为正音,或是朝野士大夫渴慕正音而作,甚则原本即为进献所作,往往寄寓了对一代治世的渴慕情怀,抑或对一代兴亡的反思,而与一代礼乐制作颇有关联。譬如,《柳耆卿乐府》一种,大约便是被当作治世之音来看的,王圻小序甚简,却特别拈出一句道:"范镇叹曰:'仁宗四十(二)年太平,镇在翰苑十余载,不能出一语咏歌,乃于耆卿词见之。'"②而这位范镇早在宋仁宗朝便是皇祐年间论乐的代表人物,与司马光往来论乐数十年,宋哲宗元祐三年(1088)更上《乐书》三卷,宗房庶乐,元祐改制曾一度采用范镇乐。《琵琶记典》也有序道:"瑞安高明著,因友人有弃妻而婚于贵家者,作此记以感动之,思苦词工,夜深时烛焰为之相交,至今犹为词曲之祖,其余传记,俱涉淫词,不载。"③于王圻而言,《琵琶记》是为感动弃妻者而作,思苦辞工,是词曲之祖,不涉淫词,与其他戏曲传记不同,这自然是因为《琵琶记》"不关风化体,纵好也徒然"④的立意。同时,在明代中叶,盛传朱元璋亲自命教坊

---

① 此处"典"字费解,或以为"曲"字,但察其语意,这一"典"字还是作"经典"之"典"解更恰当一些。
② (明)王圻:《续文献通考》(第五卷)之卷一七六,现代出版社1986年版,第2682页。
③ (明)王圻:《续文献通考》(第五卷)之卷一七六,现代出版社1986年版,第2683页。
④ (明)高明:《琵琶记》第一出《副末开场》,中华书局1958年版,第1页。

乐工将《琵琶记》打入弦索，也即纳入明初的礼乐制作。①而实际上，当时教坊弦索官腔中也确实有《琵琶记》曲，至明中叶仍流传甚广。另外，在《续文献通考》集部，自卷一八〇至卷一八二，皆为"集"，分上、中、下三卷，录各家别集，最末一卷题作《章表类书诗集歌词》，"诗集"类所录有单行之诗别集、诗选等，间有诗话，而"歌词"一类，卷次上虽有标目，实际正文并未收录，也即仅存目而已。这里，我们无法完全判断王圻如此收录的原因，当然也有可能是囿于收藏或所知有限，但王圻的文学观念重文而轻诗，或者说，重载道而轻文艺，还是十分明显的。②至于同书子部艺术类（卷一七九），王圻是将朱长史《琴史》、崔遵度《琴笺》与《砚纂》、棋谱、印谱、画图等并置，所谓琴棋书画，甚至医卜农圃，亦都不过文人士大夫视为寄托闲情生涯的诸种伎艺罢了。

由此可见，王圻于集部"歌词"类不过备目而已，却于《经籍考》设"乐律"类，著录《草堂诗余》《雍熙乐府》等词曲，并以南曲戏文《琵琶记典》收结，自有其体例上的考虑。也就是说，有他自己的乐学思想在，也不妨说，王圻的确是将所录文本都视作乐歌，是与乐律、乐谱、乐论并置的，欲由此呈现宋元明三代礼乐制作。倒是清馆臣别有针对，明明王圻在"乐律"类只著录了《琵琶记》以为戏曲之典范，然而，熟知此书的四库馆臣却在批驳时偏偏添上了《西厢记》——这恰恰是王圻所说"涉淫词"类，与《琵琶记》并提③，道是：王圻将《西厢记》与《琵琶记》著录《经籍考》不足为训，云云。也就是说，清馆臣对王圻《续文献通考》的大动

---

① 譬如，《南词叙录》就记录了朱元璋好《琵琶记》："命教坊奉銮史忠计之。色长刘杲者，遂撰腔以献，南曲北调可于筝、琶被之；然终柔缓散戾，不若北之铿锵入耳也。"（明）徐渭原著，李复波、熊澄宇注释：《〈南词叙录〉注释》"叙文"，中国戏剧出版社1989年版，第6页。
② 譬如，《续文献通考》经部小学类与词曲类，都未收录《中原音韵》。然而，以《中原音韵》一书在明代中后期流播如此之广，说王圻不知晓此书，确实不合情理。
③ 当然，王圻只将《琵琶记》著录经部"乐律"类，但晚明观念尤为通达，确有将《西厢记》与乐书并著的。如以素以著录俗部文献著称的《晁氏宝文堂书目》，其"乐府"类，收录353部，即以《西厢记》为首，收录《琵琶记》《古乐府》《秋碧乐府》等乐府、杂剧、戏文，《律吕元声》等8种乐书则错杂其中。

干戈直接体现了清人对明人乐学思想的不认同。

进而言之,清馆臣对王圻《续文献通考》著录杂剧戏文的不满,从根本上说,直接源于对有明一代礼乐制作的不认同。新朝甫立,百废待兴,而礼乐为先。一代有一代思想,一代便有一代制作。清室自一开始,便对有明一代礼乐制作颇有微词,道是:自洪武登基以来,锐复雅乐,然而历数世而不能,"稽明代之制作,大抵集汉、唐、宋、元人之旧,而稍更易其名。凡声容之次第,器数之繁缛,在当日非不烂然俱举,第雅俗杂出,无从正之"①。在《钦定续文献通考》中更明确指出,洪武朝乐歌作者"惟务明达易晓",以至于俗乐大兴于宫廷:"殿中韶乐,其词出于教坊俳优,多乖雅道,十二月乐歌按月律以奏,及进膳、迎膳等曲皆用乐府、小令、杂剧为娱戏。流俗喧诔,淫哇不逞,太祖所欲屏者,顾反设之殿陛间不为怪也。"②这段文字,正可以反观洪武时将杂剧小令大量引入宴飨雅乐的事实;而清初,君臣上下正是有憾于明代制作雅俗杂出,而锐意复古尚雅,必欲复三代之制,以重构有清一代礼乐。考一代文献,原本就是意在发明一代制度。可以说,清人对明代礼乐制度的不满而锐意三代,这一复古尚雅的思想,正是清馆臣严分雅俗,别经乐类、词曲类与子艺类,更指斥王圻录《琵琶记》入《经籍考》的根本原因所在。

三、今之乐犹古之乐也
——宋明复古乐思潮与文学代变观

明万历时期,正是明代戏曲大兴之时,如何理解王圻《续文献通考》将《琵琶记》纳入"乐律"类的著录及个中曲学的意义?同样,清初对明代礼乐制作的不满,体现在目录学上,严格三分经乐类、词曲类、子艺类——实即"乐""辞""音"——的意义又是什么?可以说,王圻纳《琵琶

---

① (清)张廷玉等:《明史》卷六一《志第三十七·乐一》,中华书局2000年版,第1003页。
② (清)张廷玉等:《明史》卷六一《志第三十七·乐一》,中华书局2000年版,第1003页。

记》入"乐律"类作为一个具体而微的例子,正可以帮助我们追溯从礼乐到演剧、从乐学到诗(曲)学的演进轨迹。

王圻以宋真宗朝《太平雅颂》置于首,将宋元明三朝乐书、乐律、乐论、乐图,《十二月乐辞谱》《九歌谱》等歌谱,以及赋、古乐府、拟乐府、词、曲等乐歌,依次著录在"乐律"类,戏文《琵琶记》附于末,显然是将《琵琶记》作为乐教之正音来权衡的,《琵琶记》也因此在事实上已被尊为乐府,非其他音声(戏文)可比。① 此外,所录虽然只是宋元明人所撰,但所涉文体却已大致涵括了历代乐歌演进的不同文体。确切地说,是自诗乐的角度来勾勒历代文体的雅俗嬗变——这一文学史观直接源于乐学领域的一个核心观点——"今之乐犹古之乐也"②,而这也正是明代礼乐制作纳俗入雅、最终被清室指斥为雅俗杂糅的根本原因所在。

"今之乐犹古之乐也"一说源于孟子,而复兴于宋,大行于明清,在上直接影响了复古乐思潮下朝廷的礼乐制作,在下则直接促使了文人士大夫对今乐的关注,从雅化今乐的复古姿态,到以今乐自娱的从今姿态,最终是一代今乐(文学)的大兴——一代之文学因此而兴。可以说,文学领域的复古思潮与经学领域的复古乐思潮密切关联,其关联之始正在于《乐记》"乐以人心为本"这一理论的重张,而贯串始终的则是文人士大夫以礼乐教化自任的师道精神。

(一)"乐在声器"与"乐在人心"——宋明复古乐思潮的兴变

自唐玄宗大兴教坊以来,俗乐大兴;五代之时,战乱频仍,史称雅乐往往不作。因此,对后来的北宋,继之以明而言,重建雅乐便成为一国之首务。终北宋一朝,朝廷曾六次诏修雅乐;而明代,又以洪武与嘉靖两朝

---

① 王圻书中著录《太平雅颂》10篇,按曰:"葛宫著,江阴人。善属文,举进士,授忠正军掌书记。上《太平雅颂》10篇,真宗嘉之。"此段文字出自《宋史》附《葛宫传》,另有"又献《宝符阁颂》,为杨亿所称"云云。传中只说葛宫"善属文",《太平雅颂》的文体性质是诗还是赋,仍不易判定,但是以"雅颂"为名,自然也是作为歌咏太平的正声来看待的。
② 万丽华、蓝旭译注:《孟子》卷二《梁惠王下》,中华书局2010年版,第17页。

建革最多。所谓"雅"乐即是"正"乐，从传统的意义上来说，便是用官方或儒学精英所认可的文化意识（"古"）来引导当下一般民众的礼乐观念（"今"），从而达到移风易俗的目的。因此，朝廷制作对雅乐的构建往往是以复古的姿态呈现的，或者说，锐意雅乐天然便与复古乐思潮相表里。然而，早在北宋时期，所制新乐大都时置时废，已彰显了俗乐大兴下古乐难复的困境，最终引发了一场旷日持久的礼乐古今雅俗之变的思考，可以说，明代的礼乐更制以及元明复古乐思潮的复兴与消长也都是两宋思想在不同情境下的新变。

宋明改制和与之相表里的复古乐思潮都有两种不同的声音：一种是重振以前已被认可的雅乐体系，这一复古乐往往自考定律吕开始，由此摹拟古制、重定乐器，进而考定乐舞、乐仪，制作乐歌，等等；另一种是以雅化今乐的姿态出现，即对现有流行泛滥的俗乐做精神上的提升。需要强调的是，雅化今乐与重建古雅乐都是复古，于儒者而言，都是"法先王"，甚则重建三代之乐的体现，只不过路径不同：一个重在复古制作之形式，一个重在复古制作之精神。前者所复，如乐律、乐器、乐舞、乐仪等，正如《乐记》所说，乐之末节也；而后者所重，所谓乐在人心，乐在政和，也正是《乐记》所说，乐之本也。由于俗乐的普及，后一种声音最终是主导性的，也最终促成了俗乐在宫廷内外的发达，与之相应的是新文体的进一步雅化。

关于宋元明时期乐制的变革，笔者已有著作详细论述。[①] 这里只想指出，北宋朝堂上六次乐改风波直接引发了当时经学领域有关孟子"今之乐犹古之乐"的讨论，流波甚远。[②] 北宋末的杨时——东南程学之宗，便主张乐之本在"和"，如若不"和"，"虽奏以咸英韶濩，无补于治也"，从

---

① 参见李舜华《礼乐与明前中期演剧》，该著上篇曾详细讨论中唐以来礼乐制度的变迁，以及明代中期复古乐思潮下文学的变迁；又参见李舜华《从礼乐到演剧：明代复古乐思潮的消长》，复旦大学出版社 2018 年版，该著则是对有明一代礼乐与文学变迁的详述。
② 参见陈妙丹《"今之乐犹古之乐"说的接受维度探析》，《文艺理论研究》2019 年第 4 期。

而指出孟子告梁惠王说意在"姑正其本"。①杨时言下之意是古乐与今乐自然有别,孟子主张"今之乐犹古之乐"不过救时之急务罢了。对"今之乐犹古之乐"的讨论,不过直接体现了当时有志者对朝廷礼乐政治的忧患意识。然而,虽古乐也无补于治,这一有激之言却极易走向否定古乐的极端,后来马端临鼓吹"乐以和为本、声器为末",认为只要政和而世治,虽管弦皆教坊新声,也不害其"安且乐"也,便是其中典型。②对此,朱熹早有警惕:"从杨氏之说而失之,则是古乐终不必复,今乐终不必废,而于孟子之意,为邦之道,将两失之,此不可以不审也。"③如果说,杨时等讨论所关注的还在朝廷的制作,在古乐与今乐之间如何权衡,那么,朱熹却已在关注礼乐制作的同时④,绍继程颐等人,开始将目光自上而下聚焦于声辞于教化人心的意义,"古之乐"与"今之乐"也相应置换作了"古之诗"与"今之曲"。程颐在慨叹"今之成材也难"时,特别指出"古人于诗,如今人歌曲一般,虽闾里童稚,皆习闻其说而晓其义,故能兴起于诗",而肯定古人之诗教,能"歌咏以养其性情"。此意经朱熹等进一步演绎,遂成为宋明儒学以乐(诗)教"新民"的重要观点。⑤历史总是惊人的相似,明弘治、正德时期,当在朝论乐、议复古乐者,纷纷自乐器、

---

① (宋)杨时撰,林海权校理:《杨时集》(一),中华书局2018年版,第175页。杨时(1053—1135),人称龟山先生。先后游学于程颢、程颐门下,程颢亲以"吾道南矣"四字许之。《宋史》本传道:渡江之后"东南学者推时为程氏正宗……朱熹、张栻之学得程氏之正,其源委脉络皆出于时"。
② 李舜华:《礼乐与明前中期演剧》,上海古籍出版社2006年版,第96—98页。
③ (宋)朱熹撰,朱杰人、严佐之、刘永翔主编:《四书或问》,《朱子全书》(修订本)第6册,上海古籍出版社、安徽教育出版社2010年版,第927页。
④ 朱熹弟子蔡元定著有《律吕新书》一种,自编撰至修订期间,朱熹与蔡氏往来论乐,书成,又亲自作序,予以校正等,"四库提要"并因此注说:"盖是书实朱蔡师弟子相与共成之者。"蔡氏乐书因收入元代黄瑞节所辑《朱子成书》及明代永乐年间官修《性理大全》而广为流播,对明代乐制更改及其乐学思想产生了深远的影响。
⑤ (宋)程颢、程颐著,王孝鱼点校:《河南程氏遗书》卷一八,《二程集》第三册,中华书局1981年版,第200页。这段话后来写入朱熹、刘清之所编《小学》"立教"篇,也收录在朱熹、吕祖谦编《近思录》卷一一"教学"篇,后者卷首有按语,道:"此卷论教人之道,盖君子进则推斯道以觉天下;退则明斯道以淑其徒,所谓得英才而教育之,即新民之事也。"

乐律考求元声时,王阳明便当头棒喝,只道:"乐是心之本体"①,元声只在心上求,"心得养则气自和,元气所由出也"②;后来更道"今之戏子,尚与古乐意思相近。……今要民俗反朴还淳,取今之戏子,将妖淫词调俱去了,只取忠臣孝子故事,使愚俗百姓人人易晓,无意中感激他良知起来,却于风化有益。然后古乐渐次可复矣"③,并将歌咏作为童子"培植涵养之方"④。"今之戏子,尚与古乐意思相近"的乐教思想,正是程、朱"古人于诗如今人歌曲"说在新情境下的进一步激发,如果说,程朱之学尚在古乐(诗)与今乐(辞)之间犹疑,所重还在古乐(诗),不过有所慨耳,那么阳明心学却已果断抛弃了古乐的种种樊篱,直指人心,直指今乐,直接影响了当时士大夫在野所主导的乡政乡治,也是戏文得以发达的重要因素之一。⑤

可以说,"今之乐犹古之乐也"之所以大行于世,正在于对先秦乐学——《乐记》"乐在人心"——的重新标举,换言之,其实与明代理学复兴,尤其是与心学的大炽互为表里。当朝廷锐复雅乐而不得之时,政教相分,在野儒者慨然以礼乐自任,将目光转向了对民众的教化,原本只是今乐的词(戏)曲也因此先后走入了宋明理学家的视野。而晚明戏曲的发达其实正是由此而始。

---

① (明)王守仁撰,吴光、钱明、董平等编校:《王阳明全集》卷五《与黄勉之(二)》,上海古籍出版社2011年版,第215页。
② (明)王守仁撰,吴光、钱明、董平等编校:《王阳明全集》卷三四《年谱二·正德十五年九月》,上海古籍出版社2011年版,第1410页。
③ (明)王守仁撰,吴光、钱明、董平等编校:《王阳明全集》卷三《传习录》(下),上海古籍出版社2011年版,第102页。
④ (明)王守仁撰,吴光、钱明、董平等编校:《王阳明全集》卷三三《年谱二·正德十三年四月》,上海古籍出版社2011年版,第1381页。
⑤ 明中叶理学复兴,诸子并起,因此当时乡政乡治,学说不一,阳明之说只是其中之一,当然也是演变最剧、影响最剧之一,故后来又衍生出李贽辈"异端之尤者"。

(二)曲者，乐之支也——元明的诗（曲）史观

曲者，乐之支也。唐诗、宋词、元北曲、明南曲，一代有一代之文学说，始于金元，而大倡于明清，几乎可以说，明代诸家在追溯南北曲的发生时，几乎都将之与乐辞系统联系起来。这一叙述既在一定程度上反映了历史的真实，即与历代礼乐制作相关联依据的正是各代俗乐浸炽于宫廷的次序；同时，这一对声辞的叙述也折射出历代（尤其是宋以来）士大夫在整理、思考一代文献时慨然自任的礼乐精神。

史家整理一代文献，特重诗乐相合，并从乐在人心的角度来重新审视文学的古今嬗变，这一点其实以南宋初年郑樵表揭最详，而我们谈元明人一代有一代之文学的文学史观，也不得不自郑氏说起。郑樵在《乐府总序》中明确标举以"诗乐相合"来诠释"古之诗今之辞曲也"，诗之意义在于诗乐相合，这就明确将文学的意义与礼乐之道联系起来，并以三代之乐为规范。首先指出，仲尼删诗，"取声以系辞"，其意正在假声歌之道以复三代礼乐；然而汉儒不明此道，纷纷以义理相授，遂使声歌之音湮没无闻，所谓"诗三百"以下无诗正是因此。同时，又特别拈出"诗者，人心之乐也，不以世之污隆而存亡"，遂欣然视乐府为诗三百遗绪，试图通过效孔子删诗的精神来整理乐府诗，以重返古人礼乐为用、声辞相倚的乐教传统。① 这一"取声以系辞"，实即考订音声、甄别风雅，而暗示着对今乐（辞）"尊体"及"雅化"，并赋予其礼乐内涵的过程。三百篇必待孔子取声系辞后方能重续礼乐之道；诗三百亡而乐府兴，后者同样也只有经郑樵取声系辞后方能"嗣续风雅而为流通"②。

郑樵绍继程颐"古之诗犹今之词曲"说，进一步标举"诗乐相合"，更标举"乐虽亡，而人心不易"，而以乐府诗绍续诗三百之乐统。郑樵所论，虽止于乐府，然而可以推衍，乐府之下，种种今辞，如唐诗、宋词、

---

① 参见（宋）郑樵《通志》卷四九《乐略一》，浙江古籍出版社2007年版。郑氏叙汉乐府，于正声、遗声、祀飨正声、祀飨别声外，特附文武二舞，类别如此。
② （宋）郑樵撰，王树民点校：《乐府总序》，《通志二十略》，中华书局1995年版，第885页。

元北曲、明南曲，都为乐府之余，也都有待文人儒者取声系辞（"雅化"）后，其体方能日益尊隆，而得以嗣续风雅，进而流播天下。也正是在这一层意义上，方可以说"古之诗，今之辞曲也"。由此可见，同为史家，王圻在编撰《续文献通考》时，将《琵琶记》续词曲、拟乐府、乐府、骚赋、雅颂，并与乐律、乐论、乐谱等，一并著录于"经籍考·乐律"类，正是应然之义。在同书中，王圻考历代乐歌，即于诗三百下，历数汉魏乐府、唐绝句、宋词、金元北曲、今南戏，"变之极矣"[①]，从诗三百到南曲戏文的兴起，从礼乐到演剧，其间关注的正是礼乐视域下诗（曲）学的兴起，也即诗（曲）学的乐教意义。

实际上，王圻的观点并非偶然，自郑樵标举"诗乐相合"以来，历（南）宋（金）元，迄于明中晚期，将词曲与礼乐联系起来，从乐辞系统的演变来追溯历代文体的嬗变，并由此促发南北曲的兴起，已经成为时代的共鸣，这也是传统声辞学发展到明代的必然。这一诗乐观最终重构了一部文学史。与王圻同时的王世贞，当时文坛之首——实以（文）史家最为著称，便自诗乐离合极为精赅地概括了一部文学史的变迁：

> 三百篇亡而后有骚、赋，骚、赋难入乐而后有古乐府，古乐府不入俗而后以唐绝句为乐府，绝句少宛转而后有词，词不快北耳而后有北曲，北曲不谐南耳而后有南曲。（王世贞《曲藻》）[②]

从诗三百、骚赋、古（拟）乐府、唐诗、宋词，到元北曲（乐府），再到明南曲，所谓"一代有一代之文学"，这样一种声辞系统的叙述所依

[①] （明）王圻撰：《续文献通考》（第四卷）之卷一五五《乐考》，现代出版社1986年版，第2383页。

[②] 中国戏曲研究院编：《中国古典戏曲论著集成》（第七册），中国戏剧出版社1959年版，第27页。王世贞有《弇州山人四部稿》，计分《赋部》《诗部》《文部》《说部》。《说部》有《艺苑卮言》8卷，附录2卷论诗文词赋之作，专论词曲者集中于附录1。后人摘其论曲者单行，名《曲藻》。

据的并不是各文体实际发生的次序，而是各文体进入礼乐文化系统，或者说被尊体与被雅化的先后次序。① 在这一叙述中，我们听到了宋明士夫礼乐自任精神的回响，这才是历代声辞学的核心所在。

在雅与俗的上下变异中，乐与辞遂不断地由古向今递变。由此来看，在野士大夫礼乐自任，或者说效孔子整理一代文献，正是某一文体发展中最重要的环节。郑樵所说，从朝廷采诗，到礼乐相分、声辞不合，再到士大夫取声系辞，恰恰对应着"制礼作乐（治世）""礼崩乐坏（乱世）""礼失而求诸野"三个环节。当制作之初，议复古乐，以复三代之制，不仅寄寓了朝野士大夫对治世的渴求，更是朝野士大夫假审音以审政的舆论所在；当官方制作失范，在野士大夫的性命取向也因此而大变，慨然以教化民众为己责，正是这一以礼乐自任的师道精神使他们赋予了"今之乐犹古之乐"新的内涵，从而积极将今之乐（曲）加以雅化，希图将之纳入礼乐系统之中，以嗣续诗经的乐教传统。这方是诗乐相合的意义所在，也是最终今乐（曲）大兴的前提所在。② 需要指出的是，从关注今乐的乐教意义到关注今乐的发愤意义以及娱乐意义，只是一个渐变的过程；而且，即使在文人士大夫礼乐自任这一精神消解而今乐全面繁兴时，乐教意义也不绝如缕。

由此来看元明曲学的兴起。曲学肇始于元，而复兴于明中叶。先说元：蒙元一统后，原有词乐日益衰微，新声并兴，周德清等人盛称元曲，以为可以绍继唐诗、宋词，而为一代乐府，谓之"大元乐府"，而殷勤考其音韵，尊为中原雅音，也是寄望于在上有制作者可以将之纳入官方的礼乐系统，以此正音（乐）天下，遂积极与当时诗坛主流的"广韵派"相抗，撰作《中原音韵》一种，集曲韵、曲谱、曲论于一体。再说明代中

---

① 也正是因此，早在明初，洪武时所修《大明集礼》即提出"宋元以来，因金人北曲变为南戏"说。转引自（明）王圻：《续文献通考》卷一六〇《乐考》，现代出版社1986年版，第2459页。

② 有关郑樵《乐府总序》的详细分析，参见李舜华《礼乐与明前中期演剧》，上海古籍出版社2006年版，第118—120页。

叶：明中叶的曲坛同样出现了原有教坊弦索渐衰而四方新声迭起的局面，当此之时，《盛世新声》《词林摘艳》《雍熙乐府》三家曲选依次刊行，纷纷汇编了元明以来盛传于教坊弦索间的曲辞，而以正音标榜，鼓吹盛世；稍晚，康海、李开先、臧懋循等人纷纷收藏、整理、刊刻元曲文献；一代宋词，当元明之世，仅以《草堂诗余》一种流播，至明中晚期，唱和者、刊刻者不断，更有分调系辞本大行于世；万历间沈璟更明确以"典乐者"自居，自退隐之后，闭门定谱，关注于新兴之南曲，并以宋元为尚，追源溯祖，考其音律……可以说，这一系列对前朝乐辞文献的整理，其实与郑樵整理乐府诗相似，都是整理者汇存一代文献，有意识地取声系辞，欲使之"嗣续风雅而为流通"，正是对今乐"尊体"与"雅化"的过程。论其初衷，或多或少都根于以典乐与正音自任的礼乐冲动，如前所说，"以备一方典故之遗，为昭代弘文宣化之助……庶几礼失而求诸野之意乎"——只不过，最终成就的都不过是治学罢了。

曲者，乐之支也。诗余者，古乐府之流别，而后世歌曲之滥觞也。曲者，词之余也；词者，诗之余也；而诗、词、曲，皆诗（三百）之余也。明人标举诗乐相合，实际上已将历代文体的兴变置于礼乐视域下。文学，首先覆荫于乐学，从而突出了文学的乐教意义，相应地，词（曲）学也覆荫于诗学之下，都不过诗（三百）之余，古乐府之余也。然而，有合便有分，今之乐犹古之乐也，这一理论在构建乐辞系统的同时，也预言了这一系统最终分离。随着今乐渐次脱离古乐的樊篱而日益发达，文学也便渐次脱离乐学而独立；与之相应，词（曲）学也渐次脱离诗学而独立；最终，词学又与曲学分离——词体虽然发达于两宋，但正由于重视乐辞系统的缘故，元明之时词曲合一的观念长期流存，直到曲学兴起，词学才真正发达，词谱学在晚明以来的兴起便是一个显征。

回到目录来看，整理一代文献，别其雅俗，树其门类，由此构建一代学术之体系，也不过目录学的应然之义罢了。无论是王圻对乐律类的著录，还是清馆臣对经乐类、词曲类、子艺类的辨别，其实质都可以说是甄别风雅的过程。王圻与清馆臣的不同不过是各自风雅观的不同。如果说于王圻而言,将《琵琶记》等著录乐律类正代表了元明时期偏重礼乐视域下的诗(曲)学、文学尚覆荫于经学之下,那么,清馆臣一方面绍继乐辞系统说,视词曲也为乐府之余,遂专列词曲类[①],另一方面却严格甄别经乐类、词曲类与子艺类,恰恰标志着晚明以来诗乐分离、诗(曲)学渐次脱离乐学而独立这一事实最终为官方目录所肯定。

诚如《乐记》所说,种种乐器、乐仪、乐律,皆乐之末节也,可以有司掌之,童子舞之;乐在人心,乐在政和,今之乐犹古之乐也,方是乐之本也,这方是儒者清议天下、涵养人才的职责所在。前者为制度,后者为思想,尤其突出了文人在野自任的精神。文人精神(其核心是自我性命取向)的大变,才是一代礼乐与一代文学之变的关键所在。明朝自建立以来,在上有教坊司,在下则有王府之乐司及各级教坊,共同创造了一种弦索新腔,以适应以宫(藩)廷为中心的教坊演剧的需要,这就是后人所谓的弦索官腔。这种官腔以中原雅音为正,复以北曲为正,兼采南曲,自上而下,一统天下教坊;元统一以来日益繁兴的四方新声,无论南北,至此忽然消歇下来。明成化、弘治以来,教坊弦索渐次衰微,四方新声渐次复兴。礼失而求诸野,遂有文人慨然以复古自任,体现在戏曲领域,便是积极以复今乐中之雅乐(北曲),进而雅化今乐(南曲)自任,遂有北曲复兴与南曲的全面发展,此其一。这一复古思潮断非仅仅存在于文学——由诗学而曲学——领域中,进而言之,明成化、弘治以来,以复古思潮为先导,同样出现了打破官方程朱理学一统,而诸子百家蔚兴的局面,而文学,包括诗学、词学、曲学、小说学等,以及(音)乐学、音韵学、艺术学(如书、画、琴、剧)等,都不过诸子之一,此其二。今之乐犹古之乐也,"曲学"作为"古之乐"相对的"今之乐",它的兴起已成为当时最令人关注的现象,随着复古(乐)思潮的消隐与性灵思潮的萌生,晚明曲

[①] 如前所说,王圻在其《续文献通考》集部,虽有"歌词"小类,其实存而不录,由此,也可见清馆臣一锤定音设立"词曲"类的学术史意义了。

学最终脱离乐学与诗（词）学而独立，曲学也因此被推为元明一代文学的代表。相应地，注意到曲学不同于诗学的舞台性，对戏剧艺术性的探讨也是在明末清初开始的，换言之，原本覆荫于曲学中的剧学也开始有了独立的迹象，此其三。而这一切，自然也都体现在一代文献的整理中，并通过目录的方式著录下来，从王圻的《续文献通考》到清修《四库全书总目提要》，都不过用各自的方式构建一代学术罢了。如果说王圻将《琵琶记》著录于"乐律"类，突出了宋明文人儒士的礼乐精神，那么清馆臣严分经乐类、词曲类与子艺类，不过以官方名义记录了自这一礼乐精神所引发的、晚明以来的学术大裂变——曲学逐渐脱离经学与诗学而独立，成为文学之一门，进而发展出艺术之一门，正是学术分科的必然。

"女娲作簧"：四重证据视域下的一个古史传说及其礼乐意义

范子烨
中国社会科学院文学研究所

【摘要】"女娲作簧"是母系氏族社会的一个重要文化事件，是上古时代礼乐文明的滥觞，由此产生的鼓簧艺术在石器时代得以延续；进入青铜时代，夏商周继承了这种艺术传统；而至春秋时代，孔子编纂《诗经》，其中的四首"鼓簧诗"更体现了口簧作为礼乐用器以及鼓簧艺术作为礼乐艺术形式的重要意义。在王国维二重证据法的基础上，结合口述史料与活性态口簧艺术遗存，即以四重证据表明"女娲作簧"的历史真实，是对其文化意义阐释的一种有效手段。

【关键词】女娲作簧；礼乐文明；二重证据法；口述史料；活性态口簧艺术

二重证据法是王国维（1877—1927）提出并倡导的研究方法。他在《古史新证》第一章"总论"中指出：

> 研究中国古史，为最纠纷之问题。上古之事，传说与史实混而不分。……太史公作《五帝本纪》，取孔子所传《五帝德》及《帝系姓》，而斥不雅训之百家言。于《三代世表》，取《世本》而斥黄帝以来皆有年数之《谍记》。其术至为谨慎。然好事之徒，世多有之。故《尚书》

于今、古文外，在汉有张霸之百两篇，在魏、晋有伪孔安国之书百两。虽斥于汉，而伪孔书则六朝以降行用迄于今日。又汲冢所出《竹书纪年》，自夏以来，皆有年数，亦《谍记》之流亚。皇甫谧作《帝王世纪》，亦为五帝、三王尽加年数。后人乃复取以补《太史公书》。此信古之过也。至于近世，乃知孔安国本《尚书》之伪，《纪年》之不可信。而疑古之过，乃并尧、舜、禹之人物而亦疑之。其于怀疑之态度及批评之精神，不无可取；然惜于古史材料未尝为充分之处理也。吾辈生于今日，幸于纸上之材料外，更得地下之新材料。由此种材料，我辈固得据以补正纸上之材料，亦得证明古书之某部分全为实录，即百家不雅驯之言亦不无表示一面之事实。此二重证据法，惟在今日始得为之。虽古书之未得证明者，不能加以否定，而其已得证明者，不能不加以肯定，可断言也。①

《古史新证》是1925年王国维在清华国学院担任导师时所撰的讲义。所谓"纸上之材料"与"地下之新材料"的结合运用，就是王氏所说的"二重证据法"②。由上引《古史新证·总论》可知，王国维认为《世本》包含许多上古时期的文化信息，司马迁作《三代世表》独取《世本》之材

---

① 王国维：《古史新证》，载《王国维全集》第十一卷，浙江教育出版社、广东教育出版社2010年版，第241—242页。
② 1940年2月，商务印书馆出版了《海宁王静安先生遗书》，陈寅恪（1890—1969）在《王静安先生遗书序》中对王氏的"学术内容及治学方法""举三目以概括之"，指出："一曰取地下之实物与纸上之遗文互相释证。凡属于考古学及上古史之作，如《殷卜辞中所见先公先王考》及《鬼方昆夷玁狁考》等是也。"陈寅恪对王国维的学术创获给予高度的评价，认为他在我国学术史上如黄钟大吕，余音袅袅，产生了深远的影响。随着学术研究的推进，又有学者在此基础上总结"三重证据法"，其中比较有代表性的有：（1）"黄氏三重证据法"，即黄现璠（1899—1982）三重证据法，这是在二重证据法的基础上，将口述史料纳入史学的视域；（2）"饶氏三重证据法"，即饶宗颐（1917—2018）的三重证据法，这是在二重证据法的基础上，将考古材料又分为考古资料和古文字资料两部分；（3）"叶氏三重证据法"，即叶舒宪（1954— ）的三重证据法，这是在二重证据法的基础上，将文化人类学的资料与方法纳入史学研究领域。

料。随后,针对《世本》,他进一步指出:"今不传,有重辑本。汉初人作,然多取古代材料。"① 足见其对《世本》的重视。

以《世本》为核心的古代文献的相关记载是关于"女娲作簧"的第一重证据。

《北堂书钞》卷一百十《簧十六》"女娲作簧"条:"案《世本》'女娲作簧'。"② 对此,古代文献或称"女娲之笙簧",或称"女娲作笙簧",或称"女娲之簧",形成了关于同一问题的具有一定差异性的表述。

如《礼记·明堂位》载:"垂之和钟,叔之离磬,女娲之笙簧。"汉郑玄注:"笙簧,笙中之簧也。《世本·作篇》曰:'垂作钟,无句作磬,女娲作笙簧。'"唐孔颖达疏:"女娲之笙簧者,女娲所作笙中之簧,言鲁皆有之。"③

《魏书》卷一百九《乐志》:"女娲之簧,随感而作,其用稍广。"④

《说文》"簧"字条:"笙中簧也。从竹黄声。古者女娲作簧。""笙中簧也"句下,段注:"《小雅》:'吹笙鼓簧。'《传》曰:'簧,笙簧也,吹笙则簧鼓矣。'按经有单言簧者,谓笙也。《王风》:'左执簧。'《传》曰:'簧,笙也。'是也。""从竹,黄声"句下,段注:"户光切,十部。""古者女娲作簧"句下,段注:"盖出《世本·作篇》。《明堂位》曰:'女娲之笙簧。'按笙与簧同器,不嫌二人作者,簧之用广,或先作簧而后施于笙竽,未可知也。"⑤ 段氏指出"笙中簧"的"簧"是笙的发音部件,竽簧也是如此,这是正确的意见。但许慎将笙簧确定为"簧"字的唯一义项,并将"女娲之簧"解释为"笙簧",这意味着女娲时代就有了笙。这显然是无稽

---

① 王国维:《古史新证》,载《王国维全集》第十一卷,浙江教育出版社、广东教育出版社 2010 年版,第 242 页。
② (唐)虞世南:《北堂书钞》卷一百十,中国书店 1989 年版,第 422 页。
③ (汉)郑玄注,(唐)孔颖达疏:《礼记正义》卷三一,(清)阮元校刻《十三经注疏》下册,中华书局 1980 年版,第 1491 页。
④ (北齐)魏收撰:《魏书》,中华书局 1974 年版,第 2825 页。
⑤ (汉)许慎撰,(清)段玉裁注:《说文解字注》,上海古籍出版社 1981 年版,第 197 页。

之谈。

《世本》所谓"女娲作簧"以及《诗经》之簧,都是指同一种独立的乐器——口簧。汉刘熙《释名》卷第七《释乐器》曰:

> 竹之贯匏,象物贯地而生也。以匏为之,故曰匏也。竽亦是也,其中汗空以受簧也。簧,横也,于管头横施于中也;以竹、铁作,于口横鼓之,亦是也。①

刘熙是东汉学者,在这里,他记载了两种簧:首先是笙簧或竽簧,其次是用竹或铁制作的口簧。前者是笙、竽一类自由编管乐器发音的关键性部件,后者是一种独立演奏的体鸣乐器。他的记载和解释都是非常准确的。初唐学者虞世南②以及南宋学者陈旸③,对口簧也均有比较正确的认识。但历代经学家由于音乐知识的欠缺,从郑玄到朱熹,都将《诗经》之"簧"解释为笙簧。直到20世纪80年代,这一问题才得以圆满解决。1981年4月,秦序发表《民族乐器口弦初探》④一文;1981年8月,李纯一发表《说簧》⑤一文;牛龙菲出版《嘉峪关魏晋墓砖壁画乐器考》⑥,表达了与秦、李相近的观点,随后在其撰写的《古乐发隐:嘉峪关魏晋墓室砖画乐器考证新一版》⑦一书中又拓展了关于口簧的研究。至此,关于上古时代口簧作为独立乐器的基本音乐史实才得以澄清,从而为我们重构上古口

---

① (清)王先谦撰集:《释名疏证补》,上海古籍出版社1984年版,第333—334页。
② 参见(唐)虞世南《北堂书钞》卷一百十"笙""簧"条,中国书店1989年版。
③ 参见(宋)陈旸《乐书》卷一三一"雅簧"条,元至正七年福州路儒学刻明修本。
④ 秦序:《民族乐器口弦初探》,《音乐艺术》1981年第1期;后收入秦序《一苇凌波》,上海音乐学院出版社2004年版,第66—78页。
⑤ 李纯一:《说簧》,《乐器》1981年第4期;后收入李纯一《困知选录》,上海音乐学院出版社2005年版,第63—67页。
⑥ 牛龙菲:《嘉峪关魏晋墓砖壁画乐器考》,甘肃人民出版社1981年版,第9—10页。
⑦ 牛龙菲:《古乐发隐:嘉峪关魏晋墓室砖画乐器考证新一版》,甘肃人民出版社1985年版,第292—301页。

簧艺术史铺平了道路。这三位著名的音乐学学者还原了口簧作为独立乐器的本来面目，而秦序首先找到了其现代遗存，即在云南少数民族中流传的口弦琴。他们的阐释与发现具有重要的文化意义，主要涉及上古时代的礼乐问题，在音乐史和文学史两个层面上也具有重要价值。

口簧，汉语俗称为口弦、口弦琴或响篾等，古人又称为口琴或嘴琴（英文称为 jew's harp 或者 jaw harp），它不是弦乐器，而是一种体鸣乐器。①莫尔吉胡指出："口弦是极为古老的弹拨乐器，是人类第一乐器，是具有胚胎型意义的最为原始的古乐器。""口弦更为重要的功用便是在人的听觉神经里埋下对音的美感情趣与对音与音之间的距离感，也就是为人类听觉意识种下了音的逻辑思维种子。""口弦音列应是人类第一音列，亦可称之为自然大音列。"②这种乐器在人类的音乐文化史上扮演了重要的角色，堪称人类的初音。

"女娲作簧"的第二重证据是出土文物。

例证之一：著名的甘肃大地湾遗址（距今7800—4800年）出土了一件骨制口簧，现藏于甘肃省天水市秦安县大地湾博物馆。

例证之二：距今4000多年前的石峁遗址是我国已发现的龙山晚期到夏代早期规模最大的城址，位于陕西省榆林市神木市高家堡镇石峁村的秃尾河北侧山峁上。这里发现了一大批骨簧，其绝对年代距今约4000年。这些骨制口弦琴承担着沟通天地人神的功能。石峁骨簧制作规整，呈窄条状，中间有细薄簧片，一般长8—9厘米，宽约1厘米，厚度仅1—2毫米，其最基本的特点是薄、轻、小，清一色为绳振式。初步统计数量不少于20件。其考古背景明确，共存器物丰富，结构完整，特征鲜明，是中国音乐史上的重要发现。这些骨簧都发现于陶罐之中，显然与祭祀活动

---

① 关于口簧的基本情况，可参见薛艺兵《中国乐器志·体鸣卷》第五章"拨奏体鸣乐器"之"口簧"，人民音乐出版社2003年版，第213—224页；乐声《中华乐器大典》"竹簧"条和"铁簧"条，文化艺术出版社2015年版，第500—505页。
② 莫尔吉胡：《莫尔吉胡音乐作品集——音的逻辑》，内蒙古出版集团、内蒙古文化出版社2013年版，第2—3页。

有关。

例证之三：内蒙古夏家店遗址也有多件骨簧出土。① 其中的铜沁骨簧明显是用于祭祀活动的。这些骨簧内置青铜器的特点与石峁骨簧的埋藏方式非常相似。其中一支骨簧长 9.8 厘米，宽 1.6 厘米，在上面宽处有穿透的小孔，下面细的簧舌部分有稍微大点的空间。

例证之四：位于北京西北部 80 千米外的延庆区军都山墓地，也称作玉皇庙墓地。1986—1991 年在这里共挖掘了 400 座墓葬，对研究早期铁器时代游牧文化具有非常重要的意义。玉皇庙墓地也就是文献中提到的著名的"山戎族"的古老文化遗存。在广义上看，玉皇庙文化的年代属于公元前 7 世纪到公元前 5 世纪或早期铁器时代初级阶段。这一文化的传播地域基本上是长城以南，即现在河北省的北部。玉皇庙的口簧全部是用竹子制作的，它们的共同特点是上部有一个穿透的孔，用于穿线，以便拉线演奏。但在形状上存在着一些差别。玉皇庙出土的山戎竹簧与《诗经》之簧是完全对应的。

例证之五：1985—1986 年，陕西凤翔秦公一号大墓曾经出土了一支竹制的簧筒，上有墨书："寂之寺（持）簧。"② 其中收纳的竹簧虽然已经不见了，但我们可以肯定它一定是竹簧。秦文化发源于陇南地区（如礼县、张家川县），该墓的年代是春秋中期秦景公在位时期（公元前 576—前 537），口簧是春秋时代通行于秦国的乐器，从而印证了《诗经·秦风·车邻》"并坐鼓簧"的诗句。

"女娲作簧"的第三重证据是民间传说，即口述史料。

关于上古时代"女娲作簧"的古史传说以及相关地域的文化遗存，隐隐透露出上古时代的口簧和鼓簧艺术与以今日甘肃天水为核心的陇南地区的密切关系。今甘肃省天水市的秦安县（天水北部）被称为娲皇故里，当地有娲皇庙，而天水市被称为羲皇故里，当地有羲皇庙，伏羲和女娲被称

---

① 参见方建军《秦墨书竹筒与乐器"簧"》，《交响》（西安音乐学院学报）2008 年第 1 期。
② 方建军：《秦墨书竹筒与乐器"簧"》，《交响》（西安音乐学院学报）2008 年第 1 期。

为人文初祖。当地民间一直流传"女娲作簧"的传说。

1997年，罗艺峰发表了《口弦源流的历史语言学研究》①一文。罗氏对几十种口弦的不同名称进行比较研究，探讨口弦的起源和传播问题。他从语音学的角度，对中国和世界其他地区各民族对口弦名称的民族语言读音进行比较研究，认为川、藏、甘、陕的交界区域是口弦琴的发源地，具体位置就是河套地区，而发明者为氏羌民族。所谓河套，是指黄河"几"字弯（口簧产生的核心区域）和其周边流域（口簧的传播区域）；河套周边地区，包括湟水流域、洮水流域、洛水流域、渭水流域、汾水流域、桑干河流域、漳水流域和滹沱河流域等。目前的考古发现足以证明罗氏关于口簧起源的观点——今甘肃天水及其周边各县（我们称之为伏羲女娲文化片区或大地湾文化片区）为口弦琴产生以及早期传播的核心区域。上文五项例证与口簧有关的考古发现地点均属于河套地区。

"女娲作簧"的古史记载和民间传说表明，人类的鼓簧艺术史是由旧石器时代的女性开启的。女娲时代的口簧却并非竹簧，而是骨簧，近年来的考古发现足以证明这一点。②骨簧的起源与原始人的骨器（如骨匕、骨镞、骨刀等）制作以及以骨占卜（卜骨）的活动有关。

"女娲作簧"的第四重证据是口簧艺术的活性态遗存。

目前甘肃秦安县和张家川县（天水东北部）均有口簧的遗存，主要流行在回族的女性当中。当地人把口簧称为"口口儿"，实际上就是"簧簧"。古音声母"H""K"对转，也有同样声母形式下的韵母音变。牛龙菲曾经指出："在歌咏'并坐鼓簧'之《诗经·秦风·车邻》的产生地区——今日甘肃省通渭一带地方，至今仍然有鼓动之簧的遗存。通渭老乡，将这种乐器叫作'嚎儿嚎儿'（读作 Haor Haor）。此当是'簧'字的一

---

① 罗艺峰:《口弦源流的历史语言学研究》,《中国音乐学》1997年第2期；后收入罗艺峰、钟瑜《音乐人类学的大视野——华南与马来民族音乐考察及比较研究》,上海音乐出版社2002年版，第69页。
② 参见莫尔吉胡《莫尔吉胡音乐作品集——音的逻辑》,内蒙古出版集团、内蒙古文化出版社2013年版，第2—3页。

音之转。"① "嚎"是"簧"的音变。如此看来，口簧的产生与发展确实与甘肃古代的音乐文化传统有密切的关系，这也是"女娲作簧"的历史回声。

2019 年 6 月，笔者在张家川县分别采访了马素夫叶（1955 年生，张家川龙山镇四方村人）、杨嗮妹（1970 年生，张家川马关镇新义村人）以及口弦琴制作师王富贵（1974 年生）三人，他们三人所用口簧都是竹簧。竹簧是骨簧的后裔，竹簧起源于原始人的狩猎、生产活动。由于骨头的硬度远远高于竹木，所以制作竹簧对工具的锋利程度的要求远远高于骨簧。北京延庆区军都山墓地出土的竹簧足以表明其与骨簧的继承关系，因为其结构特征（自体结构）和演奏方式（绳振式）是完全一样的。

在人类礼乐文明的滥觞时期，在礼乐相须的上古时代，如同骨龠一样，口簧曾经扮演过重要的角色。所谓礼乐文明的滥觞时期，就是指夏、商、周三代以前的古史传说时期，也就是文化期，涉及的文化遗址有红山文化（东北）、大地湾文化（西北）、良渚文化（东南）和凌家滩文化（西南）等。在这些遗址中，均有玉器和乐器出土，显示了早期礼乐文化的初级样态。项阳说："所谓礼乐，是与礼制／礼俗仪式相须之乐。"② 这是对礼乐的科学界定，这种界定渊源于宋郑樵《通志》卷四十九《乐略第一·乐府总序》：

> 古之达礼三：一曰燕，二曰享，三曰祀。所谓吉、凶、军、宾、嘉，皆主此三者以成礼。古之达乐三：一曰风，二曰雅，三曰颂。所谓金、石、丝、竹、匏、土、革、木皆主此三者以成乐。礼乐相须以为用，礼非乐不行，乐非礼不举。自后夔以来，乐以诗为本，诗以声为用，八音六律为之羽翼耳。仲尼编诗，为燕享祀之时用以歌，而非

---

① 牛龙菲：《古乐发隐：嘉峪关魏晋墓室砖画乐器考证新一版》，甘肃人民出版社 1985 年版，第 296 页。
② 项阳：《〈诗经〉与两周礼乐之关系》，《中国文化》2013 年第 1 期；后收入项阳《以乐观礼》，北京时代华文书局 2015 年版，第 111 页。

用以说义也。古之诗，今之辞曲也，若不能歌之，但能诵其文而说其义，可乎？不幸腐儒之说起，齐、鲁、韩、毛四家，各为序训而以说相高，汉朝又立之学官，以义理相授，遂使声歌之音湮没无闻。然当汉之初，去三代未远，虽经生学者不识诗，而太乐氏以声歌肄业，往往仲尼《三百篇》，瞽史之徒例能歌也。奈义理之说既盛，则声歌之学日微。①

项阳援引上文中"礼乐相须"三句，并进一步申说："礼乐从礼，礼须有仪式，乐在礼制／礼俗仪式中与之相须为用，没有礼制／礼俗仪式也就没有礼乐存在的空间。"② 这种阐发是非常到位的。而郑樵首先阐明了古代的礼乐内涵及其与《诗经》的关系，在此基础上，重点揭示了《诗经》与八音、六律③的关系，具体涉及声乐（歌）和器乐（八音）与《诗经》的关系。所谓八音，是古人按照制作材料对乐器进行分类的方法，分为金、石、土、木、丝、革、匏、竹八类。八音的乐器分类将骨制乐器排除在外，显然不符合近半个世纪以来的考古发现，而郑樵所未洞察的事实是，汉儒之说诗并非民间学者的自为，而是汉朝的政府行为，其目的就是要彻底摧毁《诗经》的礼乐体系，使之服务于当时的国家意识形态。汉朝在文化上弃真而造假，其罪恶并不逊色于秦朝的焚书坑儒。

《乐记·乐论篇》："乐者，天地之和也；礼者，天地之序也。和，故百物皆化；序，故群物皆别。乐由天作，礼以地制。"④《乐记·乐礼篇》："乐者敦和，率神而从天；礼者别宜，居鬼而从地。故圣人作乐以应天，制礼以配地。礼乐明备，天地官矣。"⑤ 乐是应天的，礼是应地的，礼乐兼备，乃是天地之道。三代时期，口簧进入宫廷，并作为礼乐乐器来使

---

① （宋）郑樵撰，王树民点校：《通志二十略》（上册），中华书局1995年版，第883页。
② 项阳：《〈诗经〉与两周礼乐之关系》，《中国文化》2013年第1期；后收入项阳《以乐观礼》，北京时代华文书局2015年版，第111页。
③ 六律指黄钟、太簇、姑洗、蕤宾、夷则和无射。
④ 吉联抗译注，阴法鲁校订：《乐记译注》，音乐出版社1958年版，第13页。
⑤ 吉联抗译注，阴法鲁校订：《乐记译注》，音乐出版社1958年版，第16页。

用。《礼记·月令》载:"是月也,命乐师修鞀、鞞、鼓,均琴、瑟、管、箫,执干、戚、戈、羽,调竽、笙、篪、簧,饬钟、磬、柷、敔。"① 又如《乐记》载子夏与魏文侯论古乐时,曾提及"弦、匏、笙、簧,会守拊鼓"②,这意味着口簧已经成为三代的国家礼乐的配器之一。《周礼·春官·宗伯第三》载:"旄人掌教舞散乐,舞夷乐。凡四方之以舞仕者属焉。凡祭祀、宾客,舞其燕乐。"③ 又载:"鞮鞻氏掌四夷之乐与其声歌,祭祀则吹而歌之,燕亦如之。"④ 口簧作为四夷之乐器,正是四夷之乐的艺术载体,而周代礼乐系统中的竹簧也更为集中地体现了口簧艺术的文化功能。但是,由于口簧的音量比较微弱,单片竹簧又非全音阶乐器(缺少五音中的羽音),所以周代宫廷并未设置专门的口簧师,《周礼》也未予记载,其在《礼记》中的乐器排名也位在最末。

《诗经》是三代礼乐的集大成之作。其中的四首"鼓簧诗"更体现了口簧作为礼乐用器以及鼓簧艺术作为礼乐艺术形式的重要意义。⑤ 口簧在《诗经》中出现过四次,分别见于《小雅·巧言》"巧言如簧",《小雅·鹿鸣》"吹笙鼓簧",《国风·王风·君子阳阳》"君子阳阳,左执簧",以及《秦风·车邻》"并坐鼓簧"。《墨子间诂》卷八《非乐上第三十二》:"万舞

---

① (汉)郑玄注,(唐)孔颖达疏:《礼记正义》卷一六,(清)阮元校刻《十三经注疏》上册,中华书局 1980 年版,第 1369 页。
② (汉)郑玄注,(唐)孔颖达疏:《礼记正义》卷三八,(清)阮元校刻《十三经注疏》下册,中华书局 1980 年版,第 1538 页。
③ (汉)郑玄注,(唐)贾公彦疏:《周礼注疏》卷二四,(清)阮元校刻《十三经注疏》上册,中华书局 1980 年版,第 801 页。
④ (汉)郑玄注,(唐)贾公彦疏:《周礼注疏》卷二四,(清)阮元校刻《十三经注疏》上册,中华书局 1980 年版,第 802 页。
⑤ 参见范子烨《〈诗经〉之"簧"考辨——揭开〈小雅〉"巧言如簧"之谜》,《甘肃社会科学》2017 年第 2 期;《诗之声与乐之心——对〈诗经〉"鼓簧诗"的还原阐释》,《文学评论》2017 年第 4 期。鼓簧艺术对我国古典文学有深刻的影响。唐虞世南《北堂书钞》卷一百十引东汉蔡邕《静情赋》"思在口而为簧鸣,哀声独而不敢聆",宋刻递修本《陶渊明集》卷五《闲情赋》"愿在木而为桐,作膝上之鸣琴;悲乐极以哀来,终推我而辍音!"即由蔡赋化出。

洋洋，黄言孔章。"①"黄言"，即"簧言"，取《诗经》"巧言如簧"和"君子阳阳，左执簧"之意，"阳阳"通"洋洋"；"孔章"是格外显著的意思。这句话的意思是说："喜气洋洋地跳舞，口簧之音所表达的意思是非常明确的。"这是关于口弦舞的描写，与《君子阳阳》所写的口弦仪式舞完全相同。"簧言"就是指口簧之音，因为口簧具有话语的功能。譬如，彝族人演奏口簧，甚至形成了一套独特的簧语，具有口簧演奏经验和欣赏能力的人能够听懂这种簧语的含义，这就是"语义性的音乐"②。由于口簧以口腔为共鸣器，因此，在人类使用的乐器中，口簧的发音与人说话的发音最为接近。而口弦"说话"的实质，是"口弦音乐中，有一部分旋律的走向与声调曲折一致。演奏者靠声调曲折作为口弦音乐创作的依据，听者靠音乐旋律所反映的声调曲折来判断语义"③。这就是"黄言孔章"和"巧言如簧"的乐理机制。

就乐器发展史而言，口簧的礼乐意义还在于它对笙的决定性影响。在秦汉以前的礼乐文明中，笙这种编管乐器曾经扮演过重要角色。如同簧一样，笙在《诗经》中有出现，《小雅·宾之初筵》："籥舞笙鼓，乐既和奏，烝衎烈祖，以洽百礼。"④《小雅·鼓钟》："鼓钟钦钦，鼓瑟鼓琴，笙磬同音。以雅以南，以籥不僭。"⑤可知笙在上古礼乐中是不可或缺的乐器。口簧是万簧之源，口簧是孕育笙簧的母体，这也是口簧对礼乐文明的重要意义之一。

总之，在上古的礼乐滥觞时期，簧和玉同样重要，因为玉代表着礼，而簧则代表着乐。有玉有簧的社会就是礼乐兼备的社会。"女娲作簧"的古史传说彰显了口簧作为早期礼乐乐器以及万簧之源的特殊意义。而上古时期的崇玉时代，我们也可以称之为鼓簧时代。

---

① （清）孙诒让：《墨子间诂》，载国学整理社编《诸子集成》（第四册），中华书局2006年版，第160—161页。
② 曾遂今：《口弦的科学价值》，《音乐研究》1987年第1期。
③ 曾遂今：《口弦"话语"》，《中国音乐》1985年第1期。
④ （宋）朱熹集注：《诗集传》，上海古籍出版社1980年版，第163页。
⑤ （宋）朱熹集注：《诗集传》，上海古籍出版社1980年版，第152页。